ullstein

Das Buch

Die Ermittlerin Lucie Henebelle beschäftigt sich wie besessen mit Serienmorden, sie kennt alle einschlägigen Fälle. Als auf einer nächtlichen Straße eine verwirrte Frau namens Manon aufgegriffen wird, die auf der Handfläche eine eingeritzte blutige Schrift trägt, begreift sie sofort: Der »Professor«, der vor einigen Jahren sechs grausige Morde verübt hat, ist wieder aufgetaucht. Nur Manon kann Lucie zu ihm führen – und Manon leidet unter einer massiven Gedächtnisstörung. Wie soll Lucie von ihr die nötigen Informationen bekommen? Doch Manon ist zugleich eine ausgezeichnete Mathematikerin, ihr ungewöhnliches Talent für Zahlenrätsel führt Lucie zum ersten Opfer, einer grausam hingeschlachteten alten Frau. Doch die Zeichen in diesem Fall sind widersprüchlich, nichts scheint zueinander zu passen. Lucie Henebelle und Manon stehen vor einem Puzzlespiel aus den Bruchstücken der Vergangenheit.

Der Autor

Franck Thilliez ist ausgebildeter Ingenieur und auf neue Technologien spezialisiert. Seit mehreren Jahren schreibt er erfolgreiche Thriller, sein internationaler Durchbruch war *Die Kammer der toten Kinder.*

Von Franck Thilliez ist in unserem Hause bereits erschienen:

Die Kammer der toten Kinder

Franck Thilliez

Im Zeichen des Blutes

Psychothriller

Aus dem Französischen
von Ingrid Kalbhen

Ullstein

Besuchen Sie uns im Internet:
www.ullstein-taschenbuch.de

Umwelthinweis:
Dieses Buch wurde auf chlor- und säurefreiem Papier gedruckt.

Deutsche Erstausgabe im Ullstein Taschenbuch
1. Auflage August 2008

Titel der französischen Originalausgabe: *La mémoire fantôme*
(Le Passage, Paris)
Umschlaggestaltung: HildenDesign, München
Titelabbildung: © photocase
Satz: Pinkuin Satz und Datentechnik, Berlin
Gesetzt aus der Sabon
Druck und Bindearbeiten: CPI – Ebner & Spiegel, Ulm
Printed in Germany
ISBN 978-3-548-26896-5

Für Tristan

Es ist ein schlechtes Gedächtnis,
das nur rückwärts gerichtet funktioniert.
Lewis Carroll

Prolog

Das Gerücht besagte, sie hätte sie alle getötet. Eine Frau, ein vierjähriges Kind, mehrere Männer, die man über die Jahre hinweg erhängt aufgefunden hatte. Es war von Generation zu Generation weitergegeben worden, abgewandelt, aufgebläht. Nie gab es Beweise oder irgendeine Gewissheit. Man hegte den Verdacht, mehr nicht. Einige behaupteten sogar, dass nachts die Geister der Vergangenheit zurückkämen und das Haus wieder aufsuchten, dass man im ersten Stock seltsame Lichter flackern sah. Bulldozer hätten versucht, es abzureißen, hieß es, doch jedes Mal seien unerklärliche Pannen aufgetreten. Alle Versuche, es dem Erdboden gleichzumachen, waren gescheitert, vor langer Zeit bereits.

In der Woche zuvor hatte Salima sich noch über einen derartigen Blödsinn lustig gemacht. Selbst am Vorabend hatte sie nicht daran geglaubt. Aber nun, als sie vor diesem verlassenen Herrenhaus standen, zwischen Hem und Roubaix, war sie sich nicht mehr so sicher.

»Du machst nur deine Fotos, und dann verschwinden wir wieder, okay?«

Vor dem Zaun des Grundstücks packte Alexandre sie und küsste sie unbeholfen wie ein Schuljunge.

»Du wirst doch jetzt nicht etwa Schiss kriegen?«

»Darum geht es nicht. Aber je schneller wir hier wieder weg sind, umso besser. Du kennst meine Mutter.«

Sie erklommen eine Mauer an der Nordseite des Anwesens, stiegen dabei auf einen Haufen aus Schrott und Holz, den bereits andere auf der Jagd nach Gespenstern dort aufgetürmt hatten, und landeten schließlich inmitten von Brennnesseln und Dornengestrüpp.

Salima richtete sich auf. Vor der schwarzen Wand der Dunkelheit hoben sich vom Wind bewegte Zypressen ab. Direkt dahinter lag das erstarrte Haus mit den kalten Steinen. Die Finger des jungen Mädchens krallten sich in die Jacke ihres Freundes.

Sie kletterten weiter und erreichten mühsam eines der nicht zugemauerten Fenster im ersten Stock.

Dann waren sie drinnen. Unter ihren Füßen knirschten Glasscherben. Der Junge schaltete seine Taschenlampe ein.

»Bierflaschen«, flüsterte Salima.

»Und Spritzen. Ich wusste gar nicht, dass Gespenster fixen. Das kratzt den Mythos etwas an.«

Alexandre leuchtete mit der Lampe ringsumher. Ein widerlicher Raum, mit abgelösten Tapeten, feuchten Wänden. Keine Möbel, kein Bett, nur eine abgenutzte Matratze voller Urinflecken.

»Das war das Zimmer von dem Kind. Hier soll die Mutter es tot aufgefunden haben. Genau da, wo du stehst.«

»Halt die Klappe, verdammt noch mal! Deine Belehrungen kannst du dir sparen.«

Alexandre steckte sich seine kleine Taschenlampe zwischen die Zähne und nahm seine Digitalkamera heraus.

»Morgen stelle ich das alles in meinen Blog. In der Schule werden sie grün vor Neid. Komm mit, wir gehen zuerst runter ins Erdgeschoss.«

Salima, ein Mädchen maghrebinischer Abstammung mit langen, geflochtenen Zöpfen, erblasste.

»Warum? Wozu denn das? Dort ist doch alles zugemauert, es gibt keinen Ausgang! Wenn wir …«

»Wenn wir was?«

»Ich … ich weiß nicht. Wenn wir abhauen müssen, zum Beispiel! Scheiße, Mann! Hier sind trotz allem merkwürdige Dinge passiert.«

Mit erhobener Stirn zuckte Alexandre die Schulter.

»Dann bleib halt hier, du Angsthase. Ich geh jedenfalls runter.«

Sie klammerte sich an ihn.

»Immer musst du das letzte Wort haben. Scheißkerl.«

Sie wandten sich zur Treppe. Überall prangten die eisigen Farben der Finsternis. Die Fantasie der jungen Frau ging mit ihr durch. Sie sah hagere Finger, die über ihre Hände streiften, flüchtige Silhouetten aus Feuer und Schatten. Ja, das Haus atmete, irgendwo schlug sein Herz. Erstmals erwiderte Alexandre die Umarmung seiner Freundin mit gleicher Intensität.

Jetzt bekam auch er mit seinen siebzehn Jahren langsam weiche Knie. Würde gleich Blut aus den Wänden sickern und schwarz wie Wein herabtropfen, so, wie es die Leute erzählten?

Nein, völlig unmöglich. Das war nur ein Märchen, das in der Stadt umging.

Sie kamen in eine runde Halle mit zugemauerten Fenstern und sich verjüngenden Fluchten. Es roch nach Salpeter, nach feuchtem, muffigem Keller. Auf den zersplitterten Fliesen waren Säcke mit Gips gestapelt, Mörtel, Bauwerkzeuge. Maurerkellen, Schaufeln, Meißel, Sägen, Hacken. Salima hielt sich den Schal vor die Nase. Vor ihrem inneren Auge tauchte auf einmal das brutale Bild eines Schädels auf, der mit einem Hammer zertrümmert wurde.

Plötzlich vor ihr das Knistern elektrischer Ladung, dann der grelle Schein eines Blitzlichts. Alexandre drehte sich um die eigene Achse, mit dem Finger auf dem Auslöser seiner Digitalkamera. Im Licht der Blitze erkannte man Scherben eines zerbrochenen Spiegels, angeschlagene Teller und abgebrannte Kerzen, die in Form eines Pentagramms angeordnet waren.

Alexandre erstarrte. Seine ganze Selbstsicherheit war dahin.

Vor ihm auf dem Boden stand ein Gefäß mit roter Flüssigkeit.

»Scheiße!«

Er beugte sich hinab.

»Sieht aus wie …«

Aus einem anderen Zimmer hörte man ein knarrendes Geräusch. Dann fiel etwas auf den Boden.

Da war jemand. Oder etwas.

Alexandre wich drei Schritte zurück, stieß gegen seine Freundin. Er geriet in Panik. Plötzlich fühlte er, wie etwas Klebriges kalt über seinen Nacken lief.

Vor Schreck brachte er kein Wort hervor. Er fasste sich ans Ohr. Seine Finger färbten sich purpurrot.

Es tropfte von der Decke herab.

Blut.

Salima unterdrückte einen Schrei und fiel hintenüber auf die erste Treppenstufe. Alexandre ließ seine Lampe los, die bis zur Wand rollte. Sein Atem ging schneller. Er half dem jungen Mädchen aufzustehen.

Und während sie Hals über Kopf die Flucht ergriffen, erhob sich langsam ein Schatten und schritt in die Mitte der Halle. Die Gestalt, die unter einer schwarzen Kapuze verborgen war, ergriff die Taschenlampe und richtete den Lichtkegel zur Decke.

Das Werk war beinah vollendet. Das mathematische Chaos in der Perfektion des Kreises.

Der Lichtstrahl fiel auf schlangenförmig angeordnete Zeichen, die aus Hunderten von Ziffern bestanden. Das Ganze bedeckte noch den letzten Quadratzentimeter Gips.

Eine behandschuhte Hand tauchte einen Pinsel in das Gefäß. Es mussten noch mehr Ziffern gemalt werden. Bis hinunter zum Boden.

Um das Schicksal des nächsten Opfers zu besiegeln.

Während sich die zähflüssige Substanz über die Wände verteilte, wurde das Gesicht unter der Kapuze plötzlich von einem seltsamen weißlichen Schimmer erhellt.

Die dunkle Gestalt geriet in Panik und fügte noch hastig hinzu: »Träum grausame Tode.« Dann verschwand sie.

1

Ein Monat später

Die Scheibenwischer konnten die Wassermassen, die gegen die Windschutzscheibe des Mercedes schlugen, kaum noch bewältigen. Die Bäume zu beiden Seiten der Straße wurden von gewaltigen Kräften hin- und herbewegt, sodass sie drohten umzustürzen.

Alain beugte sich über das Steuer, die Nase dicht über dem Armaturenbrett. Er konnte so gut wie nichts sehen.

Erst musste er sich im Kasino von Saint-Amand-les-Eaux ausnehmen lassen und jetzt auch noch dieses Jahrhundert-Unwetter! Er war wirklich vom Pech verfolgt. Die letzten Kilometer bis Valenciennes drohten beschwerlich zu werden.

Er fuhr noch langsamer. Sauwetter. Für den Rest der Woche waren sintflutartige Regenfälle mit heftigen Gewittern vorhergesagt.

Für den Bruchteil einer Sekunde verzog sich sein Gesicht zu einer grauenhaften Grimasse. Er trat mit voller Wucht aufs Bremspedal, die Hinterreifen blockierten, ringsum spritzte Wasser auf. Das Auto kam nur wenige Zentimeter vor einem riesigen abgebrochenen Ast zum Stehen. Im Licht der Scheinwerfer sah man noch mehr Zweige, die mit großer Geschwindigkeit umhergeschleudert wurden.

»Das kann nicht wahr sein!«

Alain schlug das Lenkrad ein und schaltete in den Rückwärtsgang. Wenn jetzt ein Auto aufkreuzte, dann würde es krachen!

Ein dumpfes Geräusch ließ die Scheibe auf der Beifahrerseite erbeben. Alain zuckte zusammen.

Zuerst glaubte er, ein weiterer Ast sei gegen den Wagen

geprallt. Aber das war es nicht. Nein, es waren Hände, die gegen das Fenster drückten.

Alain umklammerte das Lenkrad. In der Dunkelheit sah er ein Gesicht. In Panik legte er den ersten Gang ein.

Weg von hier, so schnell wie möglich.

Draußen mischte sich ein Schrei unter die Klagelaute der Natur.

Da, direkt vor ihm, im Licht der Scheinwerfer stand eine Frau, von Schlamm bedeckt, die Hände auf die Knie gestützt. Sie schüttelte erregt den Kopf, Wind und Regen peitschten ihr ins Gesicht. An ihrem entsetzten Blick, ihrer zuckenden Brust erkannte Alain, dass sie ihn anflehte, sie der Dunkelheit zu entreißen.

Sie kam aus dem Unterholz. In Turnschuhen und Trainingsanzug.

Alain zögerte, sein schützendes Blechgehäuse zu verlassen. Und wenn es eine Falle war? Der Ast quer über dem Asphalt, die einsame Gegend, keine Zeugen. Dennoch öffnete er schließlich die Tür und stieg aus, mit der ausgebreiteten Jacke über dem Kopf. Er duckte sich unter den Windböen. Keine drei Sekunden später war er völlig durchnässt.

»Madame? Sie …«

»Wo sind wir? Sagen Sie mir, wo wir sind!«, rief sie keuchend.

Das Wasser lief ihr in den Mund. Sie würde jeden Moment zusammenbrechen.

»In der Nähe von Valenciennes, aber …«

»Valenciennes? Was hat das zu bedeuten?«

Sie zeigte ihm ihre Handfläche, über die eine tiefe Schnittwunde voller Blut und Erde verlief, dann schrie sie:

»Nach Lille! Sie müssen mich nach Lille fahren! Bitte! Fahren Sie mich nach Lille!«

2

Jemand hämmerte gegen die Tür.

Lucie Henebelle blickte auf die Uhr. Gleich 22 Uhr 30. Wer konnte um diese Uhrzeit noch klopfen? Sie stand leise auf, um die Zwillinge nicht zu stören, die aneinandergeschmiegt auf dem warmen Sofa schliefen, dann schob sie den Riegel beiseite und öffnete.

Vor ihr standen zwei durchnässte junge Männer. Die Studenten aus der Wohnung über ihr. Jérôme und Anthony.

»Madame! Sie müssen mitkommen!«, sagte Jérôme, der völlig zerzaust war. »Wir waren gerade auf dem Rückweg vom Sombrero! Es ist fünfzig Meter von hier! Eine Frau, die übel zugerichtet aussieht. Sie wollte aufstehen, aber sie ist todmüde! Kommen Sie!«

Lucie seufzte. Die Nachbarn belästigten sie auch wegen jeder Lappalie.

»Dann ruft die Feuerwehr. Oder die Polizei.«

»Aber Sie sind doch von der Polizei!«

Die Polizistin strich ihre blonden Haare nach hinten und band sie mit einem roten Gummiband zusammen, dabei erklärte sie:

»Nur bin ich leider gerade nicht im Dienst, verstehst du, da draußen tobt ein irrsinniges Gewitter, und außerdem muss ich nicht bei jedem Ehekrach oder Problem mit der Müllabfuhr parat stehen. Auch ich habe ein Leben nach der Arbeit. Ich bin nicht von den Barmherzigen Schwestern, okay?«

Lucie wollte die Tür wieder schließen, doch Jérôme hatte seinen Fuß in den Spalt gestellt.

»Ein Problem mit der Müllabfuhr? Diese arme Frau hat Striemen an den Handgelenken! Sie ist über und über mit Schlamm besudelt! Und weiß nicht einmal, welcher Tag heute ist! Als hätte sie seit Monaten kein Tageslicht mehr gesehen!«

Polizeileutnant Henebelle zögerte. Sie war rund um die Uhr Polizistin. Verpflichtet, Personen in Gefahr Beistand zu leisten.

Sie drehte sich um, machte wieder einmal das Dilemma einer jeden Mutter durch. Was sollte sie mit ihren Lieblingen machen? Sie allein lassen? Was war mit ihrem Versprechen: »Nie wieder nachts«?

Es war zu spät, um die Tagesmutter anzurufen.

»Fünfzig Meter von hier, hast du gesagt?«

»Noch nicht mal. Dort. Nebenan!«

Den Sachverhalt feststellen, wenn nötig, ein Team anfordern und dann gleich zurückkehren. Nur ein paar Minuten und sie wäre wieder bei ihren Mädchen. Sie hasste es, sie so allein zurückzulassen. Die endlosen Nachtdienste, die verheerenden ruhigen Posten. Das war Vergangenheit.

»Also gut. Bleibt einer von euch hier und passt auf meine Töchter auf? Anthony?«

Der junge Mann, der schüchtern wie eine Nonne war, willigte ein, ohne den Mund aufzumachen. Sein Gesicht war von Pickeln übersät, die sich von Hamburgern und elektronischen Schaltkreisen nährten, ein Student der vergangenen Generation. Sie wusste, dass er an der Ingenieurschule studierte, einer von der ernsthaften Sorte. Nicht unbedingt der geborene Vater, aber auch nicht zu blöd, um auf zwei vierjährige Mädchen aufzupassen.

Lucie lief zu ihrem Computer, auf dem die Seite einer Partnerschaftsvermittlung aufgerufen war, und schaltete den Bildschirm aus. Dann zog sie ihren alten Regenmantel über, band ihre verschlissenen Springerstiefel zu und räumte eilig ein paar Papiere und Bücher in einen Eckschrank. Mit einem raschen Blick kontrollierte sie den Zustand des Zimmers. Schubladen und Schranktüren waren geschlossen. Abgesehen von den Puppen und den Spielsachen auf dem Boden war alles sauber und aufgeräumt.

»Bitte fass nichts an. Denk dran, ich bin Polizistin, und Polizisten haben eine feine Nase. Kann ich dir vertrauen?«

Anthony nickte und machte es sich auf einem Sessel gegenüber von den Zwillingen bequem.

»Und vielen Dank auch«, fügte sie hinzu. »Wenn ihr mal Probleme mit einem Strafzettel habt …«

Ohne noch länger zu warten, ließ sich Lucie vom Sog des Gewitters fortreißen. Und von der dekadenten Würde einer Frühlingsnacht.

3

Die junge Frau saß zusammengekauert in der Halle des Wohnheims Saint-Michel, inmitten eines Stadtviertels mit mehreren Elite-Hochschulen. Ein paar Studenten hatten ihr eine Decke und eine Tasse heiße Schokolade gebracht, die sie jedoch nicht angerührt hatte. Sie sah mitgenommen und verstört aus, ihre schwarzen Haare waren zerzaust, der Trainingsanzug durchnässt. Alles an ihr, wie sie sich sträubte, sich abkapselte, erinnerte an ein gehetztes, verängstigtes Tier.

Als Lucie näher trat, bemerkte sie an ihren Handgelenken sofort die von Stricken herrührenden Wunden. Die Polizistin schüttelte ihren Regenschirm aus und hockte sich vor die Frau.

»Haben Sie keine Angst. Ich bin von der Polizei.«

Die unbekannte Frau versuchte aufzustehen, doch Lucie hinderte sie daran, indem sie ihr eine Hand auf die Schulter legte.

»Sie sehen sehr geschwächt aus. Bleiben Sie besser sitzen, bis sich jemand um Sie kümmert.«

Sie hob behutsam die Hosenbeine des Trainingsanzugs an. Die Frau verzog das Gesicht.

»Sie tun mir weh!«

»Entschuldigen Sie.«

Auch die Knöchel wiesen Striemen auf, fast blutrot. Lucie wandte sich um:

»Hat jemand die Polizei gerufen?«

Nur Kopfschütteln an Stelle einer Antwort.

»Ich kümmere mich darum«, bot Jérôme an, noch bevor die Polizistin ihr Handy hervorholen konnte.

»Sag, dass eine Frau um die dreißig, fünfunddreißig in die Notfallstation der Gerichtsmedizin gebracht werden muss. Sie ist wach und zeigt Reaktionen, doch wahrscheinlich ist sie Opfer von Misshandlungen geworden. Sag, dass Polizeileutnant Henebelle von der Kripo Lille vor Ort ist. Und dass sie sich beeilen sollen, okay?«

»Gut«, erwiderte Jérôme, das Telefon schon am Ohr.

Die junge Frau wurde immer unruhiger, ihre Finger krallten sich in die Decke.

»Meine Mutter! Sie müssen meine Mutter benachrichtigen! Marie Moinet, sie heißt Marie Moinet. 282, Boulevard du Maréchal Leclerc, in Caen. Jawohl, in Caen. Und meinen Bruder ebenfalls! Frédéric Moinet! Impasse du Vacher, in der Altstadt von Lille! Bitte!«

»Wir werden sie benachrichtigen, aber am wichtigsten sind erst einmal Sie. Wie heißen Sie?«

»Manon. Manon Moinet. Sind wir in Lille?«

»Ja. Ich ...«

»Sie müssen mich nach Hause bringen. Dieselbe Adresse wie mein Bruder. Sofort! Ich bitte Sie! Ich brauche meinen Apparat! Meinen Apparat!«

»Was für einen Apparat?«

Ohne eine Antwort zu geben, versuchte sie, sich an Lucie zu klammern, die jedoch ganz ruhig ihre Hände ergriff und dabei eine Schnittwunde auf der linken Handfläche spürte.

»Hören Sie, Manon, ich heiße Lucie Henebelle, ich bin Polizeileutnant. Sie haben nichts mehr zu befürchten und werden bald nach Hause gebracht. Aber zuerst müssen Sie ins Krankenhaus, damit ein Arzt Sie untersuchen kann. Das ist gängige Praxis, wenn wir eine Person auffinden, die einen verwirrten Eindruck macht. Verstehen Sie?«

»Ja, ja. Ich verstehe vollkommen, aber ...«

»Sie werden in knapp zehn Minuten da sein«, teilte Jérôme mit.

»Okay«, antwortete Lucie. »Und nun, Manon, erzählen Sie mir, was passiert ist.«

Lucie drehte die Hand der jungen Frau um. Getrocknetes Blut. Sie schaute genauer hin. Die Handfläche war übel zugerichtet. Es waren Buchstaben: »Pr wieder da«.

Sie hob jäh den Kopf und fragte:

»Wer hat Ihnen das angetan?«

Manon wandte den Blick ab und schrie dann auf:

»Meine Uhr. Meine Uhr ist weg. Welcher Tag ist heute? Welcher Tag? Sagen Sie es mir!«

»Das hat sie uns vor fünf Minuten auch schon gefragt«, erklärte einer der Studenten.

Lucie bedeutete ihnen, beiseitezugehen und leise zu sein.

»Heute ist Dienstag. Aber sprechen Sie ganz ruhig weiter, einverstanden?«

»Dienstag. Dienstag. Einverstanden. Februar. 2007, stimmt das? Sagen Sie, stimmt das?«

Hinter ihnen wurde getuschelt. Lucie blieb gelassen. Ein berufsmäßiger Reflex. Die arme Frau nicht noch mehr erschrecken.

»Wir haben April. Ende April.«

»O mein Gott! April! Schon April.«

Manon sah einen Augenblick lang verzweifelt aus, dann packte sie mit einer blitzschnellen Bewegung ihre Gesprächspartnerin am Kragen.

»Erzählen Sie mir, was passiert ist! Wieso bin ich hier? Wer sind diese Leute? Warum schauen sie mich so an? Sagen Sie es mir! Bitte!«

Sie hatte geschrien. Lucie löste sich aus der Umklammerung und wich einen Schritt zurück. Diese Frau gehörte in eine psychiatrische Klinik.

Gleichmütig fuhr die Polizistin fort:

»Man hat Sie gesehen, wie Sie über den Boulevard Vauban irrten. Sie sind voller Schlamm, bis zu den Haaren. Sie waren sehr schwach, und jemand hat Sie hierhergebracht, eben, vor ein paar Minuten. Erinnern Sie sich nicht?«

Manon warf einen beunruhigten Blick auf die Gruppe Studenten.

»All diese Gesichter. Es sind zu viele Leute hier. Lauter Unbekannte. Madame, schicken Sie sie weg.«

Lucie wandte sich an die Schaulustigen.

»Okay, danke für Ihre Unterstützung, das war sehr nett. Der Rettungswagen wird gleich da sein, und Sie sollten wieder nach Hause gehen. Sie können die Tasse Schokolade wieder mitnehmen. Und die Decke lassen wir dort in der Ecke. Jérôme, du gibst Anthony Bescheid, dass ich wohl noch einen Moment hier zu tun habe. Er soll gut auf meine Mädchen aufpassen.«

Allgemeines Gemurre, doch niemand setzte sich in Bewegung. Erst als sie ihren Polizeiausweis zückte, gehorchten sie.

Als sie allein mit Lucie war, verlangte Manon:

»Ich brauche einen Arzt. Bitte, einen Arzt. Ich möchte es wissen. Ich muss wissen, ob er mich berührt hat. Madame, einen Arzt. Schnell.«

»Machen Sie sich keine Sorgen, wir fahren gleich in die Notaufnahme. Dort wird man sich um Sie kümmern und Sie beschützen, einverstanden?«

»Sie halten mich bestimmt für schwachsinnig. Natürlich. Aber wie soll ich es Ihnen erklären? Es widerspricht jeglicher Logik.«

Lucie ging wieder näher an Manon heran und strich ihr sanft über den Rücken.

»Wollen wir vorne beginnen? Jemand hat Sie gegen Ihren Willen festgehalten?«

»Das war er. Ganz bestimmt. Da bin ich mir sicher.«

»Wer ist *er*?«

»Das wissen Sie nicht? Habe ich es Ihnen denn noch nicht gesagt? Doch, doch, Sie müssen es wissen. Ich habe es Ihnen bestimmt gesagt.«

»Nein, noch nicht. Sie können es mir glauben.«

»Noch nicht. Noch nicht, wie, noch nicht? Das war der Professor! *Der* Professor!«

»Welcher Professor?«

Manon schien nicht zu verstehen, da die Andeutung doch so offensichtlich war. Sie starrte Lucie verächtlich an.

»Sie sind bei der Polizei und stellen mir diese Frage? Wie kann es sein, dass Sie das nicht wissen? Das ist doch nicht möglich. Sie müssen ihn kennen. Den Professor!«

Sie wischte sich die Nase mit dem Ärmel ab und zog dann die Beine an den Oberkörper heran.

»Er hat seinen Opfern nie die geringste Chance gelassen. Nie. Warum sollte er mich verschont haben? Das widerspricht seiner Vorgehensweise! Das macht keinen Sinn! Begreifen Sie das?«

Lucie nickte. Die Frau sprach von »Vorgehensweise«, das war ein Fachbegriff. War sie Polizistin?

»Der Professor. Meinen Sie den Mörder?«, fragte Lucie.

Manon betrachtete die Schnittwunden auf ihrer Handfläche.

»Vielleicht habe ich ihn getötet. Ja. Ich habe es geschafft, ich habe ihn endlich gefunden und ihn getötet. Mit meinen eigenen Händen. Das ist möglich. Ja, ja, das wäre logisch. Nach all diesen Jahren.«

In ihr brodelte es, ihre Qualen schienen direkt unter ihrer Haut zu lodern, als wollten sie die gespannte Oberfläche durchbrechen. Lucie beobachtete ihre zwanghafte Mimik, die verkrampften Muskeln, ihre nervliche Anspannung.

Was für schreckliche Dinge hatte diese Frau durchgemacht? Der Professor, wieder da. Lucie unterdrückte einen Schauder.

Plötzlich schlug hinter ihnen eine Tür laut zu. Manon zuckte zusammen. Dann fielen ihre Arme wieder schlaff neben den Körper, und sie betrachtete die Halle, die Briefkästen, die Decke. Sie stand auf, wühlte in ihren Taschen und fragte, von Panik ergriffen:

»Madame?«

Lucie, die nach dem Rettungsdienst Ausschau hielt, antwortete etwas verzögert:

»Ja?«

»Wieso bin ich hier? Und wer sind Sie?«

4

Lucie setzte Manon auf den Rücksitz der Funkstreife. Sie hatte Anthony telefonisch erreicht. Er war bereits von Jérôme informiert worden und hatte eingewilligt, bis zu ihrer Rückkehr auf ihre Lieblinge aufzupassen.

Lucie war regelmäßig mit der Funkstreife unterwegs, doch in letzter Zeit nur selten mit den Teams, die nachts Dienst hatten. Sie sah Tibert, den Brigadechef, der am Steuer saß, und seinen Kollegen Malfeuille heute zum ersten Mal. Zwei kräftige Männer mit den Schultern von Rugbyspielern, Asphaltfresser, die von ihrem Beruf ganz ausgezehrt waren.

Bevor Tibert losfuhr, stellte er die Scheibenwischer auf höchste Stufe.

»Das ist echt nicht wahr, dieses Wetter. So was habe ich noch nie erlebt.«

Er warf einen Blick in den Rückspiegel und ließ den Motor an.

»Also, was gibt's?«

Manon zitterte. Ihr Gesicht lag im Dunkeln, sie hatte die Augen geschlossen. Sie war gerade eingeschlafen, völlig erschlagen vor Müdigkeit.

»Ich weiß es nicht«, antwortete Lucie leise, während sie sich die Haare mit einem Handtuch trocknete. »Es sieht nach einer Entführung aus: Sie hat tiefe Striemen von Fesseln an Handgelenken und Knöcheln.«

»Wow!«

»Du sagst es. Sie hat ziemliche Probleme, sich an irgendetwas zu erinnern. Weiß weder wann noch wo es geschehen ist.«

»Amnesie?«

»Eher ein traumatischer Schock. Sie kennt ihren Namen und ihre Adresse. Aber in ihrem Kopf schwirrt alles durcheinander, sie spricht sehr schnell, und was sie sagt, ist völlig verworren. Zum Beispiel behauptet sie, zweiunddreißig Jahre alt zu sein, und dann wieder erklärt sie, ihr Hund Myrthe müsse dringend gefüttert werden.«

»Ein ausgeprägter Sinn für Prioritäten.«

Tibert nahm ein Hustenbonbon und bot auch Lucie eins an, doch sie lehnte ab.

»Kein Schädeltrauma, keine Blutergüsse?«, fragte er weiter.

»Auf den ersten Blick nicht. Aber ich fürchte die Ergebnisse der Untersuchungen. Sich nicht an seinen Entführer zu erinnern, an die Umstände der Entführung, das sieht, ehrlich gesagt, nicht gut aus.«

»Mit der Droge GHB betäubt?«

»Ich weiß es nicht.«

Lucie berührte sanft Manons Stirn. Kein Fieber.

»Sie ist todmüde, als hätte sie seit Ewigkeiten nicht geschlafen. Was für ein Dreckskerl kann sie so zugerichtet haben?«

»Derselbe Dreckskerl, der auch seine Frau zu Tode prügelt oder seine Tochter vergewaltigt. Erst gestern wieder in Wazemmes. Was, Malfeuille?«

»Ja«, erwiderte der Brigadier. »Das Mädchen muss einen Monat lang im Krankenhaus bleiben. Ihr Kiefer ist völlig kaputt, von einer Flasche zertrümmert.«

Lucie dachte kurz nach.

»Ich habe die Zentrale angerufen, sie überprüfen ihre Identität«, fuhr sie fort. »Und versuchen, ihre Mutter zu benachrichtigen, die in Caen wohnt. Zumindest hat sie mir das gesagt.«

Tibert drehte die Lüftung voll auf. Durch die beschlagenen Scheiben konnte er kaum etwas sehen.

»Was hat sie da für eine Blutkruste auf der Hand?«, fragte Malfeuille nach hinten gewandt.

»Eine üble Sache. Man hat ihr die Haut zerschnitten. Jemand hat ihr mit einem scharfen Gegenstand den Satz eingeritzt: ›Pr wieder da‹.«

»Das kann doch nicht wahr sein. Sie wurde ganz schön zugerichtet. Dieser ›Pr‹, wer ist das?«

»Ich weiß es nicht. Sie hat vom Professor gesprochen. Dieser Serienmörder von vor vier oder fünf Jahren.«

Keiner sagte mehr etwas. Im Wagen herrschte eine bedrückende Mischung aus Schweigen und Regen.

Schließlich fragte Malfeuille:

»Und Sie glauben ihr?«

»Vor allen Dingen glaube ich, dass diese Frau unter Schock steht. Diese Buchstaben auf ihrer Hand hat sie nicht erfunden.«

Neben ihr atmete Manon immer lauter.

»Jedenfalls ist sie davon ganz besessen«, fuhr Lucie fort. »Sie kann sich nicht daran erinnern, wo sie herkommt, weiß nicht, wer sie entführt hat oder welcher Monat gerade ist. Andererseits hat sie dauernd vom Professor gesprochen. Als nähme er ihr ganzes Erinnerungsvermögen in Beschlag. Wirklich seltsam.«

»Äußerst merkwürdig, in der Tat. Zusammen mit unserem ›Rothaar-Jäger‹ macht das schon zwei Verrückte, die Frankreich unsicher machen. Vielleicht ist diese Frau ein böses Omen.«

Lucie klappte den Kragen ihres Regenmantels hoch. Ohne eine Antwort zu geben, lehnte sie die Stirn an die Scheibe und ließ sich von den sintflutartigen Niederfällen einlullen. Rechts lag der Hafen von Lille mit seinen langen Lagerhallen. Eine Brücke, die Autobahn A25 und die Bremslichter der Lastwagen, die im Regen zu blutroten Blüten zerplatzten.

Noch vier oder fünf Jahre zuvor hätte sie eine grenzenlose Erregung gepackt, und sie hätte das Auftauchen dieser Frau als Geschenk des Himmels begrüßt. Eine Entführung, das

Schreckgespenst eines Psychopathen, der im Land umherstrich. Endlich eine Gelegenheit, ihr Wissen zu zeigen, all das, was sie seit ihrer Jugend beschäftigte und sie dazu trieb, blutrünstige Filme und Bücher zu verschlingen. Doch seitdem sie das Böse tief im Innern gestreift hatte, damals in der »Kammer der toten Kinder«, stand für sie fest: »Nie wieder.«

Lucie blickte auf. Vor ihr erhob sich das hell erleuchtete Krankenhausgebäude, auf das der Regen niederprasselte. Hier hatte das Wissen um den menschlichen Körper sein Refugium. Viele Quadratkilometer, die der Krankheit vorbehalten waren, den Untersuchungen am menschlichen Körper, der Medizin. Kardiologie, Neurologie, Psychiatrie. In diesem Gebäudekomplex kannten die Polizisten ein Ziel besonders gut: die Notaufnahme der Gerichtsmedizin, im Untergeschoss der Klinik Roger Salengro. Vergewaltigungen, körperliche Gewalt, Drogen, Verstümmelungen. Treffpunkt von Opfern und Tätern in Polizeigewahrsam.

Sie parkten neben dem Krankenwagen auf einem überdachten Platz. Die Brigadiere legten Manon auf eine Trage.

»Sie ist nicht mal aufgewacht! Völlig erledigt!«

»Beeilen Sie sich!«

Sie brachten sie im Laufschritt zum Empfang.

Eine Krankenschwester kam ihnen eilig entgegen, gefolgt von einem Assistenzarzt. Das Profil einer Rasierklinge, dazu runde Brillengläser mit grünem Gestell. Doktor Flavien.

»Meine Herren. Leutnant Henebelle! Wieder zurück? Hat Ihnen die nächtliche Atmosphäre gefehlt?«

»Die Atmosphäre nicht. Aber Sie.«

Ohne zu blinzeln, nahm Flavien seine Brille ab und fing an, sie sorgfältig zu reinigen. Die beiden Abdrücke, die sie auf seiner Nase hinterließ, zeugten von einem endlos langen Tag, der aus Eingeweiden und Blut bestanden hatte.

»Wo ist der Antrag?«

»Ich mache ihn sofort fertig«, antwortete Lucie. »Ich bin ein wenig überrumpelt worden. Am wichtigsten ist im Moment diese Frau.«

»Überrumpelt?«

Der Arzt zuckte die Achseln, während die Krankenschwester mit der Trage hinter einer Flügeltür verschwand.

»Immer dasselbe mit euch«, seufzte der Bereitschaftsarzt. »In Gerichtsmedizin steckt das Wort Gericht. Kennen Sie die Bedeutung?«

Lucie riss sich zusammen, obwohl Flavien sie zur Weißglut trieb.

»Ich warte auf Sie, Doktor. Und wenn Sie fertig sind, spendiere ich Ihnen eine ordentliche Tasse Kaffee. Kümmern Sie sich gut um sie.«

»Einen guten Kaffee, ja.«

Ohne sich noch einmal umzudrehen, ging er davon, wobei er noch hinzufügte:

»Vergessen Sie mein Formular nicht, sonst gibt es keine Bescheinigung.«

»Der lässt sich sonst aber nicht so schnell erweichen«, bemerkte Tibert. »Man sollte mehr Frauen bei der Polizei einstellen. Das würde die Arbeit erleichtern.«

»Ich glaube kaum.«

Er klapperte mit seinen Autoschlüsseln.

»Können wir los?«

»Ja, fahren Sie. Ich werde bei ihr bleiben. Sie wird jemanden brauchen, wenn sie aufwacht.«

»Und wie werden Sie nach Hause kommen?«

»Ich werde sehen, dass mich ein Krankenwagen mitnimmt. Danke, Jungs.«

Bevor sie den Papierkram erledigte, ging Lucie unter das Vordach, um zu telefonieren. Sie hatte sich so nach einem ruhigen Abend gesehnt. Daraus wurde wohl nichts. Aber ehrlich gesagt fand sie ernsthaft Gefallen daran. Sie dachte an ihre Töchter, die sie mit Anthony allein gelassen hatte. Polizistin, Mutter, das Gleichgewicht war so labil, das Pendel so empfindlich.

Nein, nein, dachte sie. Ich werde nur die Ermittlungen in die Wege leiten, die Sache jemand anderem aufhalsen und wieder verschwinden. Ich mache meinen Job, mehr nicht. Auf der Dienststelle wussten sie Bescheid wegen der Zwillinge, und der Leiter war sehr entgegenkommend, soweit ein Polizeikommandant dies sein konnte.

Keine Nachtdienste, wenn möglich. Dies Versprechen hatte sie sich gegeben.

Lucie nahm ihr Handy und rief die Kontaktliste auf, um die neue Nummer der Rufbereitschaft zu suchen. Sie konnte sich nicht mal mehr eine armselige Nummer mit zehn Ziffern merken. Verdammtes Gedächtnis, verdammte Dreißiger, verdammtes Älterwerden.

Namen zogen vorbei. Amélie, Corinne, Eva, Mama. Pierre. Pierre Norman. Kollege, Freund, Geliebter. Ihr Polizist mit dem feuerroten Haarschopf, der so an seiner Heimatstadt Dunkerque hing. Und dann ganz plötzlich nach Marseille entflogen war, vor drei Jahren, als sie sich gerade auf das Auswahlverfahren zum Leutnant vorbereitete. Lucie hatte sich nie die Zeit genommen, seine Telefonnummer zu löschen. Oder vielleicht hatte sie es gar nicht gewollt?

Sie schloss die Augen. Das Kommissariat in Dunkerque, direkt am Kai. Ihr kleines Büro im ersten Stock, gegenüber von der *Duchesse Anne*. Der salzige Geruch des Jachthafens. Lille war so anders, so unnatürlich. Ein Diamant, der ein Stück Kohle berührte.

Sie atmete tief durch und drückte auf »Löschen«.

»Tschüss, Kommandant Pierre Norman«, murmelte sie, während der Donner über ihr grollte. »Ich wünsch dir guten Wind dort in den Felsbuchten, so weit weg von uns.«

Sie wählte die Nummer vom Bereitschaftsdienst, im Büro des Kommissariats. Ihr Gesprächspartner hatte kaum abgehoben, da fragte sie schon:

»Gibt's was Neues von Manon Moinet?«

»Pah, ich wollte Sie gerade anrufen!«, erwiderte Greux, ein Offizier der Rufbereitschaft. »Eine Person mit diesem Namen ist nicht gemeldet, aber es gibt zwei sehr merkwürdige Vorfälle. Erstens, eine Meldung der städtischen Sicherheitspolizei: Dort ist eben ein Typ aufgekreuzt, total in Panik. Er behauptet, er habe in seinem Wagen eine Frau mitgenommen, die etwa vierzig Kilometer von hier, in der Nähe von Raismes, am Straßenrand umherirrte.«

»Manon Moinet?«

»Diesen Namen hat sie ihm genannt, ja! Sie habe ihn gebeten, sie in die Altstadt von Lille zu fahren, später habe sie ihn angegriffen und sei dann einfach so aus dem Wagen gesprungen, an einer roten Ampel, in Höhe der Porte de Béthune.«

»Das ist aber ein ganz schönes Stück, zu Fuß bis nach Vauban.«

»Vor allem bei diesem Unwetter. Und der Typ hat sie davonlaufen lassen, er war völlig perplex. Er kommt ihr zu Hilfe, und sie scheuert ihm eine. Er hat wohl nicht so ganz begriffen, was ihm da widerfahren ist.«

»Ist er noch bei der Sicherheitspolizei?«

»Die Kollegen piesacken ihn noch ein wenig.«

Lucie ging ein paar Schritte zurück, da der Regen bis zu ihr drang.

»Ruf sie an und bitte sie, ihn dazubehalten! Gib auch dem Kommissariat oder der Gendarmerie in Raismes Bescheid, sie sollen sich bereithalten! Hast du jemanden, der dich auf der Dienststelle vertreten kann?«

»Malouda.«

»Okay. Schnapp dir einen zweiten Mann, wir müssen dorthin fahren. Moinet war zu Fuß unterwegs, also in der Nähe des Ortes, wo sie vermutlich entführt wurde. Der Typ bei der Sicherheitspolizei wird dir den Weg zeigen. Wir müssen schnell handeln! Ich werde versuchen, mich von einem Krankenwagen hinbringen zu lassen. Eigentlich sollte ich in zehn Minuten da sein. Wenn ich dann nicht da bin, fahrt ihr ohne mich los, verstanden?«

»Verstanden. Aber warten Sie noch! Es gibt da noch eine komische Sache, die mit Moinet zu tun hat.«

Greux machte eine Pause.

»Und? Worauf wartest du?«, fragte Lucie ungeduldig.

»Es geht um ihre Mutter, Marie Moinet. Die Adresse, die Sie mir genannt haben, in Caen. Ich habe dort angerufen. Ein Mann hat abgenommen.«

»Der Vater?«

»Nein. Der neue Eigentümer des Hauses.«

»Was?«

»Marie Moinet wohnt seit drei Jahren nicht mehr unter dieser Adresse.«

»Mist! Als ob die Sache nicht schon kompliziert genug wäre. Jedenfalls stammt die Information von ihr! Hast du ihre aktuelle Adresse herausfinden können?«

»Hm, ja. Boulevard der Verblichenen.«

»Was?«

»Nun, der Friedhof! Die Frau ist vor drei Jahren gestorben.«

»Vor drei Jahren? Was erzählst du da? Ihre Tochter wollte sie eben noch sehen!«

»Sie hat in einer psychiatrischen Klinik Selbstmord begangen. Am 8. Juli 2004.«

Lucie legte auf. Sie verstand überhaupt nichts mehr. Die Nacht drohte lang zu werden.

Und plötzlich war da wieder dieses Schuldgefühl. Ihre Töchter, ihr Versprechen. Keine Nachtdienste.

Sie brauchte nur einen Offizier anzurufen, der sie ablöste, und nach Hause zurückzukehren. Der Kommandant wäre nicht besonders erfreut darüber, aber er hätte Verständnis für sie. Er mochte sie gern, die Frau aus Dunkerque.

Ihre Töchter, Manon. Manon, ihre Töchter. Schnell, sie musste sich entscheiden.

Sie lief in die Halle der Notaufnahme. Flavien kam mit schwungvollen Schritten auf sie zu.

»Haben Sie einen Moment Zeit?«, rief er.

»Hören Sie, ich ...«

Sie überlegte eine Sekunde lang.

»Ich habe gerade einen Anruf bekommen. Ich muss so schnell wie möglich nach Raismes fahren, dort hat man Ihre

Patientin gesehen, wie sie am Straßenrand umherirrte. Ich werde einen Kollegen schicken, der bei ihr bleibt.«

Flavien hob die Hand empor.

»Ich glaube, Sie sollten Ihre Reise auf später verschieben.«

»Was ist denn los? Geht es um Manon? Haben Sie sie untersucht? Sie hat doch nicht …«

»Sie ruht sich noch im Behandlungsraum aus. Aber als sie die Augen geöffnet hat, da habe ich …«

Mit ernster Miene zog er die Augenbrauen hoch.

»Folgen Sie mir. Oben in der Neurologie ist es. Dort wartet Manon auf Sie.«

»Aber Sie haben mir doch gerade gesagt, sie läge unten!«

»Ich weiß, lieber Leutnant. Aber machen Sie sich auf einen Schock gefasst. Denn ich garantiere Ihnen, sie ist auch oben.«

5

An der Metro-Station Châtelet stand Romain Ardère auf dem langen Laufband, das ihn zur Linie 4 Richtung Gare Montparnasse brachte, und ließ sich treiben. Es tat ihm gut, den Luftzug auf seinem Gesicht zu spüren. Er atmete tief ein. Der Direktor von *Tausendundein Stern* mochte die Ruhe in den Gängen zu dieser späten Stunde.

Seit fünf Uhr morgens hatte er nicht ein einziges Mal Pause gemacht. Er kam gerade von einer wichtigen Besprechung mit den verschiedenen Lieferanten pyrotechnischer Artikel, seinen Versicherern, dem Feuerwerksmeister und vor allem der stellvertretenden Bürgermeisterin von Saint-Denis.

Wie sah seine Bilanz des heutigen Tages aus? Sein kleines Unternehmen gehörte zur *short list* für das Feuerwerk am 14. Juli in Saint-Denis. Das war zwar noch nicht der Eiffelturm, aber mit dieser Stadt von fast hunderttausend Einwohnern näherte er sich langsam diesem Ziel. Das Projekt hieß »Reich des Himmels«.

Die Chancen standen eins zu fünf, dass die Wahl auf ihn fiel, doch der Konkurrenz gegenüber besaß Ardère noch einen gewaltigen Pluspunkt: den »Sternenregen«, eine Rakete, die er selbst erfunden hatte, eine geheime Mischung aus Bariumnitrat, Strontiumoxid, Kupferchlorid und einem komplexen Katalysator, die Lichtkörnchen in Form von vielfarbigen Rauten freisetzte. Zum Zauber des Imaginären gesellte sich die Präzision der Geometrie. Etwas noch nie Dagewesenes.

Der jugendlich und dynamisch aussehende Mann in dem tadellosen Anzug freute sich schon im Voraus. Mit einem solchen Vertrag würde sein Unternehmen auch außerhalb seines Departements Maine-et-Loire den Durchbruch schaffen und neue Ziele in Angriff nehmen können. Er, der mit nichts angefangen hatte, würde schon bald ganz Frankreich mit seinen zauberhaften Shows begeistern.

Er nahm eine Rolltreppe. Als er auf dem Bahnsteig stand, stellte er seinen Aktenkoffer zwischen die Beine und beobachtete die Jugendlichen, die auf der anderen Seite der Gleise mit einer Cola-Dose Fußball spielten.

Hier der Intellekt, dort der Abschaum. In ihrem Alter baute er bereits die Welt; sie weideten sich daran. Er verachtete sie.

Die Waggons schossen aus dem dunklen Tunnel. Ardère nahm auf einem Klappsitz Platz, löste den Knoten seiner Krawatte und holte seine Qi-Gong-Kugeln aus der Tasche, die mit dem Logo seiner Firma versehen waren. Er ließ sie zwischen den Fingern kreisen. Sie gaben einen leisen metallischen Klang von sich, der entspannend auf ihn wirkte. Rote Kugel, blaue Kugel. Yin und Yang.

Langsam schaute er nach rechts. Als sein Blick auf einen Kreis fiel, den jemand auf die Schiebetür gesprayt hatte, musste er an sein geheimes Zimmer denken, das vollgestopft war mit Zirkusutensilien, mit Bällen, Keulen und vor allem einer großen Zielscheibe, die früher einmal ein berühmter Messerwerfer benutzt hatte. Dies war sein verborgener kleiner Raum, in dem seine explosiven Mischungen entstanden. Sein geheimer Garten. Sein Lebensinhalt.

Ardère starrte auf sein Spiegelbild im Seitenfenster. An der nächsten Station verlor sich sein Blick auf den gekachelten Wänden, schweifte über die ziellos dahinlaufenden Passanten und verweilte dann bei den Werbeplakaten, von denen die meisten die Vorzüge von Stephen Kings letztem Roman anpriesen.

Plötzlich machte sein Herz einen Satz.

Er stand abrupt auf und schlängelte sich noch schnell durch die Tür.

Vor ihm hing ein Plakat. Drei Meter hoch.

Eine überwältigende Frau mit strahlend blauen Augen.

Das war sie. Kein Zweifel.

Ardère stellte seinen Aktenkoffer auf den Boden und wischte sich das Gesicht mit einem Taschentuch ab. In seinem Schädel brummte es. Die Müdigkeit. Und der Schock dieses Porträts.

Er fasste sich schnell wieder. Das alles war lange her und vergessen. Nun musste er sogar lächeln vor diesem seltsamen Augenzwinkern des Zufalls.

Doch es gab keinen Zufall.

Als er in den nächsten Zug stieg, musste er immer noch an diesen Werbeslogan denken, der unten auf dem Plakat stand: »Machen Sie es wie ich, mit N-Tech lässt Ihr Gedächtnis Sie nie wieder im Stich.«

Er biss die Zähne zusammen.

Dieses Miststück Manon Moinet war wieder da.

6

Lucie Henebelle und der Bereitschaftsarzt verließen den Aufzug und gingen zum Zentrum für Gedächtnisstörungen in der Neurologie. An einer Korktafel neben dem Empfang waren verschiedene Aushänge über Alzheimer, Epilepsie, die Levy-Körperchen-Demenz angeschlagen. Nichts sehr Erfreuliches.

»Irgendetwas sagte mir das Gesicht dieser Patientin«, erklärte Flavien. »Und eben, als sie die Augen öffnete, ist bei mir der Groschen gefallen. Diese blauen Augen. Einen solchen Blick vergisst man nicht mehr. Ich jedenfalls nicht! Mir ist wieder eingefallen, dass ich sie schon einmal gesehen habe, hier drinnen, vor nicht einmal zwei Stunden, bevor mein Dienst anfing.«

»Vor zwei Stunden? Das scheint mir kaum möglich zu sein. Sie muss in den Straßen von Lille umhergeirrt sein, in der Nähe der Porte de Béthune. Ich glaube, Sie täuschen sich.«

»Wie Sie meinen.«

Er öffnete die Tür zu einem Behandlungszimmer.

Hinten an der Wand hing ein Poster. Lucie lehnte sich gegen den Türrahmen. Sie traute ihren Augen nicht.

»Mein Gott! Was ist denn das?«

Vor ihr auf dem Glanzpapier war Manon zu sehen.

Sie hielt einen elektronischen Organizer in der Hand. Unten auf dem Plakat stand ein Werbespruch: »Machen Sie es wie ich, mit N-Tech lässt Ihr Gedächtnis Sie nie wieder im Stich.«

»Was hat das zu bedeuten, Doktor?«

Er zuckte ratlos mit den Schultern.

»Bleiben Sie hier, ich suche Professor Ruffaux oder einen seiner Dienst habenden Kollegen. Ich muss zurück zur Notaufnahme und mich um unsere prominente Patientin kümmern. Halten Sie mich auf dem Laufenden, diese Geschichte macht mich neugierig.«

Lucie, die gefesselt und verwirrt zugleich war, nickte, ohne ihren Blick von dem Plakat zu lösen. Manon – im beigen Kostüm, leicht geschminkt und mit strahlendem Lächeln sah wunderschön aus.

Sie trat näher an die Fotografie. Wer war dann das Opfer im Trainingsanzug, das völlig durchnässt und unter Schock in der Notaufnahme lag?

Sie spürte, dass jemand hinter ihr stand, und drehte sich um.

»Ich bin Doktor Khardif«, sagte ein hochgewachsener Mann mit südländischem Teint. »Mein Kollege hat mich gebeten, zu Ihnen zu kommen, aber ich habe nicht viel Zeit für Sie. Deshalb beeilen Sie sich bitte. Worum geht es?«

Lucie stellte sich vor und schilderte kurz die Situation. Der Neurologe, stellvertretender Leiter der Station für neurovaskuläre Neurologie und Pathologie, zwirbelte mit einer leicht affektierten Geste die Haare seines sorgfältig geschnittenen Spitzbarts.

»Manon Moinet soll entführt worden sein?«

»Kennen Sie sie?«

»Nicht persönlich, nein. Aber seit einiger Zeit ist sie das Symbol der Klinik Swynghedauw.«

»Verzeihen Sie, wenn ich von einem anderen Stern zu kommen scheine, aber was ist das, diese Klinik Swyn…?«

»Swynghedauw, das Gebäude mit der bunten Architektur, etwa hundert Meter weiter. Hier, im Roger Salengro, diagnostizieren und behandeln wir unter anderem die Pathologien des Gehirns. Unsere Stationen konzentrieren sich auf die Neuroradiologie, die Erforschung der Sehfunktion, Gedächtnisstörungen. Swynghedauw dagegen ist spezialisiert auf die Rehabilitation von Patienten mit schweren kognitiven Beeinträchtigungen und Gedächtnisstörungen. Schädeltraumata, aber auch retrograde und anterograde Amnesie.«

»Das alles sagt mir nicht sehr viel.«

Khardif setzte sich auf einen Ledersessel hinter dem Schreibtisch und verschränkte die Hände.

»Sagen wir, um es einfacher zu machen, die Klinik Swynghedauw soll verhindern, dass Patienten mit Gehirnverletzung in der Gegend umherirren und nicht wissen, wer sie sind oder wohin sie gehen, nachdem man sie aus dem Krankenhaus entlassen hat.«

»Und Manon ist eine Ihrer Patientinnen?«

»Mehr als das. Mit ihrer Hilfe konnten wir eine Zusammenarbeit zwischen dem Krankenhaus und den elektronischen Organizern N-Tech aufbauen. Neuronal Technology, kennen Sie die?«

»Ich weiß, wer das ist, ja.«

»Sie haben gemeinsam mit der Klinik ein Programm ausgearbeitet, das MemoryNode heißt. Ein großer Coup für N-Tech, mehr jedoch noch für Swynghedauw. Der Hersteller der Organizer hat eine große Werbekampagne gestartet, mit Schwerpunkt auf dem universellen Charakter des Geräts, das sogar Amnesie-Patienten, Taubstumme oder Blinde benutzen können und somit in die Lage versetzt werden, ein weniger beschwerliches Leben zu führen. Moinets Foto hängt in ganz Frankreich an den Wänden.«

Lucie nahm ihr kleines Notizheft heraus, das sie immer bei sich trug.

Sie überraschte den Neurologen dabei, wie er neugierig auf ihre Springerstiefel und die enge Jeans starrte.

»Ich gebe zu, ich verstehe nicht ganz«, fuhr sie fort, ein wenig verlegen wegen ihrer Aufmachung. »Wenn Manon Moinet eine Ihrer Patientinnen ist, woran genau leidet sie denn?«

Der Mediziner nahm seinen Füller aus der Tasche seines Kittels und hielt ihn ihr taktvoll hin.

»Ich habe sie nie persönlich behandelt, kenne ihre Akte nicht. Sie sollten sich mit ihrem Neurologen unterhalten. Ich kann Ihnen nur ein relativ theoretisches Bild ihrer Erkrankung geben. Eine allgemeine Übersicht, die nicht unbedingt auf den Fall Moinet übertragen werden kann.«

»Ich höre Ihnen zu.«

Er atmete tief ein.

»Pathologisch gesehen leidet Manon Moinet an einer Amnesie durch Schädigung des Hippocampus, man spricht auch von anterograder Amnesie.«

»Super. Könnten Sie das übersetzen?«

Ohne ein Lächeln fuhr er fort:

»Symptomatisch für diese Form von Amnesie ist die Unfähigkeit, neue Erinnerungen zu speichern. Um Ihnen kompliziertere Erklärungen zu ersparen, nur so viel: Patienten, die an dieser Form von Amnesie leiden, können zwanzig Mal am Tag ihren Hund spazieren führen, ohne sich dessen bewusst zu sein. Wenn sie kein Organisationstalent besitzen, sind sie nicht mehr in der Lage, ein normales Leben zu führen. Sie verrichten völlig absurde Handlungen. Beispielsweise essen sie zweimal hintereinander, weil sie vergessen, dass sie dies bereits getan haben. Wenn Sie nachher zu Moinet gehen, wird sie Sie nicht wiedererkennen.«

Lucie notierte sich die Schlüsselwörter des Gesprächs. Manons Verhalten, die Angst, die sie im Wohnheim Saint-Michel gezeigt hatte, erschienen ihr nun verständlicher. Sie fragte den Facharzt:

»Ein bisschen wie Alzheimer?«

Khardif schüttelte den Kopf und gab dabei leise Schlürfgeräusche von sich.

»Dieser Krankheit heftet man jedes Krankheitsbild an, das irgendwie mit dem Gedächtnis zu tun hat. Nein, Alzheimer ist eine neurodegenerative Pathologie. Die Persönlichkeit der Patienten verfällt mit der Zeit, bis hin zur Demenz. Das ist bei Manon Moinet nicht der Fall. Sie besitzt noch sämtliche intellektuellen Fähigkeiten, ihren Charakter, ihre Tatkraft. Und glauben Sie mir, um ein Unternehmen wie N-Tech zu überzeugen, dem Krankenhaus Geld zu zahlen, dazu sind in der Tat besondere Fähigkeiten notwendig! Diese relative Stabilität kommt daher, dass ihre anderen Gedächtnisbereiche nicht betroffen sind, weil sie in Regionen liegen, die nicht so anfällig auf Sauerstoff- oder Glukosemangel reagieren.«

»Ihre anderen Gedächtnisbereiche?«

Khardif stand auf.

»Während des gesamten 20. Jahrhunderts hat die Medizin keinen Unterschied gemacht zwischen der Erinnerung an das, was man zum Essen zubereitet, und der an die Art und Weise, wie man es zubereitet. Und doch werden jeweils unterschiedliche Gedächtnisbereiche angeregt, in verschiedenen Regionen des Gehirns. Aber ich bräuchte ein ganzes Leben, um Ihnen die Geheimnisse unseres Gehirns zu erklären, und ich habe Verpflichtungen. Sie müssen nur wissen, dass Patienten, die an dieser Art von Störung leiden, sich sehr gut an ihre Vergangenheit erinnern können. Sie sind noch in der Lage, Auto zu fahren oder Klavier zu spielen, und imstande zu lernen. Sie können sich keine Gesichter merken, keine Sätze oder Lieder, aber sie können Bewegungen erlernen, Automatismen. Einen Sicherheitsgurt anlegen, das Licht ausschalten, aufstehen, wenn der Wecker klingelt.«

»Eine Art Konditionierung?«

»Genau, dieser Begriff wird verwendet, Konditionierung. Das große Problem besteht darin, dass diese Menschen keine Ahnung davon haben, dass die Türme des World Trade Center eingestürzt sind oder Papst Johannes Paul II. gestorben ist. Sie leben in einer flüchtigen Gegenwart, mit einer Vergangenheit, die nach und nach ausgelöscht wird, und einer Zukunft, die reine Illusion ist. Ich habe einmal eine Person getroffen, die an einer Herpes-simplex-Enzephalitis erkrankt war. Sie war überzeugt davon, im Jahr 1964 zu leben, und verstand nicht, dass die anderen Menschen um sie herum älter wurden. Sie sagte ständig dasselbe, konnte sich keine dreißig Zeilen eines Textes merken, ohne dass sie den Anfang wieder vergaß, und führte ein Tagebuch, in dem sie immer wieder einen einzigen Satz notierte: ›Ich bin gerade aufgewacht.‹ Die Informationen wurden nicht mehr im Langzeitgedächtnis gespeichert, das für die Erinnerungen zuständig ist und uns in die Lage versetzt, einen Roman zu lesen oder einen Film zu sehen, ohne den Faden der Handlung zu verlieren.«

»Wollen Sie damit sagen, dass Manon möglicherweise nicht weiß, dass ihre Mutter gestorben ist? Dass sie sich nicht an ein Ereignis erinnern kann, das sie doch zutiefst berührt?«

»Wenn dies erst nach ihrer Gehirnverletzung geschehen ist, ja. Wie ich Ihnen zu erklären versucht habe: die Drucker, die die Erinnerungen erzeugen, die sogenannten Hippocampi, haben keine Tinte mehr. Sie sind Polizistin. Stellen Sie sich vor, sie stände unter dem ständigen Einfluss von Benzodiazepinen oder GHB, Ihrer Vergewaltigungsdroge. Trinken Sie zwei Gläser Champagner und nehmen Sie ein Schlafmittel ein, dann haben Sie eine Vorstellung davon, was sie Sekunde für Sekunde empfindet. Das alles ist rein chemischer sowie elektrischer Natur: Wenn Sie ein Kabel durchschneiden, kann der Strom nicht mehr hindurchfließen.«

Lucie hatte Mühe, all die Informationen aufzunehmen, da dieses Phänomen jeglicher Logik widersprach. Was passierte, wenn Manon versuchte, ihre Mutter anzurufen? Erfuhr sie jedes Mal neu von ihrem Tod? Brach sie in Tränen aus und vergaß den Grund für ihre Trauer dann wieder?

Wie schaffte sie es, einfach nur ihr Leben zu führen? Aus dem Haus zu gehen, zu essen, einzukaufen, Geld abzuheben, zu wissen, wohin sie ging?

So viele Fragen, so viele unbekannte Faktoren. Lucie war bestürzt. Der Neurologe unterbrach sie in ihren Gedanken:

»Könnten Sie mir bitte meinen Füller zurückgeben? Es ist ein Faber-Castell, ich hänge sehr daran.«

Mit seinen Fingern, die geschickt waren wie die einer Schneiderin, steckte er ihn an genau die gleiche Stelle an den Rand seiner Kitteltasche zurück.

»Ich muss jetzt gehen. Ich sage es Ihnen noch einmal, ich kenne die Akte dieser Patientin nicht, sie wurde nicht in unserer Klinik behandelt. Doch ich kann Ihnen den Namen meines Kollegen nennen. Er ist verantwortlich für das Programm MemoryNode, er ist Neurologe und arbeitet ständig mit den Neuropsychologen zusammen, die auch Manon Moinet betreuen.«

»Wie heißt er?«

»Charles Vandenbusche. Aber versuchen Sie nicht, ihn heute Nacht zu erreichen, Swynghedauw ist eine Tagesklinik, und die Ärzte mögen es nicht, wenn sie zu Hause angerufen werden. Die Tage sind schon beschwerlich genug.«

»Leider können die Opfer nicht immer warten.«

Ohne darauf einzugehen, fuhr Khardif fort:

»Sie sind soeben in einen der geheimnisvollsten und aufregendsten Bereiche in der Geschichte der Medizin eingedrungen, liebe Inspektorin. Das Gedächtnis. Ein dehnungsfähiges Labyrinth, das aus Milliarden unterschiedlicher Wege besteht.«

»Leutnant, nicht Inspektorin.«

»Wie bitte?«

»Ich bin Leutnant, nicht Inspektorin. Und ich gebe zu, dass ich darüber nicht halb so sehr ins Schwärmen gerate, weil ich es mit einer Frau zu tun habe, die wahrscheinlich nicht in der Lage ist, ihren Peiniger wiederzuerkennen. Noch eine letzte Sache. Worin genau besteht dieses Programm MemoryNode?«

»Das ist eine Chance für Amnesie-Patienten. Es gibt ihnen eine Art von Gedächtnis an die Hand, den sogenannten N-Tech, der mit speziellen Funktionen ausgestattet ist: Fotos, Tonaufzeichnungen, Tasten für ›Wer‹, ›Was‹, ›Wo‹, ›Wie‹. Eine Art Gedächtnisprothese. Aber sprechen Sie mit Vandenbusche. Er wird sich bestimmt die Zeit nehmen, Ihnen das alles zu erklären.«

Das Handy des Neurologen klingelte.

Khardif nahm ab. Als er wieder aufgelegt hatte, sagte er, bereits auf dem Weg zur Tür:

»Das war Doktor Flavien. Sie sollen sofort zu ihm kommen.«

7

Lucie trat hinter Flavien in das Zimmer. Manon schien friedlich zu schlafen, ihr Kopf ruhte auf einem großen Kissen.

»Abgesehen von den Striemen an Knöcheln und Handgelenken habe ich keine Misshandlungen feststellen können«, erklärte der Arzt.

»Sie ist nicht vergewaltigt worden?«, fragte Lucie leise.

»Nein. Sie können normal sprechen, sie wird nicht aufwachen. Sie war eben sehr unruhig, deshalb haben wir ihr ein leichtes Schlafmittel gegeben. Wir haben eine Blutprobe und ein paar Haare zur toxikologischen Analyse geschickt. Sie leidet nicht an Flüssigkeitsmangel und weist keinerlei Spuren von Nahrungsentzug auf. Außerdem sind ihre Fingernägel geschnitten, was die Hypothese einer längeren Gefangenschaft ausschließt. Die stark angeschwollenen Füße weisen darauf hin, dass sie eine weite Entfernung zurückgelegt hat. Keine Schläge, keine Verletzungen, nur diese Schnittwunde in ihrer linken Handfläche.«

Lucie unterbrach ihn:

»Diese Buchstaben, dieses ›Pr wieder da‹. Haben Sie da eine Idee?«

»Die Schnitte wurden mit einem sehr scharfen Gegenstand zugefügt.«

»Verdammt.«

Er nahm Manons Hand und drehte sie um.

»Die Schnitttiefe deutet darauf hin, dass derjenige, der für diese Barbarei verantwortlich ist, nicht sehr gründlich vorgegangen ist. Aber das ist noch nicht alles.«

Flavien hob vorsichtig das Bettlaken hoch.

Lucie biss die Zähne zusammen.

»Scheiße.«

Über Manons Bauch verliefen zwei breite Hautritzungen. Weißliche, gleichmäßige, unauslöschliche Narben, die so etwas wie Buchstaben formten, scheinbar unverständliche Wörter, Sätze. Es sei denn …

Lucie neigte den Kopf.

Sie trat ans Fußende des Bettes.

»Ja. Diese Hautritzungen verlaufen so, dass man sie in einem Spiegel lesen kann«, erklärte Flavien. »Sehr seltsam, wenn man sie genau anschaut, unterscheiden sie sich voneinander. Als ob es sich um zwei Schriften handelte.«

»Glauben Sie, sie sind das Werk von zwei verschiedenen Personen?«

»Ja, das glaube ich. Da die Narbenbildung relativ weit fortgeschritten ist, muss es vor mindestens einem Monat geschehen sein.«

Lucie versuchte, die Buchstaben zu entziffern. Unterhalb der Brust stand der Satz: »Geh zu den Tölpeln, bei den Mönchen«. Und direkt darunter: »Finde das Grab v«, mit einem langen Strich nach links hinter dem »v«. Ganz offensichtlich war das »Werk« gewaltsam unterbrochen worden, die Klinge hatte das Fleisch über fast zehn Zentimeter geritzt.

»Mist. Was soll das?«

»Ich weiß es nicht. Fest steht jedenfalls, dass sie Tag für Tag mit diesen beiden Sätzen konfrontiert wird, sobald sie in den Spiegel schaut, um sich zu waschen. Das kann sie nicht vermeiden. Ein bisschen wie …«

»Ein Stigma.«

»Ja. Oder eine Strafe.«

Lucie betrachtete Manons rechte Schulter, auf die eine Muschel tätowiert war, ließ sich einen Augenblick lang vom hypnotischen Schlagen des EKGs einlullen und fragte dann plötzlich:

»Doktor, können Sie sie wecken? Ich muss sie befragen!«

»Nicht jetzt! Und außerdem, was glauben Sie denn, was sie Ihnen erzählen wird? Sie wird sich wahrscheinlich nicht an die Bedeutung der Schnittwunden erinnern!«

»Doch, daran wird sie sich bestimmt erinnern. Die Narben

haben ihr Schmerzen bereitet, sie kann es nicht vergessen haben. Wann kann ich mit ihr sprechen?«

»In ein oder zwei Stunden. Aber wenn sie wach wird, braucht sie größtmögliche Ruhe. Ich habe den Eindruck, dass Sie die ganze Situation noch nicht richtig erfasst haben.«

Er ergriff Lucie am Ellbogen und führte sie ans andere Ende des Zimmers.

»Wenn sie aufwacht, wird sie niemanden erkennen. Sie wird nicht wissen, warum sie hier ist, und auch nicht, was sie in den letzten Jahren gemacht hat. Sie ist Gefangene der Gegenwart, das müssen Sie begreifen! Einige Amnesie-Patienten vergessen sogar, dass sie an Amnesie leiden, sie schwimmen wie ein Goldfisch im Glas! Diese Schnittwunden auf ihrem Bauch sind vielleicht ihre einzigen Orientierungspunkte. Oder aber eine Qual, die sie Tag für Tag ertragen muss. In jedem Fall gehen Sie bitte behutsam vor, ja?«

Lucie nickte mit leicht verzerrtem Gesicht. Ihre Wade schmerzte wieder. Zu viel gejoggt in den letzten Tagen.

»Sagen Sie«, bemerkte sie. »Doktor Khardif hat mir den Namen ihres Psychologen genannt, ein gewisser Vandenbusche.«

»Das ist eher ihr Neurologe.«

Flavien schien zu zögern.

»Gut, ich werde versuchen, ihn zu erreichen. Auch ich würde gern mehr über diese irrsinnige Geschichte erfahren.«

Lucie spürte, wie ihr Handy in der Tasche vibrierte.

»Leutnant? Hier ist Greux!«

Der Major schrie in den Apparat. Er versuchte, das Prasseln des Regens auf dem Dach des Polizeiwagens zu übertönen.

»Wir haben alles so gemacht, wie Sie gesagt haben, wir haben nicht auf Sie gewartet! Wir sind eben in der Nähe von Raismes angekommen, da, wo der Mann Manon Moinet mitgenommen hat, und tatsächlich waren die Kollegen von der Gendarmerie bereits dort. Irgend so ein verdammter Ast hat dort einen Unfall verursacht!«

»Haben Sie irgendetwas herausgefunden?«, fragte Lucie.

»Pah, und ob! Etwas, das Ihnen gefallen wird! Oder auch nicht, ich weiß es nicht! Als wir ihnen erzählt haben, dass die Frau genau an dieser Stelle hier aufgefunden wurde, sind sie schnell zur Sache gekommen! In der Umgebung gibt es nichts, nur eine Jagdhütte in fünfhundert Meter Entfernung, in einer Art Unterholz! Nun, und wissen Sie was? Bingo!«

Er räusperte sich.

»Ich komme gerade von dieser Hütte! Ich denke, es handelt sich um eine ernste Angelegenheit! Vielleicht sollten ein paar Leute aufgeweckt werden!«

»Was denn? Eine Leiche?«

Er brüllte noch lauter.

»Pah, noch nicht! Aber Sie müssen herkommen, das kann man nicht erklären, so etwas habe ich noch nie in meinem Leben gesehen! Man hat uns ein Ultimatum gestellt! Wenn wir den Spuren auf den Wänden Glauben schenken und uns nicht beeilen, dann wird es bald eine Leiche geben!«

8

Zufrieden klappte Anthony sein Handy zusammen und steckte es in die Tasche.

Den letzten Mitteilungen zufolge hatte die Polizistin gerade ihren Wagen unten auf dem Parkplatz abgeholt und war nun unterwegs in Richtung Valenciennes. Warum war sie nicht kurz in ihre Wohnung hochgekommen, um nachzusehen, ob alles in Ordnung war? Komische Tussi.

Jedenfalls würde sie so bald nicht zurück sein. Als gute Mutter hatte sie ihn trotzdem gefragt, was er gerade mache. Also hatte er einfach geantwortet, er säße im Sessel gegenüber von den Zwillingen und löse Sudokus, und die beiden schliefen tief und fest.

Als er sicher war, nicht gestört zu werden, ging der Student auf Entdeckungstour.

Dank der Dimmschalter – die einzige High-Tech-Vorrichtung in der Wohnung – konnte er das Licht dämpfen und sich in der kleinen Drei-Zimmer-Wohnung umsehen, ohne dass er riskierte, die Kinder aufzuwecken.

Zuerst der Computer. Er schaltete den Monitor an. Sieh an, sieh an, eine Verbindung zu Meet4Love, einer Seite zur Partnervermittlung. Mitten auf der Seite das Profil der Polizistin: »Anfang dreißig, dynamisch, Nachteule und Frühaufsteher. Charakter der Menschen von Dunkerque, harte Hand und weiches Herz. Mag das Geheimnisvolle und die Magie eines Blickes. Meinen beiden Töchtern muss ein großer Platz eingeräumt werden.« Mit einem spöttischen Lächeln auf den Lippen schaltete Anthony den Bildschirm sorgfältig wieder aus und beschloss dann, sich das Möbelstück in der Ecke des Wohnzimmers genauer anzusehen. Als er in die Wohnung gekommen war, hatte er gesehen, wie die Polizistin eilig einige Papiere und Bücher dort hineingeräumt hatte. Sie konnte nicht wissen, dass niemand so neugierig war wie er.

In der obersten Schublade ein Buch über Voodookult, mit herausgerissenen Seiten. Darin Zeichnungen von Zwillingen. Grausame Rituale, fotografiert vom Autor des Werkes. Wirklich sehr merkwürdig. Unter dem Buch lagen Fotokopien. Detaillierte Studien, offenbar vertrauliche medizinische Gutachten über amerikanische Serienkiller, mit den dazugehörigen blutigen Fotos.

Leicht verstört begann Anthony sich zu fragen, was das sollte. Wer war diese Lucie Henebelle, diese gut erzogene und höfliche Frau, der er nur morgens und abends kurz begegnete, die weder Männer noch Frauen zu sich nach Hause einlud, niemals Lärm machte oder eine Party gab? Was fing die Mutter von zwei kleinen Mädchen mit solchen Scheußlichkeiten an? Er selbst interessierte sich hauptsächlich für Robotertechnik und die »handwerkliche« Herstellung von

Pay-TV-Decodern für die Familie. Das hier hatte mit seiner Welt nichts zu tun.

Doch es hinderte ihn nicht daran, ein altes Schriftstück über das Sezieren aufzuschlagen, das den Titel *Anatomia Magistri Nicolai Physici* trug und unter einem Wust von Papieren versteckt war. Es handelte sich um ein Original mit leicht angeschimmelten Seiten. Detailgetreue Skizzen zeigten Schnitte durch die verschiedenen Muskeln des menschlichen Körpers. Auf einigen Zeichnungen war ein Mann zu sehen, den man mit ausgebreiteten Armen festgebunden hatte, um ihn herum Gelehrte mit dichtem Bart, die ihm große purpurrote Schnittwunden zufügten. Ein Lobgesang auf den Schmerz.

Als er auf blutbefleckte Seiten stieß – echtes Blut, dafür hätte er die Hand ins Feuer gelegt –, klappte er das Buch zu und legte es hastig zurück in die Schublade.

»Jetzt flipp doch nicht gleich aus! Du bist doch keine fünfzehn mehr!«

Der Anblick der schlafenden Kinder beruhigte ihn, und er fasste sich wieder. Da er sicher war, dass Henebelle ihn nicht überraschen konnte, beschloss er, ihr Schlafzimmer zu untersuchen, um auf andere Gedanken zu kommen. Er passte auf die Kleinen auf, er tat nichts Böses. Er vertrieb sich ein wenig die Zeit, das war alles. Vielleicht fotografierte er mit seinem Handy den Slip einer gut gebauten Inspektorin. Das wäre eine hübsche Trophäe.

Er drehte den Türgriff und zog seine Reebokschuhe aus, um keine Spuren auf dem Teppich zu hinterlassen. Er war zwar kein Bulle, aber auch nicht blöd.

Das Zimmer war sauber und schlicht, wie auch die restliche Wohnung. Kein unnützer Nippes. Nur eine Bürste auf dem Bett, Fotos von den Zwillingen und ein Buch. Noch so ein abscheuliches Teil. Der letzte Roman von Grangé, über einen geistesgestörten Mörder.

Also wirklich, wie tickte diese gute Frau eigentlich? Hatten die Polizisten der Kripo nicht genug von ihren Tagen, dass sie abends auch noch blutrünstige Thriller verschlangen?

Sein Blick wurde von dem bläulichen Schimmer einer Pistole angezogen, die auf einer hohen Kiefernholztruhe lag. Er zog mit den Fingerspitzen an dem Lederholster.

An der Seite befand sich eine kleine, mit einem Druckknopf verschlossene Tasche. Darin war ein winziger Schlüssel, der wahrscheinlich zu einem Koffer gehörte oder zu einem persönlichen Schließfach im Kommissariat. Er steckte ihn wieder an seinen Platz und zog die Sig Sauer 9 mm aus ihrem Holster. Die Waffe glitt in seine hohle Hand. Mit seinen zweiundzwanzig Jahren hatte er noch nie ein solches Teil gehalten, und er empfand dabei ein erstaunliches Gefühl von Macht. Er drehte die halbautomatische Waffe um, wog sie in der Hand und ertappte sich dabei, wie er mit zugekniffenem Auge auf eine Nachttischlampe zielte.

Ein »Peng!« kam aus seinem Mund. Was für ein Wahnsinnsrevolver! Nein, kein »Revolver«, sondern eine Pistole, ohne Trommel. Das Einzige, was er über Knarren gelernt hatte, während er vor irgendwelchen idiotischen Fernsehserien verblödete. Sig Sauer, Magazin 15+1. War sie eigentlich geladen? Hatte diese Verrückte sie schon einmal benutzt, irgendwo im Süden von Lille oder auf den heißen Pflastern von Roubaix?

Plötzlich fühlte er sich unwohl. Dieses Spielzeug konnte Menschen töten. Er steckte sie zurück ins Holster und legte es wieder an genau die gleiche Stelle. Henebelle würde nichts davon merken.

Er wollte gerade das Innere der Truhe untersuchen, da erregte ein Schrank mit getönten Scheiben, der in einer Nische stand, seine Aufmerksamkeit. Er ging in die Hocke, um die Tür zu öffnen. Abgeschlossen. Er presste die Stirn gegen die Scheibe. Drinnen war eine ovale Form zu sehen. Er konnte nicht erkennen, worum es sich handelte. Auf jeden Fall sah es sehr seltsam aus.

Auf dem Möbelstück lag ein Haufen Fotos. Er sah sie rasch durch. Auf einem war Henebelle als Mädchen zu sehen, im Alter von etwa zehn Jahren, eingerahmt von ihren

Eltern. Offenbar die einzige Tochter und den Klamotten und der abbröckelnden Fassade ihres Häuschens nach zu urteilen, waren die Alten nicht gerade reich. Die Tochter eines Arbeiters, eines Fließbandarbeiters. In ihrer Uniform musste sie sich jetzt sehr mächtig vorkommen. Anthony lachte glucksend, betrachtete dann die anderen Abzüge. Die Zwillinge mit einem Sahneeis, die Zwillinge am Meer, die Zwillinge in der Badewanne. Eins war sicher, sie liebte ihre Kinder.

Sein Interesse richtete sich wieder auf den Schrank. Was versteckte sie darin? Einen Zeh? Ein Ohr? Einen abgeschnittenen Finger?

Er musste den Schlüssel finden. War es der in dem Ledergurt? Ein Schlüssel, den sie bestimmt oft benutzte und deshalb sicher bei sich aufbewahrte. Ein Schlüssel, den sie weder verlieren noch irgendwo herumliegen lassen wollte.

Bis auf heute Abend.

Er legte das Holster auf die Daunendecke und nahm das kleine Metallstück an sich. Als er es fest in seiner Hand hielt, zögerte er einen Moment. Durfte er die Intimsphäre dieser Frau derart verletzen? Pah! Diesen Verstoß würde er für sich behalten. Wenn man illegal Decoder herstellte, wusste man, wie man sich diskret verhielt.

Der Schlüssel passte genau ins Schloss.

Während Angst in ihm aufstieg, schob er die Scheibe langsam zur Seite und ergriff ein großes, in Plastik eingeschweißtes Blatt.

Eine Röntgenaufnahme. Oder vielmehr ein Ultraschallbild.

Er ging näher an die Deckenlampe heran und betrachtete seine Entdeckung genauer. Man konnte einen durchsichtigen Fleck erkennen und eine bohnenförmige Form. Oder besser zwei Formen.

Zwillinge.

Er zuckte mit der Schulter. Seine Enttäuschung war groß. Das war alles? Bloß ein Foto der beiden Mädchen vor ihrer Geburt?

Er beugte sich erneut hinab und entdeckte ein zweites Ultraschallbild, das er nicht näher anschaute. Denn dahinter war etwas anderes.

Etwas Unvorstellbares.

Sein Gesicht verzog sich zu einer abscheulichen Grimasse.

9

Lucie rieb sich die Augen. Die Heizung ihres alten Fords bekam die beschlagene Windschutzscheibe nur mit Mühe frei. Letzten Monat hatten irgendwelche Idioten die Antenne auf dem Dach abgebrochen, und zu allem Überfluss perlten nun auch noch Wassertropfen ins Innere des Wagens. Sie hatte geglaubt, sie käme mit ihrem Gehalt als Leutnant und den Zulagen besser über die Runden als in ihrem kleinen Häuschen in Malo-les-Bains. Aber Lille war eine teure Stadt und die Mieten unbezahlbar. Ganz abgesehen von den Kosten für die Tagesmutter, die mehr als ein Drittel ihrer Einkünfte verschlangen. Von einem neuen Auto konnte sie also nur träumen.

Eine halbe Stunde lang war sie nun schon in Richtung Valenciennes unterwegs. Der Regen ließ nicht nach. Endlich erblickte sie in der Ferne die Lichter an der abgesperrten Unfallstelle. Sie fuhr näher heran. Feuerwehrleute und Gendarmen, nass bis auf die Haut. Dahinter zwei ineinander verkeilte Fahrzeuge, ein Werk aus Gummi und zerknautschtem Metall.

Lucie parkte am Straßenrand hinter einem anderen Wagen und knöpfte ihren Regenmantel bis oben hin zu. Sie nahm eine Taschenlampe aus dem Kofferraum und einen Parka, den sie ausgebreitet über sich hielt. Schnell lief sie zu einem Feuerwehrmann.

»Lucie Henebelle! Kriminalpolizei Lille!«

Der Mann wies mit dem Arm in Richtung Wald.

»Dort!«, schrie er »Direkt gegenüber, dreihundert Meter von hier! Ein Kollege von Ihnen ist bereits dort!«

»Und der Unfall? Was ist passiert?«

»Ein Ast, mitten auf der Straße! Die Fahrzeuge sind frontal zusammengestoßen! Wir sind noch dabei, die Eingeklemmten zu befreien!«

»Gab es Tote?«

»Zwei! Ich lasse Sie allein! So ein Wetter habe ich noch nicht gesehen! Seit gestern sind wir völlig überlastet!«

Lucie zog ihren Parka über. Etwa zehn Personen waren eifrig an der Unfallstelle beschäftigt, andere, ein paar Meter weiter, schauten ihnen zu. Düstere Gestalten in der Dunkelheit. Sie waren immer da, wenn es einen Unfall gab. Zaungäste des Morbiden, aufgetaucht aus dem Nichts.

Im Schein ihrer Lampe ging sie über einen schlammigen Weg, der zwischen den Bäumen hindurchführte. Was machte sie hier, weit weg von ihren Mädchen? Alles war so schnell gegangen.

Sie dachte an das Martyrium, das Manon durchlitten haben musste, völlig hilflos, unfähig, sich zurechtzufinden, mit diesem Satz auf ihrer Handfläche: »Pr wieder da«. Vielleicht war es Selbstverstümmelung. Um sich zur Flucht zu zwingen. Und den Grund für diese Flucht zu verstehen.

Als sie bei der Hütte ankam, waren ihre Springerstiefel und ihre Jeans schlammbedeckt. Greux stand unter dem Vordach der Hütte und unterhielt sich mit zwei Gendarmen in Uniform. Lucie begrüßte sie, während sie ihren Parka auszog. Sie schüttelte ihre Haare und versuchte so gut es ging, sich zu trocknen.

»Passen Sie auf, wo Sie hintreten«, warnte sie einer der Gendarmen, als sie die Tür aufstieß.

Kaum hatte sie den Raum betreten, da erblickte sie ein wogendes Meer in gelb und rot. Sie blieb stehen.

»Streichhölzer«, sagte Greux, der ihr mit einer starken Taschenlampe in der Hand gefolgt war. »So viele habe ich, glaube ich, in meinem ganzen Raucherleben noch nicht gebraucht.«

Die kleinen Holzstückchen bedeckten drei Viertel des Bodens. Wie viele waren es? Tausende?

In einer Ecke des Raums entdeckte Lucie Stricke. Sie hob den Kopf. Links an der Wand stand ein Satz, geschrieben mit einer roten Substanz, die aussah wie Blut: »Bring den Schlüssel zurück. Geh und ärger die Anderen. Und finde in den Streichhölzern, was wir sind. Vor 4 Uhr.«

Lucie bemerkte Schlammspuren an der Seite.

»Sind die beiden hier herumgetrampelt?«, murmelte sie.

»Nun ja«, erwiderte der Major. »Sie sind kurz vor uns eingetroffen, aber das geht in Ordnung, sie haben aufgepasst und den Ort nicht zu sehr kontaminiert. Es ist noch alles intakt.«

»Und du? Bist du allein gekommen?«

»Haben Sie Adamkewisch nicht auf der Straße gesehen? Er ist noch bei dem Unfall. Es hat zwei Tote gegeben, er versucht herauszufinden, ob es einen Zusammenhang zu diesem Durcheinander hier gibt. Auch wenn es unwahrscheinlich ist. Nun, Sie kennen ihn, er muss seine Nase immer überall reinstecken.«

Greux schnäuzte sich und fragte:

»Können Sie mir nun erklären, was hier vorgeht? Wer ist diese Manon Moinet, die felsenfest davon überzeugt ist, dass ihre Mutter noch lebt, obwohl sie seit einer Ewigkeit tot ist?«

Die junge Frau schilderte ihrem Kollegen kurz die Situation. Manons Umherirren. Die Notaufnahme. Die Amnesie.

»Üble Geschichte«, bemerkte Greux schließlich, während er seinen Schnurrbart glattstrich.

Mit zusammengebissenen Zähnen ließ Lucie ihr Handy zwischen den Fingern kreisen. Die nasse Jeans klebte an ihrer Haut. Ein unangenehmes Gefühl.

»Gut. Wir müssen die Spuren am Tatort aufnehmen. Ich rufe den Bereitschaftsdienst der Spurensicherung an. Sie sollen uns ein Team schicken, das die ersten Proben nimmt, bis es heller wird.«

»Sind Sie sicher? Der Erkennungsdienst hat es nicht gerne, wenn man ihn nachts stört. Wir haben keine Leiche.«

»Auf Freiheitsberaubung stehen mindestens zwanzig Jahre Haft, also werden wir diese Herren belästigen, glaub es mir. Hast du dir die Nachricht richtig angesehen? Hast du einen Fotoapparat? Fingerabdruck-Tapes? Gummihandschuhe? Ich würde mir das gerne genauer anschauen.«

»Nein, ich schleppe nicht immer meine komplette Ausrüstung mit mir rum.«

»Und im Kofferraum?«

»Dort liegen ein paar Kleinigkeiten.«

»Was hältst du von einem kleinen Spaziergang durch den Regen?«

»Sollen wir nicht besser Adamkewisch anrufen? Er ist an Ort und Stelle!«

»Nein. Mir ist lieber, wenn er dort weitermacht. Du willst aber doch sicher nicht, dass ich selber gehe? Nicht sehr zuvorkommend.«

Greux murrte, knöpfte seinen Dufflecoat zu und verschwand in der Sintflut.

Lucie untersuchte das Schloss und betrachtete die Gendarmen, die geschützt vor dem Regen eine Zigarette rauchten. Einer von ihnen schnippte ein gebrauchtes Streichholz weg.

»Passen Sie auf, dass Sie den Ort nicht kontaminieren!«, meckerte sie. »Der Tatort muss möglichst intakt bleiben! Das wissen Sie doch, oder?«

»Die Kripo Lille in voller Aktion!«, entgegnete der Dickere der beiden und drehte sich um. »Haben Sie auch nur den Hauch einer Leiche gesehen? Schon wieder so eine irre Tat von Jugendlichen! Oder irgendwelche Umweltschützer, die wären auch dazu in der Lage! Sie sind ein wenig nervös in der letzten Zeit! Sie und die Jäger, wissen Sie.«

Er zuckte mit den Schultern, dann fuhr er fort:

»Verzeihen Sie die Ausdrucksweise, aber ich kapier nicht,

was die Leute aus Lille hier in unserem Nest zu suchen haben, bloß wegen ein paar Graffiti und Streichhölzern in einer abgelegenen Hütte! Und wir müssen hier rumhängen! Man hindert uns daran, unsere Arbeit zu tun, dabei haben wir einen Unfall am Hals, und bei dem Wetter wird das wahrscheinlich nicht der Einzige bleiben!«

Lucie gab keine Antwort. Sie beschloss, einen versöhnlicheren Ton anzuschlagen.

»Ist die Hütte immer geöffnet?«

»Ja. Jedenfalls kann man hier nichts stehlen oder kaputtmachen. Es ist eine einfache Hütte. Ein Dach, ein Fußboden, vier Wände.«

»Und der Schlüssel? Der Schlüssel zu der Tür? Wo befindet der sich?«

»Aha! Aha! Sie denken bereits über diese Nachricht nach? ›Bring den Schlüssel zurück‹? Sie sind nicht untätig! Was weiß ich? Man müsste vielleicht bei der Stadtverwaltung vorbeischauen. Aber Vorsicht, nicht vor neun Uhr morgen früh. Sonst wird noch geschlossen sein.«

Sein Kollege deutete ein Lächeln an und zog an seiner Zigarette.

Lucie verstand, dass es sinnlos war, weiterzumachen. Sie betrachtete aufmerksam den Boden rings um die Hütte. Schlamm, Wasser, Matsch. Bei dem Regen gab es nicht die geringste Chance, irgendeine Spur aufzunehmen.

Sie ließ ihren Blick über die Bäume ringsumher schweifen. Ein Entführer. Eine abgelegene, leer stehende Hütte. Eine unverständliche Nachricht als Warnung. Ein kniffliges Rätsel. Alles deutete auf ein verdammtes Durcheinander hin.

Der Professor. Die Akte wurde von Paris verwaltet, und sie wusste kaum mehr als das, was durch die Medien gegangen war: ein besonders gerissener Mörder. Unberechenbar. Und nie gefasst.

Es war beinah vier Jahre her. Wie konnte jemand, der sechs Morde begangen hatte, so lange pausieren und sich zurückziehen? Das taten Serienmörder nur sehr selten. Daran wurden sie von ihren Trieben, den Wahnvorstellungen gehindert. Sie mussten töten, ihre Verbrechen ständig wiederholen. Sie bedauerte zutiefst, dass sie nicht mehr Informationen über diesen Mörder besaß.

Als Greux völlig außer Atem wiederkam, zog Lucie ihre Schuhe und Strümpfe aus, hüllte unter dem amüsierten Blick der Gendarmen ihre nassen Füße in Plastiktüten und streifte schließlich ein Paar Gummihandschuhe über. Sie ging wieder zurück in die Hütte, gefolgt von ihrem Kollegen, und schoss jede Menge Fotos. Dann ging sie zu den Stricken, sorgfältig darauf bedacht, nicht allzu viele Streichhölzer zu verschieben.

»Blutspuren. Manons Hand war zerschnitten. Bei der Länge der Stricke muss der Entführer sie vom Kopf bis zu den Füßen gefesselt haben. Die Enden sind angesengt, damit der Nylon nicht zerfasert, sie sind also nicht zerschnitten worden.«

»Wie soll sie sich dann befreit haben?«

»Ich sehe keine Knoten. Wenn man sich losbindet, bleiben Knoten zurück. Zusammengerollter Nylon behält immer eine besondere Form, nicht wahr?«

»Kann sein, ja. Ich bin kein Experte für Sadomaso-Spielchen.«

»Das Seltsame daran ist, dass die Fesseln an derselben Stelle zusammengelegt worden sind. Als hätte jemand aufgeräumt. Die Sache muss noch draußen überprüft werden, aber ich sehe erst mal keinen Knebel.«

»Pah. Die Gefahr, dass jemand sie gehört hätte, war nicht besonders groß. Hier laufen nicht gerade Massen von Leuten herum. Außerdem hat es wie aus Kübeln geschüttet.«

»Ja. Oder sie war bewusstlos.«

Sie betrachtete die Wände akribisch genau.

»Der Typ muss den Ort vorher erkundet haben, um sicherzugehen, dass ihn bei seiner ›Inszenierung‹ hier niemand stört.«

»Jemand aus der Gegend?«

»Nicht unbedingt.«

Sie überlegte laut:

»Er bringt sie gefesselt und bewusstlos hierher. Er legt sie in die Ecke und löst die Knoten, schreibt seine Warnung an die Wand, verteilt kiloweise Streichhölzer auf dem Boden und verschwindet wieder. Als Manon aufwacht, muss sie nur noch fliehen, ihrer Amnesie hilflos ausgeliefert.«

»Äußerst logisch. Jemanden zu entführen, um ihn dann wieder entkommen zu lassen.«

Ohne eine Antwort zu geben, beugte sich Lucie zu den Streichhölzern hinab.

»Vielleicht hat er sie nur benutzt, um uns hierherzulocken und uns seine Nachricht zu übermitteln. Eine Person, die sich nicht an sein Gesicht erinnern kann. Das bedeutet, dass er sie irgendwie kannte. Oder er hatte Zugang zu ihrer medizinischen Akte. Und dann gibt es diese seltsamen Narben. Vielleicht ...«

»Die ist wieder voll auf ihrem Trip«, dachte Greux seufzend.

»Aber warum nimmt jemand so viel Mühe auf sich?«, fuhr Lucie fort. »Warum nicht einfach ein anonymer Anruf, der uns direkt hierhergeführt hätte?«

»Vielleicht, weil die Geste so hübsch ist«, entgegnete der Major in ironischem Tonfall. »Ein Telefonanruf? Das wäre zu schäbig.«

Lucie hob leicht das Kinn.

»Machst du dich über mich lustig?«

»Nein, aber normalerweise haben wir es nicht gerade mit großen Leuchten zu tun.«

Lucie richtete sich wieder auf.

»Schreib das auf. Schreib auf, dass überprüft werden muss, ob der Ast, der den Unfall verursacht hat, nicht angesägt worden ist. Unser Entführer wäre imstande, in seinem Wahn so weit zu gehen.«

Greux kaute an der Kappe seines Stiftes, ohne sein Heft aufzuschlagen.

»Nun, man sollte aber auch nicht übertreiben. Diese Irren existieren doch nur im Film und in Ihrem Kopf.«

Lucie warf ihm einen vernichtenden Blick zu. Greux wurde rot, er merkte, dass er einen Fehler begangen hatte. In der Abteilung kannten alle ihre scheußliche Geschichte mit dem kleinen diabeteskranken Mädchen. »Die Kammer der toten Kinder«, dort hatte die Realität die Fiktion noch weit übertroffen.

Schließlich wandte die Polizistin sich den seltsamen Buchstaben zu.

»Farbe«, stellte sie fest.

»Zum Glück. Lieber das als ... Nun, Sie verstehen schon.«

»Ja, ich verstehe. ›Bring den Schlüssel zurück. Geh und ärger die Anderen. Und finde in den Streichhölzern, was wir sind. Vor 4 Uhr.‹ Was für ein Kauderwelsch! So was hasse ich! Was für ein Schlüssel?«

»Diese ganzen Streichhölzer, haben Sie da eine Idee?«

Lucie schüttelte den Kopf.

»›Finde in den Streichhölzern, was wir sind.‹ Vielleicht müsste man sie zählen. Aber das würde Stunden dauern. Außerdem stehen die Chancen, sich zu verzählen, zwei zu eins. Es sind so viele.«

»Und wozu auch? Sicher erhielten wir eine Zahl, fünftausend, zehntausend oder fünfzehntausend. Oder zehntausendfünfhunderteinundvierzig oder fünfzehntausendfünfhundertneunundsechzig. Und dann? Was würde uns das bringen?«

Lucie drehte sich um die eigene Achse.

»Uns fehlt der Schlüssel. Wer sind die Anderen? Ist dir aufgefallen, dass er das Wort mit einem Großbuchstaben geschrieben hat?«

Greux las den Satz an der Wand noch einmal.

»Hm nein, das habe ich nicht gesehen!«

»Das darf doch nicht wahr sein! Das fängt ja gut an, Major, nicht wahr?«

Lucie blickte nervös auf ihre Armbanduhr.

»Uns bleiben nicht mal mehr drei Stunden. Wir müssen zählen, ich bin sicher, dass wir zählen müssen.«

»Darauf bin ich, ehrlich gesagt, nicht besonders scharf. Meine Augen tun mir jetzt schon weh.«

Sie bückte sich wieder, fuhr mit den Fingern über die dünnen Hölzchen.

»›Finde in den Streichhölzern, was wir sind.‹ Manon spielt eine Rolle dabei, er hat sie benutzt, um uns zu warnen, um uns innerhalb einer bestimmten Frist hierherzuführen.«

Plötzlich stand sie auf. Sie hatte begriffen, warum der Entführer sein Opfer freigelassen hatte.

Es lag auf der Hand.

Manon war der Schlüssel. Sie würde die Nachricht verstehen.

Sie ging hinaus auf die Treppe. Um sie herum war noch immer das Tosen des Waldes zu hören. Die Gendarmen warfen ihre Kippen gleichzeitig auf den Boden.

»Haben Sie die Streichhölzer angefasst?«, fragte sie. »Haben Sie welche aufgehoben?«

Der Korpulentere der beiden – schon wieder er – sah sie erstaunt an.

»Zwei oder drei, ja. Wir haben zum Spaß ein paar an der Zigarette geröstet. Wir mussten ja die Zeit rumkriegen, während wir auf Sie gewartet haben.«

»Wie viele? Zwei oder drei?«

»Was? Ich weiß es nicht! Zwei, drei, acht, zwölf! Was ändert das? Es sind noch Tausende da! Sie werden doch wegen ein paar Streichhölzern nicht gleich weinen? Es gibt Wichtigeres auf der Welt, oder?«

Lucie holte ihr Handy hervor.

»Ich wecke den Kommandanten, er soll sich mit dem Staatsanwalt in Valenciennes auseinandersetzen, damit wir die nötigen Mittel in die Hand bekommen und das Ermittlungsverfahren in Gang gesetzt wird.«

»Sind Sie verrückt? Warum wollen Sie die Kavallerie verständigen?«

Der Gendarm warf seinem Kollegen einen Blick zu.

»Nun, das ist schließlich Ihre Angelegenheit. Sie kriegen den Ärger, nicht wir.«

Lucie ließ sich nicht beeindrucken.

»Meine Herren, ich appelliere an Ihren guten Willen und Ihre Zusammenarbeit. Sobald die Spurensicherung ihre Proben genommen hat, müssen diese Streichhölzer gezählt werden, auch die, die in den Schlamm geschmissen wurden. Und zwar ohne einen Fehler.«

»Soll das ein Scherz sein?«

Lucie blickte finster drein. Sie hob die Stimme.

»Sehe ich so aus? Ich mache meinen Job, das ist alles! Wir haben es mit einem Typen zu tun, der eine Frau entführt hat und uns ein Ultimatum stellt! Was wollen Sie denn tun? Hierbleiben und warten?«

Die beiden Gendarmen schwiegen. Lucie wandte sich zur Tür.

»Greux, von jetzt an passt du auf, dass niemand was anrührt! Ich fahr zurück ins Krankenhaus! Manon ist der Schlüssel!«

Der Kommandant, den sie aus dem Bett klingelte, reagierte ungehalten. Doch angesichts ihrer Hartnäckigkeit erkannte er rasch die Bedeutung der Situation. Er wusste, dass die ersten Stunden bei einer Ermittlung stets die kostbarsten sind. Es galt, schnell zu handeln. Eine halbe Stunde später belagerte die Spurensicherung den Ort.

Nachdem Lucie telefoniert hatte, rannte sie zurück durch den Wald.

Sie musste zu ihrem Auto, schnell zu der an Amnesie leidenden Frau fahren.

Diese riesige Menge Streichhölzer zählen. War das wirklich die Lösung oder reine Zeitverschwendung? Handelte es sich um eine Falle, sollte nur unnötig Aufmerksamkeit erregt werden, um die Polizei abzulenken?

Doch vor allem: Was würde um vier Uhr morgens passieren?

10

Frédéric Moinet parkte seinen Wagen hastig auf dem Parkplatz der Klinik Roger Salengro. Er schlug die Tür seines brandneuen BMW zu und verschwand in der Halle der Notaufnahme. Nach Überprüfung seiner Identität nannte man ihm das Zimmer, in dem seine Schwester lag. Er lief eilig dorthin, sein langer grauer Regenmantel rauschte hinter seiner schlanken Gestalt her.

Er betrat das Zimmer, das von einem Nachtlicht schwach erleuchtet wurde. Unter einem an der Wand befestigten Fernsehgerät saß ein Mann, der sich sofort erhob, um ihn zu begrüßen. Doktor Vandenbusche.

»Danke für Ihren Anruf«, sagte Frédéric und schüttelte die Hand des Neurologen. »Aber warum wollten Sie mir am Telefon nichts sagen? Was ist passiert? Wie geht es ihr?«

Frédéric schwitzte vor Unruhe. Er war ein drahtiger Mann. Sein tiefschwarzes Haar, das er nach hinten gestrichen hatte, verstärkte noch den Eindruck eines Rennwagens, der mit Höchstgeschwindigkeit lief.

»Beruhigen Sie sich, es geht ihr gut«, erklärte ihm der Arzt mit einem ganz leichten belgischen Akzent. »Sie schläft, man hat ihr ein Beruhigungsmittel gegeben.«

Frédéric nahm eine kleine cremefarbene Schutzhülle aus der Innentasche seiner Jacke.

»Ich habe ihn. Er lag neben ihrem Computer, in ihrer Wohnung.«

Sichtlich erleichtert lehnte sich der Arzt an die Wand.

»Gott sei Dank.«

Frédéric Moinet holte den N-Tech aus dem Ledertäschchen und legte ihn auf eine Ablageplatte neben dem Bett. Sein Gesprächspartner führte ihn in den hinteren Teil des Zimmers. Er war völlig zerzaust, ganz im Gegensatz zu dem gepflegten, tadellosen Vandenbusche, den er normalerweise antraf.

»Hören Sie, Frédéric. Ihre Schwester ist von der Polizei aufgefunden worden. Sie irrte durch die Straßen von Lille. Ganz durchnässt, im Trainingsanzug und völlig verwirrt.«

Frédéric fuhr sich mit der Hand über das Gesicht und holte Atem. Dann kniff er die Augen zusammen.

»Was? Sie kann sich nicht in Lille verlaufen haben! Das ist die Stadt ihrer Kindheit, sie kennt dort jeden Winkel!«

»Sie hat sich nicht verlaufen. Sie war am Ende ihrer Kräfte.«

Vandenbusche räusperte sich. Er schien verlegen.

»Ich weiß im Moment noch nichts Näheres, aber sie ist möglicherweise gefangen gehalten worden. Sie hat die typischen Abdrücke an Knöcheln und Handgelenken. Spuren von Fesseln.«

Frédéric wurde ganz steif.

»Gefangen! Das ist doch hoffentlich nicht Ihr Ernst? Ich habe sie heute Morgen noch gesehen!«

Er ging zu seiner Schwester und strich ihr zärtlich über die Stirn. Dann wandte er sich erneut an den Arzt.

»Und Sie wollen mir immer noch weismachen, dass diese verdammte Werbekampagne kein Risiko darstellt?«

Vandenbusche hatte seine Antwort vorbereitet. Frédéric Moinet war immer entschieden dagegen gewesen, dass seine Schwester die Muse von N-Tech wurde.

»Wenn wir geglaubt hätten, dass es sie in Gefahr bringen würde, ihr Bild öffentlich zu zeigen, hätten wir dem niemals zugestimmt, und das wissen Sie.«

»Wovon also ist die Rede? Von einem Zufall? Meine Schwester soll *zufällig* gleich nach dem Start der Kampagne entführt worden sein? Es gibt keinen Zufall, Monsieur Vandenbusche!«

Der Arzt packte ihn am Arm, um ihn vom Bett wegzuziehen. Er antwortete ruhig:

»Der Einbruch fand vor über drei Jahren statt, in Caen! Wie können Sie nur einen Augenblick lang denken, dass der Täter sein Opfer noch einmal überfällt, nur weil er ihr

Foto auf einem Werbeplakat sieht? Das macht doch keinen Sinn!«

Er sah Frédéric in die Augen und fuhr fort:

»Seit über zwei Jahren kümmere ich mich jetzt um Manon! Ich weiß, und Sie wissen es ebenfalls, dass sie ihren eigenen Weg gehen muss! MemoryNode ist ein äußerst wichtiges Programm für sie. Für ihr inneres Gleichgewicht.«

»Es ist vor allem wichtig für Ihre Karriere! Meine Schwester ist kein Hampelmann!«

Der Neurologe seufzte.

»Lassen Sie uns nicht wieder darüber streiten. Nicht hier. Es ist doch nicht so, dass Manon nicht verantwortlich ist für das, was sie tut, nur weil sie sich an die meisten ihrer Handlungen nicht erinnert. Sie ist noch im Besitz all ihrer geistigen Fähigkeiten, sie macht jeden Tag Fortschritte und kommt besser zurecht als so mancher andere. Ihr allein stand diese Entscheidung zu. Sie hat das Angebot von N-Tech angenommen. Und das Geld. Schluss aus.«

Frédéric schüttelte ärgerlich den Kopf.

»Ich musste unseren Familienbetrieb aufgeben, um hierher zurückzukommen, um sie vor ihrem Angreifer zu schützen. Ich habe sie aus Caen weggebracht, aus der Stadt, in der unsere Schwester ermordet wurde, aus der Stadt, in der Manon sechs Monate später das Gedächtnis verloren hat! Ich lebe zusammen mit ihr, im selben Haus, ich habe ihr dabei geholfen, mit ihrer Behinderung fertig zu werden, den Professor zu vergessen. Und jetzt das.«

»Ich verstehe Sie sehr gut. Aber Manon ist meine Patientin, und sie ist zurzeit ausgeglichener als je zuvor. MemoryNode hat ihr sehr gutgetan. Dieses Programm hat sie verändert. Das können Sie nicht leugnen.«

Frédéric schwieg. Vandenbusche kratzte sich an den Augenbrauen, er sah plötzlich verlegen aus.

»Frédéric, es gibt da etwas, das Sie mir erklären müssen. Eine beunruhigende Sache, die mir Sorgen bereitet.«

»Worum geht es?«

Der Facharzt trat zu Manon ans Bett. Er hob vorsichtig das Bettlaken hoch, dann den oberen Teil ihres grünen Kittels.

»Diese Narben.«

Frédéric erstarrte.

»Genau das habe ich mir gedacht«, fuhr der Neurologe fort. »Sie wissen Bescheid. Diese hier: ›Geh zu den Tölpeln, bei den Mönchen‹ wurde ihr von einem Linkshänder zugefügt.«

Er wies auf Frédérics Armbanduhr, die er am rechten Handgelenk trug.

»Und Sie sind Linkshänder.«

»Wie können Sie ...«

»Narben haben ein Gedächtnis. Wenn man sich die Hautritzungen genau ansieht, kann man an der Ausrichtung der Narben erkennen, in welcher Richtung die Buchstaben eingeschnitten wurden. Das ist nur schwer zu erkennen, besonders im vorliegenden Fall, wo der Text spiegelverkehrt geschrieben wurde. Dennoch kann man es an den runden Buchstaben sehen. Vor allem an den Os. Ich bin selbst Linkshänder oder genauer gesagt beidhändig, solche Einzelheiten entgehen mir nicht. Was hat das zu bedeuten?«

Frédéric explodierte:

»Das geht Sie nichts an! Für wen halten Sie sich, dass Sie die Intimsphäre meiner Schwester derart verletzen? Wenn hier die ärztliche Schweigepflicht gebrochen wurde, kann ich ...«

»Doktor Flavien hat die ärztliche Schweigepflicht nicht gebrochen. Er war überzeugt, dass ich Bescheid wusste. Und ich hätte informiert sein müssen!«

»Warum? Ich habe ihr geholfen, sich die Haut zu ritzen, und zwar weil sie mich darum gebeten hat, ganz einfach!«

»Sie hat Sie darum gebeten?«

»Es war für sie zu einer fixen Idee geworden, sich diesen absurden Satz ins Fleisch zu schreiben. Sie sagte ständig, das sei die einzige Lösung, die einzige Möglichkeit, eine Information mit hundertprozentiger Sicherheit zu bewahren. Weil niemand es von ihrem Körper entfernen oder verfälschen könne.«

Mit abwesendem Blick schien Frédéric diese schmerzliche Erfahrung noch einmal zu durchleben.

»Ich hatte keine Wahl, sie war fast hysterisch. Sie wissen sehr gut, wie sie sich aufführt, wenn sie sich etwas in den Kopf gesetzt hat. Sie schreibt es überall hin, nimmt es auf, wiederholt es ohne Unterlass. Also habe ich es getan, um ihr Erleichterung zu verschaffen. Und weil sie nicht den Mut hatte, es alleine zu tun, so wie beim ersten Mal.«

»Das heißt, sie hat sich die andere Verstümmelung selbst zugefügt? Sie hat mir nicht einmal davon erzählt.«

»Warum hätte sie es tun sollen?«

»Weil das zur Therapie gehört! Sehen Sie, über ein Drittel meiner Patienten ritzen sich die Haut! Sie benutzen ihren Körper wie ein Pergament. Und wissen Sie, wie das meist endet? In der psychiatrischen Klinik! Was bedeutet dieser Satz: ›Geh zu den Tölpeln, bei den Mönchen‹? Und diese Sache mit dem Grab? Warum dieser plötzliche Abbruch?«

»Das ist sehr kompliziert. Und ich habe keine Lust, Ihnen das jetzt zu erklären. Das ist hier weder der richtige Ort noch der richtige Augenblick.«

»Es hat ebenfalls mit dem Professor zu tun, nicht wahr?«

Frédéric antwortete nicht. Mit einer zärtlichen Geste deckte er seine Schwester erst mit dem Kittel, dann mit dem Bettlaken wieder zu. Vandenbusche bedrängte ihn nicht weiter. Dennoch wiederholte er:

»Sie hätten mit mir darüber sprechen müssen.«

Frédéric drehte sich zu ihm um. Er ballte die Fäuste und schrie:

»Dieser Dreckskerl, der sie entführt hat, muss gefunden werden!«

Manon bewegte leicht die Lippen. Frédéric setzte sich auf die Bettkante.

»Ich bin da, meine kleine Schwester. Mach dir keine Sorgen.«

Er nahm Manons Hand. Da fühlte er unter seinen Fingern eine Blutkruste. Stutzig geworden, drehte er sie zu sich.

Die Nachricht traf ihn wie ein Peitschenhieb. »Pr wieder da«.

Frédéric spürte, wie seine Knie nachgaben.

Die Vergangenheit hatte ihn wieder eingeholt. Diese Vergangenheit, die Manon Tag für Tag quälte. Es konnte einen krank machen.

Der Professor.

Frédéric nahm eine Rolle Mull von der Ablageplatte und verband mit hastigen Bewegungen die verletzte Hand. Die Wahrheit verbergen.

Vandenbusche, der hinter ihm stand, rührte sich nicht. Seine ganze Aufmerksamkeit war auf den Organizer gerichtet. Er fragte:

»Eine Sache bereitet mir Sorgen. Sie sagten, Sie hätten den N-Tech bei ihr zu Hause gefunden?«

»Neben ihrem Computer.«

»Und die Wohnungstür war ...«

»Offen«, unterbrach ihn Frédéric, während er den Verband fertigstellte.

»Sie wissen genauso gut wie ich, dass sich Manon niemals von ihrem N-Tech trennt. Sobald sie aus dem Haus geht, nimmt sie ihn mit. Frédéric. Ich glaube, dass Manon bei sich zu Hause entführt worden ist. Bei Ihnen. In Ihrem Haus.«

Moinet wurde bleich.

»Ich komme sofort wieder. Ich brauche einen Kaffee.«

Er stürzte zum Ausgang. In der Halle begegnete er einer jungen Frau, die mit entschlossenem Blick an ihm vorbeilief.

Eine Frau mit blonden Locken, in alten schlammbedeckten Springerstiefeln.

11

Nachdem sich Lucie auf der Toilette rasch sauber gemacht hatte, forderte sie Vandenbusche auf, sie zum Kaffeeautomaten zu begleiten, der rechts in der Halle, gegenüber vom Empfang stand. Geduldig warteten dort Patienten auf ihren Stühlen, völlig erledigt und blass wie eine obduzierte Leiche. Eine Notaufnahme pendelt immer zwischen zwei Welten. Erwachen, Schlaf. Leben, Tod.

»Solange Manon schläft, erzählen Sie mir bitte ihre Geschichte«, begann Lucie. »Wer ist sie? Woran genau leidet sie?«

Sie schob ein Geldstück in den Schlitz der Maschine und wählte einen starken Kaffee ohne Zucker, während Vandenbusche sich für eine heiße Schokolade entschied. Als sie ihm den Rücken zudrehte, betrachtete er sie mit glasigen, unsteten Blicken – vor allem ihren runden Po. Seltsames Outfit für eine so hübsche Frau. Ihre Schuhe – diese widerlichen Militärstiefel – und der Saum ihrer Jeans waren voller Schlamm. Die langen, gelockten Haare hätten ihre wohlgeformten Kurven noch unterstreichen können, wären sie nicht so ungeschickt mit einem roten Gummiband zusammengebunden und vom Regen fettig geworden. Was das Make-up betraf, so war es schlichtweg nicht vorhanden. Schönheit bedeutete nicht alles. Vandenbusche verabscheute Frauen, denen es an Eleganz mangelte.

»Ich bin Manon Moinet vor gut zwei Jahren zum ersten Mal begegnet«, erklärte er und zog die Augenbrauen hoch. »Sie litt an schweren Gedächtnisstörungen. Etwa ein Jahr zuvor war sie in Caen überfallen worden.«

Lucie nahm ihr Heft und den angenagten Kugelschreiber, den sie unten in ihrer Tasche gefunden hatte.

»Also Anfang 2004. Was war das für ein Überfall?«

»Sie hatte einen Einbrecher überrascht, der ihr die Kehle

zudrückte, sie dann für tot hielt und liegen ließ. Sie wohnte in einem luxuriösen Viertel in einem Vorort von Caen. In diesem Viertel gab es damals eine Serie von Einbrüchen. Die Polizei verdächtigte eine organisierte Bande. Jedenfalls ergriff der Eindringling die Flucht, als Nachbarn, die durch die Schreie alarmiert worden waren, an die Tür hämmerten. Der Gangster hatte Schmuckstücke und verschiedene Wertsachen entwendet. Als man Manon entdeckte, war sie bewusstlos. Zwar noch am Leben, doch ihr Gehirn hatte irreparable Schäden davongetragen.«

Lucie kritzelte hastig Zeichen in ihr Heft, die nur sie entziffern konnte.

»Und sie hat das Gedächtnis verloren. Verzeihung, ein Gedächtnis, wenn ich Doktor Khardif richtig verstanden habe.«

Vandenbusche senkte kurz die Augenlider.

»Manon hat nicht das Gedächtnis verloren oder ein Gedächtnis, wie Sie sagen. Das ist nicht wie im Fernsehen, wo ein Amnesie-Patient wirklich alles vergisst, selbst wie man läuft. In Wirklichkeit sind die Gedächtnissysteme von Manon so gut wie unversehrt.«

»Das verstehe ich nicht. Leidet sie nun an Amnesie oder nicht?«

Er antwortete ruhig, in einem leicht belehrenden Tonfall:

»Sie sind zu eingrenzend. An Amnesie zu leiden bedeutet nicht unbedingt, dass man keinerlei Erinnerung mehr hat.«

»Gut! Kommen Sie bitte zur Sache! Damit wir nicht die ganze Nacht damit verbringen!«

Zwar nicht elegant, dafür verhaltensgestört. Vielleicht sogar herrschsüchtig. Das wiederum gefiel ihm. Er erklärte:

»Sämtliche Zellen des menschlichen Körpers verbrauchen Sauerstoff, der von den roten Blutkörperchen transportiert wird. Einige jedoch sind gieriger als die anderen, und zwar die Neuronen der Hippocampi. Das sind Bereiche des Gehirns, die tief in der temporalen Region liegen und deren Form an den Schwanz eines Seepferdchens erinnert.«

»Klar, bei Hippocampi.«

Vandenbusche deutete ein Lächeln an und fuhr dann fort:

»Diese winzig kleinen Bereiche muss man sich wie Schaltstellen für die Erzeugung von Erinnerungen vorstellen, die dafür zuständig sind, neue Daten, sogenannte Engramme, vom Kurzzeitgedächtnis hin zu den verschiedenen Regionen des Langzeitgedächtnisses weiterzuleiten.«

Er hielt inne, da Lucie Mühe hatte, so schnell Notizen zu machen.

»Sagen Sie, haben Sie bei der Polizei keine Diktiergeräte?«

Ohne den Kopf zu heben, warf ihm Lucie einen Blick zu.

»Bitte machen Sie weiter.«

Langsamer und in versöhnlichem Tonfall fuhr er fort:

»Möchte man eine Information behalten, so durchläuft diese mehrmals die Hippocampi, verfestigt sich dann im Kortex – und zwar im episodischen Gedächtnis, dem der Tatsachen und der autobiographischen Episoden –, bis sie dort schließlich eine Erinnerung bildet. Aber wenn die Zellen der Hippocampi nicht mit Sauerstoff und Zucker versorgt werden, und sei es nur einen kurzen Augenblick, dann schrumpfen sie zusammen wie ein Crêpe. Damit ist die gesamte Erinnerungs-Produktion betroffen. Man spricht von irreversiblen Verletzungen infolge von Sauerstoffmangel.«

Vandenbusche trank einen Schluck Schokolade und verzog das Gesicht. Auch nicht besser als im Swynghedauw.

»Die Hippocampi sind wirklich winzig klein, kaum ein paar Millimeter groß, und das macht sie so empfindlich. Sie leiden als Erste, wenn kein Blut mehr in den Kopf fließt. In den meisten Fällen überleben sie derartige Angriffe. Aber Manon stand damals unter großer Anspannung. Und es wurde nachgewiesen, dass die bei Stress abgesonderten Glukokortikoide, insbesondere das Kortisol, die Neurogenese in den Hippocampi beeinträchtigen und diese schädigen. Dieser klinische Fall wurde beispielsweise bei GIs festgestellt, die in Vietnam gekämpft haben, oder auch bei Kindern, die Opfer von Inzest wurden, da diese anfälliger sind für Gedächtnisstörungen.«

»Das heißt kurz gesagt?«

»Sagen wir, in Manons Fall hat das Würgen, also der dadurch verursachte Sauerstoffmangel, die bereits angeschlagenen Hippocampi schwer geschädigt.«

»Beschädigt oder endgültig zerstört?«

»Sowohl als auch. Wären sie völlig verkümmert, so wäre Manons räumliche Wahrnehmung stark beeinträchtigt. Sie wäre vollkommen orientierungslos und könnte nicht ohne fremde Hilfe leben, was übrigens bei den meisten meiner Patienten der Fall ist. Doch bei Manon funktioniert der linke Hippocampus noch zu zehn Prozent seiner Kapazität, und diese Menge können wir mit Hilfe unseres Programms Monat für Monat steigern. Manon kann sich verbale oder akustische Informationen drei oder vier Minuten lang merken, wenn sie sie aufschreibt oder immer wieder durchliest, sogar noch länger.«

»Ihr Gedächtnis ist also wie ein Feuer, das langsam ausgeht und das man wieder anfacht, indem man Holz hineinwirft?«

»Wenn man so will. Und wenn man kein Holz nachlegt, wie Sie sagen, wird alles gelöscht. Manon vergisst. Um etwas auswendig zu lernen, muss sie Tag für Tag Tonaufnahmen hören und diesen Vorgang Dutzende von Malen wiederholen. Sie muss gewaltige Anstrengungen unternehmen, um eine winzige Menge von Informationen zu behalten.«

»Das ist wirklich nicht einfach. Ich gebe zu, es fällt mir schwer, das nachzuvollziehen.«

»Denken Sie an ein Gedicht, das Sie in der Schule lernen. Sie lesen es einmal und behalten gar nichts. Wenn Sie es jeden Tag wieder lesen, und zwar gründlich, kennen Sie es schließlich auswendig und können es, ohne nachzudenken, vor der Klasse aufsagen. Aber wenn Sie es anschließend nicht ständig wiederholen, wird es nach und nach aus Ihrem Gedächtnis gelöscht, und Ihnen bleiben nur Bruchstücke in der Art von: ›Wer reitet so spät durch Nacht und Wind.‹ So funktioniert Manon. Nur aufgrund von intensiver Wiederholung ist sie in der Lage zu lernen. Dann kann ihr Gedächtnis eine Information rekonstruieren, nicht jedoch die damit verbundenen Gefühle. Und wenn das Gedächtnis nicht trainiert oder besser gesagt instand gehalten wird, verblasst irgendwann alles.«

Er legte den Zeigefinger an die rechte Schläfe.

»Manons rechter Hippocampus, der mit dem visuellen Gedächtnis verbunden ist, ist zu fünfundneunzig Prozent verkümmert. Gehen Sie zu ihr, schütteln Sie ihr die Hand, ohne ein Wort zu sagen, und verlassen Sie das Zimmer wieder. Wenn ihre Aufmerksamkeit durch irgendetwas abgelenkt wird, zum Beispiel durch das Geräusch einer Hupe oder einen Donnerschlag, dann wird sie Sie nicht wiedererkennen, selbst wenn Sie innerhalb einer Minute wieder hineingehen. Sie ist nicht fähig, sich Bilder oder Gesichter zu merken.«

Zweifelnd kaute Lucie auf ihrem Stift herum.

»Kurz gesagt, Manon hat alles vergessen, was sich ereignet hat, nachdem sie gewürgt wurde, nicht jedoch die davorliegenden Ereignisse. Eine umgekehrte Amnesie?«

»Sagen wir, Manon hat das vergessen, was sie nicht aufgeschrieben und versucht hat zu lernen, also neunundneunzig Prozent ihres Lebens. Außerdem geht die retrograde Amnesie, die des ›Reisenden ohne Gepäck‹, beinah systematisch mit der anterograden Amnesie einher. Der Verlust der Erinnerungen betrifft also in unterschiedlichem Maße auch die Zeit, die diesem Eintritt in die Welt des Vergessens vorausgeht. In Manons Fall sind sämtliche Ereignisse in den zwei Monaten vor dem Überfall von dem Verlust betroffen, davor festigen sich die Dinge allmählich, je weiter man in der Zeit zurückgeht.«

»Sie ist also nicht in der Lage, sich beispielsweise an das Gesicht des Einbrechers zu erinnern. Oder an die Art und Weise, wie sich der Überfall abgespielt hat.«

»Ihnen bleibt auch nichts verborgen. Sie musste die Umstände des Überfalls erst erlernen, können Sie sich das vorstellen? Jedenfalls ist Manon, wie ich Ihnen gesagt habe, nicht in der Lage, ein Gesicht wiederzuerkennen, da ihr rechter Hippocampus zerstört ist. Sie ist ein sogenannter Prosopagnostiker. Selbst wenn sie sich Ihr Foto viele tausend Mal anschaute, würde sie Sie niemals ›physisch‹ wiedererkennen. Nur Worte oder der Klang einer Stimme lösen etwas bei ihr aus, vielleicht nicht einmal das. Ihr Gehirn ist blind, aber nicht völlig taub.«

Lucie trommelte mit ihrem Stift auf die Seite in ihrem Heft.

»Und was bedeutet das für alles andere? Ihre anderen Fähigkeiten? Sind sie wirklich noch unversehrt?«

Er nickte.

»Manon ist sehr intelligent. Sie besitzt noch ihre Fähigkeit, komplexe Probleme anzugehen. Außerdem legt sie ein beachtliches Organisationstalent an den Tag. Das gelingt ihr auch mit Hilfe der Technologie. Der N-Tech mit integriertem GPS und ihr Handy begleiten sie, wohin sie geht, bei allem, was sie tut. Bei ihr ist alles geplant, aufgeschrieben, aufgezeichnet. Alles, was zu tun, und alles, was zu vermeiden ist. Wirklich alles. Ein Muster an Disziplin. Wenn Sie in ihre Wohnung gehen, werden Sie verstehen.«

»Waren Sie schon einmal dort?«

»Natürlich. Es ist äußerst wichtig für mich, das Umfeld meiner Patienten zu kennen.«

»Aha.«

Vandenbusche zögerte.

»Wissen Sie, Manon war bereits vor all diesen Problemen eine außergewöhnliche Frau, aber heute ist sie dies erst recht. Sie kompensiert das Bedürfnis, Erinnerungen zu speichern, mit ihrer Intelligenz. Sie hat sich an ihre Behinderung angepasst.«

»Warum ist sie so außergewöhnlich?«

Er trank seine Schokolade aus, verzog dabei erneut das Gesicht und warf den Becher dann in einen Mülleimer.

»Manon hat mit zweiundzwanzig Jahren eine der angesehensten Universitäten mit dem Diplom abgeschlossen. Mit dreiundzwanzig hat sie einen Master in Mathematik erhalten, am …«

Unwillkürlich blickte Lucie auf und sah ihren Gesprächspartner fest an.

»Reden Sie weiter. Bitte, fahren Sie fort.«

»… am Georgia Institute of Technology in den USA. Dann, hmm, es ist schwierig zu erklären, was genau ihr Beruf war. Ich verstehe selbst nicht viel davon, obwohl Manon ein Talent dafür hatte, einfach und mit Leidenschaft von ihren früheren Tätigkeiten zu sprechen.«

»Versuchen Sie es doch. Ich bin Polizistin, aber ich habe trotzdem ein Hirn.«

Vandenbusche ließ zwei hübsche Reihen blendend weißer Zähne sehen.

»Manon arbeitete an einem der sieben Milleniumsprobleme der Mathematik, an dem ›qualitativen Verhalten der Lösungen von Differenzialgleichungssystemen‹, mit dem sich schon die berühmtesten Mathematiker abgemüht haben. Diese Probleme sind so verzwickt, dass das Clay Institute in Cambridge für ihre Lösung einen Preis von einer Million Dollar ausgeschrieben hat.«

Lucie stieß einen Pfiff aus.

»Das ist die Mühe wert, sich den Kopf zu zerbrechen!«

»Glauben Sie das nicht, die Komplexität dieser Probleme geht weit über unsere Vorstellungskraft hinaus. Auf dem Niveau geht es nicht mehr darum, sich den Kopf zu zerbrechen, sondern sich von der Welt loszusagen, sein Leben, seine Familie zu opfern. Jeder Beweis erfordert mehrere hundert, wenn nicht tausend Seiten! Genau genommen arbeitete Manon nicht an der Lösung des Problems selbst, sondern war dafür verantwortlich, die von anderen Mathematikern angebotenen Lösungen zu verstehen und zu bewerten, um sie für gültig zu erklären oder zu verwerfen.«

Während Vandenbusche erzählte, leuchteten seine Augen

auf, wie bei einem Trainer, der die Vorzüge seines Reitpferdes preist.

»Meine Patientin spricht perfekt englisch, sie kann Latein und erforscht, oder besser erforschte, zum Zeitvertreib den Diskos von Phaistos, eines der rätselhaftesten Beispiele für Hieroglyphenschrift. Eine nie entschlüsselte Sprache.«

»Kein schlechtes Hobby.«

»Nicht wahr? Obendrein besitzt die an Amnesie leidende Manon ein sagenhaftes Arbeitsgedächtnis, ähnlich wie die großen Schachspieler, die in der Lage sind, innerhalb kürzester Zeit zahlreiche Spielzüge zu analysieren.«

»Reden Sie von einem anderen Gedächtnis?«

»Ja. Das Kurzzeitgedächtnis oder Arbeitsgedächtnis. Das erlaubt Ihnen beispielsweise, sich eine Telefonnummer ein paar Sekunden lang zu merken, solange bis Sie sie gewählt haben. Sie können, genauso wie ich, im Schnitt sieben Elemente im Kurzzeitgedächtnis speichern. Haus, Vulkan, Buggy, Schwamm, Mikroskop, Kohlenstoff, Zunge. Manon dagegen kann sich mehr als zwanzig einprägen.«

Ihr Gespräch wurde unterbrochen. Flavien kam mit schnellen Schritten auf sie zu.

»Sie ist aufgewacht. Sie hat sich schon wieder in ihren N-Tech vertieft. Es ist verblüffend, sie scheint wieder aufzuleben. Aber sie fragt sich, warum sie hier ist. ›Das steht nicht in meinem N-Tech, also ist es ungewöhnlich‹, hat sie zu mir gesagt. Ihr Bruder versucht, sie zu beruhigen, aber er erzählt ihr, was er will.«

»Das heißt?«, fragte Lucie.

»Eine beschönigende Version der Wirklichkeit.«

»Wir kommen mit Ihnen, Doktor«, sagte die junge Frau.

Flavien hielt sie mit einer Handbewegung auf.

»Ich bitte Sie, sich noch ein paar Minuten zu gedulden. Ich habe eine Krankenschwester zu ihr geschickt, um eine Untersuchung vorzunehmen. Und vergessen Sie nicht, was ich Ihnen gesagt habe, Leutnant, sie braucht Anhaltspunkte und darf nicht durcheinandergebracht werden! Also ganz sachte!«

Dann wandte er sich mit einem Lächeln an Vandenbusche und fügte noch hinzu, bevor er wegging:

»Lieber Kollege, versuchen Sie bitte, sie zu beaufsichtigen.«

Ohne darauf zu antworten, sah Lucie schnell die Notizen in ihrem Heft durch. Sie fragte Vandenbusche geradeheraus:

»Sind Ihnen die Buchstaben aufgefallen, die in ihre Hand eingeritzt wurden? ›Pr wieder da‹?«

»Ja, ich habe es gesehen, aber ich muss zugeben, ich habe es nicht richtig verstanden.«

»Sie denkt, es handelt sich um den Professor, einen Mörder, der vor einigen Jahren sein Unwesen getrieben hat.«

Vandenbusche sah plötzlich verunsichert aus.

»Sie denkt sich Sachen aus. Sie ist ganz darauf fixiert seit …«

»Seit wann?«

Der Neurologie atmete tief ein.

»Seitdem er ihre Schwester getötet hat. Karine.«

Verblüfft brachte Lucie diese Aussage sofort in den richtigen Zusammenhang.

»Natürlich! Karine Marquette, eins der sechs Opfer! Sie hätten mir davon erzählen können!«

»Es tut mir leid. Ich habe nicht den Reflex des Polizisten. Oder der Polizistin? Wie sagt man?«

»Ich weiß es nicht. Erzählen Sie mir, was Sie über diese Geschichte wissen!«

»Eigentlich nicht viel. Das ist passiert, bevor Manon meine Patientin wurde.«

»Was wissen Sie dennoch?«

»Als ihre Schwester ermordet wurde, hatte Manon kein Problem mit dem Gedächtnis. Aber ich habe trotzdem erfahren, dass der Tod sie in eine tiefe Depression gestürzt hat. Damals hat sie ihre Forschung, ihre glänzende Karriere aufgegeben. Sie hatte es sich in den Kopf gesetzt, den Professor zu jagen. Das ist für sie zu einer …«

»Einer Obsession geworden?«

»Zu ihrem Lebensinhalt. Ihr Bruder hat mir erzählt, dass sie ihre ganze Aufmerksamkeit und Energie darauf verwandte. Sie wollte ihre Schwester rächen. Sie hat mit der Polizei zusammengearbeitet, es ist ihr gelungen, sich die Akten zu beschaffen. Sie hat die Familien der anderen Opfer befragt, die Juristen, die Psychologen, um die Vorgehensweise des Mörders zu verstehen, seine Grausamkeit nachzuvollziehen. Dabei legte sie dieselbe Hartnäckigkeit an den Tag, mit der sie auch ihre mathematischen Probleme anging. Ein maßloser Eigensinn.«

Er schwieg einen Moment und fuhr dann fort:

»Dann, sechs Monate später, gab es diesen Einbruch, der schiefging und der alles beendet hat. Zumindest dachte ich das.«

»Wie, Sie dachten es?«

»Vor einer oder zwei Stunden hat mir Doktor Flavien die Verstümmelungen auf ihrem Körper gezeigt. Mir wird erst jetzt klar, dass sie nie aufgehört hat, ihn zu jagen, sogar in ihrer Verfassung. Sie hat ihr Spiel glänzend geheim gehalten, ich habe absolut nichts gemerkt. Sehr beeindruckend, sie ist wirklich ausgesprochen intelligent.«

»Glauben Sie, dass sie sich diese Hautritzungen selbst zugefügt hat?«

»Ich glaube es nicht, ich bin mir dessen sicher! Sie und ihr Bruder. Er hat es mir eben gesagt. Manon hatte die Narben immer vor mir verborgen.«

»Ihr Bruder? Aber warum?«

»Ich weiß es nicht. Er wollte mir nichts Näheres mitteilen. Aber ich bin überzeugt, dass diese Verletzungen einen Bezug zum Mörder ihrer Schwester haben.«

Lucie klappte ihr Heft zu. In ihrem Kopf schwirrten jede Menge Fragen herum.

Manons Schwester, ebenfalls Opfer des Professors. Dann, vor drei Jahren, war Manon selbst überfallen worden. Ein Einbruch. Und nun wieder ein Überfall, zeitgleich mit dem Beginn einer Werbekampagne, in deren Mittelpunkt sie stand. Bloß ein Zufall? Hatte sie ihre Hand in einem Anfall von Panik zerschnitten, weil sie glaubte, sie hätte es mit dem Professor zu tun? War es möglich, dass ihre Behinderung Sinnestäuschungen hervorrief, falsche Erinnerungen schuf, sodass sie das Gefühl hatte, bestimmte Dinge »erlebt zu haben«?

Sie musste Manon befragen, und zwar schnell. Musste die Bedeutung dieser Rätsel verstehen. Die Streichhölzer, die Anderen, die Hautritzungen.

Sie gingen durch die Halle, Vandenbusche zog eine Visitenkarte aus seiner Jackentasche.

»Sie werden sich wohl ebenso wie ich viele Fragen stellen. Und Sie werden sich noch mehr stellen, wenn Sie mit meiner Patientin zusammenkommen. Sie ist wirklich eine verblüffende Persönlichkeit.«

Er hielt ihr seine Karte hin.

»Rufen Sie mich ruhig an, wenn ich Ihnen irgendwie behilflich sein kann. Warum begleiten Sie Manon nicht morgen in die Klinik Swynghedauw? Dann können Sie besser verstehen, zu welch seltsamen Dingen unser Gehirn in der Lage ist. Es ist wirklich erstaunlich.«

»Danke. Ich denke, wir werden uns auf jeden Fall wiedersehen.«

Er nickte und fügte hinzu:

»Wenn wir gleich Manons Zimmer betreten, dann denken Sie daran, dass sie in ihren Gewohnheiten nicht noch mehr durcheinandergebracht werden darf, als dies ohnehin schon der Fall ist. Für jemanden, der an Amnesie leidet, gibt es nichts Schlimmeres, als in einer unbekannten Umgebung aufzuwachen. Dann kommen die Überlebensinstinkte wieder zum Vorschein. Wenn Manon glaubt, sie sei in Gefahr, könnte sie ausrasten, sogar gewalttätig werden.«

»Ich weiß. Der arme Fahrer, der sie in Raismes mitgenommen hat, musste das bereits am eigenen Leibe spüren.«

Er nahm einen ernsten Tonfall an.

»Noch eine letzte, sehr wichtige Sache. Ihre Mutter hat

Selbstmord begangen, indem sie sich die Pulsadern aufgeschlitzt hat, damals kurz nach dem Einbruch.«

»Ich weiß. In der psychiatrischen Klinik.«

»Marie Moinet hat den plötzlichen Tod ihrer Tochter Karine nie verkraftet, genauso wenig wie das, was Manon zugestoßen ist.«

»Das ist ja auch eine ganze Menge.«

»Sicher. Jedenfalls hat Manon, wie soll ich sagen, beschlossen, den Tod ihrer Mutter zu ignorieren.«

»Beschlossen?«

»Ja, beschlossen. Manon baut sich ihre eigene Welt. Sie wählt das aus, was sie behalten möchte, indem sie es unzählige Male wiederholt, und alles andere vergisst sie. Dass ihre Mutter gestorben ist, hat sie jedoch nirgendwo aufgeschrieben. Sie hat entschieden, daraus keine Erinnerung zu machen.«

Lucie konnte es nicht fassen.

»Aber wie kann sie entscheiden, so etwas zu ignorieren? Es handelt sich doch um ihre Mutter!«

»Ich glaube, Sie haben noch nicht ganz begriffen. Stellen Sie sich vor, mitten in der Nacht klopfen Gendarmen an Ihre Tür und teilen Ihnen mit, dass Ihre Mutter gestorben ist. Stellen Sie es sich wirklich vor. Die Dunkelheit, das Hämmern an der Tür, die Gendarmen. Dann gibt man Ihnen bis zur folgenden Nacht Zeit, um zu weinen und den Schock zu verdauen. Danach wird Ihr Gedächtnis ausgelöscht, und Sie wissen nicht mehr, weshalb Sie so niedergeschlagen sind. Sie stehen da, haben Kopfschmerzen, Ihre Augen tun weh, und Sie verstehen nicht, warum! Kaum haben Sie sich beruhigt, bringt man Ihnen diese schreckliche Nachricht erneut bei. Dieselben Gendarmen klopfen an die Tür. Und dasselbe dann Nacht für Nacht, an die zwanzig Mal, bis sich dieses Unglück endlich zu einer schmerzlichen Erinnerung verfestigt. Diese unerträgliche Anstrengung hat Manon verweigert. Sie hat lieber die glücklichen Erinnerungen bewahrt, ohne sie durch diesen Tod zu überschatten. Denn die Erinnerungen an die Zeit vor dem Unfall sind alles, was ihr noch bleibt. Ein Parfum, eine Liebkosung, ein Lachen. Das sind die einzigen Dinge, die sie ans Leben binden, die ihr eine Vergangenheit geben, das Gefühl, gelebt zu haben. Also setzt ihr Bewusstsein alles daran, dass diese Erinnerungen unversehrt bleiben. Verstehen Sie das?«

Lucie nickte.

»Sehr gut«, fuhr Vandenbusche fort. »Ihr Bruder und ich, wir respektieren ihre Entscheidung, bestimmte Tatsachen zu ignorieren. Wir haben beschlossen, Manon in ihrem Glauben, Marie Moinet lebe noch, zu unterstützen. Niemand hat Zugriff auf ihren N-Tech. Er ist durch ein Passwort geschützt, das sie regelmäßig ändert. Es ist uns also nicht möglich, dort falsche Informationen hineinzuschreiben, die das ›Leben‹ ihrer Mutter betreffen. Aber wir erzählen ihr regelmäßig, dass sie vergessen hat, ihren Besuch zu notieren, dass sie angerufen hat und so weiter. Manon trägt diese Angaben dann selbst in ihren Organizer ein. Wenn ich ihr sage, sie hätte ihre Mutter am Vortag angerufen, glaubt sie mir. Ich handle mit ihrem Einverständnis, damit sie nicht unnötig leidet.«

Lucie fühlte, wie Empörung in ihr hochstieg.

»Das ist doch Irrsinn. Ein jeder kann Manons Vergangenheit manipulieren. Wie schrecklich.«

»Ich stimme Ihnen zu, diese Patienten sind verletzbar. Wissen Sie, die Menschheit und ganz allgemein auch die Tierwelt haben überlebt, weil das Gehirn negative Informationen leichter speichert als positive, das ist wissenschaftlich nachgewiesen. Seit grauer Vorzeit sorgen die negativen Gefühle dafür, dass man seinem natürlichen Feind entkommt oder dass man auch ohne Hungergefühl ständig auf der Suche nach Nahrung ist. Denken Sie nur an die Bären, die Monate im Voraus Nahrung zu sich nehmen, bevor sie ihren Winterschlaf beginnen. Sie sehen die Gefahr des Winters vorher. Dieser Selbstverteidigungstrieb existiert bei Patienten mit anterograder Amnesie jedoch nicht mehr. Sie wissen, dass sie anfällig sind, können aber nichts dagegen tun, und das führt bei einigen von ihnen zu schweren Depressionen, die manchmal in Selbstmord enden. Die Statistiken können das bezeugen, und außerdem verzeichnen die psychiatrischen Kliniken jeden Tag neue Amnesie-Fälle, von denen man nicht weiß, was man mit ihnen tun soll. Deshalb ist Manon so umsichtig. Sie hat sich so abgekapselt, um sich zu schützen. Sie vertraut nur sich selbst und den Informationen in ihrem N-Tech.«

»Und ihrem Bruder, nicht wahr?«

»Ja, natürlich. Sie stehen sich sehr nahe, Frédéric kümmert sich sehr gewissenhaft um sie. Aber Manon ist unbeständig. An einem Tag hat sie Vertrauen, am nächsten nicht mehr. Sie kann sehr gewalttätig sein und in der nächsten Minute wieder ausgesprochen freundlich. So sieht es aus.«

Sie kamen zu den Aufzügen.

»Ich habe Ihnen vor ein paar Minuten vom Kurzzeitgedächtnis erzählt. Diese sieben Wörter, die ich Ihnen genannt habe. Erinnern Sie sich?«

»Ähm. Haus, Buggy. Ich weiß es nicht mehr.«

»Sie wissen es nicht mehr. Nun, Manon geht es mit Ihrem Gesicht ganz genau so. Sie kennt es nicht mehr.«

12

Als Lucie gerade Manons Zimmer betreten wollte, lief ihr ein gut aussehender sonnengebräunter Mann über den Weg, der für diese späte Stunde vielleicht ein wenig zu untadelig gekleidet war. Er fuhr sie von der Höhe seiner ein Meter fünfundachtzig herab mit barscher Stimme an. Alles an seinem Blick erinnerte an die junge Amnesie-Patientin.

»Was machen Sie hier?«, fragte er schroff.

Lucie fühlte sich etwas gehemmt in ihrer Aufmachung eines Pilzsammlers.

»Frédéric, das ist Polizeileutnant Lucie Henebelle«, sagte Vandenbusche.

»Verzeihen Sie, ich wusste nicht ...«

»Schon in Ordnung«, antwortete Lucie, »ich hatte seit gestern Abend keine Gelegenheit, mich in Schale zu werfen. Ich muss Ihre Schwester befragen. Doktor Flavien hat Sie informiert?«

»So ungefähr, ja. Ich kann es nicht glauben.«

»Und doch ist es die Wahrheit. Wir haben eben den Ort gefunden, wo sie gefangen gehalten wurde.«

Frédéric Moinet zog die Augenbrauen hoch.

»Wo denn das? Wo ist sie festgehalten worden?«

»In einer Jagdhütte in der Nähe von Raismes. Monsieur Vandenbusche hat mir mitgeteilt, dass Sie Ihrer Schwester sehr nahestehen. Wann haben Sie sie das letzte Mal gesehen?«

Ohne einen Augenblick nachzudenken, antwortete er:

»Noch heute Morgen. Sie machte sich fertig, um joggen zu gehen, das war um halb zehn. Neun Uhr zehn, um genau zu sein. Ich wollte gerade zur Arbeit aufbrechen.«

»Sehr präzise.«

»Das ist notwendig, wenn man mit jemandem wie meiner Schwester zusammenlebt. Ihr ganzes Leben ist beherrscht von der Angst davor, wie die Zeit vergeht.«

»Und danach?«

»Ich bin zur Arbeit gefahren und habe sie danach nicht wiedergesehen. Ich war noch im Büro, als Doktor Vandenbusche mich angerufen hat.«

»Um ein Uhr morgens?«

»Arbeiten Sie nicht selbst gerade? Ich gehe seit gut einer Woche zu den unmöglichsten Zeiten schlafen. Ich bin Direktor von Esteria, einem Unternehmen aus Lille, das Computersysteme entwickelt, mit denen man auf der Basis von RFID-Etiketten verloren gegangene Gepäckstücke aufspüren kann. Wir arbeiten an einer wichtigen Ausschreibung für Air France. Ein Vertrag über mehrere Millionen Euro.«

Scharfer Typ, jung, intelligent. Der ideale Meet4Love. Dennoch blieb Lucie distanziert.

»Und Ihnen ist in den letzten Tagen nichts Besonderes aufgefallen? Irgendein ungewöhnlicher Vorfall im Umfeld Ihrer Schwester?«

»Nichts Besonderes, nein.«

Er dachte einen Augenblick nach.

»Bis auf heute Abend natürlich. Nach dem Anruf von Doktor Vandenbusche bin ich zu Hause vorbeigefahren, um ihr Sachen zum Wechseln mitzubringen. Die Tür war nicht verschlossen, und neben ihrem Computer habe ich ihren N-Tech gefunden. Sie trennt sich sonst jedoch nie von ihm und schließt immer ab, wenn sie joggen geht.«

»Vielleicht hat sie es ganz einfach vergessen? Das erschiene mir bei einer Frau, die an Amnesie leidet, durchaus logisch. Schließlich passiert es jedem einmal, dass er sein Handy vergisst oder eine Tür nicht abschließt. Dann hätte sie …«

Frédéric antwortete wie aus der Pistole geschossen:

»Haben Sie schon einmal vergessen, sich etwas anzuziehen, bevor Sie aus dem Haus gegangen sind?«

»Ähm. Nein, glücklicherweise nicht.«

»Manon wurde darauf konditioniert, ihren Apparat niemals zu vergessen. Sie hat die entsprechenden Bewegungsabläufe hunderte Male wiederholt, damit sie ihr Langzeitgedächtnis erreichen. Eine Gewohnheit, die reflexhaft abläuft, genauso wie die, sich anzukleiden.«

»Aufgrund dieser Konditionierung sind Amnesie-Patienten in der Lage, den N-Tech zu benutzen«, schaltete sich Vandenbusche ein und trat näher. »Sie können sich zwar nicht mehr erinnern, aber sie können lernen und Fortschritte machen, weil das dabei beanspruchte Gedächtnis, das prozedurale Gedächtnis, ein anderes ist.«

Lucie fühlte sich wieder überfordert. Diese Geschichte mit dem Gedächtnis ging ihr langsam auf die Nerven. Zweifelnd fragte sie:

»Und weil sie diesen Apparat nicht bei sich hatte, soll ich daraus schließen, dass sie mitten am Tag aus ihrer Wohnung entführt worden ist?«

»Das glauben Doktor Vandenbusche und ich. Meine Schwester und ich wohnen nicht in einem richtigen Wohnhaus, sondern in einem alten spanisch-flämischen Haus. Es ist in vier Wohnungen unterteilt, die alle mir gehören. Nur Manon und ich leben dort. Das Haus liegt in der Impasse du Vacher, in der Altstadt von Lille. Nur ein schmaler Gang zwischen hohen Backsteinmauern führt dorthin, der Ort ist selbst tagsüber kaum belebt. Zwei der Wohnungen werden seit mehreren Monaten renoviert. Normalerweise sind dort Arbeiter beschäftigt, doch sie sind zurzeit im Urlaub.«

Lucie warf einen Blick auf ihre Uhr. Es war schon 2 Uhr 45. Noch eineinviertel Stunde bis zum Ablauf des Ultimatums. Und sie war noch immer bei null.

»Darüber reden wir später. Und auch über die Hautritzungen.«

Frédéric warf Vandenbusche einen bösen Blick zu, dann sagte er:

»Sie wissen also ebenfalls Bescheid!«

»Ja. Aber nun muss ich wirklich dringend mit Ihrer Schwester sprechen.«

Frédéric zog sie ein Stück den Gang hinunter.

»Es ist zwecklos, sie zu befragen, Sie streuen nur Salz in die Wunde. Sie wird sich an nichts erinnern.«

»Ich weiß, Doktor Vandenbusche hat es mir erklärt. Aber der Entführer hat ein Rätsel in der Hütte hinterlassen. Eine sehr merkwürdige Sache. Und ich glaube, dass Ihre Schwester uns helfen könnte, es zu begreifen.«

Mit einer entschiedenen Handbewegung zog Frédéric seine schwarze Seidenkrawatte aus.

»Was für ein Rätsel?«

»Hören Sie, das fällt im Moment in den Bereich der Ermittlungen. Und außerdem habe ich keine Zeit!«

»Aber es geht um meine Schwester!«

»In der Nachricht ist die Rede von einem Schlüssel, der Manon sein könnte. Ich würde gerne mit ihr darüber sprechen, wenn das nicht zu viel verlangt ist.«

»Kann ich es verweigern?«

»Eigentlich nicht, nein.«

Sein Gesichtsausdruck wurde eisig.

»In diesem Fall bleibe ich bei Ihnen. Aber passen Sie auf, was Sie sagen.«

»Sie haben durchaus das Recht, verstört zu sein, nach dem, was Ihrer Schwester widerfahren ist, aber bitte schlagen Sie einen anderen Ton an. Ich bin nicht Ihre Angestellte! Ich bin hier die Polizei, nicht Sie.«

Sie ließ ihn stehen und ging zum Zimmer. Er lief eilig hinter ihr her, gefolgt von Vandenbusche. Als sie die Tür öffnete, traf ihr Blick den der Frau im Bett. In ihren blauen Augen entdeckte sie Neugierde, doch es fehlte der Funke, der verriet, dass man jemanden wiedererkannte. Es stand außer Zweifel: Die Mathematikerin mit den außergewöhnlichen Fähigkeiten und dem durchgebrannten Stromkreis sah Lucie zum ersten Mal.

Die Polizistin war verunsichert. Sie sah den Verband um Manons Hand. Was hatte der Bruder ihr erzählt? Dass sie sich nur verletzt hatte? Oder dass sie ohnmächtig geworden war? Was hatte er sich ausgedacht, um die Striemen an den Knöcheln und Handgelenken zu erklären? War es wirklich notwendig, erneut in die Schrecken dieser düsteren Stunden einzutauchen?

»Diese Frau ist von der Polizei«, schaltete sich Frédéric ein, als er Lucies Bedrängnis sah. »Ich habe sie hierhergebracht. Sie würde dich gerne etwas fragen.«

Er wandte sich an die Polizistin.

»Schießen Sie los. Aber machen Sie schnell. Fassen Sie sich kurz, seien Sie präzise. Sonst verliert meine Schwester den Faden.«

Lucie dankte ihm mit einer kaum wahrnehmbaren Kopfbewegung. Manon legte ihren N-Tech auf den Nachttisch und blickte sie neugierig an.

»Mich etwas fragen? Mich?«

»Die Polizei ist oft in Krankenhäusern unterwegs«, erwiderte Lucie und zwang sich zu einem Lächeln. »In Wirklichkeit arbeite ich an einem Fall, der meiner Ansicht nach einen Bezug zur Mathematik hat. Und Ihrem Bruder zufolge sind Sie auf diesem Gebiet recht begabt.«

Manons Gesicht bekam einen Glanz wie auf dem Werbeplakat. Wie konnte sie dem, was sie durchgemacht hatte, so ungerührt gegenüberstehen? Lucie fing an, Manon mit anderen Augen zu sehen: eine Frau, die jede Minute neu geboren wurde. Ein vergänglicher Funke.

»Durchaus, ja«, antwortete Manon.

Sie deutete auf die schmutzigen Springerstiefel.

»Streifenpolizistin?«

»Wenn man so will.«

»Woran arbeiten Sie?«

Lucie wechselte einen Blick mit Frédéric und Vandenbusche. Sie zögerte, dann legte sie los:

»Es geht um eine Straftat. Wahrscheinlich von Jugendlichen begangen.«

»Eine Sache mit straffälligen Jugendlichen, die etwas mit Mathematik zu tun haben soll? Ich bin neugierig zu erfahren, worum es sich handelt. Ich höre Ihnen zu.«

»Das Ganze hat sich in Raismes ereignet, in der Nähe von Valenciennes.«

»Ich kenne Raismes, danke. Ich leide an Amnesie, aber ich bin nicht ungebildet.«

Lucie war einen Moment lang sprachlos. Mit einer solchen Gleichgültigkeit von seiner Behinderung zu sprechen ...

»Sehr gut. Wir haben auf der Wand in einer Jagdhütte eine Nachricht gefunden. Sie besagt, hören Sie gut zu: ›Bring den Schlüssel zurück. Geh und ärger die Anderen. Und finde in den Streichhölzern, was wir sind. Vor 4 Uhr‹.«

Manon und Frédéric erstarrten beide.

»Wer hat das geschrieben?«, fragte Manon und richtete sich abrupt in ihrem Bett auf.

Sie sprach wieder sehr schnell.

»Wer? Sagen Sie mir: wer? Sagen Sie es mir!«

»Ich weiß es nicht«, antwortete Lucie. »Was denken Sie, was das zu bedeuten hat?«

»Dieser ganze Aufruhr hat doch mit mir zu tun! Sie sind nicht zufällig hier, wie Sie behaupten!«

»Wie Sie meinen.«

Manon blieb in der Defensive. Ihr Bruder ging zu ihr und fasste sie behutsam am Arm.

»Du musst nicht antworten.«

Manon löste sich mit einer Bewegung, die plötzliches Misstrauen ausdrückte, aus seinem Griff.

»Warum? Warum sollte ich nicht antworten? Da ist doch nichts Ungewöhnliches dabei! Absolut nicht!«

Sie wandte sich an Lucie.

»Ich verstehe Ihr Rätsel nicht, und ich sehe keinen Bezug zur Mathematik. Aber ...«

»Aber?«

»Aber dieses ›Geh und ärger die Anderen‹ sagt mir etwas. Nicht wahr, Frédéric? Du erinnerst dich doch auch?«

Er nickte und erläuterte:

»Es handelt sich um einen Ausdruck, den wir als Jugendliche benutzten, unter Freunden und mit einigen unserer Cousins. ›Wir gehen und ärgern die Anderen‹. Die Anderen, das waren Geister.«

»Geister?«

»Ja, Geister«, fuhr Manon fort. »Die in dem Geisterhaus von Hem. Ein alter Kasten, in dem es eine Reihe von unerklärlichen Todesfällen gab. Wir sind ab und zu dort hingegangen, nach Einbruch der Dunkelheit. Wegen des Adrenalins. Hem, das Haus in Hem.«

Sie hielt inne. Frédéric ging auf und ab wie ein Tiger in seinem Käfig. Sein autoritärer Blick ließ seine starke Führungspersönlichkeit erahnen. Lucie versuchte, seine Anwesenheit zu ignorieren, um ihre Aufmerksamkeit ganz auf Manon zu richten, die schließlich erklärte:

»Das war unser Ausdruck. Wieso hat man ihn irgendwo gefunden? Das ist nicht möglich! Es ist so lange her!«

Sie suchte Unterstützung bei Frédéric, dann sprach sie alleine weiter:

»Aber den Rest Ihrer Nachricht verstehe ich nicht. Auch wenn ich nachdenke, fällt mir nichts ein. Es tut mir leid. Es tut mir aufrichtig leid, Madame.«

Manon nahm ihren N-Tech, ihren Stift und begann, den Ablauf der letzten Stunden zu kontrollieren. Sie tippte in rascher Folge auf den Touchscreen. Termine, die nicht abgehakt waren. Der in der Bank um 11 Uhr: versäumt. Der Besuch mit Myrthe beim Tierarzt um 15 Uhr: versäumt. Was hatte das zu bedeuten?

»Manon?«

Sie sah Lucie an.

»Das ist noch nicht alles«, fuhr die Polizistin fort.

»Was ist nicht alles? Und warum habe ich von dem Haus in Hem gesprochen? Was wollten Sie noch einmal?«

Frédéric schaltete sich ein und schob Lucie ein Stück beiseite, während er zu ihr sagte:

»Lassen Sie sie.«

Er wandte sich an Manon:

»Diese Frau ist von der Polizei.«

Und er erläuterte ihr noch einmal kurz die Situation, wählte die passenden Worte, ließ Unnötiges aus und prüfte genau, wie seine Schwester reagierte. Ein wenig ratlos konnte Lucie schließlich mit ihrer Befragung weitermachen:

»In dieser Hütte in Raismes lag eine große Menge Streichhölzer auf dem Boden. Mehrere Tausend. Meine Kollegen machen gerade …«

»Eine riesige Anzahl Streichhölzer?«, unterbrach sie Manon. »Wie waren sie angeordnet? Erklären Sie es mir!«

»Sie lagen überall verstreut, wild durcheinander.«

Manon schnippte mehrere Male hintereinander mit den Fingern. Frédéric rührte sich keinen Millimeter von der Stelle.

»Wild durcheinander, ja! Natürlich! Wild durcheinander! Und der Boden ist ein Holzfußboden?«

»Genau.«

»Mit Brettern, die genauso breit sind, wie ein Streichholz lang ist? Sagen Sie es mir!«

Die Spur schien richtig zu sein. Das Schloss fand seinen Schlüssel.

»Hmm. Ich denke, ja. Aber was soll diese Inszenierung? Welcher Zusammenhang besteht zwischen diesen Streichhölzern und dem Geisterhaus in Hem?«

Plötzlich bemerkte die junge Amnesie-Patientin den Verband um ihre Hand. Ihr brach der Schweiß aus. Bevor Frédéric eingreifen konnte, riss sie ihn mit einer heftigen Handbewegung herunter.

Ihr Herz krampfte sich zusammen. Auf ihrer Handfläche stand dieser entsetzliche Satz: »Pr wieder da«.

Sie kauerte sich zusammen wie ein gehetztes Tier und fing an zu schreien:

»Er ist wieder da! Dieser Dreckskerl ist zurückgekommen, um uns zu verfolgen! Und er hat es auf mich abgesehen! Lügen Sie mich nicht weiter an und sagen Sie mir, wenn ich mich täusche!«

»Niemand lügt dich an«, log sie der Bruder an. »Wir werden nach Hause zurückkehren, alles wird wieder gut.«

Manon hörte nicht mehr zu. In ihrer panischen Angst schrie sie noch lauter:

»Bringen Sie mich dorthin! Bringen Sie mich zu dem Geisterhaus in Hem! Sofort!«

Lucie erwiderte ruhig:

»Erklären Sie mir zuerst die Bedeutung dieser Streichhölzer!«

In Sekundenschnelle war Manon neben Lucies Gesicht. In ihren blauen Augen blitzte die schwarze Flamme der Wut auf.

»Er ist zurückgekommen! Ich werde mir die Gelegenheit, ihn zu erwischen, nicht entgehen lassen! Bringen Sie mich zuerst dorthin, oder Sie werden überhaupt nichts erfahren!«

13

Manon saß auf dem Vordersitz in dem alten Ford und war in ihren N-Tech vertieft. Der elektrische Apparat strahlte ein schwaches weißes Licht aus.

»Ich muss das alles noch aufschreiben«, wiederholte sie unablässig. »Erzählen Sie weiter, erzählen Sie weiter. Alles, was Sie wissen. Wirklich alles.«

Nachdem sie die menschenleeren Boulevards verlassen hatten, raste der Wagen mit Vollgas über die nordwestliche Umgehungsstraße. Marquette, Bondues, Wambrechies. Die Ausfahrten zogen an dem Auto vorüber, das von den Wassermassen regelrecht erdrückt wurde, während die Polizistin zum x-ten Mal versuchte, mit zuversichtlicher Stimme das Entsetzliche in Worte zu fassen. Die Entführung, das Umherirren in den Straßen von Lille, die Jagdhütte und die verschlüsselte Nachricht. Manon ließ sich kein Wort dieser verbalen Hölle entgehen, notierte die wichtigsten Ereignisse und zeichnete Lucies Worte mit dem integrierten Mikrofon ihres Apparates auf.

»Der Professor. Wie hätte er mich gefangen halten können? Warum? Wie konnte er von ›den Anderen‹ wissen? Das war unser Ausdruck! Nein! Das ist nicht möglich!«

Manon gelang es nicht, sich wieder zu beruhigen. Auch wenn sie krampfhaft nachdachte: Die Fragen schwirrten in ihrem Kopf umher, ohne dass sie eine Antwort fand.

»Vielleicht haben Sie davon gesprochen, während er Sie festhielt?«, fragte Lucie und blickte auf ihre Uhr. »Vielleicht hat er Sie irgendwie dazu gezwungen? Woher können wir das wissen?«

»Ich war gefangen. Ich war gefangen, mein Gott. Nein, nein! Ich hätte niemals von meiner Kindheit gesprochen! Niemals!«

»Wie können Sie so sicher sein, da Sie sich doch nicht erinnern?«

»Man weiß bestimmte Dinge über sich! Auch wenn man an Amnesie leidet! Ich habe ja nicht meine Identität verloren! Ich bin ich! Verstehen Sie das?«

Lucie fuhr in einem versöhnlicheren Tonfall fort:

»Ist ja gut, ist ja gut. Regen Sie sich nicht auf, das bringt doch nichts. Lassen Sie uns von diesen Hautritzungen auf Ihrem Bauch sprechen. Ich würde gerne wissen, was sie bedeuten. Doktor Vandenbusche hat mir erzählt, dass Ihr Bruder und Sie das getan haben.«

Manon antwortete wie aus der Pistole geschossen:

»Davon weiß ich nichts.«

»Wie, Sie wissen nichts davon?«

»Ich weiß es nicht, das habe ich Ihnen doch gesagt! Ich verstehe nicht, was diese Narben bedeuten! Ich weiß, dass sie da sind, auf meinem Körper, aber der Sinn ist mir nicht klar! Seit wann sind sie dort? Warum? Ich habe keine Ahnung!«

Sie packte Lucie am Handgelenk.

»Wie konnte der Professor mich entführen? Wie bin ich da rausgekommen?«

»Manon, ich ...«

»Er muss gefunden werden! Sagen Sie mir, dass Sie ihn finden werden! Sagen Sie es mir!«

»Wir werden alles daransetzen.«

Lucie blickte ihr kurz in die Augen, dann fügte sie hinzu:

»Sie können mir glauben. Aber wenn Sie wollen, dass ich Ihnen helfe, dann müssen Sie mir vertrauen.«

Sie bog auf die Straße Richtung Ost-Roubaix, ihre Kehle war wie zugeschnürt. 3 Uhr 35. Nicht einmal mehr eine halbe Stunde.

»Erzählen Sie mir von den Streichhölzern. Sie haben mir immer noch nicht gesagt, was sie bedeuten. Ich muss es wissen.«

»Was für Streichhölzer?«

Manon starrte die Fahrerin an. Ihre Finger glitten unauffällig zum Türgriff.

»Wo ist Ihr Ausweis? Sie haben mir Ihren Ausweis nicht gezeigt! Ihren Polizeiausweis!«

Lucie seufzte.

»Doch, bevor wir in den Wagen gestiegen sind. Und noch zweimal während der Fahrt. Nehmen Sie ihn, er ist in der Tasche meines Regenmantels, ich habe nicht daran gedacht, ihn offen liegen zu lassen. Ich bin noch nicht daran gewöhnt, entschuldigen Sie. Aber ich bitte Sie, lassen Sie diesen Türgriff los. Sie werden ihn noch herausreißen und meinem armen Auto den Rest geben.«

Erleichtert ergriff Manon den Polizeiausweis.

»Entschuldigen Sie. Ich neige dazu, mich zu wiederholen.«

»Das haben Sie mir auch bereits gesagt. Aber Sie müssen sich nicht entschuldigen. Ich verstehe sehr gut, auch wenn es schwierig ist. Sagen Sie, sprechen Sie immer so schnell?«

»Ja, das ist eine Art, ein Gespräch zu straffen. In meinem Kopf verblasst alles so schnell. Wo fahren wir hin?«

»Zu dem Geisterhaus in Hem. Das habe ich Ihnen bereits gesagt.«

Lucie überlegte einen Augenblick, dann fuhr sie fort:

»Die Hautritzungen auf Ihrem Körper. Was haben sie zu bedeuten?«

»Ich weiß es nicht.«

»Gut. Ich werde es später wieder versuchen.«

Ohne zuzuhören, vertiefte sich Manon wieder in ihren N-Tech, dann wandte sie sich erneut an die Fahrerin:

»Darf ich Sie fotografieren? Dann muss ich Sie nicht dauernd fragen, wer Sie sind.«

Lucie nickte. Manon machte die Deckenlampe an und verewigte den Augenblick, indem sie die Fotokamera ihres Organizers betätigte. Anschließend begann sie, mit dem Stift auf den Bildschirm zu schreiben.

»Was schreiben Sie auf?«, wollte Lucie wissen und wandte den Blick kurz von der Straße.

»Ihren Namen, Ihren Beruf, die Gründe für unser Zusammentreffen. Und Ihre wichtigsten Charakterzüge. Kurz gesagt, den Eindruck, den ich jetzt gerade von Ihnen habe.«

»Ich bin neugierig zu erfahren, was Sie von mir denken.«

»Nicht, was ich denke. Was ich empfinde, hier und jetzt. Ihr bestimmender Blick zeugt von Entschlossenheit. Ich erkenne Leidenschaft, weil Sie mitten in der Nacht mit mir zusammen hier sind. In Ihren Augen liest man auch Härte. Aus Ihrer Stimme, Ihren Händen und der Art, wie Sie reden, spricht viel Gefühl. Man spürt, dass Sie zuhören können, aber auch eine Form von Schmerz. Sehr großer Schmerz. Täusche ich mich?«

Lucie schwieg lange, dann antwortete sie:

»Nein. Meine Jugend war recht turbulent, wegen …«

Sie zögerte und sagte schließlich:

» … wegen einer Operation, die mir sehr naheging.«

»Was für eine Operation?«

»Ich möchte lieber nicht darüber reden.«

»Das können Sie aber, wissen Sie. Ich kann sehr diskret sein und vergessen, was man mir anvertraut, wenn Sie verstehen, was ich meine.«

Ohne dass sie die Frau, zu der sie sprach, richtig kannte, fühlte Manon sich wohl und war wieder beruhigt. Sie konnte sich ihre Empfindungen nicht erklären. Als sie bemerkte, wie schwer es Lucie fiel, sich zu öffnen, fragte sie:

»Und diese Operation stellt einen Bruch in Ihrer Jugend, in Ihrem Verhalten dar? Wie bei mir die Verletzung des Gehirns?«

Nun blickte Lucie unverwandt auf die Straße.

»Danach war mein Leben nicht mehr dasselbe. Und ich habe Dinge getan, die ich jetzt verabscheue, was die Leute nicht immer verstehen. Aber, verzeihen Sie. Mehr kann ich Ihnen nicht erzählen.«

»Mich verstehen die Leute auch nicht immer. Das ist wenigstens eine Gemeinsamkeit zwischen uns.«

Manon lehnte den Nacken an die Kopfstütze und atmete tief ein.

»Ihnen lässt die Vergangenheit keine Ruhe, bei mir ist es die Zukunft. Ich kann keine Pläne mehr schmieden oder in den Urlaub fahren, weil ich dann nicht wüsste, wo ich mich befinde, und außerdem wäre das alles nichts wert, weil ich keine Erinnerung daran hätte. Keine einzige Erinnerung. Niemals.«

Lucie musste zugeben, dass Manon recht hatte. Ohne Erinnerungen sind Fotos nicht mehr als das Hochglanzpapier eines einfachen Reisekatalogs.

Manon richtete ihre Aufmerksamkeit auf die weißen Striche der Mittellinie, die auf der Straße vorüberzogen. Eine nach der anderen verschwand in der Dunkelheit, genauso wie ihr flüchtiges Leben. Sie wusste weder, wohin sie fuhr, noch, warum. Wahrscheinlich hatte die Frau auf dem Fahrersitz es ihr schon zwei, drei, zehn Mal erklärt. Offensichtlich waren diese Informationen in ihrem N-Tech notiert. Aber sie hatte keine Lust herumzusuchen, nicht jetzt, noch nicht, denn sie fühlte sich in Einklang mit sich selbst.

»Jedenfalls haben Sie hübsche Zwillinge.«

Lucie riss die Augen auf.

»Woher wissen Sie das?«

Manon streckte den Zeigefinger aus.

»Das Foto dort an Ihrem Schlüsselanhänger. Wie heißen sie?«

Lucie war erstaunt. Wenn Manon es doch gleich wieder vergessen würde, warum wollte sie dann die Vornamen wissen? Wozu?

»Links ist Clara und rechts Juliette.«

»Und Juliette ist die Dominantere der beiden?«

»Also jetzt erstaunen Sie mich wirklich!«

»Sie sitzen für die Aufnahme nebeneinander, aber wenn Sie genau hinschauen, hat Juliette den Arm vor ihrer Schwester, wie eine Schranke, als wolle sie sie nach hinten drängen, ihr zeigen, dass der Platz ihr gehört.«

Lucie wurde steif. Sie erinnerte sich daran, was Vandenbusche von seiner Patientin erzählt hatte. Ein unglaublich präziser Mensch, wohl organisiert und intelligent, trotz der Amnesie.

»Sie sind eine verdammt gute Beobachterin.«

»Das habe ich nicht meiner Behinderung zu verdanken, es ist eine Berufskrankheit. Ich habe die wissenschaftliche Laufbahn eingeschlagen, und sämtliche Wissenschaften, insbesondere die Physik, basieren auf der Beobachtung.«

»Wissen Sie, die Wissenschaft und ich, das ist etwa so, wie wenn man einen Bewohner von Dunkerque bitten würde, ein alkoholfreies Bier zu trinken.«

»Wenn Sie so lächeln, haben Sie wunderschöne Augen. Ich habe immer geglaubt, dass es mir gelingt, die glücklichen Bilder zu behalten, dass der Wille meines restlichen Gehirns diese fehlerhaften paar Millimeter ausgleichen könnte. Ich glaube, seit meiner, meinem ...«

Sie griff sich instinktiv an den Hals.

»Über das, was mir passiert ist, musste ich Unmengen von Dingen auswendig lernen. Manchmal, mit großer Anstrengung, kommen Klänge, eine Stimme, eine Intonation durch, niemals jedoch die Bilder. Ein schwarzes Loch. Verstehen Sie das?«

»Natürlich. Was werden Sie zum Beispiel von diesem Abend bewahren? Von dem, was wir in diesem Moment erleben?«

»Es tut mir leid, aber von Ihnen werde ich nichts behalten. Wenn wir uns für mehr als ein paar Minuten trennen, wird es danach sein, als sähe ich Sie zum ersten Mal. Ich weiß schon nicht mehr, wie dieses Gespräch angefangen hat. Wovon haben wir gesprochen? Warum? Und wo fahren wir hin? Bald werde ich nicht mehr wissen, dass Sie Zwillinge haben und welchen Beruf Sie ausüben. Zumindest so lange, bis ich in meinem N-Tech nachschaue. Aufschreiben. Ich muss mir alles aufschreiben und es auswendig lernen. Das ist die einzige Möglichkeit. Die einzige.«

»Und wenn Sie in Ihrem Apparat nachgeschaut haben?«

»Danach werde ich es wissen. Aber ohne jegliche Empfindung, ohne jedes Gefühl, ohne irgendetwas. Das hat die gleiche Wirkung auf mich, wie wenn ich lerne, dass Berlin die Hauptstadt von Deutschland ist. Alles geschieht automatisch. Mein Gehirn ist eine Maschine. Es tut mir leid. Aufrichtig leid.«

Lucie sah sie zärtlich an.

»Das muss es nicht. Ich werde mich daran erinnern. Das ist das Wichtigste.«

Manon schloss die Augen, atmete tief ein und öffnete sie wieder.

»Manchmal werde ich wütend auf meinen Bruder oder breche in lautes Gelächter aus, und dann muss ich ihn fragen: ›Warum bin ich denn wütend auf dich? Warum bin ich glücklich? Warum weine ich? Erklär es mir, Frédéric, erklär es mir!‹ Ich weiß, dass er mich manchmal mit nach Caen nimmt, um Mama zu sehen, aber ich erinnere mich nicht an unsere Begegnungen, ich weiß nicht mehr, ob sie altert, wie sich ihre Züge verändern oder ob sie sich freut, mich zu sehen. Ich weiß auch nicht, was für ein Bild andere von mir haben. Das einer verwirrten, einer unglücklichen Frau? Was wird von meinem Leben zurückbleiben, wenn ich tot bin? Was werde ich hinterlassen?«

Sichtlich bewegt hielt sie inne.

»Ich hätte so gern einem kleinen Menschen das Leben geschenkt, ich liebe Kinder, mehr als alles auf der Welt. Aber kann man Mutter sein, wenn man sein Kind von der Schule abholt und nicht in der Lage ist, es wiederzuerkennen? Wenn man weder die Farbe seiner Augen kennt noch den Tonfall seiner Stimme?«

Sie wies auf den Organizer, während Lucie ihr zuhörte, gerührt von so viel Empfindungsvermögen.

»Man kann keine Gefühle in den N-Tech eintragen, weder ein Glücksgefühl noch die Tränen, noch das, was man verspürt hat. Nur die nackte Information. Kalte, anonyme Wörter ohne Substanz. Amnesie bedeutet allein zu leben und allein zu sterben. Von diesem Abend kann ich nur das behalten, was ich hier notiert und aufgezeichnet habe. Ich werde die wichtigen Punkte auswendig lernen, bis ich eine

Art blinde Erinnerung daran habe, ohne Bilder. Als ob ich Telefonnummern lernen würde oder Autokennzeichen.«

»Oder dass Berlin die Hauptstadt von Deutschland ist.«

Manon nickte.

»Alles läuft durch unsere Erinnerungen ab. Sie bringen uns bei einer Beerdigung zum Weinen, sie lassen unser Herz höher schlagen, wenn wir ein Kinderzimmer betreten.«

Sie sah Lucie an, Tränen trübten das Blau ihrer Augen.

»Mademoi…«

»Nicht Mademoiselle. Lucie, ich heiße Lucie Henebelle.«

»Lucie, sind Sie sich darüber im Klaren, dass ich auswählen muss, was ich behalten möchte? Alltägliche Ereignisse, Tatsachen, an die Sie keinen Gedanken verschwenden, die Ihnen keinerlei Mühe bereiten? Zu lernen, welches Jahr wir gerade haben, dass ein Tsunami Hunderttausende Menschen getötet hat, dass im Nahen Osten Krieg herrscht und es heutzutage DVD-Brenner gibt. Wiederholen, immerzu wiederholen, um nicht zu vergessen, um nicht wie ein Idiot dazustehen oder völlig unwissend. Ich musste sogar den Grund für meinen Gedächtnisverlust lernen! Was mir zugestoßen ist! Wenn ich es nicht aufschreibe, wenn ich nicht jede Sache hundert Mal wiederhole, dann geht alles wieder verloren.«

Obwohl das, was sie sagte, so traurig war, gelang es ihr, ein Lächeln anzudeuten, und sie fragte:

»Das habe ich Ihnen bereits erzählt, nicht wahr?«

»Nein, nein, keine Sorge, das ist das erste Mal.«

»Aber bestimmt nicht das letzte Mal. Wenn Sie merken, dass ich immer dasselbe sage, unterbrechen Sie mich bitte. Es gibt nichts Schlimmeres für mich als … Nun, verstehen Sie?«

»Ich verstehe, und ich werde es Ihnen sagen. Sie können mir vertrauen. Normalerweise bin ich ziemlich direkt.«

»Sagen Sie, könnten Sie mir Ihre Adresse und Telefonnummer geben? Nun, falls ich sie nicht schon habe.«

Lucie reichte ihr eine Karte, die Manon sorgsam in die Hülle ihres N-Tech steckte. Dann schwiegen sie, beide in Gedanken versunken, bis sie ihr Ziel erreichten. Das Auto bog in eine Straße ohne Häuser, ohne ein Licht. Hinten war eine dunkle, starre Form zu erkennen. Das Geisterhaus. Monster aus Ziegelsteinen, mit spitz zulaufenden Giebeln.

3 Uhr 45.

Lucie schaltete den Motor aus. Ergriff ihre Taschenlampe. Sie bedauerte, dass sie ihre Sig Sauer nicht mitgenommen hatte. Wenn man bedenkt, dass es sich ursprünglich um die Aufnahme eines einfachen Protokolls gehandelt hatte, fünfzig Meter von ihrer Wohnung entfernt! Sie hatte ein besonderes Talent dafür, sich in Schwierigkeiten zu bringen! Üble Schlägereien, gefährliche Einsätze, das fiel immer ihr zu!

Sie wusste, dass sie eine Streife zur Verstärkung hätte anfordern müssen. Regel Nummer eins: Immer zu zweit einschreiten. Aber sie hatte beschlossen, allein dorthin zu gehen. Keine Zeit.

»Bereit, dem Sturm noch einmal entgegenzutreten?«, fragte Lucie, während sie ihre Taschenlampe überprüfte.

»Haben wir das schon einmal zusammen gemacht?«, erwiderte Manon und löste den Blick von ihrem Organizer.

»Zusammen nicht, nein, eher jede für sich. Wissen Sie, wie man da hineinkommt?«

Manon deutete mit dem Finger vor sich.

»Als wir jung waren, sind wir hintenherum über die Mauer gestiegen und dann auf das Dach des Innenhofs geklettert. Damals waren die Fenster und Türen im Erdgeschoss zugemauert. Das sind sie bestimmt immer noch, vermute ich.«

Lucie erblickte einen Funken in den Augen der jungen Frau.

»Es ist ein komisches Gefühl, hierher zurückzukommen«, vertraute ihr Manon an. »So viele Erinnerungen. Sie müssen es seltsam finden, dass ich mich an diese Einzelheiten aus meiner Jugend erinnere, aber nicht an das, was ich vor drei Minuten gemacht habe, nicht wahr?«

»Eigentlich nicht, Doktor Vandenbusche hat versucht, es

mir zu erklären. Die verschiedenen Arten des Gedächtnisses. Ich glaube, ich habe es ungefähr verstanden.«

Lucie berührte den Türgriff.

»Okay! Warten Sie zwei Minuten im Auto, ich schaue zuerst nach, ob alles in Ordnung ist.«

»Zwei Minuten, das ist zu viel für mich! Ich komme mit Ihnen.«

»Sie sind sehr starrköpfig! Gut, nehmen Sie meinen Parka. Und bleiben Sie hinter mir! Ich riskiere meinen Job, wenn Ihnen etwas zustößt.«

Manon steckte ihren N-Tech in die wasserdichte Schutzhülle, die Hülle dann in die Innentasche ihrer Jacke und zog schließlich den Parka über. Lucie knöpfte ihren Regenmantel bis oben hin zu.

»Los, rennen wir.«

»Warten Sie! Nehmen Sie keine Gummihandschuhe mit, Schutzmasken, Hauben? Wir betreten vielleicht den Tatort eines Verbrechens! Wir dürfen ihn nicht kontaminieren! Vielleicht finden sich dort Haare, Körperhärchen oder Fingerabdrücke!«

»Sie würden eine gute Polizistin abgeben. Sie scheinen sich damit auszukennen.«

»Nach dem Tod meiner Schwester habe ich mich ernsthaft mit der Frage befasst.«

»Keine Sorge. Hier brauchen wir weder Handschuhe noch sterile Jacken. Das hoffe ich zumindest. Los! Auf geht's!«

Nachdem sie die Türen zugeschlagen hatten, waren sie Wind und Regen schutzlos ausgeliefert. Geduckt gingen sie bis zu einer von Flechten überwucherten Mauer auf der Rückseite des Anwesens. Sie kletterten mühsam hinauf und landeten im Garten, der aus einer einzigen Schlammschicht bestand. Lucie blickte zum Haus empor. Inmitten der gewaltigen Wassermassen fiel der Lichtstrahl ihrer Lampe auf Tannen, den Portalvorbau und unglaublich hohe Mauern.

Während sie weiter Richtung Innenhof liefen, bemerkten sie den reglosen Schatten nicht, der sie vom ersten Stockwerk aus durch ein Fenster mit zerbrochenen Scheiben beobachtete.

Geräuschlos zog sich die Gestalt ins Haus zurück.

3 Uhr 50.

Die beiden jungen Frauen rannten die Fassade entlang. Ihr Atem vermischte sich, als würden sie nur noch einen einzigen Körper bilden. Sie schoben und zogen sich gegenseitig, um hinaufzugelangen. Als Lucie einen dicken Ast ergriff, der auf dem Dach lag, zog sie eine Grimasse – verdammte Wade – und stieg dann mit hellwachen Sinnen ins Innere des ersten Stocks. Vor ein paar Stunden noch hatte sie in aller Ruhe auf dem Sofa neben ihren Töchtern gelegen, und jetzt …

Als sie sich vor dem Regen in Sicherheit gebracht hatte, holte sie tief Luft. Sie war tropfnass, ihr Atem ging pfeifend. Sie wandte sich zu Manon um.

»Geht es?«, flüsterte sie und rieb ihr schmerzendes Bein.

»Nein, es geht nicht! Wer sind Sie? Warum sind wir hier?«, antwortete Manon verängstigt und floh in eine Ecke, um ihren N-Tech einzuschalten.

Ordner »Letzte verzeichnete Begebenheiten«. Die Entführung. Die Notaufnahme. Lucie Henebelle. Das Rätsel.

Völlig niedergeschmettert wiederholte sie:

»Der Professor. Der Professor. Nein, unmöglich.«

Lucie lief zu ihr und hielt ihr den Polizeiausweis hin.

»Manon, hören Sie. Versuchen Sie nicht zu verstehen, was wir hier machen oder was Ihnen zugestoßen ist. Ich habe es Ihnen bereits mehrere Male erklärt. Vertrauen Sie mir einfach, okay?«

»Ich vertraue Ihnen nicht, Mademoiselle Henebelle. Sie mögen Polizistin sein, aber ich kenne Sie nicht.«

Plötzlich stand sie auf, ergriff die Taschenlampe und fing an, den Raum abzuleuchten.

»Was machen Sie?«, fragte Lucie.

»Ich weiß es nicht. In meinem N-Tech steht, dass der Professor uns hierhergebracht hat. Dass es eine Nachricht gab, an dem Ort, wo er mich festgehalten hat! Also muss es zwangsläufig hier noch eine andere Nachricht geben, irgendeinen Hinweis, um uns auf die richtige Spur zu bringen!«

Sie betrachtete ihr Handgelenk, stellte fest, dass sie keine Armbanduhr trug, und wandte sich wieder ihrem Organizer zu.

»3 Uhr 58. War nicht die Rede von 4 Uhr? Ich täusche mich doch nicht? Ist mir etwas entgangen? Sagen Sie?«

»Nein. Das Ultimatum ist beinah abgelaufen, und anscheinend gibt es noch kein Opfer.«

Ohne zu wissen, wohin sie ging, noch, warum sie dies tat, durchquerte Manon den Raum und stürzte in den Flur hinaus. Lucie rannte ihr hinterher. Plötzlich hörten sie, wie der Boden hinter ihnen knarrte.

Lucie hatte keine Zeit, sich umzudrehen. Ein kräftiger Arm schlang sich um ihren Hals. Ihre Füße lösten sich vom Boden.

»Willst du spielen, du Drecksstück?«

Sie wurde gegen die Wand geschleudert, prallte mit der Stirn gegen den Beton. Ihr Körper streifte an der Wand entlang und blieb reglos liegen.

Mit einem leisen Schrei ließ Manon die Taschenlampe fallen. Das dumpfe Geräusch von Metall, das über den Boden rollte. Sie wich zurück, ihre Muskeln verkrampften sich.

»Wer sind Sie?«

»Willst du es genau wissen?«

Mit ungeheurer Geschwindigkeit stürzte sich der Mann auf sie und wurde zu seiner großen Überraschung von einer Schuhsohle in die Brust getroffen. Er knurrte, während sein Knie einen zweiten Fußtritt abbekam. Dennoch gelang es ihm, Manon an den Haaren zu packen. Der N-Tech fiel zu Boden. Die Mathematikerin schrie und schlug zu. Ohne zu wissen, warum, zielte sie auf den Solarplexus, doch diesmal ließ sich der Mann nicht überrumpeln. Eine unbändige Kraft riss sie nieder.

»Du bist gar nicht so übel. Ein hübsches kleines Engelsgesicht. Ich glaube, du bist als Erste dran.«

Er stieß ihr Gesicht auf den Boden. Manon atmete eklige Staubteilchen ein, spuckte aus, sie bekam keine Luft mehr. Ein Knie drückte ihren Rücken nieder.

Eine Gürtelschnalle klickte. Ein Hosenschlitz wurde geöffnet. Ein Keuchen wie von einem Tier, dort, direkt über ihrem Nacken.

Was geschah da? Wo war sie? Allein? Und warum? Würde sie nun sterben?

Der Mann hatte keine Gelegenheit weiterzumachen. Ein Knüppel traf seinen Kopf. Taumelnd stand er auf, die Hand an der Stirn, da brachte ihn ein gewaltiger Schlag in die Hoden zu Fall.

Er stürzte auf die obersten Stufen, schaffte es nicht, sich festzuhalten, so dass er die Treppe hinabrollte und schließlich leblos auf den Fliesen liegen blieb.

Als Lucie ihren Schädel massierte, bemerkte sie eine dünne Schicht Blut an ihrer Fingerspitze. Dann beugte sie sich zu Manon, die auf die Hände gestützt zurückwich, bis sie die hintere Wand erreichte.

»Lassen Sie mich! Lassen Sie mich!«

»Manon! Ich bin Lucie! Lucie Henebelle!«

Sie zog eilig ihren Polizeiausweis hervor.

»Erinnern Sie sich!«

Manon hatte diesen Ausweis noch nie gesehen. Wo um Himmels willen war sie da hineingeraten? Was sollte dieser Überfall? Wie hatte sie so zu kämpfen gelernt? Und wo? Sie wich noch weiter zurück, bis sie zusammengekauert in einer Ecke saß.

»Was tue ich hier? Wer ist dieser Mann? Und Sie? Warum ist die Polizei hier?«

Sie stürzte auf allen vieren zu ihrem N-Tech.

»Sie haben alles in Ihrem Apparat aufgezeichnet«, erklärte Lucie. »Das Krankenhaus, unser Gespräch.«

»Was für ein Krankenhaus?«

Manon fing an zu schreien:

»Was für ein Krankenhaus?«

»Ich weiß es nicht, ich weiß nicht, wie ich es Ihnen erklären soll, Manon. Es ist zu kompliziert.«

Lucie steckte ihren Polizeiausweis oben in ihre Manteltasche, damit er sichtbar blieb, dann hob sie die Taschenlampe auf und sagte:

»Ich gehe hinunter und schaue nach, ob er noch am Leben ist. Kommen Sie mir nach, sobald es wieder geht.«

»Wie? Wer ist noch am Leben? Erklären Sie es mir! Erklären Sie es mir!«

Sie hatte aus Leibeskräften geschrien. Lucie antwortete nicht und wagte sich mit der Taschenlampe in der Hand die Treppe hinab. Als sie unten angekommen war, legte sie ihren Zeigefinger auf die Drosselvene des Angreifers und spürte einen regelmäßigen Pulsschlag. Sie durchsuchte seine Taschen.

Als sie einen Stich im Daumen verspürte, verzog sie das Gesicht. Ihre Finger tauchten blutüberströmt wieder auf. Glasscherben und Nadeln.

»Scheiße, das darf doch nicht wahr sein!«

Spritzen. Ein Junkie. Bloß ein Junkie, der das Haus besetzt hatte.

Sie stand auf, den Daumen in die Höhe gereckt. In einem unnötigen Reflex saugte sie die Tröpfchen tief ein und spuckte sie dann auf den Boden.

In dem Moment explodierten vier Buchstaben in ihrem Kopf. AIDS.

»Das darf nicht wahr sein! Das darf doch nicht wahr sein!«

Da ließ sie der nächste Schock von oben bis unten erzittern.

Sprachlos drehte sie sich um die eigene Achse.

Über ihr. Und überall ringsum in diesem kreisförmigen Raum. Im Schein der Taschenlampe erkannte sie Ziffern. Tausende von Ziffern.

Rote Farbe.

Auf den Fliesen der Satz: »Träum grausame Tode.« Lucie

biss die Zähne zusammen. Wie lange würde dieser Dreckskerl sein Spiel noch fortsetzen?

Bloß nicht in Panik geraten. Sie holte ihr Handy hervor. Die Batterie war fast leer. Sie rief einen Krankenwagen und rannte in den ersten Stock.

Als sie die Stufen hochstieg, hörte sie, wie ihre eigene Stimme aus einem Apparat erklang. Manon saß im Schneidersitz vor ihrer Gedächtnisprothese.

Die Muse von N-Tech hob beunruhigt den Kopf, hin- und hergerissen zwischen Traurigkeit, Entsetzen und Entschiedenheit. Sie öffnete den Ordner »Fotos«, ließ die Porträts vorüberziehen – Angehörige, Freunde und Bekannte, die ihr allesamt fremd waren – und fand schließlich die Identität der Frau, die vor ihr stand. Ein Polizeioffizier mit hellblonden Locken. Lucie Henebelle. Drei Wörter. »Entschlossenheit. Leidenschaft. Härte.« War sie die Polizistin, auf die sie für ihre Suche nach dem Bösen so lange gewartet hatte? War sie endlich gekommen?

»Ich brauche Sie«, sagte Lucie und schwenkte die Lampe nach links.

»Ich brauche Sie ebenfalls. Mehr, als Sie denken.«

Sie betrachteten sich mit harten Blicken, beinahe wie Gegner, dann reichte Lucie ihr die Hand.

»Kommen Sie mit nach unten.«

Sie gingen hintereinander die Stufen hinunter. Manon wich zurück, als sie den auf dem Boden liegenden Körper erblickte, und wäre fast auf der Treppe gestürzt. Lucie hielt sie an der Taille fest und beruhigte sie:

»Es ist gut, Manon! Er lebt noch!«

»Wer ist das?«

Sie hielt inne, als sie die roten Ziffern entdeckte.

»Mein Gott!«, rief sie aus und ging näher an die aufgemalten Zahlen heran. Sie bat Lucie um die Taschenlampe und fuhr mit dem gelblichen Lichtstrahl über die algebraische Spirale.

»Sagt Ihnen das irgendetwas?«, fragte die Polizistin.

Manon schien völlig in Bann geschlagen. Sie drückte den N-Tech an ihr Ohr.

»Pst. Seien Sie leise«, murmelte die Wissenschaftlerin. »Seien Sie bitte leise.«

Sie hörte sich das im Auto aufgezeichnete Gespräch noch einmal an. Lucie seufzte. Die Stoppuhr lief weiter, auch wenn das Ultimatum schon abgelaufen war.

Ein paar Minuten später fragte Manon:

»Auf der Aufnahme haben Sie von Streichhölzern gesprochen, die zu Tausenden auf dem Holzfußboden gelegen haben sollen, da, wo ich ...«

Das Wort kam ihr nicht sofort über die Lippen.

»... gefangen gehalten wurde? Ist das richtig?«

»Das stimmt. Genau so war es.«

»Und ich habe Ihnen noch nicht erklärt, was sie bedeuten, nicht wahr?«

»Nein. Sie wollten, dass wir zuerst hierherfahren. Sie haben mir nicht vertraut.«

Manon ging näher zu Lucie und blendete sie unglücklich mit der Lampe. Sie wandte den Lichtkegel ab und löste die Aufnahmefunktion ihres Apparates aus.

»Habe ich Sie schon gebeten, mir ein Versprechen zu geben?«

»Noch nicht, nein.«

»Gut, gut. Dann versprechen Sie mir, mich in Ihre Ermittlungen einzubeziehen. Versprechen Sie mir, dass ich Sie bei der Jagd nach dem Mörder, der meine Schwester so brutal umgebracht hat, begleiten darf. Versprechen Sie mir, dass Sie alles Ihnen Mögliche tun werden, um den Professor zu finden.«

»Ich werde es versuchen, soweit ich es kann.«

»Ich will Gewissheit! Versprechen Sie es!«

Lucie trat noch näher an sie heran, bis sie nur noch ein paar Zentimeter von ihr entfernt stand.

»Ich verspreche es! Und Sie, versprechen Sie mir, dass Sie mir vertrauen.«

Manon schüttelte den Kopf.

»So herum geht das nicht. Es tut mir leid.«

Sie ließ die Aufzeichnung weiterlaufen. Sie würde das alles auswendig lernen. Ihr Gedächtnis würde kaum fünf Prozent davon behalten, aber sie würde es lernen. Nachdem sie ein letztes Mal in ihre Notizen geschaut hatte – erneut eine endlose Wartezeit für Lucie –, erklärte sie schließlich:

»Diese Streichhölzer, die Sie gefunden haben, stellen ein Mittel dar, die Zahl π zu finden.«

»Was?«

»Werfen Sie eine große Anzahl Streichhölzer wild durcheinander auf einen Holzfußboden, dessen Bretter so breit sind, wie ein Streichholz lang ist. Dann muss man die Gesamtzahl der Streichhölzer durch die Anzahl der Hölzchen, die zwei Bretter schneiden, dividieren und das Ergebnis mit zwei multiplizieren. Buffon, ein Naturforscher aus dem 18. Jahrhundert, hat diesen Versuch zur Wahrscheinlichkeitsverteilung als Erster unternommen. Bei einer sehr großen Anzahl von Streichhölzern ist die Genauigkeit verblüffend.«

Sie blickte auf und verschlang die roten Schlangenlinien mit den Augen.

»π ist eine der mathematischen Kuriositäten, die in den wissenschaftlichen Zirkeln die meisten Fragen aufwirft«, fuhr sie fort. »Seit Jahrhunderten schon versuchen die berühmtesten Wissenschaftler, ihre Geheimnisse zu ergründen. Archimedes, Descartes, Newton und noch viele andere. Aber glauben Sie mir, diese Zahl ist heute, beziehungsweise war vor drei Jahren noch weit davon entfernt, all ihre Geheimnisse preiszugeben.«

Der Lichtstrahl glitt weiter durch den Raum. Neunen, Achten, Dreien. Ein unverständliches und schwer verdauliches Gebräu.

»Ich kapiere es noch immer nicht«, gestand Lucie. »Helfen Sie mir, Manon, ich bitte Sie.«

»Sie wissen, dass π eine endlose Zahl ist, eine reelle Zahl, die eine unendliche Menge von Dezimalstellen aufweist, und dass das ganze Universum nicht ausreichen würde, um sie aufzuschreiben?«

»Ich glaube, ich kann mich daran erinnern. Eine endlose Zahl. 3,14 und ein bisschen. Mit ihrer Hilfe kann man den Umfang eines Kreises berechnen.«

Manon nickte.

»Sie wissen noch ganz gut Bescheid. Im Jahr 2004 waren bereits über tausend Milliarden ihrer Dezimalstellen bekannt, und ich nehme an, dass angesichts der Weiterentwicklung der Computer dieser Wert inzwischen noch beträchtlich gestiegen ist. Warum so viel Mühe, um diese unbedeutenden Ziffern zu suchen, werden Sie mich fragen?«

»Manon, könnten Sie ....«

»Tatsächlich wird die Zahl π benutzt, um die Schnelligkeit großer Rechner zu testen oder die Genauigkeit bestimmter Software. Und dann geht es vor allem um eine Herausforderung für die wissenschaftliche Welt. So ähnlich wie der Mount Everest für die Bergsteiger.«

Manon ging näher an eine Wand heran, ihre Finger strichen über die Farbe.

»Ich bin überzeugt, dass dieser Tanz der Ziffern aufeinanderfolgende Dezimalstellen von π darstellt. Nicht die ersten, die kenne ich auswendig, aber eine Ziffernfolge, die an einer bestimmten Stelle von π entnommen wurde. Vielleicht an der tausendsten, an der hunderttausendsten oder der millionsten Stelle.«

»Aber warum? Warum?«

Der Wind blies durch die zerbrochenen Fensterscheiben im ersten Stock. Das Gebäude ächzte. Manon schien regelrecht einzutauchen in diese seltsame Welt. Lucie fragte sich, ob es vorkam, dass sie sich völlig »normal« fühlte, ihre Amnesie vergaß.

»Warum? Das Rätsel, Lucie, das Rätsel! ›Finde in den Streichhölzern, was wir sind.‹ Finde in π, was wir sind! Finde in diesen Dezimalstellen, was wir sind! Und was sind wir, Lucie, wenn nicht eine Nummer? Eine Nummer, die uns von

Geburt an identifiziert! Eine Nummer, die aus uns registrierte, in Datenbanken gespeicherte Wesen macht!«

Lucie hörte ihr zu und schaute sich dabei um. Diese endlose Reihe von Symbolen beeindruckte sie. Wie lange hatte es gedauert, sie an die Wand zu malen? Mehrere Stunden? Einen Tag?

»Die Sozialversicherungsnummer?«, schlug sie vor.

Manon war erregt wie ein Wissenschaftler, der auf eine einfache Intuition hin ein schwieriges Problem löst.

»Ja! Ja, genau! Die Sozialversicherungsnummer! π ist chaotisch, nichts erlaubt, auf die folgende Dezimalstelle zu schließen. Und ich denke, inzwischen hat man bewiesen, dass es auch eine universelle Zahl ist, das heißt, wenn man lange genug sucht, kann man in ihren Dezimalstellen jede beliebige Kombination finden. Geburtsdaten, Seriennummern, Autokennzeichen oder Sozialversicherungsnummern. Sämtliche genetischen Codes der Menschen auf unserem Planeten, die digitale Fassung von Mozarts *Requiem*, alles, was sich anhand einer Ziffernfolge identifizieren lässt, wird in dieser unglaublichen Zahl erfasst. Sie enthält alle Geheimnisse unserer Welt! Die Chance, eine bestimmte Reihe von dreizehn aufeinanderfolgenden Ziffern zu entdecken, ist sehr gering, vielleicht eins zu einer Million, aber sie existiert.«

»Das also suchen wir«, sagte Lucie mehr zu sich selbst. »Eine Identität. Die Identität von jemandem, den der Professor vor ein paar Minuten getötet haben muss.«

»Der Professor? Warum sagen Sie …«

»Lassen Sie es gut sein, Manon. Ich werde Ihnen das alles später noch einmal erklären. Konzentrieren Sie sich auf diese Ziffern. Nur auf diese Ziffern. Es eilt. Wir suchen also eine Sozialversicherungsnummer!«

»Genau. Dreizehn Ziffern.«

Die junge Mathematikerin trat näher und starrte auf die Nachricht auf dem Boden.

»›Träum grausame Tode‹. Was bedeutet das?«

»Lassen Sie es gut sein! Die Sozialversicherungsnummer. Im Moment zählt nur die Sozialversicherungsnummer!«

Manon machte schnell den Anfang der Ziffernfolge links oben ausfindig und schwenkte die Lampe dann nach rechts über die Zahlen.

»Okay!«, fuhr Lucie fort. »Derjenige, der für das hier verantwortlich ist, muss im Norden zugeschlagen haben, vielleicht im Pas-de-Calais oder in der Somme! Manon, wir suchen eine Ziffernfolge, die die Departementnummern 59, 62 oder 80 enthält!«

»Ja, ja, ich verstehe! Die vier Ziffern davor bezeichnen Jahr und Monat der Geburt, und davor steht eine 1 oder 2. Eine 1 für die Männer, eine 2 für die Frauen.«

Kein einziger Laut war mehr zu hören. Während Lucies Blick dem Lichtkegel folgte, stieg in ihr diese seltsame Erregung empor, diese verbotene Lust, die sie angesichts des Unvorstellbaren empfand. Konnte nur das Entsetzliche, die Verheißung des Bösen sie so anspornen? Sie betrachtete Manon, die ebenfalls wie gebannt von der Folge der Dezimalstellen zu sein schien. Waren sie so unterschiedlich? Was für ein mysteriöser Grund hatte sie beide hierhergeführt, mitten in den Sturm der tobenden Elemente? Was für ein schrecklicher Zufall hatte Manon vor ein paar Stunden in die Nähe ihrer Wohnanlage getrieben?

Manon verschlang die Zeichen buchstäblich, verwarf die nicht in Frage kommenden Kombinationen mit einem Blick. Und während der Lichtstrahl weiterwanderte, während die Sekunden unweigerlich verstrichen, schrie sie plötzlich:

»Ich habe es! Ich habe es!«

Die junge Frau stürzte zur linken Wand und kniete sich hin.

»2280162718069! Eine Frau! Neunundsiebzig Jahre alt! Im Pas-de-Calais!«

Lucie klappte ihr Handy auf. Die Batterieanzeige blinkte.

»Scheiße. Ich hoffe, sie reicht noch!«

Der Bereitschaftsdienst. Malouda.

»Malouda? Henebelle! Ich habe eine Sozialversicherungsnummer! Gib mir Namen und Adresse durch! Du hast zehn Sekunden!«

Manon gab die neuen Informationen in ihren N-Tech ein, dessen verbleibende Betriebszeit ebenfalls ziemlich gering war. Sie machte mehrere Fotos von recht bescheidener Qualität, da es in dem Raum nicht hell genug war.

Ein zweites Tonsignal des Handys. Die Batterie würde gleich leer sein.

»Beeil dich, Himmel Herrgott!«

Im selben Moment antwortete Malouda.

»Sie werden verblüfft sein!«

»Sag schon! Meine Batterie gibt gleich ihren Geist auf!«

»Es handelt sich um Renée Dubreuil! Chemin du lac!«

Bei Lucie fiel der Groschen.

»Die Dubreuil, die damals lebenslänglich bekommen hat und nach dreißig Jahren Knast freigekommen ist?«

»Genau die.«

4 Uhr 32. Die Verbindung wurde unterbrochen.

Schimpfend steckte sie ihr Telefon wieder in die Tasche und zog Manon am Arm.

»Warten Sie!«, schrie Manon. »Sie haben von der Dubreuil gesprochen! Der Teufel vom See? Diese grausame Frau, die ihre drei kleinen Töchter gefoltert hat, bevor ihr Mann sie schließlich getötet und sich selbst eine Kugel in den Kopf gejagt hat?«

»Ja, ihre Sozialversicherungsnummer haben wir in diesem Chaos gefunden.«

Manon war sprachlos.

»Dubreuil? Aber diese Geschichte haben wir schon als Kinder gehört, ich war am Wochenende oft am Lac de Roeux und …«

»Los, Manon! Bitte!«

»Zwei Sekunden! Ich muss noch die Warnung auf dem Boden abschreiben! Sie steht nicht umsonst da!«

»Ja! Ja! Machen Sie!«

»Warten Sie, habe ich gesagt. ›Träum grausame Tode‹. Der Professor versteckt seine Nachrichten gerne in anderen Nachrichten. Palimpseste, Anagramme, Steganografie. Und das hier sieht klar nach einer verschlüsselten Nachricht aus!«

Sie wies auf den Junkie.

»Und der da? Wer ist das?«

»Ich erzähle es Ihnen im Auto. Auf jeden Fall kommt er nicht mehr weit, der ist völlig erledigt. Der Rettungsdienst wird gleich da sein.«

Lucie riss ein Blatt aus ihrem Heft und schrieb auf:

»Verständigen Sie sofort Kommandant Kashmareck, 06 64 70 29 55. Sagen Sie ihm, er soll Verstärkung nach Roeux in den Chemin du lac schicken. Sehr wahrscheinlich hat Pr dort zugeschlagen. Auch hier wird ein Team benötigt. Dringend.

Lucie Henebelle, Polizeileutnant (Handy leer).«

Sie ließ das Papier auf den Fliesen liegen.

Auf dem Blatt war ein kleiner Blutfleck. Ihr Daumen.

»Hoffen wir nur, dass er ihr nicht dasselbe Schicksal zugedacht hat wie den anderen«, sagte sie.

Sie stiegen wieder in den Ford. Richtung Pas-de-Calais. Mit der Aussicht auf einen brutalen Mord.

14

Roeux. Der Regen prasselte ohne Unterlass auf den Lac Bleu. In der undurchdringlichen Dunkelheit dieses tobenden Unwetters stürzten zwei weibliche Gestalten, die verbunden waren durch den Schmerz und bereits schwer gezeichnet von ihrem nächtlichen Ausflug, einen Steilhang aus Kalkgestein hinab.

Im Schein ihrer Lampe rannten sie zwischen Bäumen und Dornengestrüpp hindurch und liefen dann mühsam noch ein paar hundert Meter weiter, bis sie ein wackliges kleines Haus erblickten. Ein schwacher Lichtschein drang durch die

Fensterscheiben und spielte mit dem Wind und dem Regen. In dieser Gegend von Arras kam ein Gewitter stets mit der Wucht des Nordens. Jeder Tropfen auf ihrer Haut schmerzte wie ein Schnitt mit dem Rasiermesser.

Schließlich erreichten sie das Häuschen, das einsam hinter dem See lag. Lucie schaltete ihre Taschenlampe aus. Es schien kein Auto in der Nähe zu stehen, man sah keine Scheinwerfer flackern, auch nicht auf dem Weg, der zur Landstraße führte.

Nachdem sie den N-Tech als GPS verwendet hatten, war seine Batterie endgültig leer. Ohne ihren Apparat stand Manon vollkommen nackt da, ihr blieben nur noch ihr Kurzzeitgedächtnis und ihre Konzentration.

»Leutnant Henebelle hilft mir bei den Ermittlungen, um den Professor zu finden, der Akku meines N-Tech ist leer. Leutnant Henebelle hilft mir bei den Ermittlungen, um den Professor zu finden, der Akku meines N-Tech ist leer«, wiederholte sie unablässig.

Sie suchten Schutz unter einem mächtigen Baum.

»Ich werde um das Haus herumgehen und versuchen, von außen etwas zu sehen«, murmelte Lucie, während sie sich mit der Hand das Wasser von der Stirn wischte. »Wir werden auf jeden Fall warten, bis Verstärkung da ist.«

»Leutnant Henebelle hilft mir bei den Ermittlungen, um den Professor zu finden, ich soll hier warten, der Akku meines N-Tech ist leer. Leutnant Henebelle hilft mir bei den Ermittlungen, um den Professor zu finden, ich soll hier warten, der Akku meines N-Tech ist leer.«

Plötzlich umarmte Lucie sie und strich ihr zärtlich über den Rücken.

»Sie sind ein guter Mensch. Ich hoffe aufrichtig, dass Sie sich hieran erinnern werden.«

Manon schloss die Augen und wiederholte erneut:

»Leutnant Henebelle hilft mir bei den Ermittlungen, um den Professor zu finden.«

Bedrückt ließ Lucie sie allein und verschwand hinter dem

Vorhang aus Regen. Diesmal gab es keinen Schlamm, dafür Kalkbecken voll Wasser. Pfützen, Löcher, Stolperfallen.

Es war beinah 5 Uhr 30. In einer Stunde würde es hell werden.

Als Lucie das Haus erreicht hatte, drückte sie sich an eine Mauer und warf einen Blick durch das Fenster mit den vergilbten Vorhängen.

Ein Blitz traf ihre Augen.

Drinnen lag ein Körper auf dem Boden. Ringsumher Blut. Lucie schirmte ihre Augen ab. Diese weißliche Oberfläche, überzogen mit einer purpurroten Schicht. Das war ein Schädel. Der Schädel von Renée Dubreuil.

Die alte Frau war skalpiert worden. Das Markenzeichen des Professors. Manons »erfundene Geschichten« wurden auf gefährliche Weise wahr.

Lucie rannte zum Eingang. Ihre Waffe fehlte ihr ganz entschieden.

Die Tür war nicht verschlossen, nichts deutete auf einen Einbruch hin. Sie öffnete, sorgsam darauf bedacht, keine Fingerabdrücke auf dem Griff zu hinterlassen.

Das Innere. Nicht ein Laut war zu hören. Eine winzige Eingangshalle, schwarzweiße Fliesen im Schachbrettmuster. Lucie trat vorsichtig ein, ging an den Wänden entlang, um den Tatort nicht zu kontaminieren. Ihre Schuhe hinterließen kleine Pfützen auf dem Boden. Sie spürte, wie ihre Muskeln sich anspannten.

Dann das Wohnzimmer. Sie hielt sich die Nase zu. Der Geruch von Exkrementen. Ein furchtbarer Gestank.

Die alte Frau lag mit gefesselten Knöcheln da. Neben ihr ein Blatt mit einem gedruckten Text sowie eine Schiefertafel aus der Schule, auf die Zeichnungen und Ziffern gekritzelt waren. In der Hand hielt sie eine blaue Kreide. Von ihren Augen waren nur noch zwei milchige Kugeln übrig, die Pupillen waren so weit nach oben gerollt, dass sie fast nicht mehr zu sehen waren. Ihre von Narben überzogenen Lippen hatten einen grauen Schaum ausgespuckt. Was den Skalp anging, so war er nach allen Regeln der Kunst ausgeführt: Es war keine Kopfhaut mehr vorhanden. Nur noch Hautfetzen auf einer blanken Porzellankugel.

Bei diesem grausamen Anblick spürte Lucie, wie eine dumpfe Wut in ihr emporstieg. Als junge Frau hatte diese Sadistin ihre eigenen Töchter gefoltert. Tagelang. Und jetzt war das »Monster von Arras«, so ihr damaliger Beiname, den man bei ihrer Entlassung aus dem Gefängnis und ihrem Einzug in dieses Haus in »Teufel vom See« abgewandelt hatte, von einem anderen, noch schlimmeren Monster ermordet worden. Dem Professor.

Warum?

Der Zustand der Leiche, die weißen Glieder, das geronnene Blut auf dem Schädel ließen darauf schließen, dass der Tod bereits am Vortag eingetreten war und nicht erst um 4 Uhr früh, wie es die Nachricht in der Hütte prophezeit hatte.

Lucie zuckte zusammen. Draußen fuhr ein Blitz nieder, dem beinah auf der Stelle ein gewaltiger Donnerschlag folgte. Wände und Fensterscheiben erbebten.

Sie kniete sich nieder und betrachtete aufmerksam die Leiche und den gesamten Schauplatz ringsum, dabei presste sie ihren Regenmantel vor die Nase. Die Lage des Opfers, die Art der Fesseln, verschobene oder beschädigte Gegenstände, jede noch so kleine Einzelheit war von Bedeutung. Anhand dieser Informationen ließen sich Verhaltensweisen ablesen, Handlungen erahnen, Bewegungen entschlüsseln. Und tief im Innern die Brutalität des Verbrechens erahnen.

Lucie schauderte. Sie zitterte vor Aufregung. Und vor Entsetzen.

An diesem abgeschiedenen Ort hatte die Dubreuil arglos jemandem die Tür geöffnet. Dennoch zeugten vier Vorhängeschlösser an der Tür von ihrer Angst vor der Außenwelt. Der Mörder hatte zweifellos einen vertrauenerweckenden Eindruck auf sie gemacht. War es ein Bekannter aus ihrer Umgebung? Kannte sie ihn? Hatte er sich als Vertreter, als Polizist oder Briefträger ausgegeben?

Er hatte beschlossen, an einem Ort zuzuschlagen, wo er sich sicher fühlen konnte, genauso wie in der Jagdhütte. Kein Risiko. Er ließ sich gerne Zeit, genoss das Leiden seiner Opfer, ohne dabei fürchten zu müssen, dass man ihn unliebsam überraschte.

Lucie untersuchte den Strick, der um die Knöchel gebunden war. Derselbe Typ wie der in der Hütte. Hier war er kaum festgezogen, sondern stellte lediglich ein Symbol der Macht dar. *Ich bin der Herr, ich lenke das Spiel. Und du, du bist nichts als Abfall.* Dann kam sie wieder zum Skalp zurück. Ihn aufzuschneiden, das Skalpell über den Schädelknochen kratzen zu lassen, musste ihm eine abscheuliche Befriedigung verschafft haben. Was fing er nur mit diesen Haaren an?

Lucie betrachtete gerade die Notizen auf der Schiefertafel, als ein erneuter Knall, noch gewaltiger als der vorherige, sie ablenkte. Sie hörte, wie der Regen draußen immer stärker wurde, und dachte an Manon, die draußen allein unter einem Baum stand.

Vorsichtig verließ sie die Bühne des Mordes.

Als sie aus der Tür trat, war es schon zu spät, um dem Stock auszuweichen, der auf ihre linke Augenbraue niederkrachte. Die Wucht des Schlages schleuderte sie in eine große Pfütze.

Sie schrie vor Schmerz, versuchte aufzustehen. Ihr durchnässter Mantel war tonnenschwer und machte beinah jede Bewegung unmöglich. Auf dem Boden kniend, fasste sie sich an die Stirn, ihr Mund stand weit offen.

Als sie sich umdrehte, sah sie, wie die Waffe durch die Luft sauste, um erneut zuzuschlagen.

Lucie versuchte, mit den Unterarmen ihren Kopf zu schützen, und stieß einen letzten Schrei aus.

In diesem Augenblick tauchten aus der Dunkelheit Scheinwerfer und Sirenen auf.

Der Schatten war in der Falle, geblendet vom Licht eines Scheinwerfers und im Visier von drei Revolvern.

Lucie ließ sich hintenüber in die Wasserlache fallen, ihr Gesicht war zum schwarzen, tosenden Himmel gerichtet.

Sie lebte.

15

Lucie saß auf der Kofferraumkante eines Peugeot-Kombi, in Decken gehüllt und von der geöffneten Heckklappe vor dem Regen geschützt, während ein Polizeiarzt ihre Augenbraue nähte. Zwei Stiche mit Seidenfaden würden ihr die Fahrt ins Krankenhaus ersparen.

Neben ihr unter einem großen Regenschirm stand Kommandant Kashmareck. Um die vierzig, Bürstenhaarschnitt und selbst zu dieser späten – oder besser frühen – Stunde glatt rasiert. Ein Vorbild an Disziplin, versehen mit dem Stempel »Kriminalpolizei«.

»Es hätte nicht viel gefehlt, und sie hätte dir eine ordentliche Tracht Prügel verpasst«, sagte er und zog an seiner Zigarette. »Sie war völlig hysterisch, bereit, dir den Schädel einzuschlagen. Seit wann lässt sich eine erfahrene Polizistin von einer Zivilperson überrumpeln?«

Als der Arzt ihr mit einem Wattebausch, der mit einem Antiseptikum getränkt war, über die linke Augenbraue tupfte, verzog Lucie vor Schmerz das Gesicht. Ihr Kopf schien Tonnen zu wiegen.

»Der Donner muss sie aufgeschreckt haben«, erklärte sie. »Sie hat den Faden verloren, stand völlig durchnässt da, ohne ihren N-Tech, wusste nicht mehr, weshalb sie hier neben Dubreuils Haus war. Also fühlt sie sich bedroht, vor allem, da sie den Ort kennt und weiß, dass die Dubreuil kleine Kinder gefoltert hat. Was macht sie dort, zu so später Stunde? Warum ist sie hier? Wie ist sie hergekommen? Sie geht näher ans Haus und sieht mich neben einer Leiche hocken. Und da, als ich wieder herauskomme, macht es peng.

Ihr Neurologe hatte mich gewarnt. Sie kann gewalttätig reagieren, wenn sie sich in einer ihr nicht vertrauten Umgebung wiederfindet.«

»Auf jeden Fall hätte sie nicht mit dir zusammen hier sein dürfen. Sie hätte im Krankenhaus bleiben müssen! Ihr Bruder und Flavien sind stinksauer! Bist du dir im Klaren darüber, was passiert, wenn der Staatsanwalt das erfährt?«

Der Arzt bat Lucie, den Mund zu öffnen, und schob ein Wattestäbchen hinter ihre Backenzähne.

»Ist das eine neue Methode?«, meckerte sie.

»Wir nehmen Speichelproben von jedem, der sich am Tatort aufgehalten hat, um eine unnötige Suche nach DNA-Spuren zu vermeiden.«

Lucie betrachtete ihre verwundeten Finger.

»Könnten Sie mir auch Blut abnehmen? Ich habe mich an einer Spritze verletzt. In dem Haus in Hem.«

Der Arzt nickte mit ernster Miene und nahm ein Set zur Blutentnahme heraus. Er fragte:

»Die lange Narbe an Ihrem Hinterkopf. War das ein Tumor? Eine Zyste?«

Lucie verkrampfte sich und sagte aufs Geratewohl:

»Ähm. Eine Zyste.«

»Was für eine?«

»Ich weiß nicht mehr, das war in meiner Jugend. Irgendeine kleine, nicht sehr schlimme Sache jedenfalls.«

Der Arzt betrachtete sie skeptisch, dann machte er schweigend weiter. Lucie zitterte, als sie sah, wie ihr Blut in dem kleinen durchsichtigen Röhrchen anstieg.

»Los, und jetzt verschwindest du!«, befahl der Kommandant.

Sie machte ein paar Mal die Hand auf und zu, klappte den durchnässten Ärmel zurück, dann kniff sie die Augen zusammen und schaute zu den anderen Fahrzeugen hinüber.

»Wo ist Manon?«

»In dem Auto dort. Ich hatte Flavien und ihren Neurologen, diesen Vandenbusche, am Apparat. Sie meinen, es sei besser, sie nach Hause zu bringen. Soviel ich verstanden habe, ist es zwecklos, sie jetzt zu befragen.«

»Das ist sicher. Sie vergisst mit der Zeit alles.«

Lucie wies auf ihre Verletzung.

»Der Beweis.«

Schließlich verglomm der rötlich schimmernde Stummel zwischen den Fingern des Kommandanten.

»Ich werde ein Team vor ihrem Haus postieren. Sie scheint mit ihrem Bruder zusammenzuwohnen.«

»Ja, das heißt, nicht direkt; sie wohnen im selben Haus, doch jeder hat seine eigene Wohnung. Geht es ihr gut?«

»Besser als dir.«

Lucie versuchte aufzustehen, doch sie fühlte sich nicht gut.

»Dich werden wir ebenfalls in den Schoß der Familie zurückbringen!«

»Nein, ich ...«

»Du hast für diese Nacht genug getan! Du hast nicht vielleicht deine Kinder vergessen? Ein Student hat bei der Polizei angerufen, er wollte unbedingt mit dir sprechen!«

Lucie schaute auf die Uhr.

»Mist! Anthony!«

»Nichts Schlimmes, mach dir keine Sorgen. Aber er konnte nicht verstehen, wieso du nicht auf deinem Handy erreichbar warst. Schließlich glaubte er, dass er nur eine oder zwei Stunden dableiben sollte. Und ist dir eigentlich klar, in welcher Verfassung du bist? Schlimmer als ein Saufbold am Ende eines Abends. Regel die Sache mit deinen Töchtern, schlaf ein bisschen, und komm dann ausgeruht wieder. Wir haben alle Hände voll zu tun. Drei Orte müssen untersucht werden. Raismes, Hem und jetzt Roeux. Dieser gerissene Kerl mag die Vielfalt und die Entfernung.«

Er drehte sich um. Oben an der Straße waren Scheinwerfer zu sehen.

»Der Staatsanwalt von Arras. Wir werden die Spuren am Tatort aufnehmen, der Gerichtsmediziner wird bald da sein und die ersten Untersuchungen durchführen. Bis der Erkennungsdienst alle Proben genommen hat, wird es eine Weile dauern.«

»Ich will an der Sache dranbleiben! Ich habe dieser Frau versprochen …«

»Du hast ihr versprochen? Seit wann arbeiten wir zusammen, Henebelle?«

»Fast drei Jahre.«

»Seit ich dich kenne, ist es stets dasselbe. Immer musst du die Erste sein. Bei den Keilereien im Viertel, den Ehestreitigkeiten, den Überfällen. Du bist wirklich ein Draufgänger, arbeitest stundenlang, bis du am Ende wie ein Wrack aussiehst. Und dann auf einmal steigst du aus. Du halst die Sache wem anders auf, ziehst dich zurück und vertiefst dich in eine ruhigere Akte. Glaubst du, wir merken das nicht?«

»Es ist, weil …«

»Ich weiß, deine Töchter. Vielleicht machen sie dir eines Tages bewusst, dass wir nicht den schönsten Beruf der Welt haben. Du bist eine gute Polizistin, und ich weiß, dass du auch eine gute Mutter bist. Aber das alles ist nicht einfach, nicht wahr? Auf der einen Seite die Gefühle, auf der anderen die Arbeit. Ich habe ebenfalls Kinder. Ich weiß, wovon ich rede.«

»Es ist schwierig, ja, aber ich schaffe es«, verteidigte sich Lucie. »Sie können mich nicht ausschließen!«

Kashmareck, dem man die Führungspersönlichkeit ansehen konnte, biss die Zähne zusammen.

»Diesmal ist es etwas anderes, es geht nicht mehr um eine Abrechnung. Das hier ist ein anderes Kaliber.«

»Ich weiß! So etwas habe ich schon mitgemacht, Kommandant!«

»Als du noch Kampfgeist hattest! Als du die Nacht nicht gescheut hast! Wenn du dich auf eine Sache wie diese hier einlässt, musst du hundertprozentig dabei sein! Kein Rückzieher diesmal, kein Ausweichmanöver! Also fahr nach Hause, und überleg es dir gut! Denn der Fall sieht nicht sehr gut aus!«

Lucie antwortete auf der Stelle:

»Ich bin bereit, mich darauf einzulassen. Ich glaube, dass der Professor wieder da ist. Und ich werde alles dransetzen, ihn zu schnappen. Um Manon zu schützen.«

»Manon, Manon. Du sprichst von ihr, als würdest du sie seit Ewigkeiten kennen. Hat sie etwas mit dir zu tun?«

»Nein, das ist es nicht, aber ich fühle mich ihr ganz einfach nahe.«

Kashmareck warf seine Kippe in eine Pfütze und deutete auf das Haus.

»Diese Inszenierung hat große Ähnlichkeit mit der Hölle, die die Kollegen vor vier Jahren durchgemacht haben. Die mathematischen Rätsel, die Schultafel, die blaue Kreide, die ganze Vorgehensweise. Wir müssen uns mit Paris in Verbindung setzen, damit wir die Einzelheiten erfahren. Aber wenn der Mörder sie wirklich auf dieselbe Weise getötet hat, wenn er ihr das gleiche Martyrium zugedacht hat, dann sieht es schlecht für uns aus. Wir werden sehen, was die Obduktion ergibt. Ich verstehe nur eins nicht.«

»Warum sie, nicht wahr? Warum ausgerechnet diese Sadistin Renée Dubreuil?«

Er nickte zustimmend und fragte:

»Warum spielt er sich mit einem Mal zum Richter auf, nachdem er sich bislang nur ›normale‹ Leute herausgegriffen hat, ohne besondere Merkmale?«

»In vier Jahren können sich viele Dinge geändert haben. Seine Triebe können sich gewandelt haben, entsprechend seinem Alter, seinen Wahnvorstellungen, seinem Alltag oder einfach seiner Umgebung. Ich dagegen verstehe nicht, wie ein Serienmörder plötzlich mit dem Töten aufhören kann und dann nach so langer Zeit weitermacht. Das ist äußerst selten. Und meistens gibt es einen guten Grund dafür.«

»Was für einen?«

»Irgendetwas hindert sie daran zu töten. Eine Haftstrafe, psychische Probleme, ein schwerer Unfall. Oder aber sie töten anderswo, auf andere Weise. Ein anderes Land, eine andere Vorgehensweise. Aber abgesehen von diesen Ausnahmen setzen sie nie so lange aus. Vier Jahre, können Sie sich das vorstellen?«

»Das mag sein. Aber wenn es sich wirklich um den Professor handelt, jagen wir einen Mörder ohne sichtbares Motiv, ohne bestimmten Opfertypus, der jedes Mal in einer anderen Region zuschlägt. Der typische Unverdächtige.«

Lucie schüttelte den Kopf.

»Ich glaube nicht an den typischen Unverdächtigen. Selbst wenn man sie nicht oder nur schwer erkennen kann, so gibt es doch immer Beweggründe hinter einer Tat, hinter der Vorgehensweise.«

»Dass ich nicht lache! Dann erklär mir in diesem Fall mal das Motiv! Du hast freie Hand! Aber vergiss nicht, dass sich schon die Kollegen die Zähne daran ausgebissen haben!«

Lucie fasste sich an die Stirn. Ein dumpfer Schmerz irgendwo in ihrem Kopf.

»Okay! Los, und jetzt haust du ab! Wir bringen dich nach Hause.«

»Noch eine letzte Sache«, murmelte sie, während sie sich den Schädel massierte. »Auf dem Blatt steht die Aufgabe, die er ihr gestellt hat. Ich hatte keine Zeit, einen Blick darauf zu werfen.«

»Die Sache ist nicht allzu schwierig, aber in Anbetracht ihres Alters und ihres IQs ausreichend, um sie in die Falle zu locken. ›Ein Nautilus mit Schale wiegt 200g. Der Nautilus wiegt 100g mehr als die Schale. Wie viel wiegt der Nautilus?‹»

»Ist doch klar. 100g, oder?«

»Diese Antwort hatte sie auf die Schiefertafel geschrieben. Und genau wie sie wärst du jetzt tot.«

Lucie versuchte nicht, es zu verstehen. Sie konnte nicht mehr.

»Gut, ich fahre nach Hause. Aber rufen Sie mich wegen der Obduktion an. Ich will dabei sein.«

»Du willst bei jeder Obduktion dabei sein. Machst du das zum Zeitvertreib, oder was?«

»Lassen Sie es gut sein, Kommandant. Ich werde jetzt schlafen gehen.«

16

Ein Albtraum aus Schlamm, Blut und Schweiß.

»Mein Gott«, schrie Anthony mit weit aufgerissenen Augen.

Er sprang aus dem Sessel auf. Lucie schloss die Tür.

»Ist schon gut«, sagte sie, »schau mich nicht so an. Eine etwas unruhige Nacht, kein Grund zur Aufregung.«

Sie gähnte herzhaft. Der Student schlüpfte beiseite, nahm seine Jacke und ging zur Tür, ohne sie anzusehen.

»Anthony?«

Er drehte sich um. Konnte sie sehen, dass er zitterte?

»Ich habe eine Vorlesung. In knapp einer Stunde«, entschuldigte er sich, die Hand schon auf dem Türgriff. »Ich muss jetzt wirklich gehen. Tut mir leid.«

»Aber warte, ich werde dich bezahlen. Sag mir wenigstens, ob alles gut verlaufen ist!«

»Es ist bestens gelaufen. Sie sind nicht aufgewacht, ich habe mich sogar gefragt, ob sie noch leben. Das mit dem Geld erledigen wir ein anderes Mal.«

Und er verschwand so schnell, dass Lucie nicht mal Zeit hatte, ihm zu danken. Seltsamer Typ.

Die völlig erschöpfte junge Frau wäre am liebsten sofort in ihr Bett gefallen, doch sie musste noch zwei Dinge erledigen. Zuerst eine heiße Dusche. Dann die Zwillinge. Es war Mittwoch, also keine Schule. 7 Uhr 30. Maud war sicher schon lange aufgestanden. Lucie rief sie an und fragte sie, ob sie die Kleinen abholen könnte. Zum Glück war sie einverstanden. Diese Tagesmutter war wirklich Gold wert.

Die Dusche. Das heiße Wasser auf ihrer Haut. Sie atmete tief ein, beruhigte sich wieder und fing dann an zu niesen. Wenn sie sich einen Schnupfen geholt hatte, war dies nicht weiter verwunderlich. Allmählich hüllten die Dampfschwaden sie ein. Sie befühlte mit der Hand ihren Hinterkopf. Die Narbe. Sie musste an die Hautritzungen denken, an Manon.

Nachdem sie ein Handtuch um ihre Haare geschlungen hatte, machte sie ein paar Bewegungen, um sich zu recken, und verzog vor Schmerz das Gesicht. Ihr Bein. Die Bilanz der Nacht? Eine Beule auf dem Kopf, eine entzündete Wade, eine genähte Augenbraue. Die Grenze der Dreißiger war nicht nur symbolischer Art. Sie wurde älter! Nicht zu vergessen ihr verletzter Finger. Vier Buchstaben, die sich plötzlich wie ein Albtraum in ihrem Körper ausbreiten konnten.

Auf einmal fror sie. Und wenn ihr Leben nun vom Ergebnis einer Blutuntersuchung abhing? Und wenn man ihr mitteilte, dass ...

Zu viele Fragen. Manon. Die Entführung. All diese Rätsel rund um das Gedächtnis. Der Professor.

Sie zwang sich, die wirren Gedanken aus ihrem Kopf zu vertreiben. Im Moment gab es Wichtigeres zu tun. Die Kleinen aufwecken. Ihre Augen sehen, diese Sterne unendlichen Glücks. Es waren die Kleinigkeiten, die dem Dasein Bedeutung verliehen. Sie lagen lange nebeneinander auf dem Sofa und schenkten sich in einer liebevollen Umarmung gegenseitig ihre Wärme und Zärtlichkeit. Sie waren eine richtige Familie, auch ohne Mann. Den brauchte hier keiner. Warum sollte sie noch länger leiden?

»Hast du dir wehgetan, Mama?«

Juliette. Die Pfiffigere der beiden. Die auf hundert war, sobald sie die Augen aufmachte. Ihrer Mutter wie aus dem Gesicht geschnitten. Clara dagegen reckte sich langsam. Ein zartes Püppchen.

»Mama hat sich gestoßen«, antwortete Lucie und versuchte, ihre Unruhe zu verbergen.

Juliette stieß ihre Schwester beiseite, um sich an ihre Mutter zu schmiegen.

»Juliette! Ich will nicht, dass du deine Schwester schubst!«

Lucie packte sie am Arm. Sie musste daran denken, was Manon über die dominante Zwillingsschwester gesagt hatte.

»Mach das nie wieder, verstanden?«

Juliette rollte sich zur Seite. Sie kannte die plötzlichen Wutausbrüche ihrer Mutter zur Genüge. Es war besser nachzugeben.

Lucie umarmte beide und küsste Clara auf den Mund. Sie hätte gerne mehr Zeit mit ihnen verbracht, um sie unter ihrer schützenden Hand aufwachsen zu sehen. Aber hatte sie wirklich eine Wahl? Ihre Münder mussten gefüllt werden. Sie war Polizistin. Ihr Beruf, ihr Leben. Etwas anderes hatte sie nicht gelernt. Sie hatte Studium und Elternhaus so früh hinter sich gelassen, um in diese Welt der Kerle und des Blutes einzutauchen.

Mit letzter Kraft schenkte die junge Mutter ihnen Kakao ein, wusch sie, zog sie an, schnürte ihnen die Schuhe zu, machte ihre Taschen fertig, packte ihre Kuscheltiere hinein, die Hausschuhe, den Orangensaft und das Kompott. Zärtliche Handgriffe, die sie Tag für Tag ganz selbstverständlich ausführte.

Ein letzter dicker Kuss, dann kam die Tagesmutter und nahm sie mit, ohne lange herumzutrödeln. Es gab ihr immer einen Stich, wenn sie die Mädchen so fortgehen sah, mit ihrem kleinen Rucksack auf dem Rücken. Juliette vorne, Clara hinter ihr. Eines Tages würden sie endgültig davonfliegen, so wie ihr biologischer Vater es getan hatte. Und es würde zu spät sein, all die verlorene Zeit wieder aufzuholen.

Sie fiel ins Bett, nachdem sie ihren Wecker auf 11 Uhr gestellt hatte. Ihre erste schlaflose Nacht seit langem. Und was für eine Nacht! Das Hin und Her zwischen ihrer Wohnung, dem Wohnheim, dem Krankenhaus, Raismes, Hem, Roeux. Wie viele Kilometer an einem Abend? Dreihundert? Mitten in diesem Unwetter war sie geklettert, ausgerutscht, hatte Schläge abbekommen, darunter einen von Manon höchstpersönlich. Manon. Ihre Behinderung war so schwer zu verstehen. Und anzuerkennen. Wenn sie aufwachte, würde alles wieder bei null anfangen. Und immer dieselbe Einsamkeit, dieselbe beängstigende Leere. Nicht zu wissen, welcher Tag gerade war, was am Vortag geschehen war, was für den nächsten Tag vorgesehen war. Ob es irgendwo Krieg gab? Ob immer noch Menschen an Hunger starben? Nicht zu wissen, mit welchen Ereignissen sich die Geschichte auflud, seit ihre eigene Geschichte aufgehört hatte. Ganz mechanisch würde Manon ihren N-Tech öffnen, die Fotos anschauen – die von Lucie, von dem Geisterhaus, den Dezimalstellen von π –, sich die Aufnahmen anhören und ihre Notizen lesen. Was käme dabei heraus? Das Gefühl, eine Geschichte gehört zu haben? Das Erlernen nackter Tatsachen ohne jeden Zusammenhang, ohne jeden Bezug? Ein »Berlin ist die Hauptstadt von Deutschland«?

Lucie würde Manon nicht im Stich lassen, das hatte sie ihr versprochen.

Draußen prasselte der Regen ruhig und gleichmäßig gegen die Rollläden. Sie atmete langsam ein und aus, hatte die Hände über der Brust verschränkt. Unmöglich einzuschlafen.

Eine Weile später zogen an ihrem inneren Auge verheerende Bilder vorbei. Ziffernfolgen. Das Aufleuchten eines Skalpells. Ein Schädel mit schorfigen Hautfetzen. Sie hörte eine Kreide über eine Schiefertafel kratzen. Tränen, es waren ihre eigenen. Seltsame Gerüche. Wabenzellen. Scheußliche Szenen an der Pforte zu ihrem Unbewusstsein. Leichen, Blut, ein Leichenschauhaus. Finsternis, nichts als Finsternis. Wenn wenigstens die Narbe unter ihrem Haar und die alten Schnittwunden auf ihren Handflächen nicht mehr da wären.

Sie hob den Kopf, ihre Stirn war schweißnass, das Kopfkissen feucht. Links stand der kleine Schrank mit den getönten Scheiben. Sein Inhalt. Die Ursache für ihr Leiden. Und für ihre Unfähigkeit, das Böse zu akzeptieren. Dafür hasste sie sich. Sie konnte andere Menschen durchschauen, doch sich selber verstand sie nicht. Vielleicht hatte sie deshalb Polizistin werden wollen. Für ihre Eltern ein Grund, stolz zu sein, für sie ein Ventil. Um die heimtückischen Angriffe ihres Verstandes zurückzudrängen, mit der Gewalt einer Waffe.

Dann war die Müdigkeit endlich stärker als alles andere. Und während sie in Schlaf versank, explodierte dieses Wort, dieses einfache Wort, das schon so lange in ihr Fleisch eingegraben war und ihre Wahrnehmung von der Welt verändert, ihre Jugend verpfuscht hatte, ein letztes Mal in ihrem Kopf. Dieses Wort, das wie ein Fallbeil in einem Krankenhauszimmer aufgetaucht war, kurz nach ihrem sechzehnten Geburtstag. Dreizehn Buchstaben, die sich nun in diesem Schrank mit den Milchglasscheiben materialisierten.

Kannibalismus.

17

Manon entspannte sich in ihrem glühend heißen Bad, die Augen halb geschlossen, den Nacken auf einem Frotteehandtuch, das leicht angefeuchtet und mit Monoi parfümiert war. Über der Badewanne mit Massagefunktion zeigte eine Uhr Zeit, Tag, Monat und Jahr an. 10 Uhr 25, Mittwoch, der 25. April 2007. Auf dem Rand des Marmorwaschbeckens lag zwischen Seifen, den unentbehrlichen Cremes und Ölen der N-Tech und spielte immer wieder die Gespräche der vergangenen Nacht ab.

Beängstigende Sätze. Unvorstellbar.

Die Geschichte einer Entführung, ihrer eigenen Entführung, erzählt von Polizeileutnant Lucie Henebelle, einer Polizistin mit blonden Locken.

Mit ernster Miene betrachtete Manon noch einmal ihre Handgelenke, die Striemen an ihren Knöcheln, den Verband um ihre Hand. Die letzte Aufnahme, ein langer Monolog, den sie eben im Wohnzimmer gehalten hatte – Uhrzeit und Ort wurden genannt –, besagte, dass Ermittlungen eingeleitet worden waren. Dutzende von Polizisten waren an der Sache dran, mit einem gemeinsamen Ziel: den Professor zu jagen, der von den Toten zurückgekehrt war. Nach vier Jahren der Stille war er wieder erwacht. Manon wusste, dass sie seit langem auf diesen Augenblick gewartet hatte, obwohl sie kein Bewusstsein mehr für die verstreichenden Tage besaß und »gestern« für sie drei Jahre zurücklag. Dieser Einbruch, an den sie keine Erinnerung hatte.

Als ihre Muskeln gelockert waren, führte sie einen Sisalschwamm zwischen ihren Brüsten entlang, dann über ihr Becken, das von Blutergüssen überzogen war. Zwei Sätze, die sie auswendig gelernt hatte, standen dort in Spiegelschrift geschrieben: »Geh zu den Tölpeln, bei den Mönchen« und »Finde das Grab v«. Was bedeuteten diese Buchstaben? Um welches Grab handelte es sich? Welches Geheimnis bargen diese Narben?

In der Tonaufzeichnung war die Rede von Raismes. Von einer Jagdhütte. Von einer Flucht im Gewitter.

Wie konnte es sein, dass sie in einem Wald gewesen war, fünfzig Kilometer von Lille entfernt, und das ohne ihren N-Tech? Obwohl sie sich doch nie von ihm trennte? Hatte dieser Geistesgestörte sie aus ihrer Wohnung entführt?

Sie blickte sich um, fühlte sich plötzlich unwohl. Allein in ihrer Badewanne. Niemand da, der sie hätte beschützen können. Jeder X-Beliebige konnte bei ihr eindringen, ihr etwas Böses antun und wieder verschwinden.

Sie fühlte sich so verletzlich. War sie ihrem Entführer schon einmal begegnet? Schlich er um sie herum? Hatte er sie schon einmal berührt? Wütend schlug sie mit der Faust auf die Wasseroberfläche. Sie wusste, dass sie es niemals wissen würde.

Langsam entspannte sie sich. Die Abfolge der Tonaufnahmen, die Stille in diesem Zimmer, der Gesang von Kanarienvögeln, der aus den in die Wände eingelassenen Lautsprecherboxen erklang, halfen ihr dabei, sich zu konzentrieren. Sie machte in Gedanken eine Bestandsaufnahme der vergangenen Nacht. Der visuelle Bereich ihres Gehirns schuf sich seine eigenen räumlichen Bilder, so wie man sich einen Film ausmalt, wenn man nur den Ton hört, ohne etwas zu sehen. Oder wie Figuren, die man sich beim Lesen eines Romans nach seinen eigenen Vorstellungen erschafft.

Ihre Entführung. Ihr Umherirren in Lille. Lucie Henebelle.

Lucie Henebelle. Der Name klang vertraut. Er rief eine Art Echo in ihrem Langzeitgedächtnis wach. Ihr Langzeitgedächtnis? Nein, unmöglich. Sie kannte diese Frau nicht. Sie hatte sie nie kennengelernt.

Sie tauchte noch tiefer in die Badewanne ein, den Mund dicht über dem Wasser. Sie wusste, dass sich durch ständiges Hören und Wiederholen alles verfestigte, dass sich dieses Fresko in ihrem episodischen Gedächtnis ablagerte. Sie würde sich an die wesentlichen Elemente dieser Nacht erinnern. Doch eine Frage quälte sie: Entsprach diese synthetische Vergangenheit, an die sie sich erinnerte, der Wirklichkeit, oder war sie weit von der Realität entfernt? Außerdem würde es sie Zeit und Mühe kosten, all das auswendig zu lernen, so dass sie nicht noch andere Ereignisse miteinbeziehen konnte, das Zeitgeschehen, die alltäglichen Handlungen, den ganz »normalen« Ablauf ihres Lebens. Ihr Dasein gründete sich einzig und allein auf Auswahl und Prioritäten.

Hatte sie glückliche Zeiten erlebt? Leid erfahren? Hatten ihre Freundinnen von »früher«, Laurence, Corinne, geheiratet? Hatte sie sie besucht? Hatte sie noch Kontakt zu ihnen? Was war mit den Todesfällen, den Geburten, den Taufen? All diese Einzelheiten verstaubten wahrscheinlich in irgendeiner Ecke ihres N-Tech oder ihres Computers, hingen an ihren Wänden oder waren in Schubladen verborgen. Vielleicht besaß sie sogar Fotos, Aufnahmen, die sie sich nicht eingeprägt hatte, weil sie nicht den Mut dazu besessen hatte. Es gab jeden Tag so viel Neues zu erfassen und so wenig Zeit, dies zu tun. Sie verlor alles. Selbst die Mathematik, ihre geistige Nahrung, verschwand größtenteils aus ihrem Kopf. Sie, die immer so gerne gelernt hatte, sich alleine hingesetzt hatte, um zu studieren. Fourier-Transformation, Schrödingergleichung, Gesetz der großen Zahl. Heute wusste sie nicht mal mehr, welcher Tag gerade war. Der Grund dafür? Ein paar kaputte Neuronen, in einem Gehirn, das aus Milliarden von Verbindungen bestand.

»Träum grausame Tode«, sagte der N-Tech auf. Das Rätsel aus dem Geisterhaus in Hem. Manon ließ ihren Waschlappen los. Wie immer bei dem Professor musste der Satz selbst einen Hinweis liefern. Ein Zeichen, eine Spur, der man folgen musste. Eine knifflige Sache, ein Anagramm zum Beispiel oder ein Rebus. »Träum grausame Tode.« Sie schwor sich dahinterzukommen. »Dank« ihrer Amnesie konnte sie sich auf eine Aufgabe versteifen, unzählige Male die gleiche Handlung ausführen, ohne der Sache je überdrüssig zu werden.

Ihn jagen. Immer weiter jagen. Nie mehr aufhören. Das war ihr Lebensinhalt.

Das Wasser war kalt geworden. 10 Uhr 50. Wie lange war sie in der Badewanne geblieben? Sie schüttelte den Kopf. Nichts, was sie mit ihrem N-Tech hätte aufnehmen können, keine außergewöhnliche Entdeckung in diesem Moment der Ruhe. Bald würde sie dieses Bad vergessen haben, ebenso wie alles, was ihr gerade durch den Kopf gegangen war. Ein weiterer Teil ihres Lebens, der sich in Luft auflösen würde.

Sie duschte sich ab und kreuzte in ihrem Organizer an, dass sie sich gewaschen hatte.

Vor ihr lagen mehrere Wäschestapel. Manon bereitete ihre Kleidung immer sonntagsabends vor und legte sie in kleine Fächer, die mit den Wochentagen versehen waren. Ein Rotationssystem, basierend auf kleinen Etiketten mit einer Beschreibung der jeweiligen Kleidung, die sie anschließend der Wetterlage anpasste, erlaubte es ihr, ihre Aufmachung zu variieren. Nicht jeden Dienstag denselben blauen Rock mit derselben weißen Bluse anziehen. Damit sie nicht wie ein Automat aussah.

Überall Zettel, Notizen, Post-its, Fotos und Abreißkalender. Auf der Waschmaschine, an den Spiegeln, in ihren Taschen, an den Wänden, auf Nachttischen, an den Schränken. Zeitpläne, Aufgaben, die zu erledigen waren.

Welcher Tag war noch einmal? Sie guckte wieder auf die Uhr. Mittwoch. Der 25. April. Wie war das Wetter? Ein Blick aufs Barometer. Gewitter. Erschreckend hohe Luftfeuchtigkeit. In dem passenden Fach fand sie ihr beigefarbenes Kostüm, ihre weiße Bluse und ihre Jimmy-Choo-Pumps. Eine raffinierte Aufmachung. Wann hatte sie die Sachen gekauft? Vor zwei Monaten, vor sechs Monaten, einem Jahr? Waren sie aus der Mode? Nein, sicher nicht. Manon hatte es immer schick gemocht, selbst auf den Bänken bei der Höheren Mathematik, wo die Mädchen aussahen wie Männer mit langen Haaren. Sie war damals anders gewesen. Und war auch jetzt anders. Vollkommen anders.

Sie zog ihr Kostüm zurecht, bewunderte ihre schmale Taille im Spiegel, erst von vorn, dann von der Seite. Sie fand sich hübsch. Machte sie Diät? Lief sie noch so häufig und so schnell wie früher? Bemerkte sie, dass sie älter wurde? Sie konnte es unmöglich wissen, wenn sie nicht in ihrem N-Tech nachschaute. Dort spulte sich das Band ihres Lebens ab, Stunde um Stunde. Aber dann würde die Frage ihre Spontaneität verlieren. Und sie hatte genug davon nachzuschlagen. Immer wieder nachzuschlagen.

Sie benutzte ein wenig Parfum. Der Glasflakon stand immer links, an dritter Stelle hinter der Haarbürste und der Antifalten-Creme. Die Haare kämmen, die Antifalten-Creme auftragen, Parfum benutzen.

Ihre Kleidung ließ darauf schließen, dass sie einen Termin hatte, wahrscheinlich mit MemoryNode. Bestimmt hatte sie schon in ihrem Kalender nachgesehen, um ihr Tagesprogramm zu überprüfen, aber da sie noch hier herumtrödelte, war es heute Morgen nicht eilig. Der N-Tech würde schon piepen, wenn es nötig wäre. Er würde ihr »sagen«, was zu tun war. Essen, den Hund füttern, den Mülleimer leeren oder die Post hochholen.

An der Badezimmertür klebte eine in Plastik eingeschweißte Liste mit den Punkten, die zu überprüfen waren:

»1. Wurde die GANZE Liste mit DEINER Schrift erstellt?
2. Hast du das Wasser ausgelassen, die Badewanne ausgespült?
3. Hast du alle elektrischen Geräte ausgeschaltet?
4. Bist du korrekt gekleidet, frisiert, parfümiert? Sieh dich noch ein letztes Mal im Spiegel an.
5. Der N-Tech, an deinem Gürtel.
6. Du kannst hinausgehen. Einen schönen Tag noch!«

»Danke«, antwortete sie sich selbst, nachdem sie jeden Punkt gewissenhaft kontrolliert hatte.

Als sie das Wohnzimmer betrat, zuckte sie zusammen. Hinter ihr erschien Frédéric, im zerknitterten Hemd, mit roten Augen und hervorstehenden Adern. Myrthe, Manons Labrador mit dem dichten sandfarbenen Fell, kam und schmiegte sich an ihn.

»Frédéric? Mein Gott, was machst du hier? Ich hasse es, wenn du hereinkommst, ohne mir Bescheid zu geben!«

»Das hast du mir bereits gesagt, bevor du ins Badezimmer gegangen bist. Aber ich weise dich darauf hin, dass du mich hereingelassen hast.«

Er gähnte und fuhr dann fort:

»Ich habe diese Nacht kein Auge zugetan, nach all dem, was dir zugestoßen ist.«

»Was willst du damit sagen?«

Er seufzte und streichelte den Labrador. Sollte er schweigen oder reden? Letztendlich kam es aufs Gleiche hinaus.

»Die Entführung, der Professor, die Polizei.«

Diese Stichworte – Köder – aktivierten bei Manon all die noch schwachen Erinnerungen. Sie nahm einen groben, sehr verschwommenen Umriss ihrer letzten Nacht wahr. Wie ein

Straßenschild, das man von ferne im Nebel sieht, ohne es lesen zu können.

Frédéric hob den Kopf und strich seine Haare nach hinten.

»Die Polizei hat mich befragt. Über dich, deinen Zeitplan, deine Bekannten. Sie wollten, dass ich dich überzeuge, mir deinen N-Tech zu leihen. Wir glauben, dass du hier zu Hause entführt worden bist. Sie sind davon überzeugt, dass dein Organizer interessante Informationen enthalten könnte, über die Personen, die du kennst, oder die Begegnungen, die du in den letzten Tagen gehabt hast.«

Instinktiv wich Manon zurück. Hinter ihr stand ein Telefon, daneben ein Notizbuch und ein Stift, sowie ein alter Fernseher ohne DVD-Laufwerk, ein Stapel Gebrauchsanweisungen – Stereoanlage, Software zum Gehirntraining, Schachcomputer –, ein Bücherregal, wo die Bücher den Musik-CDs ihren Platz überließen. Schubert, Vivaldi, Fauré, Sonaten, Symphonien, Requiems, deren Klänge sie nicht nur akustisch berührten.

»Kommt nicht in Frage! Das dürfen sie nicht! Niemand fasst meinen N-Tech an! Das käme einer Vergewaltigung gleich!«

»Du hast recht! Das dürfen sie nicht. Aber …«

»Hör auf damit!«

Frédéric wechselte das Thema.

»Du solltest ins Bett gehen, du hast letzte Nacht nicht geschlafen. Heute kein MemoryNode, und du gehst auch nicht nach draußen, einverstanden?«

Ohne eine Antwort zu geben, ging Manon in die Küche. Frédéric folgte ihr. Sie öffnete den Kühlschrank. Links Obst, rechts Gemüse, Yoghurts, sortiert nach Haltbarkeitsdatum. Auch dort Nachrichten, Etiketten, Fächer, Zeitpläne für die Mahlzeiten. Es kam nicht in Frage, ständig dasselbe zu essen. Sie goss sich ein großes Glas Orangensaft ein, dem sie reflexhaft Zucker hinzufügte. Traubenzucker, der Treibstoff für das Gedächtnis. Dann schluckte sie eine Vitamin-C-Tablette.

»Nein, ich werde jetzt nicht schlafen gehen, und hör auf, mir mein Leben vorzuschreiben, okay?«

Sie blickte auf den Terminkalender in ihrem Organizer.

»Um 15 Uhr Verabredung mit einem Journalisten von der *Voix du Nord* wegen MemoryNode, dann um 16 Uhr mein Mittagsschlaf in Swynghedauw, danach um 17 Uhr die Arbeitsgruppe mit Doktor Vandenbusche. Siehst du? Wie soll ich da schlafen? Ich muss Fortschritte machen! Wir kommen gut voran, das weißt du. Sag, weißt du das?«

Frédéric zog unauffällig die Vorhänge beiseite und stellte fest, dass der weiße Peugeot mit den zwei Wachtposten dort am Ende der Sackgasse sich nicht fortbewegt hatte.

»Du bringst dich in Gefahr, wenn du dich so exponierst! Er hat dich entführt, und er wird es wieder tun! Ich habe die aufgezeichneten Gespräche mitangehört! Diese Rätsel, diese Dezimalstellen von π, die in dem Geisterhaus von Hem an die Wand gemalt waren.«

Er überlegte ein paar Sekunden.

»Versuch nicht, sie zu lernen, lösch sie, du tust dir umsonst weh! Wir werden deine Hand verarzten. Lass diese Spuren an deinen Handgelenken verschwinden, und vergiss diese Abscheulichkeiten. Ich bitte dich!«

Manon schaute erneut in ihren N-Tech, auf die Schlüsselwörter, die Zusammenfassung ihrer Nacht. Dann, nachdem sie den Zugang zu den Informationen mit einem Passwort gesperrt hatte, legte sie ihn vor sich auf den Tisch.

»Warum sperrst du den Zugang eigentlich immer?«, regte sich Frédéric auf. »Du vertraust mir, warum also sperrst du ihn? Dieses Getue bringt doch nichts!«

Sie antwortete nicht direkt.

»Dieser N-Tech ist mein Leben. Verstehst du das? Wenn ich seinen Inhalt verliere, verliere ich alles. Ich habe mir bereits einiges gemerkt von dem, was diese Nacht passiert ist, Frédéric. Warum liegt dir so viel daran, dass ich es vergesse?«

Er hob die Arme empor.

»Um dich zu schützen, mein Gott! Wie ich es von Anfang an getan habe! Was glaubst du, weshalb wir hierher nach Lille zurückgekommen sind? Warum ich dich von Mama weggebracht habe, wenn nicht, um dich in Sicherheit zu bringen und mich um dich zu kümmern? Du glaubst, du jagst den Professor, aber du drehst dich im Kreis! Wie willst du mit deiner Amnesie vorankommen?«

»Hör auf!«

»Diese Werbekampagne hat diesen Geistesgestörten zurückgebracht und deine Entführung provoziert, da bin ich mir sicher! Dein Foto, das in ganz Frankreich an den Wänden hängt! Uns ging es doch gut hier. Wie soll ich dich jetzt beschützen, mit der ganzen Reklame?«

»Mich beschützen? Du verstehst also überhaupt nicht, worum es bei der ganzen Sache ging? Was mich dazu gebracht hat, mich so für MemoryNode einzusetzen?«

»Nein. Was gibt es da zu verstehen?«

Der N-Tech klingelte dreimal hintereinander, zweimal lang und einmal kurz. Es war ein einfaches System, das sie programmiert hatte, so ähnlich wie Morsezeichen: Jeder Tonkombination entsprach eine Handlung. Und diese hier bedeutete: »Myrthe füttern.« Manon holte das Trockenfutter und schüttete es in einen Fressnapf, auf dem mit Leuchtstift geschrieben stand: »11 Uhr 30 und 19 Uhr«. Die Tüte war fast leer. Auf ihrer elektronischen Einkaufsliste kreuzte sie an »Futter für Myrthe«.

Dann drehte sie sich um, sie hatte die Fäuste geballt.

»Was es da zu verstehen gibt? Soll ich es dir sagen? Diese Kampagne, diese Zurschaustellung in den Medien habe ich mehr als alles andere herbeigesehnt. Und ich habe endlich bekommen, was ich wollte!«

Frédéric sprang auf wie eine Katze.

»Das ist nicht dein Ernst! Erzähl mir nicht, dass du dich nur deshalb so bemühst, Fortschritte zu erzielen, um …«

Manon fing an zu schreien:

»Ja, ich habe mich exponiert! Weil ich ihn dazu bringen

will, dasselbe zu tun. Er soll zurückkommen! Ich will, dass er zurückkommt!«

Frédéric starrte sie völlig verblüfft an. Er konnte nicht glauben, wie sehr Vandenbusche und er selbst sich hatten täuschen lassen, dass Manon die ganze Zeit über, trotz ihrer Behinderung, ein so irrsinniges und selbstmörderisches Ziel verfolgt hatte.

Endlich fuhr er fort, schrie dabei noch lauter als seine Schwester:

»Und du glaubst, du könntest es allein mit ihm aufnehmen? Das ist doch völlig blödsinnig! Er hat dich entführt, er hätte dich töten können!«

Mit entschlossenem Schritt ging Manon aus der Küche, durchquerte das Wohnzimmer, einen langen Flur und gelangte zu einer schweren gepanzerten Metalltür. Sie schaute in ihren N-Tech, dann gab sie mit vorgehaltener Hand einen vierstelligen Code ein. Ein Signal ertönte, dann ging die Tür auf.

Ein Schreibtisch, ein Stuhl, ein Computer, vier Wände.

Vier Betonwände, ohne ein Fenster, vom Boden bis zur Decke mit weißen, grünen, orangefarbenen und roten Blättern bedeckt. Eine Farbe, je nach Wichtigkeit des entsprechenden Vorfalls. Ein komplexes Netz aus Hinweisen, ihr ganzes Leben ausgebreitet auf Blättern, die immer dasselbe Anliegen verfolgten: die Zeit. Über der Tür zeigte eine laut tickende Uhr die vergehenden Sekunden an.

An der linken Wand, wo nicht ein einziger Quadratzentimeter mehr frei war: die Vergangenheit. Dieser Platz war reserviert für gesellschaftliche, politische, familiäre, berufliche Begebenheiten. Der Tsunami vom 26. Dezember 2005, die Attentate vom 7. Juli in London, George W. Bush Präsident der Vereinigten Staaten. Auch über die Erfindung und Weiterentwicklung des Programms MemoryNode seit dem Jahr 2005 konnte man dort lesen. Namen, Adressen, wild durcheinanderhängende Fotos, Daten, persönliche Ereignisse. Immer Manons Handschrift. Dazwischen lateinische

Wörter, gespickt mit Ziffern. Ein einfaches Mittel, ihren Text zu verschlüsseln, für andere unverständlich zu machen. Denn in dem Jahr, bevor sie ihren N-Tech systematisch benutzte, zwang ihre Krankheit sie, Teile ihres Privatlebens schriftlich festzuhalten. Medizinische Probleme, neurologische Untersuchungen ...

An der Wand gegenüber: die Zukunft. Eine horizontale Achse, die Zeitachse, teilte sie in zwei Teile. Heute, morgen, diese Woche, nächste Woche, diesen Monat, dieses Jahr. Blätter, die sie abnehmen und durch andere ersetzen konnte wie Puzzleteile. Die einzige Möglichkeit für sie, die Zukunft zu erfassen. Mit Hilfe von Zetteln.

Die dritte Wand bezog sich auf die Mathematik. Überall Formeln, Gleichungen, Ziffern. Um das erarbeitete Wissen nicht zu verlieren, das prozedurale Gedächtnis zu trainieren, das uns befähigt zu zählen, zu rechnen, Schach zu spielen oder zu schwimmen. Und in der Ecke ein Safe mit Zahlenkombination.

Der vierte Teil war dem Professor vorbehalten. Er enthielt völlig verschlüsselte Notizen, Schemazeichnungen, eine Frankreichkarte voller Reißzwecken, Fotos der Opfer. Darunter eins von der Leiche ihrer Schwester.

Eine Methode aus der Zeit vor dem N-Tech, mühselig und raumfüllend, die sie auch ohne die tatsächliche Notwendigkeit weiterhin aktualisierte. Doch sie mochte diesen Ort. Er gab ihr Gelegenheit, sich zurechtzufinden.

Unter dem Schreibtisch lagen Hefte gestapelt, die verschiedene Abschnitte ihres Lebens enthielten und nun wie amtliche Akten geordnet waren. Ihre Vergangenheit bestand aus lauter Wörtern auf weißem Papier.

Manon schaltete ihren PC ein. Sie synchronisierte ihren N-Tech mit dem Computer und schrieb das letzte Rätsel des Professors auf ein rotes Blatt: »Träum grausame Tode.« Dann heftete sie es mit einer Reißzwecke an eine ganz bestimmte Stelle, ans äußerste rechte Ende ihres an die Wand gepinnten Gedächtnisses.

Die junge Frau drehte sich zur Tür um, die offen geblieben war. Frédéric.

»Nein! Du darfst hier nicht rein!«, sagte sie zu ihm. »Das ist mein Reich! Mein Kopf! Ich muss darüber nachdenken, was mir zugestoßen ist!«

Dennoch betrat Frédéric mit gekränkter Miene das Zimmer.

»Du willst wohl unbedingt, dass ich dich hinauswerfe und mich hier einschließe!«, fuhr sie fort.

»Das sagst du jedes Mal. Deine Welt, dein Innerstes und so weiter und so fort. Glaubst du wirklich, dass ich nicht jede deiner Notizen kenne? Jeden einzelnen dieser Zettel? Mein Gott noch mal, Manon, ich komme fast jeden Tag hierher! Und helfe dir dabei, das alles zu ordnen! Jeden Tag vorzubereiten!«

Manon kaute an ihren Nägeln, ohne ihm zuzuhören.

»Der Professor ist endlich wieder erwacht. Ich weiß, dass ich die Schwachstelle finden kann. Die Ursache für die Spiralen.«

»Die Spiralen, jetzt fängt das wieder an! Aber deine Spiralen haben dich nirgendwohin gebracht! Nicht weiter als deine Narben! Du verstehst nicht, dass du in jener Nacht hättest umkommen können! Dass er sich in unserer Stadt herumtreibt! Dass er dich töten kann, wenn er will, wenn du dich nicht vor ihm schützt!«

Sie verkrampfte sich.

»Aber er hat es nicht getan. Er hat mich nicht getötet. Warum, das weiß ich nicht. Aber sicher ist, dass er zu mir zurückkehren wird, und ich werde ihn erwarten! Ja, ich werde ihn erwarten!«

Frédéric ging wütend auf sie zu.

»Du wirst ihn erwarten? Du bist doch ohne deinen N-Tech nicht mal in der Lage, dich daran zu erinnern, dass du gerade gegessen hast! Jeder X-Beliebige kann dich übers Ohr hauen, und du willst es mit einem Schlächter aufnehmen, der sieben Menschen niedergemetzelt hat und seit vier Jahren sein Spiel mit der Polizei treibt?«

Manon stützte den Kopf in beide Hände. Um sie herum existierte nichts mehr.

»Ich hatte die Lösung, davon bin ich überzeugt.«

Sie schob ihre Bluse hoch bis zur Schulter und berührte die eintätowierte Muschel.

»Die Spirale des Nautilus, das Grab, die Mönche. Alles ist da, auf meinem Körper. Wie eine Schatzkarte.«

»Abgesehen davon, dass dies kein Spiel ist, verdammt noch mal!«

Manon tippte auf der Tastatur ihres Computers herum, dann fügte sie hinzu:

»Die Polizei ist endlich wieder an der Sache dran. Unbestechliche Polizisten. Dutzende von Polizisten. Sie werden mir helfen, ich werde ihnen helfen. Diese hier ...«

Ein Foto erschien auf dem Bildschirm.

»Lucie Henebelle. Auf sie habe ich gewartet. Sie hat es mir versprochen. Ja, sie hat es mir versprochen. Glaub mir, dieses Mal entkommt uns der Professor nicht. Ich werde ihn töten für das, was er Karine angetan hat. Mit meinen eigenen Händen.«

Frédéric riss den N-Tech aus seiner Ladestation. Er hielt ihn empor, bereit, ihn zu zertrümmern.

»Los doch, versuch's«, lachte Manon höhnisch. »Ich sichere seinen Inhalt regelmäßig auf einem Server, der durch ein Passwort geschützt ist. Niemand kann mir mein Gedächtnis löschen oder verfälschen! Niemals!«

Er legte den Apparat wieder hin und verließ das Zimmer, dabei riss er das Rätsel des Professors, das sie gerade an die Wand geheftet hatte, mit einer heftigen Bewegung herunter.

»All das wird dich töten!«, sagte er zu ihr und wandte sich um. »Ich werde nicht ewig auf dich aufpassen können!«

Er schlug die schwere Metalltür zu, die sich automatisch verriegelte.

Als sie wieder allein war, schrieb Manon die Nachricht geduldig noch einmal ab und befestigte sie wieder mit einer roten Reißzwecke an genau derselben Stelle der Wand. Dann setzte sie sich auf den Boden, in die Mitte des Zimmers, den Blick auf die Fotos der sechs vorherigen Opfer gerichtet. François Duval. Julie Fernando. Caroline Turdent. Jean-Paul Grunfeld. Jacques Taillerand. Und ihre Schwester. Karine. Sie musste sich die Brutalität der Verbrechen immer wieder neu bewusst machen. Diese Finsternis war notwendig, um das Feuer ihrer Wut wachzuhalten.

Sie blieb reglos dort sitzen und hörte sich die Aufnahmen an, lernte sie auswendig, mit Lucies Gesicht vor sich auf dem Bildschirm.

Um die Mittagszeit klingelte ihr N-Tech. Sie nahm ihn an sich und schaute auf dem Bildschirm nach. Sie zog die Augenbrauen hoch. Es handelte sich nicht um eine alltägliche Aufgabe, sondern um einen einprogrammierten Alarm, der im System verborgen war und plötzlich aktiviert wurde. Die Information stammte vom 1. März 2007. Sie war vor fast zwei Monaten eingegeben worden. Vor zwei Monaten?

Manon tippte ihren Code ein. Eine Nachricht erschien: »Schau auf dem Schlafzimmerschrank nach. Nimm die Waffe und richte es so ein, dass du dich nie wieder von ihr trennst. Nie wieder.«

Stutzig geworden stand sie auf. Nur sie hatte diese Nachricht programmieren können. Aber warum erschien sie erst jetzt? Und warum war sie verborgen gewesen?

Sie verließ das Zimmer, ging in ihr Schlafzimmer, stieg auf einen Stuhl und suchte tastend auf dem Schrank.

Sie stieß mit ihrer Hand auf Leder. Ein Gürtel. Dann etwas Kaltes.

Sie nahm es in die Hand. Ihr Herz schlug bis zum Hals.

Eine Beretta 92S, Kaliber 9 mm Parabellum.

Zitternd stieg sie von ihrem Stuhl.

Woher kannte sie all diese Details über die Waffe? Wie hatte sie sie sich beschafft?

Sie nahm die Pistole aus dem Holster und packte sie fester. Eine eingestanzte Seriennummer. Die Berührung des Griffes erschien ihr vertraut. Sie schloss die Augen, streckte den Arm, lud und sicherte den Hahn mit geübter Bewegung. Sie war geladen, fünfzehn Kugeln. Sie hätte schießen können, hier und jetzt. Sie wusste, wie sie zu benutzen war. Sie, die noch nie in ihrem Leben eine Waffe in der Hand gehalten hatte!

»Nimm die Waffe und richte es so ein, dass du dich nie wieder von ihr trennst. Nie wieder.«

Manon zog die Jacke ihres Kostüms und dann ihre Bluse aus und streifte das Holster über. Die Beretta schmiegte sich an ihre linke Seite.

»Mein Gott«, dachte sie, als sie ihre Kleidung wieder zurechtrückte. »Wer bist du, Manon Moinet?«

18

Lucie hatte Mühe, wach zu werden. Dusche, Kaffee, nichts half. Erst das Wort »Obduktion« auf ihrem Anrufbeantworter rüttelte sie endgültig auf. 11 Uhr 42, sie hatte das Klingeln des Telefons nicht gehört, eine Katastrophe!

Sie zog saubere Sachen an – Jeans, T-Shirt, Rollkragenpulli –, nahm ihre Sig Sauer und lief eilig zu ihrem Ford. Der Regen war etwas schwächer geworden, doch das Gewitter hatte zahlreiche Schäden hinterlassen. Zerbrochene Fensterscheiben, entwurzelte Bäume, abgedeckte Dächer. Und der Himmel bewahrte noch immer sein düsteres Grau.

Sie rief Maud, die Tagesmutter, an, um ihren Töchtern ein paar liebe Worte zu sagen. Ihnen zu versprechen, dass sie am Abend, nach der Arbeit, zusammen spielen würden. Als sie auflegte, spürte sie einen Stich im Herzen.

Kaum vier Stunden, nachdem sie sich schlafen gelegt hatte, tauchte Lucie wieder im Untergeschoss der Klinik Roger Salengro auf. Diesmal im gerichtsmedizinischen Institut. Eine Höhle aus weißen Kacheln, Müllbehältern und rostfreiem Stahl. Sie hasste es hierherzukommen. Doch ein tief verborgener Teil von ihr zog sie wie magisch dorthin.

Die Erforschung des Fleisches hatte längst angefangen. Man hatte die Leiche wie ein Y von den Schultern bis zur Schamgegend aufgeschnitten, der Schädel war aufgesägt, die Organe lagen auf Waagen oder Tabletts. Die alte Renée Dubreuil war zu einem offenen Tresor geworden, den ein Einbrecher mit grüner Maske und gepuderten Gummihandschuhen aufgebrochen hatte. Und dann geplündert hatte.

Lucie machte Kashmareck und Salvini, einem Offizier von der Spurensicherung, ein Zeichen. Den jungen Gerichtsmediziner Luc Villard erkannte sie sofort, obwohl er ihr den Rücken zukehrte. Der vierte Mann dagegen, der einen bis zum Hals hochgezogenen Stehkragenpullover trug und dessen Gesicht trocken und gespannt wie Sackleinen war, sagte ihr nichts.

»Ich glaube, ich bin ein wenig spät dran«, bemerkte Lucie, während sie sich Mentholcreme unter die Nase rieb, die neben dem Eingang bereitstand.

»Das passt gar nicht zu Ihnen, dass Sie eine Obduktion versäumen«, erwiderte Villard und drehte sich um. »Ich glaube, Sie würden auch kommen, wenn Sie hierfür bezahlen müssten. Habe ich recht?«

Lucie wurde rot.

»Sie müssen nicht übertreiben. Ich mache nur meinen Job.«

Villard kam frisch von der Medizinischen Fakultät Henri-Warembourg, die nur dreihundert Meter von Salengro entfernt lag. Dort hatte er fünf Jahre studiert und sich fünf weitere Jahre in Gerichtsmedizin spezialisiert. Er war arrogant, ein kleiner Aufreißer, doch kompetent. Als Einziger trug er die vorschriftsmäßige Kleidung: Schutzkittel, Überziehschuhe, zwei Paar Handschuhe, eines davon schnittfest.

»Schade, Sie haben das Interessanteste verpasst«, fügte er spöttisch hinzu.

Kashmareck machte Lucie und den Unbekannten mit dem eckigen Kinn rasch miteinander bekannt.

»Leutnant Turin kommt aus Paris zu uns. Er war zur Tatzeit mit dem Fall ›Professor‹ beschäftigt. Und er kennt Manon Moinet sehr gut. Nach dem Mord an ihrer Schwester ist sie auf ihn zugekommen und hat sich über die Ermittlungen informiert. Sie hat ihm dabei geholfen, die mathematischen Wahnvorstellungen des Professors zu verstehen.«

»Übernehmen die Kollegen aus Paris wieder die Ermittlungen?«, fragte Lucie und begrüßte ihren Kollegen.

»Wenn es tatsächlich um den Professor geht, woran kein Zweifel mehr zu bestehen scheint, dann ja, zumindest zum Teil«, antwortete Turin.

Auch seine Stimme war trocken und eher die eines Kontratenors als die eines Baritons. Er fuhr fort:

»Die Dienststelle in Lille leitet die Ermittlungen, aber bei uns läuft alles zusammen. Ich komme, um Sie zu unterstützen und die Ermittlungen zu koordinieren, denn die Akte ›Professor‹, das bin ich.«

Lucie fühlte sich nicht sonderlich wohl neben diesem Kerl von der Straße, der schlecht rasiert war und entschieden in seinen Bewegungen. Dennoch stellte sie sich neben ihn, um die Leiche zu betrachten. Sie verspürte sofort eine gefährliche Faszination. Morbide Anziehungskraft, hätte ein Psychologe gesagt. Sie hasste die Psychologen. Und das Morbide. Und doch … Sie kam nicht davon los, es war schlimmer als ein Fluch.

Unbewusst fasste sie sich an den Hinterkopf. Ihre lange, halbrunde Narbe. Da erinnerte sie sich an die Wabenzellen, die Gerüche, die alles erdrückende Decke, die unförmigen Gliedmaßen in den Gläsern. All das war für immer in ihrem Kopf erstarrt.

»Was hat sich bis jetzt ergeben?«, wollte sie plötzlich wissen, ohne den Blick von der geöffneten Leiche zu wenden.

Der Gerichtsmediziner mit der rahmenlosen Designer-Brille wandte sich an den Kommandanten.

»Soll ich es schnell noch mal erklären?«, fragte er.

»Ja, bitte.«

»Gut. Ich schätze, der Todeszeitpunkt lag gestern am

24. April zwischen 10 Uhr und 13 Uhr. Die Leichenstarre war noch feststellbar, obwohl bereits eine leichte Verwesung eingesetzt hatte. Auch die Körpertemperatur und die Kalium-Konzentration in der Glaskörperflüssigkeit stützen diesen Befund.«

»Das heißt mindestens fünfzehn Stunden vor dem Ultimatum um 4 Uhr, wie es die Nachricht in der Jagdhütte besagte«, stellte Lucie fest. »Er hatte sie also schon längst getötet, bevor wir Manon Moinet gefunden haben.«

»So ist es«, antwortete Turin schnell. »Darüber sprechen wir später. Fahren Sie fort, Doktor.«

»Fangen wir oben an, wenn Sie so wollen. Was den Skalp betrifft, so hätte ich es nicht besser machen können. Präziser Schnitt im Bereich des Hinterhaupts, die gesamte Kopfhaut wurde mit einem Ruck von hinten nach vorne abgezogen, wie eine Socke, die man auszieht. Die Technik hat sich nicht geändert. So machten es bereits die Skythen, sechs oder sieben Jahrhunderte vor Christus.«

Er deutete auf das geschwollene Gesicht.

»Folgen wir dem Zyklus der Elemente, die ihr Peiniger ihr verabreicht hat. Die Augenschleimhaut ist leicht bläulich verfärbt, ebenso die Zunge, die zudem Hunderte winziger Schnitte aufweist. Solche Schnitte haben auch Gaumen und Kehlkopf verletzt, und sie finden sich außerdem in einem Teil des Verdauungssystems, von der Speiseröhre bis hin zum Magen. Sie haben innere Blutungen verursacht, die allein ausgereicht hätten, sie zu töten.«

Lucie, die Salvini gegenüberstand, beugte sich über den Sektionstisch, von dem noch immer Flüssigkeit ablief, schwarz wie eine Brombeere. Mit den Augen erforschte sie das Innere des Skeletts. Die Brust des Opfers ähnelte zwei großen erstarrten Lippen, die Rippen waren auf brutale Art zersägt worden. Ein menschliches Wesen, das zu einem Tal aus Organen reduziert worden war.

Mit einem Zeigestock in der Hand rückte Villard ein Stück vor und wies auf die Wannen, die hinter Lucie standen.

»Schauen Sie sich diese Milz an. Sie ist stark vergrößert, achtmal so groß wie normal. Die Leber ist angeschwollen, rotviolett verfärbt und die Bauchspeicheldrüse blutgetränkt, von einem dunkleren Rot.«

In anderen Wannen lagen weitere Organe. Das Puzzle Dubreuil.

»Auch die Nieren haben gelitten. Beidseitige Nierenstauung.«

Kommandant Kashmareck strich sich in einem fort mit den Fingern übers Kinn, er sah ernst und abwesend zugleich aus. Salvini blieb gefasst, während Turin sich in den hinteren Teil des Zimmers zurückgezogen hatte, wo er an die geflieste Wand gelehnt stand, wie Dick Rivers, der für ein Rockerfoto posiert. Er seufzte in regelmäßigen Abständen, hatte seine Marderaugen auf Lucie gerichtet. Sie fühlte sich von diesem Unbekannten, der aus der Hauptstadt zu ihnen gekommen war, beobachtet und taxiert.

»Wurde sie vergiftet?«, wagte sie zu fragen.

»Ja«, bestätigte Turin und nahm damit die Antwort des Gerichtsmediziners vorweg. »Vor vier Jahren habe ich dasselbe Bild gesehen.«

Er blickte zu Boden, dann fügte er hinzu:

»Bei dem Gift, das Sie meinen, handelt es sich um Strychnin.«

Villard missfiel es, dass man ihm die Show stahl. In schroffem Tonfall warf er ein:

»Das muss sich noch zeigen! Ich habe die Proben des Mageninhalts zur toxikologischen Analyse geschickt. Die Massenspektrometrie und die Chromatographie müssen Ihre Vermutung erst noch bestätigen.«

Er wandte sich an Lucie, während er seine Brille abnahm, um die Gläser zu reinigen.

»Ich habe ihnen auch Proben von Blut, Urin und Körperhärchen zukommen lassen, da keine Haare vorhanden waren, um nach Drogen oder Medikamentenrückständen zu suchen.«

»Damals war die Rede von Vergiftung mit Rattengift«, erinnerte sich Lucie und sah ihren Kollegen aus Paris an.

»Eine verzerrte Darstellung der Medien. Es handelte sich sehr wohl um Strychnin.«

»Und worum geht es bei diesem Strychnin genau?«

Villard reagierte am schnellsten.

»Haben Sie nie Agatha Christie gelesen?«

»Ist nicht so ganz mein Fall.«

»Sollte es aber. Dieses Gift war in den 50er Jahren sehr in Mode, da man es leicht bekommen konnte. Strychnin gehört zu den Rodentiziden, man benutzt es zur Bekämpfung von Schädlingen. Zu Ihrer Information: Es wird von den roten Blutkörperchen transportiert und lagert sich in Nieren und Leber ab, nachdem es den Blutkreislauf verlassen hat. Dort wandelt es sich um und greift das Nervensystem an. In hohen Dosen wirkt es tödlich. Nach zwanzig Minuten treten Erbrechen, Defäkation, Muskelkrämpfe ein, dann kommt es zu Krämpfen und schließlich zum Erstickungstod. Natürlich bleibt man bis zum Ende bei Bewusstsein, sonst wäre es ja nicht so lustig.«

Er zog seine zwei Paar Handschuhe aus.

»Und, um Ihre Frage vorwegzunehmen, ja, man kann es sich beschaffen. Seit kurzem ist der Verkauf untersagt, und der gesamte Umlauf von Strychnin wird von den Behörden für Pflanzengesundheit kontrolliert, doch es gibt zahlreiche Möglichkeiten, um es dennoch zu bekommen. Labore, Apotheken, Internet, das Ausland oder einfach unsere guten alten Bauernhöfe, die noch riesige Bestände in ihren Scheunen haben.«

»Und das Strychnin hat derartige Verletzungen verursacht?«, fragte Lucie. »Zunge und Lippen sehen ganz schön übel aus.«

Villard schüttelte den Kopf und zeigte mit dem Finger auf ein Schälchen.

»Hier drin liegt etwas Merkwürdiges, was dem Verbrechen eine besonders originelle Note verleiht und darauf schließen lässt, dass wir es mit einem Durchgeknallten zu tun haben. Diese grauschwarze Mischung habe ich in großen Mengen im Verdauungsapparat gefunden, vor allem im Magen. Am Anfang dachte ich, es handele sich um Feuerstein, der in scharfe, mehr oder weniger große Splitter zerplatzt wäre.«

Der Arzt ergriff mit einer Pinzette eine Probe.

Lucie trat näher. Kashmareck und Salvini folgten ihr, mit undurchdringlichen Gesichtern. Der Kommandant dachte an die Folgen dieser ersten entsetzlichen Nacht. Ein Serienmörder war zurückgekehrt. Zusammen mit dem »Rothaar-Jäger« machte das schon zwei. Das konnte im Innenministerium Staub aufwirbeln. Und ihnen das Leben zur Hölle machen.

»Dieses Stück hier habe ich aus dem Magen entnommen, es ist größer als alle anderen«, fuhr der Gerichtsmediziner fort.

Lucie runzelte die Stirn.

»Es sieht aus wie …«

»Eine Spirale. Sie stammt offensichtlich von einem Fossil. Ich werde versiegelte Proben an einen Freund von mir weiterleiten, der am Labor für Paläontologie und Stratigraphie der Universität Lille 1 beschäftigt ist. Pierre Bolowski. Er besitzt die nötigen Fachkenntnisse. Jedenfalls haben diese Splitter den Körper von innen völlig zerfetzt, als hätte sie Rasierklingen geschluckt. Ich mag mir ihr Leiden kaum vorstellen. Zudem wurde die zerstörerische Wirkung der scharfen Splitter durch das Erbrechen noch verstärkt. Mischen Sie Kleidungsstücke und Messer in einer Waschmaschine miteinander, und schalten Sie sie ein, dann werden Sie das gleiche Ergebnis erzielen.«

»Mir ist eine Tätowierung auf der Schulter von Manon Moinet aufgefallen. Eine Muschel in Form einer Spirale. Dieselbe Spirale wie diese hier.«

Sie wandte sich Turin zu. Er stand noch immer an seine Wand gelehnt und spielte mit einer erloschenen Zigarette, die er hochwarf und wieder auffing.

»Gibt es einen Zusammenhang?«, fragte sie.

»Wahrscheinlich. Ich wollte gerade auf diese Muscheln zu sprechen kommen, als Sie hereinkamen. Das war ein heikler Punkt bei den Ermittlungen. Wir glauben, dass der Professor seine Aufgabe auf einer Schiefertafel stellte, beziehungweise, bleiben wir in der Gegenwart, stellt und seine Opfer zwingt, immer wieder zerstoßene Nautilusschalen zu schlucken, während die Armen sich im wahrsten Sinn des Wortes das Hirn zermartern, um seine Scheißrätsel zu lösen. Sie können sich ausmalen, wie hervorragend man nachdenken kann, während man Ihnen Zunge und Kehlkopf zerschneidet und die ganze Zeit über droht, Sie umzulegen. Wenn sein ›Spiel‹ zu Ende ist, wenn dieses Arschloch meint, er hätte seinen Spaß gehabt, dann gibt er ihnen mit Strychnin den Rest und nimmt sich noch ein Souvenir mit, um seine kleinen perversen Fantasien zu befriedigen: den Skalp.«

Mit einer raschen Handbewegung in Richtung Hinterkopf illustrierte er seine Worte.

»Sie haben von Nautilusschalen gesprochen?«

»Genau. Dabei handelt es sich um ein sehr seltenes Weichtier, einen Kopffüßer, der seit mehr als fünfhundert Millionen Jahren auf dem Meeresgrund des Pazifik lebt.«

Er ließ sich endlich dazu herab, näher zu kommen, zog einen Handschuh über und nahm das Teil zwischen Daumen und Zeigefinger.

»Aber für sein Come-back hat er anscheinend keinen Nautilus aufgetrieben und sich damit begnügt, ein Fossil derselben Art zu wählen.«

Er wandte sich provozierend an Lucie.

»Ich habe von Ihren Heldentaten gehört, als Sie noch einfache Brigadierin waren. Von dieser ›Kammer der toten Kinder‹. Von Ihrer Fähigkeit zu analysieren. Uns standen damals keine richtigen *Profiler* zur Verfügung. Aber erzählen Sie mal, was Sie davon halten, das interessiert mich.«

»Chefin. Ich war Brigadechefin«, erwiderte sie schroff. »Und im Augenblick, bei meinem Kenntnisstand der Akte, habe ich noch keine besondere Meinung dazu. Jedenfalls keine, die Sie interessieren könnte.«

»Dann sollten Sie sich vielleicht mal eine bilden, und zwar schnell. Denn Sie werden bald merken, dass der Professor kein gewöhnlicher Mörder ist. Er ist anders.«

»Dann ist er etwas für mich.«

Das Gewitter war nun nicht mehr draußen, sondern drinnen im Zimmer. Kashmareck zügelte seine kleine Schar, indem er die Aufmerksamkeit wieder auf den jungen Gerichtsmediziner lenkte, der ein bisschen verloren inmitten seiner Eingeweide stand.

»Gibt es noch etwas, Doktor?«

»Im Moment nicht. Ich werde die Organe wieder zurück an ihren Platz legen und dann den Totenschein ausstellen. Meinen Bericht werde ich dem Staatsanwalt am späten Nachmittag zufaxen. Und ich informiere Sie, sobald ich Neuigkeiten von der Toxikologie und dem Paläontologen habe.«

Beim Hinausgehen konnte Lucie nicht umhin, noch einen letzten Blick auf den Leichnam zu werfen. Dort, unter der Schädeldecke, lag das Gehirn. Diese weißliche Masse hatte damals auch befohlen, kleine Kinder zu foltern. Warum?

Als sie draußen standen, unter den grauen Wellen am Himmel, bot Turin dem Kommandanten und Salvini eine Zigarette an. Lucie lehnte ab.

»Sind Sie Sportlerin?«, fragte der Mann aus Paris, während er seine Packung wieder in die Innentasche seiner Bikerjacke steckte.

»Das sollten bei der Polizei doch wohl alle sein, oder?«

Turins Hand zitterte leicht, als er seinen Glimmstängel anzündete. Mit seinen nikotingelben Fingern hätte er eine ganze Straße im Dunkeln erleuchten können.

»Als ich noch bei der Sitte gearbeitet habe, bin ich wie ein Irrer gelaufen. Aber seit ich bei der Kripo bin ... Ich habe seit über acht Jahren keine Turnschuhe mehr angehabt. Der wahre Sport ist doch die Straße!«

Lucie ging unter dem Vordach weiter. Dieser Typ kam aus einer anderen Welt, anders war es nicht zu erklären. Und die Rückkehr des Professors hatte ihn wieder aus der Versenkung geholt. Als sie sich zu ihm umdrehte, ertappte sie ihn dabei, wie er ihren Hintern anstarrte. Er versuchte nicht mal, das zu vertuschen.

Kashmareck nahm einen tiefen Zug, dann schlug er vor:

»Es ist gleich 13 Uhr. Lassen Sie uns schnell ins Kommissariat fahren und dort eine Versammlung mit sämtlichen Teams abhalten. Erzählen Sie uns, mit wem wir es wirklich zu tun haben.«

»Wie Sie wollen.«

»Der Staatsanwalt hat mir mitgeteilt, dass die Presse bereits an der Sache dran ist, sodass wir auf das Fernsehen zurückgreifen können. Die Journaille scheint über Fotos zu verfügen, die das Haus in Hem von innen zeigen, mit den ganzen Ziffern. Diese Dezimalstellen von π.«

»Wie sind die denn da drangekommen?«, fragte Lucie verblüfft.

»Aus dem Internet«, antwortete Salvini. »Vor ein paar Wochen waren Jugendliche in dem Haus, um die Ziffern zu fotografieren. Danach haben sie die Bilder in ihre Blogs gestellt. Sie kursieren auf einer ganzen Reihe von Websites. Es lebe die Geheimhaltung.«

»Das scheint ja ein schönes Durcheinander zu geben«, schaltete sich Turin ein.

Kashmareck drückte seine Zigarette mit dem Schuhabsatz aus und fragte ihn:

»Begleiten Sie uns?«

Turin schüttelte den Kopf.

»Sorry, Chef, aber ich bevorzuge die Gegenwart einer hübschen Frau. Ich fahre mit Mademoiselle Henebelle.«

Er wandte sich an Lucie.

»Sie erzählen mir, wie es im Moment mit Manon steht. Und dann unterhalten wir uns ein wenig über dieses Programm MemoryNode.«

»Darüber weiß ich nicht viel mehr als Sie. Und nennen Sie mich nicht Mademoiselle, das hasse ich.«

Bevor er zu seinem Wagen ging, stellte der Kommandant eine letzte Frage:

»Übrigens, warum ein Nautilus?«

Turin drehte sich um.

»Was?«

»Diese Nautilusschalen, die der Professor zerstoßen hat. Warum ein so seltenes Weichtier, das man nur im Pazifik findet? Warum keine Austern, Miesmuschelschalen oder einfach scharfe Kieselsteine?«

Turin drückte seine Kippe ebenfalls mit dem Absatz seines Stiefels aus.

»Manon Moinet hat uns auf die Spur gebracht. Wir dachten, dass es zwischen den Opfern – Männer, Frauen, Dunkelhaarige, Blonde, Kleine, Große – keinerlei Gemeinsamkeit gäbe, da sie weit voneinander entfernt wohnten und sich nicht kannten. Auch ihre Berufe waren grundverschieden. Projektleiter, Physiklehrer, Verkäuferin usw.«

»Und welche Verbindung besteht zwischen den Opfern?«

»Wir wissen jetzt, dass es eine gibt, aber leider wissen wir nicht, welche!«

»Sehr originell«, spöttelte Salvini. »Zu wissen, dass es zwischen den wahrscheinlich zufällig ausgewählten Opfern einen Zusammenhang gibt, aber nicht sagen zu können, welchen! Das ist mir unbegreiflich.«

»Bei dieser Sache ist nichts normal, das werden Sie schnell merken. Das fehlende Glied in der Kette ist der Schlüssel, daran besteht kein Zweifel. Es muss nur noch entdeckt werden.«

Lucie war ganz Ohr. Kashmareck tippte sich an die Stirn.

»Aber mein Gott, welche Verbindung gibt es zu einem mehrere Millionen Jahre alten Weichtier?«

»Mögen Sie Mathematik?«, fragte Turin.

»Ich glaube, der einzige Grund, warum ich Polizist geworden bin, ist, dass ich nie wieder davon hören wollte.«

»Nun, es kann sein, dass Sie enttäuscht werden. Der Goldene Schnitt, sagt Ihnen das was?«

19

Romain Ardère saß bequem in einem Sessel mit Leinenbezug hinten in seinem kleinen Büro und hätte beinah seinen Curryreis wieder ausgespuckt. In den 13-Uhr-Nachrichten im Radio war die Rede von einem Mord in der Region Nord-Pas-de-Calais. Es wurde behauptet, der Professor, ein grausamer Mörder, der Anfang 2000 sein Unwesen getrieben hatte, sei wahrscheinlich wieder zurückgekehrt.

Völlig unmöglich!

Ardère warf sein Essen in den Mülleimer, nahm eine kleine Flasche Rum aus dem Regal und stürzte einen kräftigen Schluck hinunter.

Das riesige Poster an der Wand mit einem am Himmel explodierenden »Sternenregen« drehte sich auf einmal vor seinen Augen.

Ardère sah rot. Blutrot.

Am Vortag hatten ihm die Fotos der strahlenden Manon Moinet in der Pariser Metro schon den Magen umgedreht. Aber jetzt dieser Bericht auf einem nationalen Radiosender! Dieses angebliche Geisterhaus in Hem, die Dezimalstellen von π! Diese alte Sadistin, die man vergiftet hatte, während sie ein Rätsel auf einer Schiefertafel zu lösen versuchte!

Die Mathematik, mächtiger als je zuvor.

Konnte es sich um einen Zufall handeln? Ardère knirschte mit den Zähnen. Nein! Es gab keine Zufälle!

Was also dann?

Irgendetwas passierte gerade. Etwas Unvorstellbares. Dieser Mord trug tatsächlich die Handschrift des Professors.

Der Direktor von *Tausendundein Stern* stürzte zu seinem Laptop, um eilig eine E-Mail zu schreiben. Bevor er sie losschickte, verschlüsselte er sie mit dem nicht zu knackenden RSA-Algorithmus, indem er seinen privaten Schlüssel verwendete: *Eadem mutata resurgo* – Verwandelt kehre ich als dieselbe wieder.

Schweiß tropfte auf die Tastatur.

Er musste die anderen treffen, und zwar sofort. Und versuchen, dieses ganze Chaos zu begreifen.

Es konnte nicht alles so zu Ende gehen. Sein Unternehmen. Sein Leben.

Anschließend öffnete er einen Browser, rief eilig die Seiten der Telefonauskunft auf und gab »Manon Moinet« ein, dazu »Calvados« in der Rubrik »Departement«. Nichts. Er erweiterte seine Suche auf sämtliche Regionen Frankreichs. Immer noch nichts. Er wiederholte denselben Vorgang mit »Frédéric Moinet«. Das Ergebnis war weitaus befriedigender.

»3, Impasse du Vacher, 59000 Lille«.

Ardère verspürte Erleichterung. Dieses Drecksstück konnte nicht weit weg sein von ihrem dämlichen Bruder.

Bei Einbruch der Dunkelheit würde er den Norden erreichen, wenn er um Paris herumfuhr.

Er nahm eine Flügelrakete und zerdrückte sie in seiner Faust. Graues Pulver rieselte zwischen seinen Fingern hindurch.

Manon Moinet war zu gefährlich geworden.

Man musste sie beseitigen, bevor es zu spät war.

Sie für immer mundtot machen.

20

Ein Büro. Sechs Männer. Eine Frau mit blonden Locken.

»Oktober 2001, Stadtrand von Lyon. Der erste Mord. François Duval, Leiter einer Forschungs- und Entwicklungsabteilung, verlässt sein Unternehmen Microtech, das Mikroprozessoren herstellt, zu sehr später Stunde. Er nimmt immer denselben Weg. Erst durch die Stadt, dann über Land. Er wird nicht zu Hause ankommen, und zwei Tage später entdeckt man ihn in einer Lagerhalle, die abgerissen werden sollte. Skalpiert, die Füße gefesselt, mit Strychnin vergiftet und der Magen voll scharfer Stücke, die man als Splitter einer Nautilusschale identifizieren wird. Neben ihm liegen eine Schiefertafel sowie ein Blatt Papier mit einem netten kleinen Logik-Rätsel, auf dem Computer getippt, vom Wortlaut her einfach, doch mit einer kniffligen Lösung. Das Einstein-Rätsel[1], das nur zwei Prozent der Bevölkerung zu lösen imstande sind. Natürlich nicht leicht, zu diesen zwei Prozent zu gehören, bei der Tortur der hinuntergeschluckten Schalen und der ständigen Angst zu krepieren.«

Hervé Turin räusperte sich und fing an zu husten. Zu viele Zigaretten. Ihm gegenüber saßen Lucie Henebelle, Kommandant Kashmareck, Greux, Salvini und zwei Brigadechefs der Kriminalpolizei von Lille.

»Wie um uns zu verhöhnen, erhalten wir am Tag nach der Entdeckung der Leiche eine seltsame kleine Anzeige, die einen Monat vor dem Mord im *Quotidien lyonnais* veröffentlicht wurde: ›97 schrieb Wahrig Folgendes: Einer der Verbesserungsfähigen von Microtech wird in einer Monatsschrift sticheln. Er selektioniert den Erstrangigen einer längerfristigen Literatur. Der Profit‹.«

Die Versammlung schwieg verblüfft.

»Sagt Ihnen das etwa nichts? Die Technik, die hier angewandt wurde, nennt man T+7. Sie ist bei einem literarischen Spiel entstanden, das eine Gruppe von Schriftstellern, genannt Oulipo, erfunden hatte. Man nimmt ein jedes Verb, Adjektiv oder Substantiv der ursprünglichen Nachricht und verschiebt es in dem verwendeten Wörterbuch, hier der Wahrig von 1997, um sieben Elemente nach hinten. Um zum Beispiel das Nomen ›Professor‹ zu verschlüsseln, sucht man im Wörterbuch nach dem siebten Gattungsnamen, der darauf

1 siehe Hinweis an den Leser am Ende des Romans

folgt, und stößt auf ›Profit‹. Das Original lautete also: ›Einer der Verantwortlichen von Microtech wird in einem Monat sterben. Er wird der Erste auf einer langen Liste sein. Der Professor‹.«

»Nett«, bemerkte Kashmareck missmutig.

»Ja, so kann man sagen.«

»Dahinter verbirgt sich die Vorgehensweise des sogenannten ›Professors‹: Er kündigt die Identität seines Opfers an, indem er sie in einer Nachricht versteckt, die irgendwo in Frankreich veröffentlicht wird, auf irgendeinem Papier oder Werbeträger, auf jede beliebige Weise, und dann erfüllt er seine verdammten Vorhersagen selbst. In unserem Fall handelt es sich um eine Sozialversicherungsnummer, die in der Zahl π versteckt war. Es gibt jedes Mal einen offenkundigen Bezug zur Mathematik oder Logik.«

Lucie beobachtete ihn aufmerksam, während sie an ihrem Stift nagte. Sie musste zugeben, dass das Marderface seine Sache ganz gut machte. Er sprach gewandt, mit Sachverstand, kannte jeden Teil der Akte genau. Sie fragte sich, wie weit er sich bei den Ermittlungen eingebracht hatte.

Sie bemerkte: »Der Professor hat noch eine andere Nachricht in dem Geisterhaus hinterlassen. ›Träum grausame Tode.‹ Manon glaubt, dass es auch da einen Bezug zu einem seiner seltsamen Rätsel gibt.«

»Hmm. Wenn man sich ihren Zustand ansieht, dann ist Manon nicht mehr zu irgendwelchen besonders intelligenten Schlussfolgerungen in der Lage.«

»Sie …«

»Kurz, bei den sechs Verbrechen hat man nie die geringste verwertbare Spur gefunden. Weder Fingerabdrücke noch Blut, Sperma, Fasern, Körper- oder Kopfhaare, außer denen der Opfer selbst oder einiger Angehöriger. Er reinigt den Tatort gründlich mit Chlorreiniger. Ist er kahlköpfig, bartlos? Trägt er eine Haube, Handschuhe, Überziehschuhe? Wir haben keine Ahnung. Er hinterlässt immer dieselben Gegenstände vor Ort. Schiefertafel, Kreide und Stricke, die man leicht im Supermarkt an der Ecke bekommt. Die Schiefertafel ist jedes Mal die gleiche, mit rotem Rand, einer unlinierten Seite und einer gelb karierten, und die Kreide immer blau. Das Papier für das Rätsel stammt stets von derselben Marke. Und das Strychnin gab es damals noch im freien Verkauf.«

Mit einer Kinnbewegung wandte er sich an den Kollegen vom Erkennungsdienst.

»Haben Sie diesmal etwas Interessanteres finden können?«

Salvini schüttelte den Kopf.

»Die Teams sind noch vor Ort, aber bislang haben wir nichts von Bedeutung. In dem Haus in Hem sind Hunderte unterschiedlicher Abdrücke. Hausbesetzer, Neugierige, Jugendliche auf der Suche nach dem Adrenalinkick, schlimmer als im Supermarkt. Das kann dauern. Wir haben trotzdem Proben der Farbe und der Pinselhaare genommen. Mit ein bisschen Glück ergibt sich daraus etwas. Wir haben auch einen Graphologen um Hilfe gebeten, um die Linienführung der Ziffern zu bewerten, die anscheinend mit der linken Hand gemalt wurden. Und zwar bereits vor geraumer Zeit, denn auf der Farbe haftete eine leichte Staubschicht, und die Fotos von diesem Ort zirkulieren schon seit einem Monat im Internet.«

»Ein Linkshänder also. Das ist ja schon eine ganze Menge, wenn sich das bestätigt.«

»Auch in der Jagdhütte ist es schwierig, die Spuren zu sichern. Es gibt jede Menge Abdrücke, Tierhaare, Schlammspuren, ein paar Kopfhaare, darunter wahrscheinlich welche von Manon Moinet. Außerdem hat sich das Wetter gegen uns verschworen. Wind und Regen haben sämtliche Spuren in der Nähe der Hütte verwischt, deshalb hat es keinen Zweck, unsere Hunde einzusetzen. Leutnant Henebelle, Sie hatten darum gebeten zu überprüfen, ob der Ast, der den Unfall verursacht hat, vom Wind heruntergerissen wurde. Die Antwort lautet: ja. Es handelt sich nicht um eine Straftat.«

Lucie nickte schweigend.

»Was die Tausende Streichhölzer angeht«, fügte er hinzu, »so werden wir kontrollieren, ob sie alle vom selben Hersteller stammen. Aber auf den ersten Blick sehen sie nicht ungewöhnlich aus.«

»Wir werden die Geschäfte im Umkreis abklappern, um festzustellen, ob nicht jemand in großer Menge Streichhölzer gekauft hat«, schaltete sich Kashmareck ein. »Aber das Problem ist, dass wir nicht wissen, in welcher Gegend wir suchen sollen. Lille, Valenciennes, Arras oder auch Marseille.«

»Das war immer eins unserer Hauptprobleme«, sagte Turin. »Wo soll man suchen?«

»Wenn es nötig ist, bitten wir die verschiedenen Kommissariate und die Gendarmerie der jeweiligen Region um Mithilfe.«

»Da werden wir nicht drum herumkommen, glaube ich.«

Sie wandten sich wieder Salvini zu, der fortfuhr:

»Der Boden in Dubreuils Haus wurde mit Chlorreiniger gesäubert. Lappen und Eimer wurden in der Nähe des Eingangs gefunden, beides gehörte wahrscheinlich dem Opfer. Die forensische Lichtquelle hat keine Spuren gezeigt. Ein paar graue Haare, nur eine Sorte Fingerabdrücke, wahrscheinlich die von Dubreuil. Sie hat wohl nie Besuch gehabt.«

»Und dennoch hat sie unserem Mörder die Tür aufgemacht«, bemerkte Lucie.

Salvini stimmte zu.

»Sehr richtig, es wurde nichts aufgebrochen, Sie haben recht, dies zu betonen. Wir analysieren auch den Staub, den wir dort aufgesammelt haben. Wir sind noch dabei, alles abzusuchen, das kann noch Stunden, wenn nicht Tage dauern.«

Turin zündete sich eine Zigarette an.

»Okay. Ich stelle fest, dass wir nicht weitergekommen sind als vor vier Jahren.«

»Vergessen Sie nicht, dass wir erst bei Tag 1 sind.«

»Ja. Gut, zu den anderen Mordfällen sage ich nichts, das können Sie alles in den Kopien der Akte nachlesen, die wir

Ihnen haben zukommen lassen. Dort steht alles über Julie Fernando, Projektleiterin bei Altos Semiconductor, siebenunddreißig Jahre alt, die in der Pariser Banlieue niedergemetzelt wurde. Caroline Turdent, dreiundvierzig, Verkäuferin in einer Boutique für Konfektionskleidung in Rodez. Jean-Paul Grunfeld, vierunddreißig, Physiklehrer, dessen Leiche in Poitiers gefunden wurde. Jacques Taillerand, einundfünfzig, Veranstaltungsmanager, wurde in Le Mans getötet. Und schließlich Karine Marquette, die Schwester von Manon Moinet, fünfunddreißig Jahre alt, ermordet in Caen. Sie leitete gemeinsam mit ihrem Bruder einen Familienbetrieb, der Verpackungen herstellte. Dieses letzte Verbrechen unterscheidet sich etwas von den anderen. Karine Marquette wurde *post mortem* vergewaltigt, mit einem Präservativ.«

Lucie zog die Augenbrauen hoch. Dieser Teil der Ermittlungen war der Presse entgangen. Turin wandte sich direkt an sie.

»Ja, die Triebe des Professors hatten sich verändert. Oder er wollte neue Erfahrungen machen. Deshalb ist es noch unbegreiflicher, dass er nach diesem Mord mit allem aufgehört hat.«

»Bis zum heutigen Tag.«

»Ja, bis zum heutigen Tag.«

Turin nahm einen Holzstab und deutete auf einer Frankreichkarte auf all die Städte, in denen Blut geflossen war.

»Er schlägt irgendwo zu, ermordet Männer und Frauen jeden Alters, ohne erkennbare Gemeinsamkeit. Sie gehören den unterschiedlichsten Berufsgruppen und gesellschaftlichen Schichten an. Es gibt keinen einzigen zeitlichen Anhaltspunkt, keine offenkundige Regelmäßigkeit. Die ersten beiden Opfer wurden in einem Abstand von vier Monaten ermordet, dann hat er sieben Monate später wieder zugeschlagen, dann vier, dann fünf, dann drei, was doch eine sehr rege Betätigung bedeutet, über einen Zeitraum von etwa zwei Jahren.«

»Er hört auf, und drei Monate später löst ihn der Rothaar-Jäger ab«, hob Kashmareck hervor. »Was ich jetzt sage, ist wahrscheinlich Schwachsinn, aber hat man versucht, einen Bezug zwischen diesen beiden Serienmördern herzustellen? Könnte es sich nicht um ein und dieselbe Person handeln?«

Turin schüttelte entschieden den Kopf.

»Nachdem Karine Marquette *post mortem* vergewaltigt wurde, haben wir das in Erwägung gezogen, wie Sie sich denken können. Ich habe damals viel mit der Polizei in Nantes zusammengearbeitet. Fazit war, dass es sich um verschiedene Mörder handelt. Die beiden Vorgehensweisen haben nichts miteinander zu tun. Der Rothaar-Jäger schlägt ausschließlich in der Gegend von Nantes zu. Er hält junge Frauen gefangen, die alle dasselbe Profil haben: ledig, rothaarig, hübsch, zwischen fünfundzwanzig und fünfunddreißig Jahre alt. Er hält sie mehrere Tage lang fest, hat seinen Spaß dabei, sie zu foltern, indem er ihnen alle möglichen und denkbaren Verbrennungen zufügt, und vögelt sie am Ende, wenn sie jedoch noch am Leben sind. Und wir fischen sie jedes Mal aus dem Wasser. Kein Rätsel, keine Mathematik, keine Inszenierung, nichts! Nur Perversion, nackte Gewalt. Sein letztes Opfer wurde vor zwei Monaten getötet. Sie müssen zugeben, das ist Lichtjahre entfernt von der ›Eleganz‹, wenn Sie mir diesen Ausdruck gestatten, unseres Professors.«

Lucie rieb sich die Stirn, sie musste zugeben, dass Turin recht hatte. Serienmörder konnten sich zwar in ihrem *modus operandi* weiterentwickeln und gewisse Veränderungen vornehmen, jedoch nie auf so grundlegende Weise.

Turin kniff die Augen zusammen und machte eine Pause, dann fuhr er fort:

»Um auf unseren Fall zurückzukommen: Die Personen, die in irgendeiner Weise mit den Opfern Kontakt hatten, ob im beruflichen oder familiären Rahmen, wurden alle entlastet.«

»Frédéric Moinet, zum Beispiel?«

»Richtig, Henebelle. Über dreihundertfünfzig Personen können bezeugen, dass der Bruder Moinet zum Zeitpunkt des Mordes an seiner Schwester in den Vereinigten Staaten einen Vortrag zum Thema Recycling hielt. Und Manon Moinet war bei ihm. Sie war ebenfalls nach New York gereist, um an einem Mathematik-Kolloquium über ihr Forschungsgebiet teilzunehmen. Reicht Ihnen das als Alibi?«

»Vollkommen.«

»Okay. Um mit den Opfern abzuschließen, sie haben *keine* einzige Gemeinsamkeit. Sie wissen nichts voneinander, sind nicht auf dieselbe Schule oder in dieselben Puffs gegangen und waren nicht gemeinsam im Club Med, um sich die Sonne auf den Pelz knallen zu lassen. Nichts, nichts, aber auch gar nichts!«

Kashmareck drehte seinen Kugelschreiber zwischen Daumen und Zeigefinger hin und her.

»Keine anderen Spuren, nach sechs Jahren Ermittlungen?«

»Bis auf ein paar Kleinigkeiten keine. Man kann nicht vier Jahre später einen Mörder fassen, der nicht mehr zuschlägt, der in der Masse untergetaucht ist. Sagen wir, in gewissem Sinn ist seine Rückkehr für uns von Vorteil.«

Turin hatte sich hinter einen Schreibtisch gestellt, von wo aus er seine Zuhörer überragte, und stützte sich mit den Händen ab.

»Befassen wir uns nun ein wenig mit dem Verbrechen der letzten Nacht. Erzählen Sie mir von dieser Dubreuil. Sie hat früher Kinder gefoltert, haben Sie mir gesagt?«

Der Kommandant erläuterte:

»Die Dubreuil und ihr Mann haben in den siebziger Jahren über Wochen hinweg ihre eigenen Kinder misshandelt. Verbrennungen mit Zigaretten, Schläge mit der Faust oder einem Gürtel, herausgerissene Fingernägel, brutale Schnittwunden. Und dann eines Tages, als sie nicht da war, hat der Mann die Mädchen mit einem Schuss in den Kopf getötet und anschließend die Waffe auf sich selbst gerichtet und abgedrückt. Sie hatte bei der Folter ›nur‹ mitgemacht. Besonders erstaunt hat bei ihrem Prozess alle die Gefühllosigkeit dieser Person angesichts einer solchen Grausamkeit. Sie hat nie etwas bereut. Und dennoch finden sich keinerlei Hinweise auf eine psychische Störung in ihrer Akte. Seitdem sie aus dem Gefängnis entlassen wurde und in Roeux wohnt, nennt man sie den ›Teufel vom See‹.«

»Wie ich sehe, können Sie ebenso mit Geistesgestörten aufwarten wie wir. Dieses Mal hat sich der Professor also eine ›öffentliche‹ Person herausgegriffen, und die Inszenierung ist ausgefeilter. Aber alles andere scheint genau gleich zu sein. Der Strick, das bedruckte Blatt Papier, die rote Schiefertafel, die blaue Kreide, die Vorgehensweise. Trotzdem müssen wir noch darauf warten, was die Vergleichsanalyse zu den anderen im PC-System erfassten Gewaltverbrechen ergibt.«

»Der Vergleich läuft«, stellte Kashmareck fest.

»Sehr gut. Was haben wir also heute über unseren kleinen Witzbold herausgefunden? Er ist Linkshänder, denn er hinterlässt erstmals eine Spur seiner Handschrift in Ihrem sogenannten ›Geisterhaus‹. Er hat sich diesmal ein untypisches Opfer ausgewählt: eine alte Sadistin von fast achtzig Jahren. Um weiterzukommen, müssen wir verstehen, warum.«

Kashmareck fügte hinzu:

»Noch ein weiteres Element weicht ziemlich von seiner üblichen Vorgehensweise ab. Dieses Fossil, das er ihr zu schlucken gegeben hat. Es handelte sich nicht um einen Nautilus.«

Turin zog an seiner Zigarette und stieß langsam und mit halb geschlossenen Augen den Rauch aus.

»Genau, dieser Punkt ist sehr merkwürdig. Für alle, die es nicht wissen, das ist das erste Mal, dass der Professor seinem Opfer etwas anderes als Nautilusschalen verabreicht. Es scheint eine Art Fossil zu sein. Der Nautilus war jedenfalls recht vornehm. Er findet sich nur im Südpazifik.«

»Oder in Anglergeschäften, nicht wahr?«, schaltete sich Lucie ein und wedelte mit dem Arm, um zu zeigen, dass der Rauch sie störte.

Dieses Detail schien Turin nicht zu kümmern.

»Wir haben genaue Analysen durchführen lassen, insbesondere in Bezug auf die Zusammensetzung des Kalziumkarbonats in den Schalen, die gezeigt haben, dass die Tiere alle aus derselben Region der Welt stammten. Oder aus demselben Geschäft, wie Sie sagen. Aber wie Sie sich denken können, haben wir diese Läden alle genau unter die Lupe genommen. Natürlich ohne Erfolg.«

Lucie rutschte auf ihrem Stuhl nach hinten und fragte:

»Wenn man all diese Divergenzen betrachtet, ließe sich dann nicht die Hypothese aufstellen, dass es sich dieses Mal nicht um den Professor handelt, sondern um einen einfachen Nachahmer? Einen ›Schüler‹, der aus dem Professor seinen Mentor gemacht hat und nun versucht, ihn zu übertreffen, indem er sich noch ausgefeiltere Inszenierungen ausdenkt?«

Turin brach in lautes Gelächter aus.

»Sie sind wohl ein kleiner Scherzbold, was? Bestimmte Aspekte wie das Strychnin oder die Nautilusschalen wurden niemals publik gemacht! Und alles stimmt überein! Man wird nicht über Nacht zu einem Serienmörder. Diese Dreckskerle töten nicht, um jemanden nachzuahmen, sondern um ihre perversen Fantasien zu befriedigen!«

»Das weiß ich«, verteidigte sich Lucie. »Und ich weiß auch, dass bis auf Ausnahmefälle ein Serienmörder nicht in der Lage ist, für eine so lange Zeit mit dem Töten aufzuhören.«

»Ja. Sie scheinen zum Beispiel den Fall Fourniret zu vergessen. Sechs Entführungen und Morde in den Jahren 1987 bis 1990, dann eine zehnjährige Unterbrechung und im Jahr 2000 dann die Wiederaufnahme. Wie erklären Sie sich das?«

»Fourniret hat im Verborgenen agiert, er beseitigte die Leichen, vergrub sie. Der Professor funktioniert umgekehrt. Er sucht das Licht, die Medien, er will, dass man von ihm spricht, er hat ein offensichtliches Bedürfnis, seiner Überlegenheit über seine Opfer, über uns alle, Ausdruck zu verleihen. Durch die Mathematik, durch die Rätsel, durch die Orte, die er auswählt. Warum sollte er plötzlich aufgehört haben, auf dem Höhepunkt seines Ruhmes? Da stimmt etwas nicht. Man sollte alle Entlassungen aus der Haft oder nach längerem Krankenhausaufenthalt überprüfen.«

»Aha, und in welchem Krankenhaus?«

Kashmareck versuchte, das Gespräch zurückzulenken. Er wandte sich an Turin:

»Vielleicht könnten Sie uns zum Schluss noch erklären, warum er sich ausgerechnet den Nautilus ausgesucht hat?«

»Ah! Das ist die heikle Frage! Der springende Punkt bei der Sache. Am Anfang dachten wir, der Professor würde seine Opfer rein zufällig auswählen, ohne jedes Motiv. Manon Moinet hat uns eines Besseren belehrt. Als sie sah, dass wir nicht mehr weiterwussten, hat sie sich ihre eigenen Gedanken gemacht und eines Tages eine sehr interessante Hypothese aufgestellt. Sie hat von der logarithmischen Spirale gesprochen.«

»Was?«

Turin ließ zwei Reihen kaputter gelber Zähne sehen.

»Ich habe damals genauso reagiert wie Sie jetzt. Als ich Manon Moinet das erste Mal begegnet bin, kurze Zeit nach dem Mord an ihrer Schwester, hatte ich auf dem Nachhauseweg verdammte Kopfschmerzen. Ich hatte das unangenehme Gefühl, einen Zahlenbrei verzehrt zu haben.«

Ein leichtes Raunen ging durch die Gruppe, dann kehrte wieder Ruhe ein.

»Die Nautilusschale besitzt eine fantastische mathematische Eigenschaft. Teilt man die Länge der Spirale durch ihren Durchmesser, dann erhält man den Goldenen Schnitt. Historisch gesehen hat diese Zahl immer die Perfektion verkörpert, die sich anhand einer Gleichung darstellen lässt. Sie ist das ideale Verhältnis für die Maler, für die Griechen verbarg sie die Götter, die Ägypter bauten mit ihrer Hilfe die Königliche Kammer in der Großen Pyramide. Im 18. Jahrhundert benutzte sie der Mathematiker Fibonacci, um eine algebraische Reihe aufzustellen.«

»Danke für den Geschichtsunterricht«, unterbrach ihn Lucie.

Turin ignorierte sie einfach.

»Es ist nicht unwichtig, dass der Professor diese Zahl gewählt hat. Sie ist das Abbild dessen, was er in seinen Taten sucht: Perfektion. Er denkt, wenn er sich bei seinen Verbrechen die Logik der Mathematik zu eigen macht, kann er den Zufall ausschließen und keinen Fehler mehr begehen.«

»Das ist sehr abstrakt«, entgegnete Kashmareck und kratzte sich am Kopf.

»Ich weiß, ich weiß, aber Moinet hat mich überzeugen können, und ihre Denkweise ist ausgesprochen solide. Wenn Sie es verstehen wollen, denken Sie einfach an diese berühmten Spiralen. Sie finden sich überall in der Natur. Der Aufbau der Galaxien, einer Artischocke, eines Tannenzapfens oder die Anordnung von Sonnenblumensamen. In welchem Bereich, welchem Maßstab auch immer, ob im unendlich Kleinen oder unendlich Großen, sie findet sich immer wieder. Bestimmte Wissenschaftler, und zu diesen gehörte auch Manon Moinet, glauben, dass diese Spiralen oder Fraktale nicht zufällig in unserem Universum vorkommen. Dass so perfekte Dinge mit derart außergewöhnlichen mathematischen Eigenschaften nicht zufällig existieren können. Dass sie sich in einen sehr komplexen Zusammenhang einfügen, genau wie das Schicksal eines jeden von uns oder ganz allgemein das Leben auf der Erde. Eine Funktion, die die Gesetze des gesamten Universums bestimmt.«

Die Zuhörer waren sprachlos, verwirrt. Lucie machte sich Notizen in ihrem Heft. Turin war zwar ebenso bekloppt wie schlecht gekleidet, aber er machte seine Sache gut.

»Immer noch nicht kapiert?«, fuhr er fort. »Das ist normal, es ist nicht gerade einfach. Also, denken Sie an diese Sozialversicherungsnummer, die sich in der Zahl π fand. Die Identität von Dubreuil stand doch schon seit einer Ewigkeit unveränderlich fest, lange vor ihrer Geburt, lange bevor diese verdammten Sozialversicherungsnummern entstanden. Das ist nur symbolisch, ich weiß, aber unser Spinner glaubt felsenfest daran. Und diese Spirale des Nautilus soll uns zeigen, dass im Kopf des Mörders kein Zufall existiert. Der Professor folgt einem genauen, fest vorgeschriebenen Weg, den er allein kennt. Ein mathematischer Weg, der die Opfer zwangsläufig miteinander in Zusammenhang bringt. Und diese vier Jahre des Wartens gehören vielleicht ganz einfach zu seinem Plan. Es ist an uns, diesen Plan zu vereiteln.«

Er legte die Papiere auf dem Schreibtisch zu einem Stoß zusammen und fügte hinzu:

»Dort müssen wir weitersuchen! Und nicht am Ausgang von Gefängnissen oder Krankenhäusern. Das wäre zu einfach, zu primitiv. Willkommen also, meine Herren, *Mademoiselle*, im verschrobenen Kopf des Professors.«

Greux strich sich den Schnurrbart glatt, Kashmarecks Kopf rauchte. Lucie blätterte in den Seiten ihres Hefts, ohne darin zu lesen oder sich Notizen zu machen, sie war wie gebannt von Turins Worten. Sie richtete sich ein wenig auf und schlug vor:

»Lassen wir die Mathematik, die Sie anscheinend sehr in Begeisterung versetzt, mal beiseite, wenn Sie nichts dagegen haben. Darüber hinaus ...«

»Nicht mehr als Sie. Aber wenn ich Ermittlungen leite, leite ich sie richtig.«

»Hmm. Gibt es denn, einmal abgesehen von diesem ganzen Gerede, trotzdem eine Vorstellung von seinem psychologischen Profil? Von seiner wahren Identität?«

Der Leutnant mit der abgewetzten Bikerjacke antwortete:

»Im Gegensatz zum Rothaar-Jäger ist er jemand, der umherzieht. Wir können davon ausgehen, dass sein Beruf, sofern er einen hat, ihn zwingt zu reisen. Vertreter, Händler, Vortragsreisender. Er beobachtet seine Opfer genau. Er kennt ihre Gewohnheiten, ihre Zeitpläne, ihr Umfeld. Er weiß, wo und wann er zuschlagen muss, ohne gesehen zu werden. Das setzt voraus, dass er eine Weile vor Ort wohnt, wahrscheinlich mehrere Wochen, bevor er schließlich zur Tat schreitet. Wir haben damals alles genau unter die Lupe genommen. Ferienwohnungen, Hotels, Kameras an der Mautstelle und auf Parkplätzen, vergeblich ...«

»Nie etwas gefunden?«

»Niemals. Die Psychologen, die mit dem Fall befasst sind, meinen, dass er sich wohl zurückgesetzt fühlt, minderwertig. Deshalb hat er, wie Sie hervorgehoben haben, das Bedürfnis, seine Taten zu sublimieren, und deshalb konfrontiert er auch seine Opfer in den letzten Augenblicken ihres Lebens mit einem Rätsel. In diesem Moment gewinnt er die Oberhand zurück und bringt seine Überlegenheit zum Ausdruck, weil er die Lösung kennt. Er ist der Herr, die anderen sind seine Schüler. Seine Opfer liegen mit gefesselten Füßen auf dem Boden, in einer unterlegenen Position, er herrscht über sie, quält sie mit den Splittern dieser seltenen Schale. Und genau diese Besonderheit verleiht seinem Verbrechen eine ›elegante‹, charakteristische Note. Und wenn man davon ausgeht, dass sich seine Triebe weiterentwickelt haben, so scheint die Tatsache, dass er Karine Marquette *post mortem* vergewaltigt hat, sein wachsendes Besitzdenken, seine zunehmende Herrschsucht noch zu bestätigen.«

»Schwächen. Töten. Vergewaltigen«, bemerkte Lucie.

»Ja. Der Typ ist asozial, verschlossen, enttäuscht, das muss sich an seinem Verhalten ablesen lassen. Die Mathematik ist in seinem Fall vielleicht ein Symbol für Einsamkeit und Geduld, Sie kennen den Mythos des Mathematikers, der über Jahre hinweg von der Welt abgeschnitten lebt und verbissen an einer Sache arbeitet, ohne je eine Pause einzulegen? Wahrscheinlich ist er alleinstehend, denn selbst wenn man von seinen Reisen absieht, so verlangt doch die Vorbereitung seiner Verbrechen viel Zeit und Mühe. Er ist ein Chamäleon. Und ein Reisender. Wir glauben, dass er sich seine Nautilusschalen an Ort und Stelle besorgt hat, weit weg von hier, und dabei die Idee zu all diesen Abscheulichkeiten bereits im Kopf hatte. Er hat sich seine perfekte Spirale selbst konstruiert. Und dabei hatte dieses Arschloch wahrscheinlich den meisten Spaß!«

Er wedelte mit dem Papierstapel.

»Aber das steht alles hier drin. Genug, um eine schöne Nacht damit zu verbringen.«

Lucie ließ sich von all den Bildern, die sie überfluteten, gefangen nehmen.

»Das heißt also«, sagte sie, »er ergreift endgültig Besitz von seinen Opfern, indem er sie skalpiert. Die Skalpe ermöglichen es ihm, seine Wahnvorstellungen zu verlängern, vielleicht platziert er sie auf Puppenköpfen, alle in einer Reihe, und lässt den Film seiner Morde vor sich ablaufen, solange er nicht agiert. Auf diese Weise kann er drei oder vier Monate durchhalten. Oder sogar länger.«

»Was für eine Fantasie, Leutnant. Was die Puppen betrifft, davon habe ich keine Ahnung, aber es ist klar, dass der Skalp die Überlegenheit des Stammes anzeigt und darüber hinaus eine fetischistische Konnotation besitzt. Sagen wir, wie so viele Geistesgestörte von seiner Sorte behält er ein kleines Souvenir.«

Lucie begann unbewusst, in ihr Heft zu kritzeln, während Turin sie anstarrte. Hübsche Nase, schöne kleine Augen, knackiger Hintern. Kurz, die könnte man ficken.

»Trotzdem sticht etwas ins Auge, was mich irritiert«, fügte sie hinzu.

Turin seufzte. Diese dumme Gans war wirklich unverwüstlich. Wie sie wohl im Bett war? Er erwiderte:

»Ich höre.«

»Nach dem Tod ihrer Schwester hat Manon Moinet Ihnen geholfen. Ihr Neurologe hat mir erzählt, sie sei eine sehr verbissene, eigensinnige Person und hätte sich ganz der Suche nach dem Mörder gewidmet. Dabei ging sie sogar so weit, dass sie ihre vielversprechende Karriere und ihre mathematischen Gleichungen aufgab.«

»Ganz genau. Ein schönes Beispiel für Aufopferung.«

»Sie führt Sie also durch die Mathematik, hilft Ihnen, das Privatleben des Professors zu ergründen, und entdeckt mit diesem Nautilus und den Spiralen so etwas wie eine Schwachstelle. Sie findet das ›Geheimnis‹ des Mörders, vielleicht sogar seinen Fehler.«

»Ja, sie berät uns auch bei den Rätseln, die er seinen Opfern aufgibt. Sie führt uns zu den Ursprüngen, zu den passionierten Mathematikern, zu denen der Professor möglicherweise gehört.«

»Kurz, dank ihrer Mithilfe und wegen dieser Sache mit den Spiralen schlagen Sie bei den Ermittlungen andere Wege ein, da Sie nun glauben, die Opfer ständen in Beziehung zueinander. Irre ich mich?«

»Nein, nein, stimmt genau. Der Professor war wahrscheinlich überzeugt davon, dass niemand den Sinn dieser Schalen begreifen würde. Es war sein Ding. Seine Unterschrift.«

»Eine Herausforderung für die Polizei. Er glaubte, er könne ihr überlegen sein.«

»Er hat uns unterschätzt.«

»Aber trotzdem läuft er noch frei herum. Wo auch immer er steckt. Einige Monate nach dieser Entdeckung wird Manon brutal überfallen und wäre ohne das Einschreiten ihrer Nachbarn wohl nicht mehr am Leben. Ein Einbruch. Hat Sie dieser Vorfall nicht stutzig gemacht?«

Turin nahm sich eine neue Zigarette, während die vorherige noch zwischen seinen Lippen steckte.

»Eine Weile vor ihrem Überfall hatte Manon Moinet aufgehört, mit uns zusammenzuarbeiten. Als sie die verschiedenen Elemente beisammenhatte, wollte sie allein weitermachen. Sie hat uns fallenlassen.«

»Warum?«

Er zuckte mit den Schultern, unfähig, seinen plötzlichen Wunsch zu unterdrücken, dieses kleine Miststück von Polizistin zu erwürgen.

»Sie werden sie danach fragen, okay?«

»Wie Sie wollen.«

Nach einem kurzen Schweigen, das alle verunsicherte, ergriff Turin wieder das Wort. Er schien sich rechtfertigen zu müssen.

»Mit dem Einbruch war das Hauptkommissariat in Caen befasst. Die Kollegen dort sahen keine Verbindung zu der Tatsache, dass ihre Schwester Opfer eines Serienmörders geworden war. Vergessen Sie nicht, dass tatsächlich wertvolle Gegenstände entwendet und im selben Jahr noch fünf weitere Villen im selben Viertel ausgeraubt wurden! In Paris hat man uns erst wesentlich später von dem Überfall auf Moinet informiert, als ich versuchte, noch einmal Kontakt zu ihr aufzunehmen, um ein paar Einzelheiten zu klären. Aber ihr Bruder hatte sie bereits mit nach Lille genommen.«

»Und Sie glauben wirklich an diesen Einbruch?«

Seine Stimme war wieder fester.

»Natürlich glaube ich daran, verdammt noch mal! Das hat nichts mit dem Professor zu tun! Wenn er sie töten wollte, so hätte er dies mit Bravour gemacht und nicht versucht, sich hinter einem Einbruch zu verstecken! Informieren Sie sich über den Fall, bevor Sie solche Behauptungen vorbringen! Vielleicht hören Sie dann auf, Verbindungen zu sehen, wo es keine gibt!«

Lucie ertrug Turins Blick, ohne mit der Wimper zu zucken. Aber sie sagte sich, dass er recht hatte. Letztendlich konnte er die Lage wohl besser beurteilen als sie.

»Verzeihen Sie. Aber eine letzte Sache«, beharrte sie, während sie an ihrem alten Füller nagte.

»Hör zu, Henebelle, du solltest dich wirklich erst mal mit der Akte befassen, bevor du deine Schlüsse ziehst«, stöhnte Kashmareck mit einem Blick auf die Uhr. »Der Staatsanwalt erwartet mich, und wir sind alle mit Arbeit überlastet.«

»Ich habe mich entschuldigt, Kommandant! Und meine Frage betrifft nicht die Akte, sondern die Ereignisse der letzten Nacht. Und ich glaube, das wird auch Sie interessieren.«

Aus der Gruppe kamen ein paar Seufzer. Turin konnte nicht mehr.

»Los, mach schon. Aber schnell.«

»Okay. Zuerst einmal gibt es diese Jagdhütte, in der Manon festgehalten wurde. Dort die Nachricht: ›Geh und ärger die Anderen‹, in Anspielung auf einen Ausdruck, den Manon in ihrer Jugend benutzte. Zuerst dachte ich, der Professor hätte sie gezwungen, einen Teil ihres Privatlebens zu enthüllen, während er sie gefangen hielt. Er zwingt sie, sich ihm anzuvertrauen, dann schreibt er diesen Satz auf, der uns nach Hem führen soll.«

»So ist es. Mach weiter.«

»Diese Dezimalstellen von π in dem Haus in Hem wurden bereits vor mehreren Wochen gemalt, sind wir uns da immer noch einig?«

»Sind wir.«

»Er hatte also das Terrain in Hem vorbereitet, bevor er Manon entführte. Er wusste ganz genau, dass er während Manons Gefangenschaft das Rätsel ›Geh und ärger die Anderen‹ aufschreiben würde, das uns zu dem Geisterhaus und somit zu Dubreuil führen sollte. Er kannte bereits die Bedeutung.«

Sie machte eine Pause, dann kam sie zu dem Schluss:

»Er hatte also Manons Privatleben ergründet, bevor er sie entführte, schon seit längerer Zeit. Er gehört zu den Personen, die sie schon einmal getroffen haben. Jemand, dem sie sich möglicherweise anvertraut hat. Er kann Manon vor ihrer Amnesie begegnet sein oder danach. Aber eins ist sicher, er kennt sie, und sie kennt ihn. Oder besser gesagt, nicht sie, sondern ihr N-Tech.«

21

Das Krankenhaus, unverändert.

Am frühen Nachmittag hatte Lucie Doktor Vandenbusche mitgeteilt, dass sie gerne an der Arbeitssitzung in Swynghedauw teilnehmen würde. So lange, bis sie auf irgendeine Spur stießen und die verschiedenen Spezialisten eintrafen, war dies vielleicht eine Gelegenheit, die Welt des Vergessens, in der Manon lebte, besser zu verstehen, und vor allem, sich näher mit den Personen zu beschäftigen, mit denen Manon in Kontakt kam, seitdem sie an diesem Forschungsinstitut betreut wurde.

Im eng anliegenden weißen Kittel und mit einem Namensschild auf der Brust wartete der Neurologe in der knallroten Halle der Klinik auf Lucie. Diesmal war er sorgfältig frisiert, glatt rasiert und parfümiert, sodass man ihm den Facharzt nun auch ansah. Der Mann, der mitten in der Nacht aus dem Bett gerissen wurde, war kaum wiederzuerkennen.

»Ich habe mich beeilt«, sagte er, nachdem er ihr herzlich die Hand geschüttelt hatte. »Hier ist die Liste des Personals und der Mitglieder der Gruppe, die in regelmäßigem Kontakt zu Manon stehen. Ich habe auch die verschiedenen Zeiten aufgeführt, zu denen Manon mit uns und den Vertretern von N-Tech arbeitet. Montags, mittwochs und samstags.«

»Haben Sie die Identität dieser Leute aufgeführt?«

»Natürlich, Sie hatten mich darum gebeten. Und ich komme meinen Verpflichtungen stets nach.«

»Vielen Dank, Doktor.«

Vandenbusche hielt ihr ein Namensschild hin. Zwar immer noch nicht geschminkt, aber doch umwerfender als am Vortag, die Kleine.

»Nennen Sie mich Charles, wenn Sie wollen. Die Namensschilder sind hier sehr wichtig, das werden Sie noch sehen. Was haben Sie da?«

Er deutete auf ihre Stirn.

»Oh! Nichts Schlimmes! Nur eine dumme Tür.«

»Ah gut. Folgen Sie mir. Bis Manon aufwacht, würde ich Ihnen gerne ein paar sehr heikle Fälle zeigen. Damit Sie besser verstehen, wie unser Gedächtnis funktioniert, und eine Vorstellung von der unglaublichen Leistung des Gehirns bekommen.«

Lucie blickte auf ihre Uhr. 16 Uhr 51.

»Schläft Manon denn hier im Krankenhaus?«

»Der Mittagsschlaf hilft ihr dabei, das am Tag Erlebte zu verfestigen. Der Tiefschlaf direkt nach dem Einschlafen unterstützt die Speicherung der Fakten und Erlebnisse. Die

Gespräche, die sie aufnimmt, zum Beispiel, oder die Notizen, die sie ständig macht.«

»Aha, ich verstehe! Sie spielen es ihr immer wieder vor, während sie schläft.«

»Nein, nicht während sie schläft. Das ist eine gängige Meinung. Man lernt mit Sicherheit keine Fremdsprache, indem man sich Kopfhörer aufsetzt und dann einschläft. Der Lernprozess erfolgt zuvor, der Schlaf hilft nur bei der Verfestigung. Übrigens, ein kleiner Ratschlag, wenn Sie Kinder haben.«

Lucie sah ihre Töchter vor sich.

»Ich habe Zwillinge im Alter von vier Jahren. Clara und Juliette.«

»Wenn sie größer sind, dann sollten sie ihre Lektionen immer abends direkt vor dem Schlafengehen aufsagen, das ist besser als morgens oder mittags. Die Wunderkraft des Schlafs erledigt dann den Rest.«

Sie gingen durch eine erstaunlich bunte Umgebung. Knallblaue Stühle, gelbe Geländer, leuchtend gelbe Fliesen. Ein riesiges Lego-Gebilde, weit entfernt von der Vorstellung, die man sich normalerweise von einem Krankenhaus macht.

»Ich habe Ihnen vom Tiefschlaf erzählt, doch der REM-Schlaf spielt beim Wissenserwerb ebenfalls eine entscheidende Rolle. Er ermöglicht unter anderem die Speicherung von Automatismen im prozeduralen Gedächtnis, zum Beispiel, um den N-Tech zu benutzen. Anders als man gemeinhin annimmt, ist der Schlaf eine Phase sehr reger geistiger Aktivität. Man lernt Radfahren nicht nur auf dem Fahrrad, sondern auch im Schlaf! Erstaunlich, nicht wahr?«

Er steckte die Hände tief in seine Taschen, sichtlich stolz auf seine Erklärungen.

»Das heißt, wenn sie aufgewacht ist, wird Manon endlich wissen, was ihr gestern zugestoßen ist?«

»Nicht so schnell. Alles wird sehr verschwommen für sie sein und reichlich durcheinander. Sie braucht etwas mehr Zeit, weitere Wiederholungen und Schlaf. Und sie wird nur die wesentlichen Punkte im Kopf haben.«

»Aber das ist doch ein gewaltiger Schritt nach vorn. Sagen Sie, Dok... ähm, Charles, ich würde gerne wissen, ob sich Manon trotz ihrer Amnesie eines Tages an die Bedeutung der Hautritzungen auf ihrem Bauch erinnern wird. Glauben Sie, dass man etwas herausfinden könnte, mit Hypnose zum Beispiel?«

Vandenbusche deutete ein Lächeln an, dann erklärte er:

»Die Hypnose hat das Ziel, alles, was das Gehirn aufnimmt, auch wenn es unbewusst geschieht, wieder zum Vorschein zu bringen. Manon dagegen kann nur noch mit beständiger Anstrengung etwas speichern, und die zwei kleinen weißen Flecken im Bereich ihrer Hippocampi, die man auf den Aufnahmen sieht, zeigen uns, dass sie weder eine Vergangenheit nach dem traumatischen Ereignis besitzt, noch irgendein Element, mit Hilfe dessen sie die Zukunft erfassen könnte. Diese Daten sind schlichtweg nicht in ihr vorhanden! Deshalb ist es auch nicht möglich, sie wieder zum Vorschein zu bringen!«

Sie betraten einen Gang. Auf dem Boden lag ein grüner Teppich, bedruckt mit großen grauen Pfeilen, die die Richtung zum Arbeitsraum anzeigten. Der Doktor fuhr fort:

»Manon ist nicht die Erste meiner Patientinnen, die sich die Haut aufgeritzt hat, das kommt leider öfter vor. Für diese Menschen ist der Körper oft das einzige Mittel, um ihre innere Verzweiflung zum Ausdruck zu bringen, es ist eine Art Hilferuf. Allerdings geschieht es nur selten, dass sie sich dabei helfen lassen, wie dies im Fall von Manon der Bruder getan hat. Schließlich handelt es sich um eine sehr persönliche Handlung.«

»Wissen Sie, warum er sie verstümmelt hat?«

»Nicht mehr als gestern. Frédéric hat mir nichts erzählt, ich habe es selbst herausgefunden, weil ihr der Schnitt von einem Linkshänder zugefügt wurde und Frédéric Linkshänder ist. Sonst hätte er mir, glaube ich, nichts gesagt. Er war übrigens wegen dieser Sache recht verschlossen, sie schien ihm peinlich zu sein.«

Lucie dachte an die Zahlen und das auf den Boden gemalte Rätsel in dem Geisterhaus in Hem. Die Schrift eines Linkshänders.

»Um auf unser Thema zurückzukommen«, fuhr Vandenbusche fort, »diese Verstümmelungen müssen für Manon äußerst schmerzhaft gewesen sein. Und auch wenn ihr Gehirn sich nicht an diese Hautritzungen erinnert, so tut es doch ihr Körper.«

»Ich verstehe nicht ganz.«

»Es gibt keine rechte wissenschaftliche Erklärung dafür, aber unser Körper besitzt ebenfalls ein Gedächtnis, Mademoiselle Henebelle. Denken Sie zum Beispiel an die Phantomschmerzen, an ein amputiertes Bein, das noch schmerzt, obwohl es nicht mehr da ist. Und das geht noch weiter. Was ist mit den Neugeborenenreflexen? Dabei handelt es sich um nichts anderes als das Gedächtnis der Gene. Die Fähigkeit zu saugen, zu atmen oder sogar zu schreien.«

Lucie wich instinktiv zurück. Das Gedächtnis des Körpers. Ihre Narbe auf dem Hinterkopf. So gegenwärtig.

»Aber wenn Sie skeptisch sind, so werden Sie es nach diesem Versuch hier schnell verstehen«, fügte der Facharzt hinzu, als er die Verwirrung seiner Gesprächspartnerin bemerkte.

Sie blieben vor einem abgeschlossenen Zimmer stehen. Nummer 209.

»Michaël Derveau ist seit einer Woche hier. Er leidet am Korsakoff-Syndrom, einer Krankheit, die durch Alkoholmissbrauch entsteht und Verletzungen an den Mamillarkörpern, dem Hippocampus und dem Thalamus hervorruft.«

»Noch nie davon gehört.«

»Bestimmt. Eine der Hauptursachen der anterograden Amnesie. Michaël kann sich schon nach dreißig Sekunden an nichts mehr erinnern, und er weiß nicht einmal, dass er an Amnesie leidet. Für ihn ist alles ganz normal, er ist sich seiner Krankheit überhaupt nicht bewusst. Als unmittelbare Folge davon treten bei ihm auch Konfabulationen auf, das heißt, dass er Gedächtnislücken mit erfundenen Geschichten ausfüllt. Ich hätte gern, dass Sie dort hineingehen, sich als Ärztin ausgeben, ihm die Hand schütteln und ihn dabei mit dieser Nadel kräftig stechen.«

»Ich soll ihn stechen?«

»Ja, aber nicht zu fest. Danach gehen Sie wieder hinaus.«

Lucie nahm die Nadel und stellte sich zögernd vor die Tür.

»Sie riskieren nichts dabei«, beruhigte sie der Neurologe. »Wir haben es nicht mit einem gefährlichen Geistesgestörten zu tun! Und außerdem bleibe ich hier, hinter Ihnen, Sie müssen nur die Tür offen lassen.«

Neugierig drehte Lucie den Schlüssel im Schloss und betrat mit zugeschnürter Kehle das Zimmer. Michaël starrte aus dem Fenster, die Hände hinter dem Rücken. Es war ein junger, ganz »normaler« Mann, wie man ihnen Tag für Tag auf der Straße begegnet, er zitterte nicht und war nicht gefixt, er hatte nicht einmal Ringe unter den Augen und war eher gut gekleidet.

Er drehte sich um.

»Ah! Doktor.«

Er kniff die Augen zusammen und warf einen Blick auf das Namensschild.

»Henebelle! Es geht um die Hemden, um die ich Sie eben gebeten hatte.«

Lucie hielt ihm die Hand hin und unterbrach ihn:

»Ähm, ich habe sie noch nicht dabei. Ich wollte Sie fragen, welche Farbe Sie gerne hätten.«

Er schüttelte die hingehaltene Hand und zog die seine sofort wieder zurück.

»Au! Himmel Herrgott noch mal! Was machen Sie da?«

Lucie ging rückwärts wieder hinaus.

»Ich bringe Ihnen Ihre Hemden.«

»Was für Hemden? He! Antworten Sie!«

Sie schlug die Tür zu.

»Großartig«, lobte Vandenbusche. »Sie wissen sich zu helfen. Warten wir ein paar Minuten.«

Für Lucie war dies mehr als ein Spiel, sie erlebte den Versuch mit einer geradezu krankhaften Leidenschaft. Sie wollte die Funktionsstörung dieser seltsamen Sache unter der Schädeldecke begreifen. Welcher Teil des Gehirns brachte die Schizophrenen hervor, die Geistesgestörten, die Perversen, die Dubreuils? Wie war es möglich, dass Neuronen, chemische Nachrichten und rein elektrische Verbindungen unser Bewusstsein erschufen, das Gedächtnis, den ganzen Kreislauf der Gefühle, die einem Menschen erst menschliche Züge verliehen? Wie viele defekte Millimeter innerhalb dieser viele hundert Kilometer langen Falten und Windungen waren nötig, um ein Ungeheuer zu erzeugen? Und sie, was war ihr zugestoßen, weshalb sie …

Der Facharzt riss sie aus ihren Gedanken.

»Gehen Sie wieder rein.«

Neugierig kam sie der Anweisung nach. Diesmal kramte Michaël im Mülleimer. Er beobachtete Lucie, als sie hereinkam. Die junge Frau war zunächst völlig verwirrt. Er erkannte sie nicht wieder, obwohl sie doch gerade erst hinausgegangen war! Eine Manon hoch zehn.

»Sie wissen nicht zufällig, was ich mit meinen Autoschlüsseln gemacht habe?«, fragte er sie, während er seine Bettlaken durchwühlte. »Ich suche sie schon seit einer Ewigkeit! Sie sind verschwunden, und alles andere auch!«

»Sie wissen nicht, wer ich bin?«

»Wer Sie sind? Keine Ahnung! Ein Arzt, eine Krankenschwester, ist mir piepegal! Dauernd rufe ich an, aber kein Idiot kommt, um mir zu helfen! Ich will bloß meine Schlüssel wiederhaben! Verdammt, ist das so schwierig?«

Lucie ging auf ihn zu und hielt ihm erneut die Hand hin.

Er trat zu ihr und führte genau dieselbe Geste aus wie beim ersten Mal, doch wie durch einen Reflex hielt er inne, bevor sich ihre Handflächen berührten. Dann steckte er seine Hand irritiert in die Tasche.

»Warum begrüßen Sie mich nicht?«, fragte Lucie erstaunt.

»Ich ... ich weiß es nicht. Ich ... kennen wir uns?«

Als Lucie wieder neben Vandenbusche stand, erklärte er ihr:

»Das Gedächtnis des Körpers. Es ist mit unserem impliziten Gedächtnis verbunden. Es löst Schweißausbrüche aus, beschleunigt unseren Herzschlag, wenn wir eine Situation schon einmal erlebt haben, uns jedoch nicht unbedingt bewusst daran erinnern. Sein Körper erinnert sich daran, dass Sie ihm wehgetan haben, nicht jedoch sein Gedächtnis.«

»Das ist verblüffend.«

»Selbst Patienten, die sehr schwer erkrankt sind, verfügen noch über dieses Gedächtnis. Wir können sie somit konditionieren, bestimmte Handlungen auszuführen, sodass sie zum Beispiel lernen, elektronische Organizer oder Computer zu benutzen. Das einzige Problem dabei ist, dass dieses Gedächtnis unbewusst ist und man nicht darauf zurückgreifen kann, wann man möchte.«

Er schnippte mit den Fingern.

»Ich bin überzeugt davon, dass Manon ›weiß‹, was diese Narben bedeuten, auch wenn es ihr nicht möglich ist, sich ihre Bedeutung wieder ins Bewusstsein zu rufen. Nur ein auslösendes Ereignis, ein sogenannter ›Köder‹ oder eine Abrufhilfe, könnte alles wieder zum Vorschein bringen. Das kann eine Handbewegung sein, ein Wort, eine Situation, die sie noch einmal durchleben müsste. Denken Sie an die Madeleine von Proust, die die Kindheit bei ihm wieder wachruft und zugleich eine Menge sehr genauer Einzelheiten, an die er sich nur dank dieser Madeleine entsinnen konnte. Mit Hilfe eines solchen Köders käme alles wieder an die Oberfläche, Manon könnte sich vielleicht erinnern, warum sie das Bedürfnis verspürte, sich derart zu verstümmeln. Das Problem daran ist, dass man fähig sein muss, diesen Auslöser zu finden und von ihm Gebrauch zu machen. Und das ist schwierig.«

Sie gingen zurück in den Gang. Lucie war nachdenklich, Michaëls Verlorenheit hatte sie zutiefst berührt.

»Was wird aus Michaël, Ihrem Patienten?«

Vandenbusche zuckte ernüchtert mit den Achseln.

»Abgesehen von unserem Krankenhaus gibt es so gut wie keine Einrichtung in Frankreich, um Korsakoff-Fälle aufzunehmen. Wenn Sie nicht gerade an Alzheimer leiden oder an einer ›modernen‹ Krankheit, dann sind Sie weder für den Staat noch für die Sozialversicherung etwas wert. Mit ein wenig Glück bleibt er lange hier und wird am Programm MemoryNode teilnehmen. Aber da bin ich eher pessimistisch. Beispielsweise muss man dreiundzwanzig Schritte durchlaufen, um mit Hilfe des N-Tech einen Termin auszumachen und einzuhalten. Dreiundzwanzig, das ist viel zu viel für Michaël. Wenn er sich nicht weiterentwickelt, dann wird er in eine psychiatrische Anstalt kommen. Oder in eine Spezialklinik, nach Belgien zum Beispiel.«

»Das ist ja schockierend.«

»Sie sagen es. Wir, Verehrteste, sind das Kellergeschoss der Gesellschaft, zuständig für die Aufbewahrung der Gescheiterten. Und leider bedient man sich noch allzu oft der Psychiatrie, um sich ihrer unauffällig zu entledigen. Das ist Mord an der Seele, indem man diesen Menschen die chemische Zwangsjacke überstülpt.«

Lucie spitzte die Ohren. Über ihr hingen Lautsprecherboxen.

»Der Gesang von Kanarienvögeln«, erklärte Vandenbusche, als er das wachsende Interesse der jungen Frau für seine Anekdoten bemerkte. »Er hat eine beruhigende Wirkung. Ich habe mich persönlich dafür eingesetzt, dass er hier abgespielt wird. Wissen Sie, dass Kanarienvögel ihren Gesang jeden Frühling verändern, und das bis an ihr Lebensende?«

»Das wusste ich nicht.«

»Auf dieser einfachen Feststellung basiert übrigens ein neuer Denkansatz, der noch vor zehn Jahren unvorstellbar war. Er besagt, dass auch das erwachsene Gehirn noch Neuronen produziert, während man bislang glaubte, die Neuronen seien von Geburt an vollständig und ihre Zahl nähme mit der Zeit ab. Sie wissen schon, die Sache mit den zwanzig

Jahren, und wenn man dieses Alter erreicht hat, geht es langsam körperlich bergab. Das sind neue und ermutigende Ansätze für die Forschung an Alzheimer und das Gedächtnis im Allgemeinen.«

Sie begegneten einem Patienten, der mit atemberaubender Geschwindigkeit im Gehen ein Sudoku löste.

»Doktor Vandenbusche«, sagte er, »dies ist exakt das siebenundsechzigste Mal, dass ich Ihnen diesen Monat in diesem Gang begegne, und das zwanzigste auf dieser Fliese, der Nummer zwölf vom Eingang aus gesehen. Das müssen wir feiern, nicht wahr?«

»Das bedeutet Champagner«, scherzte Vandenbusche, während er Lucie höflich am Arm fasste, um ihn vorbeizulassen.

Nachdem er weg war, fragte Lucie:

»Noch so ein seltsamer Fall Ihrer Klinik?«

»Damien leidet an Hypermnesie, er ist das genaue Gegenteil von Michaël. Sein Gedächtnis hat keine Grenzen, er behält alles. Er ist in der Lage, noch Monate oder Jahre später ganze Listen von Wörtern wiederzugeben, selbst wenn diese völlig sinnlos sind. Er hat Sie kaum angeschaut, aber wenn ich ihn in drei Wochen frage, was Sie am Mittwoch, den 25. April 2007 anhatten, wird er mir eine Antwort geben können.«

Er warf einen Blick hinter sich, dann fügte er hinzu:

»Ich habe gesehen, dass er am Ende des Ganges gewartet hat und dann auf uns zugestürzt ist, um genau an dieser Stelle auf uns zu treffen. Damit die Summe der Zahlen, die er uns genannt hat, gleich neunundneunzig ist. Damien ist besessen von dieser Zahl, niemand weiß, warum. Auch er selbst nicht.«

»Beeindruckend. Das ist so ähnlich wie das, was man von Mozart erzählt, der auch ein wahnsinniges Gedächtnis hatte.«

»Ah, Mozart. Leider ist es bei Damien nicht genau dasselbe. Aber Sie haben ganz recht, Mozart hatte ein hervorragendes Gedächtnis. Das hat es ihm im Übrigen erlaubt, vor allen anderen illegal Musik zu kopieren. Kennen Sie die Anekdote? Am 11. April 1770, im Alter von vierzehn Jahren, hört er in der Sixtinischen Kapelle ein musikalisches Werk des Vatikans, das strenger Geheimhaltung unterliegt, das *Miserere* von Allegri. Dieses Stück wird nur zweimal im Jahr gespielt und seine Partitur besser gehütet als ein Schatz. Ein paar Stunden später sitzt Mozart in aller Ruhe an seinem Arbeitstisch und schreibt es vollständig nieder, ohne auch nur eine falsche Note. Er hat es nur ein einziges Mal gehört.«

»Nein, die Geschichte kannte ich nicht. Entschuldigen Sie, Charles, aber ich verstehe nicht recht, was Damien hier macht. Er scheint doch eigentlich kein Problem mit dem Gedächtnis zu haben, eher im Gegenteil!«

»Das Problem dabei ist, dass all die überflüssigen Details, die er ständig speichert, seine ganze Aufmerksamkeit beanspruchen. Daher ist er nicht mehr in der Lage, die allgemeine Bedeutung eines Gesprächs zu erfassen oder von dem, was um ihn herum geschieht. Geht es Ihnen nicht auch so, dass Ihr Kopf vollgestopft ist mit alten PIN-Codes oder sonstigen Belanglosigkeiten?«

»Sie haben völlig recht! Als ich klein war, hatten meine Eltern einen Hund, Opale. Eine kleine Promenadenmischung mit einer Tätowierung, die teurer war als der Hund selbst. Ich hatte diese eintätowierte Nummer auswendig gelernt, RTF745. Nun, an sie erinnere ich mich noch heute, dagegen schaffe ich es nicht, mir die neue Telefonnummer der Kripo zu merken.«

»Dies ist ein anschauliches Beispiel für mangelhaftes Ausfiltern, eine Funktionsstörung. Wir haben noch nicht verstanden, wie unser Gehirn das auswählt, was man nur ein paar Stunden behalten muss, ein paar Tage lang oder ein ganzes Leben. Jedenfalls ist es so, dass Damien sich in all diesen unnützen Erinnerungen völlig verzettelt. Wir haben das Großhirn, um zu lernen, vor allem aber auch, um zu vergessen!

Das gehört zum Gleichgewicht dazu. Damien dagegen vergisst niemals.«

Sie folgten wieder den großen grauen Pfeilen.

»Unser Gehirn ist eine großartige Maschinerie, es ist unnachahmbar. Die Leute sind hellauf begeistert von Schachspielern, die sich Hunderte von Eröffnungen merken können. Aber wissen Sie, dass die Mechanismen, die erforderlich sind, um zu sehen oder sich zu bewegen, noch viel beeindruckender sind? Der Beweis dafür ist, dass Roboter dazu nicht oder kaum in der Lage sind, wohingegen sie beim Schach ausgezeichnet sind!«

»Vielleicht weil wir alle imstande sind, uns zu bewegen, und es deshalb keiner wahrnimmt. Es ist beinahe angeboren.«

»Es ist nicht angeboren, glauben Sie mir! Wenn nur eine winzige Anzahl der grauen Zellen nicht mehr richtig funktioniert, hat man es sofort mit extremen Fällen zu tun. Ich behandle zum Beispiel einen Patienten, der seine linke Körperhälfte nicht ›sieht‹. Mangelhafte Propriozeption, was man gemeinhin den sechsten Sinn nennt.«

»Ich dachte, der sechste Sinn würde ausschließlich dem weiblichen Geschlecht zugeschrieben«, sagte Lucie lächelnd.

»Nein, nein. Der sechste Sinn, das bedeutet, die Augen zu schließen und sich mit dem Zeigefinger an die Nasenspitze zu fassen, ohne danebenzutippen. Es bedeutet, ein Bewusstsein für seinen Körper zu haben. Versuchen Sie es, Sie werden sehen.«

Lucie schloss die Augen. Der Finger traf genau auf die Nasenspitze. Es klappte. Ein hervorragender sechster Sinn.

»Nun, um auf meinen Patienten zurückzukommen, die Folgen dieses Fehlers sind dramatisch für ihn. Sein eigener linker Arm macht ihm Angst, er sieht ihn als einen Fremdkörper an, und er schlägt sich ständig auf das linke Bein und schreit dabei: ›Geh weg! Geh weg!‹ Beim Essen isst er nur die rechte Hälfte auf seinem Teller auf. Das Gleiche, wenn er sich kämmt, nur die rechte Seite. Man muss ihn wirklich gesehen haben, um es zu glauben, dennoch existiert diese visuelle Wahrnehmungsstörung. Dann gibt es noch Carole, deren Corpus callosum, das ist die weiße Substanz, die beide Großhirnhälften miteinander verbindet, beschädigt ist. Wenn das Gehirn ihr den Befehl erteilt, eine Schraube festzuschrauben, dann schraubt die linke Hand richtig herum, die rechte dagegen schraubt wieder auf, überzeugt davon, sie würde zuschrauben. Und Georges! Ja, Georges! Er …«

Und während Vandenbusche weitersprach – von der Whipple-Krankheit, dem Herpesvirus, den Arealen von Broca und Wernicke –, dachte Lucie an ihren Krankenhausaufenthalt in ihrer Jugend zurück. All die Ärzte, die um sie herumstanden und sich über ihren Kopf beugten. Die Operation, Ursache einer langen Narbe an ihrem Hinterkopf, die alles verändert hatte. Plötzlich murmelte sie widerstrebend:

»Die Chimäre.«

Er hielt inne:

»Wie bitte?«

»Die Chimäre. Sagt Ihnen das etwas?«

»Abgesehen von dem Ungeheuer aus der Mythologie?«

»Abgesehen von dem Ungeheuer aus der Mythologie.«

Er schüttelte den Kopf, während er weiterging. In dem Moment, als sie sich endlich traute, ihm von ihren Entdeckungen zu erzählen, die ihr so viele Sorgen bereitet, so viel Unverständnis hervorgerufen hatten, verkündete Vandenbusche:

»Manon! Sie ist aufgewacht und bereits fertig! Wirklich pünktlich!«

Er blieb stehen und wandte sich Lucie zu.

»Diese Chimäre. Was ist damit?«

»Nichts von Bedeutung.«

»Gut.«

Er hob den Zeigefinger.

»Ach! Eins noch. Bitte antworten Sie mir schnell. Welche Farben hatte die Eingangshalle?«

Die Frage überraschte Lucie.

»Blau, gelb, rot, sehr modern. Warum?«

»Sie haben ein bemerkenswertes visuelles Gedächtnis. Ich denke, das hilft Ihnen in Ihrem Beruf, besonders am Tatort. Nun, machen wir weiter. Wenn ich Sie in einem Jahr frage, was Sie am 25. April 2007 gemacht haben, werden Sie sich wahrscheinlich nicht daran erinnern. Aber wenn ich Ihnen einen Köder gebe, die Nadel in Ihrer Hand, zum Beispiel, Michaël Derveau, MemoryNode, Manon, dieses Krankenhaus hier, der Gesang der Kanarienvögel, dann werden Sie sich sogar an mich erinnern! Das autobiographische Gedächtnis. Und selbst in einem Jahr oder sogar in zehn Jahren werden Sie problemlos hierher zurückfinden, Sie werden wissen, dass Sie diesem grünen Teppich mit den grauen Pfeilen folgen müssen, um in den Raum von MemoryNode zu gelangen. Das prozedurale Gedächtnis. Sie werden auch wissen, was ein Hippocampus ist. Das semantische Gedächtnis. Können Sie mir zum Schluss noch die drei Zahlen sagen, die Damien genannt hat?«

»Ähm, er hat davon gesprochen, wie oft er Ihnen begegnet ist. Und die Summe ergab neunundneunzig.«

»Siebenundsechzigste Begegnung im Gang, zum zwanzigsten Mal auf einer bestimmten Fliese, der Nummer zwölf vom Eingang aus gesehen. Diese Details waren für Sie von keinerlei Bedeutung, sie sind aus Ihrem Arbeitsgedächtnis verschwunden. Der natürliche Filter des Vergessens, der das Gleichgewicht aufrechterhält. So, ich hoffe, dass Sie nun die Rollen der verschiedenen Gedächtnisregionen verstanden haben.«

Lucie nickte und warf dann einen Blick in Richtung des Versammlungsraumes. Nichts Außergewöhnliches. Stühle, ein Tisch, eine weiße Tafel und die N-Tech-Organizer. Sonst nichts. Dabei hatte sie jede Menge Technik, Beamer, große Scanner erwartet.

»Ich weiß, die Schlichtheit überrascht Sie«, murmelte Vandenbusche. »Aber erinnern Sie sich daran, dass es heutzutage nichts Besseres gibt als ein Blatt Papier und einen Bleistift, um das Gedächtnis voranzubringen. Meine ältesten Patienten sind nicht in der Lage, einen Computer anzuschalten. Sie wissen nicht einmal, dass solche Geräte existieren.«

Manon saß zwischen anderen Personen in dem Raum, den Lucie und der Facharzt gerade betreten hatten. Lucie betrachtete aufmerksam die etwa fünfzehn Gesichter, die sich ihr zuwandten. Männer und Frauen jeden Alters. Einige Blicke waren abwesend, andere neugierig. Vandenbusche machte Manon ein Zeichen, sie kam auf sie zu, den Blick auf die Namensschilder geheftet. Vandenbusche. Seine Gesichtszüge sagten ihr offenbar nichts, doch sie hatte gelernt, »wusste«, dass er der Verantwortliche für MemoryNode war. Was Lucie Henebelle anging … Ein schöner Klang, vertraute Silben.

»Wir sind uns schon einmal begegnet, nicht wahr?«, fragte sie mit einem Funkeln in den Augen.

Instinktiv berührte Lucie ihre genähte Augenbraue.

»In der Tat, wir haben ein wenig Zeit miteinander verbracht. Ich bin …«

»Polizeileutnant«, kam Manon ihr zuvor. »Ja! Ja! Warten Sie! Ich habe etwas für Sie! Sagen Sie, habe ich Sie noch nicht angerufen?«

Lucie nahm ihr Handy heraus. Eine Nachricht.

»Doch! Ich habe es wohl nicht gehört, als ich im Auto saß.«

Manon suchte in ihrem N-Tech und zog Lucie weg von der Gruppe in den hinteren Teil des Raumes. Lucie spürte sofort wieder dieses Einverständnis, ja diese Wärme, die sie in der Hölle des Gewitters verbunden hatte. Sie waren einander nah und fern zugleich.

»Ich habe versucht, mit Hilfe meiner Notizen, der Tonaufnahmen und dem, was ich in den Nachrichten gehört habe, den Weg des Professors zu rekonstruieren. Ich bin zu dem Schluss gekommen, dass er schon, bevor er mich entführte, diesen Ausdruck kannte, den wir als Jugendliche immer gebrauchten, wenn wir das Geisterhaus in Hem aufsuchten! Dieses ›Ärger die Anderen‹!«

Offensichtlich waren die zahlreichen Wiederholungen und der Mittagsschlaf nicht umsonst gewesen.

»Ich weiß«, erwiderte Lucie bewundernd. »Ich hatte denselben Gedanken, eben, als wir eine Arbeitssitzung hatten. Wenn der Professor im Besitz dieser Information ist, heißt das, dass er Sie irgendwoher kennt.«

»Das erscheint mir logisch, aber ich habe nachgedacht und sehe nicht, wie das möglich sein soll. Nein, wirklich nicht.«

»Sie wohnen in der Altstadt von Lille in einer Sackgasse, die nicht sehr belebt ist. Wir haben keine Zeugen, es ist schwierig für uns herauszufinden, was genau geschehen ist. Meine Kollegen haben heute Morgen die Nachbarn befragt, zu der Zeit, zu der Sie normalerweise joggen gehen. Niemandem ist etwas aufgefallen. Und Ihr Bruder sagt, dass in Ihrer Wohnung weder etwas umgeschmissen noch gestohlen wurde. Vielleicht sind Sie freiwillig mit diesem Entführer mitgegangen, weil Sie ihn kennen. Weil sich sein Foto in Ihrem N-Tech befindet.«

Manon schüttelte den Kopf und befühlte unauffällig ihre linke Seite. Sie spürte einen metallenen kalten Gegenstand, der Ähnlichkeit mit einer Waffe hatte. Er irritierte sie.

»Ist etwas nicht in Ordnung?«, fragte Lucie beunruhigt.

Manon verschränkte die Arme und versuchte unbeholfen, ihre Verwirrung zu verbergen.

»Nein, nein, nichts. Es ist nur … Es ist so viel geschehen. Meine … Meine Entführung …«

Sie rieb sich leicht das rechte Handgelenk.

»Worüber haben wir gerade gesprochen?«

»Darüber, dass sich Ihr Entführer wahrscheinlich in Ihrem Umfeld bewegt hat. Vielleicht hat er sich während dieser vier Jahre Ihre Amnesie zunutze gemacht, um sich Ihnen zu nähern. Es wäre gut möglich, dass er so lange gewartet hat, bis Sie sich Erinnerungen von ihm gebildet haben, als eine Person, der Sie vertrauen, um Sie dann anschließend zu hintergehen. Vielleicht ist er da, ganz in der Nähe. Manon, ich bräuchte Ihren N-Tech.«

Die junge Frau hielt ihren Apparat fest umklammert und schaute beunruhigt zu der restlichen Gruppe hinüber.

»Nein, nein. Das geht nicht. Das ist mein Privatleben.«

Lucie fiel ein Mann mit spärlichem Bart auf, der sie beide beharrlich anstarrte. Sie begann zu flüstern:

»Ich verlange nicht von Ihnen, dass Sie mir alles preisgeben, sondern nur das, was mich interessiert. Sie müssen mir unbedingt die Identität aller Personen geben, die Sie kennen. Sie fotografieren sie doch immer, nicht wahr?«

Die Mathematikerin nickte.

»Und können Sie mir die Fotos zeigen?«

»Wenn Sie wollen. Aber ... warten Sie.«

Manon schaltete die Aufnahmefunktion ein, schloss die Augen und fasste zusammen, was die beiden Frauen gerade besprochen hatten. Die fehlenden Zeugen, die Wahrscheinlichkeit, dass sie dem Professor schon einmal begegnet war. Sie betrachtete aufmerksam die Teilnehmer in dem Raum, stellte das Mikrofon aus und fragte nach einem erneuten Blick auf das Namensschild:

»Was wollten Sie noch einmal?«

»Die Fotos Ihrer Bekannten, aus Ihrem N-Tech.«

»Wozu?«

»Manon. Ich habe es Ihnen gerade erklärt!«

Die junge Amnesie-Patientin zögerte, dann sagte sie:

»Es gibt unheimlich viele, wissen Sie? Sobald eine Person Kontakt mit mir aufnimmt, fotografiere ich sie.«

Dann öffnete sie den Ordner »Fotos« und ließ die Porträts vorüberziehen, die sie mit einer kurzen Beschreibung versehen hatte. Ärzte, Freunde, Familie, Pizzalieferant, Briefträger, Klempner, Patienten von MemoryNode. Auch der Mann mit dem spärlichen Bart, Alain Schryve, war darunter. Mehrere Dutzend Gesichter.

»Moment mal! Gehen Sie zurück!«, rief Lucie aus.

Manon kam der Bitte nach.

»Hervé Turin? ›Nie wieder mit diesem Perversen zusammenarbeiten‹. Aber warum?«

Manon zuckte mit den Schultern und drückte mit zusammengepressten Lippen ihren N-Tech an sich.

»Das ist mein Privatleben, das geht Sie nichts an. Ich zeige diese Fotos niemandem. Kennen Sie ihn?«

Lucie nahm einen beschwichtigenden Tonfall an.

»Er ist heute nach Lille gekommen, um wieder an dem Fall mitzuarbeiten.«

»Nach Lille gekommen? Warum?«

»Er kennt sich am besten mit der Akte des Professors aus und scheint sehr kompetent zu sein. Irre ich mich?«

Manon senkte den Kopf. Nachdem sie kurz nachgedacht hatte, antwortete sie:

»Nein, nein. Er ist brillant. Und hartnäckig.«

»Kennen Sie sich gut?«

Manon seufzte.

»Vor dem Einbruch haben wir zusammengearbeitet. Ich habe ihm von meinen Ideen erzählt, davon, was ich von den Mathematikaufgaben hielt, und im Gegenzug hat er mir von den sensiblen Punkten der Ermittlungen berichtet. Wir sind viel zusammen gereist, in die Städte, in denen die Morde stattgefunden haben.«

Ihre Stimme war voller Verbitterung. Was bedeutete: »Wir sind viel zusammen gereist«? Lucie ließ nicht locker:

»In Ihrem N-Tech haben Sie notiert: ›Perverser‹. Warum?«

Manon schloss den Ordner »Fotos« wieder und kehrte zum Hauptmenü zurück.

»Die Sitzung fängt gleich an, Madame«, sagte sie und blickte auf. »Ich muss wieder zurück.«

Lucie strich ihr zärtlich über die Hand, um ihre Aufmerksamkeit auf sich zu lenken.

»Ich habe gesehen, wie Turin die Frauen anschaut. Hat er sich Ihnen gegenüber nicht korrekt verhalten?«

Manon wollte zu ihrer Gruppe gehen, doch diesmal ging Lucie entschiedener vor und packte sie am Arm.

»Antworten Sie, Manon! Hat er Sie belästigt?«

Manon hob die Stimme.

»Was geht Sie das an? Steht mir kein Privatleben zu, nur weil ich kein Gedächtnis mehr habe? Meine Vergangenheit ist einwandfrei! Können Sie mir das nicht zugestehen? Sagen Sie!«

Lucie lockerte ihren Griff. Sämtliche Köpfe hatten sich in ihre Richtung gedreht.

»Sie haben recht, entschuldigen Sie. Aber ich brauche diese Liste mit den Kontakten. Sie haben meine Karte mit meiner E-Mail-Adresse.«

»Ich werde sie Ihnen sofort nach der Sitzung zuschicken! Sehen Sie, ich schreibe es auf! Und jetzt lassen Sie mich in Ruhe!«

Während Manon die zu erledigende Aufgabe notierte, bemerkte sie, dass noch eine weitere nicht abgehakt war. Sie sah auf der entsprechenden Seite nach und sagte, während sie auf Lucie zuging:

»Ah! Ich wollte Sie anrufen.«

Ihr Tonfall war völlig verändert, sehr viel milder. Man hätte meinen können, dass sie ihren Wutanfall schon wieder vergessen hatte.

»Das haben Sie bereits getan. Sie haben mir eine Nachricht hinterlassen, die ich noch nicht abgehört habe.«

»Als ich Sie …«

Ungläubig betrachtete sie Lucies genähte Augenbraue.

»… geschlagen habe, letzte Nacht, war es fast 5 Uhr 30, nach dem, was man mir gesagt hat und was ich aufgenommen habe, stimmt das?«

»Daran erinnere ich mich ganz genau, ja! Sie haben mich für jemand anders gehalten und ordentlich zugeschlagen!«

Manon zog Lucie ein Stück beiseite. Nun flüsterte sie beinahe.

»Das tut mir leid, ich …«

»Lassen Sie nur. Das war nicht Ihre Schuld. Jedenfalls nicht wirklich.«

»Sagen Sie, wie lange war die Dubreuil zu diesem Zeitpunkt schon tot?«

»Über fünfzehn Stunden. Dem Gerichtsmediziner zufolge wurde sie gestern um die Mittagszeit getötet.«

Ihre Überraschung war offensichtlich. Sie notierte die Information sorgfältig in ihrem N-Tech, dann überflog sie erneut die elektronischen Seiten.

»Diese Orte, die mit unserem Fall zu tun haben, Raismes, Hem, Roeux, nun, sie bilden ein gleichseitiges Dreieck, die drei Seiten sind genau gleich lang. Nehmen Sie eine Straßenkarte und überprüfen Sie es! Überprüfen Sie es! Genau fünfzig Kilometer zwischen Hem und der Hütte im Wald bei Raismes, zwischen Hem und Roeux, und zwischen Roeux und dem Wald!«

»Ja, und?«

»Nun, hierbei handelt es sich um eine elementare mathematische Figur! Drei Orte, die auf den ersten Blick nichts miteinander zu tun haben, aber durch Logik verbunden sind!«

Sie bewegte ihren Stift über den Touchscreen und machte weitere Informationen sichtbar.

»Dann wollte ich überprüfen, ob diese Dezimalstellen von π korrekt sind. Ich habe im Internet ein Programm ausfindig gemacht, das in der Lage ist, jede beliebige Folge innerhalb der ersten Milliarden Dezimalstellen zu finden. Die Sozialversicherungsnummer von Dubreuil habe ich tatsächlich wiedergefunden, der Professor hat uns nicht getäuscht. Es handelt sich um die Kommastelle 112 042 004 der Zahl π. Auch das können Sie überprüfen. Es ist alles richtig, glauben Sie mir!«

Lucie war beeindruckt von Manons Beharrlichkeit.

»Natürlich glaube ich Ihnen.«

Die junge Amnesie-Patientin schien plötzlich abwesend zu sein, als hinge sie wieder ihren Gedanken nach.

»Manon?«, sagte Lucie und fuchtelte mit der Hand vor ihren Augen.

»Ja, ja. Es ist nur dieses Rätsel. ›Träum grausame Tode.‹ Ich begreife es nicht.«

»Sicher. Aber ich weiß nicht, worauf Sie hinauswollen mit dieser Geschichte von dem Dreieck und π.«

Manon warf rasch einen Blick auf ihren N-Tech, dann antwortete sie:

»Dabei ist es ganz einfach! Was π angeht, so blufft er nicht. Zudem treibt er seine Manie so weit, dass die Tatorte ein gleichseitiges Dreieck bilden. Andererseits hält er zum ersten Mal in seiner ›Laufbahn‹ sein Ultimatum nicht ein. Er verkündet, dass er um vier Uhr morgens agieren wird, dabei hat er die Alte schon am Vortag um die Mittagszeit herum getötet.«

»Reden Sie weiter, das ist interessant.«

Manon war aufgeregt, sie spürte, dass sie die Ermittlungen voranbringen konnte. Sie blickte Lucie komplizenhaft an.

»Ich habe alles hier aufgeschrieben. Schauen Sie. Gestern hätte ich von 9 Uhr 30 bis 10 Uhr 15 joggen sollen, ich habe es nicht getan. Ich hatte um 11 Uhr einen Termin in der Bank, ich bin nicht dorthin gegangen. Und auch nicht zu den anderen Terminen gestern. Also hielt er mich bereits gefangen.«

»Ihr Bruder hat gesehen, wie Sie sich fertig gemacht haben zum Joggen, so hat er mir gesagt. Das war um 9 Uhr 10, als er gerade zur Arbeit aufbrach. Sie sind also vermutlich zwischen 9 Uhr 10 und 9 Uhr 30 entführt worden, in Ihrer Wohnung, weil Sie Ihren N-Tech nicht dabeihatten, obwohl Sie ihn sogar zum Joggen mitnehmen. Sie hatten bereits Ihren Trainingsanzug an, in dieser Kleidung haben wir Sie auch aufgefunden. Es passt alles zusammen.«

»Was ist bloß gestern passiert? Ich weiß es nicht. Chronologisch gesehen hat er mich jedenfalls zuerst in der Hütte eingesperrt, dann ist er losgefahren, um die Dubreuil zu töten, ist zur Hütte zurückgekehrt und hat mich freigelassen. Und ich verstehe nicht, warum er das getan hat, warum er nach so vielen Jahren seine ›Versprechungen‹ erstmals nicht einhält. Er hätte Dubreuil gut um 4 Uhr töten können, so wie er es angekündigt hatte. Als er mich abends freiließ, wusste er genau, dass wir nicht rechtzeitig in Roeux ankommen würden.

Ich gebe zu, dass mich das beunruhigt, jedes Mal, wenn ich diese Notizen durchlese.«

Manon war schnell wie ein Computer. Aber ihr fehlte das Gespür des Polizisten, das Wissen über Verbrecher. Lucie spürte, wie die Spannung in ihr hochstieg. Zusammen würden sie beide ein tolles Team abgeben.

»Wissen Sie was, Manon? Ich glaube, er hat dieses Ultimatum gestellt, um unsere Aufmerksamkeit auf sich zu lenken, aber in Wirklichkeit musste er gestern Abend, nachdem er Sie freigelassen hatte, irgendwoanders sein.«

»Um sich ein Alibi zu verschaffen?«

»Ich glaube nicht. Sein Profil zeigt, dass er unsere Techniken genau kennt, er hätte sich denken können, dass wir den Todeszeitpunkt relativ genau bestimmen würden. Aber trotzdem wollte er nicht, dass seine Abwesenheit in jener Nacht bemerkt würde. Und insbesondere zwischen 21 Uhr und 4 Uhr. Familie, Freunde, Arbeitskollegen. In dieser Nacht musste der Professor irgendwoanders erscheinen. An einem Ort, wo es verdächtig gewesen wäre, wenn er sich nicht gezeigt hätte.«

Neugierig geworden schüttelte Manon den Kopf. Wie hatte dieses Gespräch noch einmal angefangen? Sie überließ Lucie ihren Gedanken und sagte im Weggehen:

»Jedenfalls, auch wenn der Mord an dieser Renée Dubreuil abscheulich ist, so bin ich doch froh, dass sie tot ist. Sie verdiente es nicht zu leben. Nicht nach all dem, was sie ihren eigenen Kindern angetan hatte.«

Tief im Innern ihrer Polizistenseele musste Lucie zugeben, dass sie der gleichen Meinung war.

Wenn sie die Dubreuil während einer Operation mit ihren eigenen Händen hätte töten müssen, dann hätte sie es mit Sicherheit getan.

Nicht sie, sondern besser gesagt die Chimäre hätte es getan. Ohne jedes Mitleid.

22

Ohne jede Schwierigkeiten betrat der Mann den Flur in dem Haus, das in vier Wohnungen unterteilt war, am Ende einer engen Sackgasse, von wo aus man nicht einmal die Farbe des Himmels erkennen konnte. Nachdem die beiden Polizisten in ihrem Wagen in der Rue Léonard Danel seine Identität überprüft hatten, ließen sie ihn wie selbstverständlich passieren. Sein Name würde in ihrer Liste auftauchen, doch das war nicht weiter schlimm.

Myrthe bellte träge hinter der Tür, doch sein Frauchen hörte ihn nicht. Nach all den Terminen, die sie heute gehabt hatte, war Manon unter die Dusche gegangen, um neue Kräfte zu sammeln, bevor sie sich wieder vor dem Computer an die Arbeit machte. Die Informationen lernen, aufschreiben, ordnen.

Sie schloss die Augen und ließ sich von einer Welle des Wohlbefindens forttragen, ohne sich zum x-ten Mal ihr lückenhaftes Hirn zu zermartern. Man musste ab und zu ausbrechen, die Amnesie vergessen. Das war im Übrigen wohl am schwierigsten zu vergessen.

Als der Mann sein Ohr an die Wohnungstür presste, hörte er das Rauschen der Dusche. Sieh an! Warum nicht?

In weniger als zehn Sekunden hatte er seine Pläne geändert.

Er würde etwas ausprobieren. Ein sehr interessantes Experiment.

Mit sachkundigem Blick untersuchte er das Schloss. Es sah aus wie ein Stiftschloss. Er streifte Gummihandschuhe über, nahm seinen Dietrich heraus und führte ihn in das Schloss ein. Ein schabendes Geräusch. Jetzt die richtige Drehrichtung herausfinden, um die Tür zu öffnen. Den Widerstand spüren, bis nur noch die Federkraft des Gehäuses auf den Kernstift wirkt. Und drehen.

Zwei Minuten später stand er im Flur. Die Polizisten hatten Anweisung, ihr Fahrzeug nicht zu verlassen, sie würden ihn nicht stören. Was den Bruder betraf, der war im Augenblick nicht anwesend, ganz einfach.

Er zog die Tür leise hinter sich zu und schloss sie wieder ab. Sein Herzschlag beschleunigte sich. Die Erregung, die Glut der Triebe.

»Da! Guter Hund, guter Hund.«

Myrthe beschnupperte die fremde Hand, duldete die Streicheleinheiten auf der Brust und kehrte zurück in die Küche.

Der Eindringling ging seelenruhig weiter. Er warf einen Blick in das Schlafzimmer zu seiner Linken. Hinten an der Wand hing ein großes Poster von Manon. Er trat näher und berührte durch seinen Handschuh das reine Opalglas. Sie war so schön, so begehrenswert. Es war lange her.

Mit zusammengebissenen Zähnen zog er eine Schublade auf; sie gab ein quietschendes Geräusch von sich. Er hielt inne, vergewisserte sich, dass der Wasserstrahl nicht schwächer geworden war. Vor ihm standen jede Menge Schuhpaare, geordnet nach Farbe und Jahreszeit. Mit wallendem Blut öffnete er das untere Fach und gelangte zu den Slips, die ebenfalls genau sortiert waren. Die behandschuhte Hand griff sich einen von ganz hinten heraus, schwarz und aus Spitze. Dieses Miststück. Er liebte Spitze, er hätte das Wäschestück verschlingen können. Er schnupperte lange daran und steckte ihn dann in seine Tasche. Sein persönliches Souvenir.

Unter den Zetteln, den Abreißkalendern und Post-its, die überall verstreut herumlagen, entdeckte er auf dem Nachttisch die Ergebnisse von Manons letzten Gedächtnistests. Mini-Mental-Status, ein Screening-Verfahren zur Beurteilung von Gedächtnisstörungen, Messung der kognitiven Effizienz, Mattis-Demenz-Skala. Er überflog sie. Beachtliche Fortschritte dank der vielen Wiederholungen. Immer bessere Resultate, wirklich beeindruckend. Aber Manon war nicht in der Lage, unmittelbar zurückliegende Informationen zu behalten. Die geringste Ablenkung, und hopp! Alles wurde ausgelöscht. Auch die Gesichter. Prosopagnosie, das reinste Glück. Diese Schwachstelle galt es auszunutzen.

Er setzte seine Erkundung der Wohnung fort. Hinten im Gang erregte eine Metalltür mit einem Zahlencode seine Aufmerksamkeit. Was hatte so ein Teil in ihrer Wohnung zu suchen? Was verbarg sie darin? Er stürzte in die Küche, fand dort ein Päckchen Mehl, ließ eine kleine Menge davon auf seine Handfläche rieseln und blies es dann auf die Zahlen des Codes. Das weiße Pulver blieb an dem Fett hängen, das die Fingerabdrücke hinterlassen hatten. Vier Zahlen tauchten auf. 1, 4, 3, 7. Jetzt mussten nur noch sämtliche Kombinationen ausprobiert werden. Eine Minute später schlüpfte er ins Innere des Bunkers.

Das Licht ging automatisch an. Es gab keine Fenster.

Ein wahnsinniges Durcheinander, eine Höhle voll mit seltsamen Notizen, die meisten davon unleserlich. Erstarrt blieb er stehen vor all den mathematischen Formeln, den Ableitungen, den merkwürdigen Begriffen auf Latein und wandte sich dann den Fotos zu. Manons Drang, den Professor zu jagen, hatte nicht nachgelassen. Fotos von ihrer Schwester Karine, nachdem sie in die fachkundigen Hände des Professors geraten war. Ein Gebilde aus Fleisch und Blut. Er kannte dieses Bild, das aufgeschürfte Lippen zeigte, verdrehte Augäpfel, Finger, die eine blaue Kreide umklammerten. Auch er besaß einige Exemplare davon, zusammen mit denen der anderen Opfer. Verfluchtes Privileg.

Aber das hier war nicht das Interessanteste. Er verließ den Raum wieder, entfernte die Mehlspuren und wandte sich Richtung Badezimmer.

Er ging langsam, geräuschlos. Er hätte gerne jede Sekunde unendlich in die Länge gezogen. Diese Vorfreude, bevor man zur Tat schritt.

Mit den Fingerspitzen schob er die Tür auf. Sein glühender Körper wurde von Dampfschwaden eingehüllt. Das Wasser prasselte laut gegen eine breite Scheibe. Hinter dem Plexiglas waren die schwingenden Bewegungen eines weiblichen Körpers zu sehen. Er kam näher, stieg über einen Haufen Kleider und presste seine Stirn an die Glasscheibe.

Sie wandte ihm den Rücken zu.

Diese vollendete Wölbung. So hatte seine Fantasie es sich während all dieser schmerzhaften Jahre ausgemalt. Das Bild, das ihn in seinen Albträumen verfolgte.

Manon, Manon, dort, direkt hinter der Scheibe. Nur eine einfache durchsichtige Schicht zwischen ihren Körpern. Er musste sie haben, augenblicklich. Diese prallen Brüste drücken, sie kneten, bis aufs Blut zerquetschen. Es war so einfach! Er zog seine Jacke aus, ließ sie zu Boden fallen und steckte seine Pistole in die hintere Tasche seiner Jeans. Er brauchte keine Waffe.

Mit einem Ruck schob er die Schiebetür beiseite, tastete nach dem Wasserhahn und drehte das Wasser ab. Manon blieb keine Zeit, ihm Widerstand zu leisten, eine kräftige Hand legte sich auf ihren Mund. Sie fand sich an die Wand aus Steinfliesen gedrückt wieder, der Arm, der sich um ihren Hals schlang, verhinderte jede Bewegung. Unmöglich, zuzuschlagen.

»Hallo, meine Süße.«

Diese Stimme. Sie hätte sie unter Tausenden wiedererkannt.

Auf der Stirn des Mannes perlten Schweißtropfen, sein Hemd war völlig durchnässt. Jeder einzelne Muskel hallte wider wie die Saite einer Harfe. Der Dampf hüllte ihn ein. Mit einer entschlossenen Bewegung und zusammengebissenen Zähnen drückte er Manon auf den Boden und presste sich mit aller Kraft an ihren Körper. Seine Bewegungen wurden immer heftiger.

Jetzt musste er nur noch seinen Hosenschlitz öffnen, hier und jetzt, um sie zu besitzen. Endlich.

Manon wehrte sich noch immer. Während sie einen gedämpften Schrei ausstieß, gelang es ihr, ihn in die Hand zu beißen. Der Mann fluchte, während sein Opfer ein Stück rosafarbenes Fleisch in den Abfluss spuckte.

Gekrümmt vor Schmerz stand er auf, drehte den heißen Wasserstrahl voll auf und schloss die Schiebetür.

»Ich komme bald wieder, mein Schatz«, sagte er mit schmerzverzogenem Gesicht, während er seine blutverschmierte Hand umfasst hielt. »Und dann bist du dran. Drecksstück.«

Manon schrie. Das heiße Wasser brannte auf ihrer Haut. Ihre Schultern, ihre Schenkel glühten. Als ob Tausende Volt durch ihren Körper strömten. Sie griff mit beiden Händen über sich, an den Wasserhahn, drehte ihn ganz nach rechts. Das Wasser wurde eiskalt. Erneut ein Schrei. Endlich schaffte sie es, das Wasser abzustellen, danach blieb sie gut zwanzig Sekunden lang keuchend, von Schmerzen gepeinigt liegen, während das Wasser in einem Strudel verschwand und ein Schleier aus Dampf ihr Gesicht mit einer Maske des Vergessens umgab.

Wie hatte sie sich nur so verbrennen können? Und woher kam dieser Geschmack nach Blut in ihrem Mund? Sie raufte sich die Haare, wollte sie ausreißen, voller Wut auf diese verfluchte Behinderung, die sie zugrunde richtete.

Und sie zerbrechlich und verwundbar machte wie ein Kristallglas in einem Schraubstock.

23

Lucie hatte Maud, die Tagesmutter, gebeten, länger als ursprünglich geplant auf ihre Töchter aufzupassen. Diese zusätzlichen Stunden würden ihr Bankkonto in die roten Zahlen treiben, aber das machte nichts. Das Gehalt würde bald eintreffen, und außerdem war die berufliche Leidenschaft gerade dabei, den Mutterinstinkt endgültig zu verdrängen.

Sie musste unbedingt Pierre Bolowski treffen, den Paläontologen. Er wollte sie über die Fossilienstücke informieren, die man im Verdauungsapparat von Renée Dubreuil gefunden hatte. Und direkt danach wollte sie Frédéric Moinet einen kleinen Besuch abstatten. Diese Sache mit den Hautritzungen auf Manons Bauch beschäftigte sie.

Bevor sie nach Villeneuve d'Ascq aufgebrochen war, hatte sie den Kommandanten angerufen und ihn gebeten, die Fotos vom N-Tech aus ihrer E-Mail runterzuladen. Er hatte sofort Leute darauf angesetzt. Es galt, Identitäten zu überprüfen, den Terminplan von über hundertvierzig Personen, von der Kassiererin im Supermarkt bis hin zum Zahnarzt. Das fing bereits gut an.

Die Universität Lille I im Zentrum von Villeneuve d'Ascq war eine Stadt in der Stadt, eingeschlossen von den großen Hauptverkehrsachsen nach Paris, Gent und Brüssel. Ein imposanter Komplex aus Gebäuden, Wohnheimen und Sporthallen, der Studenten, Forscher und Lehrkräfte vereinte. Dort waren sämtliche Wissenschaften vertreten: Werkstoffkunde, Elektrotechnik, Chemie, Biologie, Mechanik und noch viele mehr.

Lucie lief eine Weile im Kreis herum, bis sie endlich das Gebäude mit dem banalen Namen SN5 59855 gefunden hatte. Das Labor für Paläontologie und Stratigraphie.

Pierre Bolowski, ein kleiner Mann mit krummem Rücken, empfing sie in einer Welt aus Gestein, Mikroskopen, riesigen, in Plastik eingeschweißten Karten, die Falten, Höhenlinien und geologische Verwerfungen darstellten. Nachdem sie sich rasch vorgestellt hatten, legte der Forscher ein lackiertes orangefarbenes Fossil von der Größe einer Aprikose, das eine perfekte Spirale aufwies, vor sich auf eine Vitrine.

»Dies hier ist eine exakte Kopie von dem, was Ihr Opfer einnehmen musste«, erklärte er, während er sich hinter seinen Schreibtisch setzte. »*Hysteroceras orbigny*, ein Ammonit. Dreihundert Gramm Eisensulfat, auch Pyrit genannt. Die genaue chemische Zusammensetzung können Sie in dem Bericht nachlesen, den meine Sekretärin Ihrem Kommandanten zufaxen wird.«

Der ausgestellte Ammonit war in zwei Teile zerschnitten. Man konnte die Trennwände sehen, in denen der Kopffüßer gelebt und sich im Laufe der Jahre bewegt hatte, bis er diese ungeheure logarithmische Spirale gebildet hatte. Lucie war ganz in Gedanken versunken. Wie hatte so ein dummes Tierchen solch ein Gebilde hervorbringen können, in dem sich der Goldene Schnitt verbarg?

»Es gibt keine Zufälle«, hatte Turin gesagt. Aber was war es dann? Diese berühmte komplexe mathematische Funktion, die die ganze Welt beherrschte? Völlig absurd.

»Gibt es zwischen dem Ammoniten und dem Nautilus eine Verbindung?«, wagte sie zu fragen, während sie ihr unverwüstliches Heft hervorholte.

Pierre Bolowski nahm sein Fossil in die Hand und betrachtete es von allen Seiten. Sein Diamant.

»Eigentlich ja. Die Ammoniten sind zur selben Zeit ausgestorben wie die Dinosaurier, an der Kreide-Tertiär-Grenze vor fünfundsechzig Millionen Jahren. Der Nautilus ist ihr nächster Verwandter. Deshalb nennt man ihn auch ›lebendes Fossil‹.«

»Darf ich?«

»Natürlich. Aber passen Sie auf, dass Sie sich nicht verletzen, die Kanten des Längsschnitts sind sehr scharf.«

Lucie ergriff den Ammoniten, hingerissen von der unglaublichen Schönheit der Kammern, der Harmonie seiner Windungen. Sie hielt einen perfekten mathematischen Gegenstand in Händen, der bereits lange vor der Begründung der Mathematik selbst existierte, der eingesperrt im Stein die Jahrtausende überdauert hatte, um schließlich vor aller Welt ausgestellt zu werden. Aber dies war auch die gefährliche Waffe, mit der ein Verbrechen begangen worden war, Dutzende von Klingen, die das innere Gewebe einer alten Frau zerfetzt hatten. Das widersprach jeder Logik.

»Und? Haben Sie eine Idee, wo er möglicherweise herstammt?«

»Ob ich eine Idee habe? Aber natürlich! Ich könnte Ihnen

den Ort, an dem er abgelöst wurde, bis auf ein paar Meter genau eingrenzen!«

»Nein, Sie machen Scherze?«

Der Paläontologe deutete auf ein Foto hinter sich. Es zeigte eine strahlend weiße Steilküste, wo Männer mit Kreuzhacken und in Gummistiefeln stolz posierten. Er selbst stand in der Mitte.

»Ihr Ammonit ist während des Albium aufgetreten, einer Stufe in der höchsten Unterkreide. Diese Stufen stellen gewissermaßen einen Querschnitt unseres Planeten durch die Zeit dar, in etwa wie die Ringe eines zersägten Baumes. Jede Stufe hat ihre eigenen Ammoniten, die spezifisch für sie sind. Pyritisierte Ammoniten, phosphatisierte Ammoniten, Kreideammoniten. Die wenigen Orte, wo man Aufschlüsse des Albium sehen kann, sind Folkstone in England, die Drôme, die Aube und ... raten Sie, wo noch?«

»Mir scheint, dass an der Küste viele Fossilien gesammelt werden. In der Gegend von Boulogne, nicht wahr?«

»In Wissant, genauer gesagt am Kap Blanc-Nez. Es handelt sich um einen Aufschluss, der sehr beliebt ist bei Fossiliensammlern, Geologen und Paläontologen aus ganz Frankreich, ja aus ganz Europa! Die Stücke Ihres Ammoniten stammen von den sogenannten *Argiles du Gault*, die zwischen dem Weiler von Strouanne und dem Kleinen Blanc-Nez liegen. Der große Vorteil für den Spaziergänger ist, dass die Stufe vom Kieselstrand aus erreichbar ist, sie liegt am Fuß der Steilküste, und daher kann jeder, der mit einem Pickel ausgerüstet ist, einen Ammoniten aus dem Gestein lösen. Für die Stätte bedeutet dies übrigens eine Katastrophe.«

Er wies auf ein anderes Foto, auf dem Absperrungen und Schilder zu sehen waren.

»Aus diesem Grund sind das Ablösen und die Suche danach inzwischen verboten. Und das ist auch besser so.«

»Verboten, aber immer noch möglich?«

»Wenn man sich nicht erwischen lässt, ja. Die Polizei nimmt es da sehr genau, und es hagelt Geldbußen.«

Lucie notierte: »Bei der Stadtverwaltung von Wissant überprüfen, ob Zuwiderhandlungen bekannt sind.« Das Kap Blanc-Nez lag etwa hundert Kilometer von Lille entfernt.

»Das Fossil wurde also möglicherweise dort abgelöst. Bei den *Argiles du Gault*. Und wann das geschah, wissen Sie nicht zufällig?«

Bolowski legte seine Hände unter dem Kinn zusammen.

»Nun übertreiben Sie aber wirklich, Leutnant!«

Lucie antwortete mit einem Lächeln auf den Lippen:

»Ich wollte nur fragen, für den Fall, dass. Man kann ja nie wissen.«

Bolowski entblößte seinerseits eine Reihe von Zähnen, die ebenso versteinert waren wie der älteste seiner Ammoniten.

»Sie übertreiben, aber ich werde es Ihnen sagen.«

Zufrieden über seine Wirkung holte er aus einem luftdichten Behälter die Stücke hervor, die in Dubreuils Leiche gefunden worden waren.

»Ihr Mörder ist bloß ein Stümper, der die Steilküsten plündert! Spezialisten wie ich behandeln die pyritisierten Fossilien immer mit einer Oxalsäure, einem Rostschutzmittel, und spülen sie mit destilliertem Wasser ab, damit sich kein Kalziumoxalat bildet, das sie zwangsläufig bleichen würde. Man kann sie sogar lackieren, um sie noch besser zu schützen. Wie zum Beispiel bei diesem hier, das ich Ihnen mitgebracht habe.«

Er fischte vorsichtig ein großes Stück aus dem Behälter.

»Das Fossil, das der Mörder hinterlassen hat, ist oxydiert und gebleicht, der absolute Wahnsinn. Wenn man sich anschaut, wie dick die Eisenoxydschicht um das Pyrit herum ist, so lässt sich daraus schließen, dass er vor etwa sechs Monaten abgelöst wurde.«

Fasziniert starrte Lucie auf die Splitter, in denen der Paläontologe lesen konnte, diese in tausend Stücke zersprungene Kristallkugel, die erzählte, dass der Professor bereits im späten Herbst zum Fuß des Kaps Blanc-Nez hinabgestiegen war, um schon damals seinen Mord vorzubereiten.

Diese ganze Zeit, um seinen Plan bis ins Kleinste auszuarbeiten.

»Ich habe noch etwas für Sie«, fügte der Magier des Gesteins hinzu. »Eine Kleinigkeit, die Sie interessieren könnte.«

Er schien sich über den überraschten Ausdruck, den er jedes Mal auf das Gesicht der hübschen Polizistin zauberte, zu freuen.

»Sie kennen den Namen des Mörders?«, scherzte Lucie.

»Fast.«

»Wie, fast?«

»Das Pyrit ist ein sehr hartes Mineral, das man jedoch zerkratzen kann. Wenn man einen Ammoniten vom Gestein löst, muss man mit Hammer und Meißel zu Werke gehen. Besitzen Sie eine Waffe, Leutnant Henebelle?«

»Ja, sicher. Aber was für ein Zusammenhang besteht da?«

»Wie Sie wissen, kann man in der Ballistik herausfinden, von welcher Waffe eine Kugel abgefeuert wurde, indem man die winzigen Riefen untersucht, die die Rillen des Laufs auf der Kugel hinterlassen haben. Diese Riefen sind gewissermaßen der Fingerabdruck des Revolvers.«

Lucie verstand, worauf er hinauswollte. Der Spurensicherung gelang es zuweilen, einen Einbrecher zu identifizieren, indem sie einfach einen Abdruck von der Spur machte, die die Brechstange an der Tür hinterlassen hatte, und diesen mit dem Werkzeug verglich, das bei dem Verdächtigen gefunden wurde. Denn jede Brechstange hinterlässt eine einzigartige Spur, eine Signatur.

»Gut gemacht, Monsieur Bolowski!«

»Nun ja, die Fossilien sprechen, Leutnant. Sie schließen die Vergangenheit ein, aber auch alles, was ihnen nahe kommt. Dieses Stück trägt die Spur des Meißels, der ihn von der Felswand gelöst hat. Größe, Unebenheiten, raue Stellen. Der Meißel, der uns interessiert, ist ungefähr drei Zentimeter breit. Finden Sie das Werkzeug, betrachten Sie es unter dem Mikroskop, vergleichen Sie es mit dem Abdruck auf diesem Stück Pyrit, und mit ein bisschen Glück haben Sie Ihren Mörder.«

24

Nachdem Lucie auf der Suche nach einem Parkplatz vergeblich kreuz und quer durch die Altstadt von Lille gefahren war, gab sie auf und parkte im Parkhaus der Oper. Das war zwar ein ganzes Stück von ihrem Ziel entfernt, doch sie verspürte das Bedürfnis, ein wenig zu laufen und nachzudenken.

Eingehüllt in ihren Regenmantel brütete die junge Polizistin über den letzten Stunden der Ermittlungen. Nach den jüngsten Erkenntnissen schien der Professor sich seit mindestens sechs Monaten in der Region aufzuhalten. Er war Linkshänder und hatte seinen Schlag gegen Renée Dubreuil seit langem vorbereitet. Er kannte die Gegend also bestens, wusste, wann und wo er handeln konnte, ohne bemerkt zu werden, und hatte zu allem Überfluss Spaß daran, die Polizei mit seinen abgehobenen Rätseln zu verhöhnen.

Mit besorgtem Gesichtsausdruck bog Lucie in die Rue de la Monnaie, ging an dem Haus des alten Taxidermisten Léon vorbei, mit dem sie beruflich zu tun gehabt hatte, und gelangte dann in die Rue Esquermoise. Sie hatte Mühe, all die Feinheiten der Ermittlungen zu begreifen. Zu viele Fragen quälten sie. Warum hatte er es auf diese Sadistin Dubreuil abgesehen, eine neunundsiebzigjährige Frau, die sich friedlich in ihr Rattenloch zurückgezogen hatte? Was für eine Beziehung gab es zwischen dieser perversen Frau und den sechs unauffälligen Menschen, die vier Jahre zuvor getötet worden waren? Warum diese beklemmende Stille zwischen den ersten sechs und dem siebten Mord? Und warum wurde Manon Moinet derart in diese Sache hineingezogen?

Denn am beunruhigendsten an diesem verworrenen Fall war die Tatsache, dass der Mörder Manon privat kannte, dass sie wahrscheinlich von zu Hause weggebracht worden war, ohne Widerstand zu leisten. Hatte er verstanden, dass sie niemals aufgehört hatte, ihn zu jagen? In der Jagdhütte war sie weder verletzt, noch vergewaltigt oder mit Drogen vollgepumpt worden. Man hatte sie lediglich festgehalten. Wenn der Professor Angst vor ihr hatte, davor, dass sie ihr Gedächtnis wiedererlangte, vor dem Programm Memory-Node und den Werbeplakaten in ganz Frankreich, warum hatte er sie dann nicht getötet? Oder war ihm klar geworden, dass die Mathematikerin letzten Endes keine Gefahr darstellte? Nur ein schwarzes Loch, in dem sich nicht eine einzige Erinnerung festsetzen würde?

Im Moment drehte Lucie sich im Kreis. Darin ähnelte sie der an Amnesie leidenden Frau. Aber eine Sache stand fest: Alles lief bei ihr zusammen. Die Polizistin brauchte Antworten. Sie musste Manons lebendes Gedächtnis befragen. Ihren Bruder, den gut aussehenden dunkelhaarigen Mann mit den haselnussbraunen Augen.

Schnell grüßte sie zwei Kollegen, die sich in ihrem Peugeot fürchterlich langweilten, und ging dann durch die düstere Sackgasse. Sie öffnete eine schwere Holztür und betrat den Flur in Frédérics Haus, einem vornehmen spanisch-flämischen Gebäude. Im Hintergrund sah man jede Menge Trittleitern, Rigips-Platten, Säcke mit Gips. Lucie rückte ihren Mantel zurecht, zog das Gummiband aus ihren Haaren und fuhr mit der Hand hindurch. Woher kam dieser plötzliche Wunsch, sich schön zu machen?

Sie blieb einen Moment vor der Tür mit den Initialen »M.M.« stehen. Was machte die Mathematikerin wohl in diesem Augenblick? Lucie konnte sich nicht entschließen, ihr einen kurzen Besuch abzustatten, da sie ihr dann erneut alles hätte erklären müssen. Ihre Identität, unter welchen Bedingungen sie sich begegnet waren, ihr noch einmal die entsetzliche Tat beschreiben, alles wieder aufleben lassen. Da die

Polizistin es eilig hatte, ihre Töchter wiederzusehen, brachte sie es nicht über sich.

Sie konzentrierte sich wieder auf ihr eigentliches Ziel: Frédéric.

Der Unternehmensleiter öffnete mit nacktem Oberkörper, er trug eine enge anthrazitfarbene Leinenhose und hielt zwei Krawatten in der Hand. Er duftete angenehm nach Moschus.

»Schon wieder die Polizei?«, murrte er, während er einen raschen Blick auf Lucies Augenbraue warf. »Ein Kollege von Ihnen war bereits da. So ein nervöser, schroffer Typ mit Marderaugen.«

»Hervé Turin?«

»Wie ich sehe, war meine Beschreibung nicht schlecht. Hören Sie, ich habe seine Fragen bereits beantwortet und habe für heute genug gehört. Wenn Sie erlauben, ich habe es eilig. Ich werde morgen in aller Frühe in der Hauptverwaltung von Air France erwartet. Mein Zug fährt um 21 Uhr 03 vom Bahnhof Lille-Europe ab, ich verbringe die Nacht in Paris.«

»Ich bestehe darauf. Ich benötige nur ein paar Informationen über Manon.«

»Genau wie der Marder! Konnten Sie sich nicht abstimmen?«

»Es geht um die Narben Ihrer Schwester. Es würde mich wundern, wenn mein Kollege Sie bereits darauf angesprochen hat.«

Er seufzte verzweifelt, dann antwortete er schroff:

»In diesem Fall habe ich Ihnen nichts zu sagen. Diese Hautritzungen gehen nur sie etwas an.«

Er wollte die Tür wieder schließen. Lucie trat dazwischen.

»Abgesehen davon, dass eine der Narben von Ihnen stammt. Sie haben Ihre Schwester absichtlich verstümmelt. Und, sehen Sie, das geht mich sehr wohl etwas an.«

Er trat einen Schritt von der Tür zurück, dann sagte er verärgert:

»Kommen Sie herein.«

Klare Linien, kostbarer Chrom, designte Formen – der Inbegriff des zeitgenössischen Stils.

»Ich bin traditioneller, was die Inneneinrichtung angeht«, kommentierte Lucie. »Ich mag eher alte Möbelstücke und Fernseher, die durchbrennen. Sie haben einen recht guten Geschmack für einen alleinstehenden Mann.«

»Soll ich das als Kompliment oder als Angriff auffassen?«

Frédéric packte seinen Koffer weiter. Anzug, weiße Hemden, mehrere Paar Schuhe. Alles war sorgfältig geordnet, gefaltet, eingeräumt.

»Ein bisschen von beidem«, erwiderte Lucie lächelnd. »Kommen wir zurück zu den Narben.«

Er zog ein Yves-Saint-Laurent-Hemd über, das tadellos gebügelt und mit einer seltsamen Anstecknadel verziert war – einem Spinnennetz aus Zinn. Er knöpfte es mit erstaunlicher Geschwindigkeit zu. Seine Finger waren schmal und geschickt.

»Die erste Hautritzung hat sich Manon zu Beginn ihrer Amnesie selbst zugefügt. In dem Jahr nach dem Einbruch war mein Leben die reinste Hölle. Meine Schwester verstand nicht, was mit ihr geschah. Sie war völlig verwirrt, behindert, unfähig, allein zurechtzukommen und sich zu organisieren. Wegen ihrer beschädigten Hippocampi hatte sie große Probleme mit ihrem Orientierungssinn und bei der räumlichen Wahrnehmung. Damals gab es noch keine Programme für die Rehabilitation von Amnesie-Patienten wie MemoryNode. Manon wurde nur von einem Logopäden und von mir unterstützt, denn unsere Mutter hatte uns verlassen.«

»Selbstmord, nicht wahr?«

»Ich sehe, Sie haben Ihre Quellen. Sie hat sich die Pulsadern aufgeschnitten, in einer Spezialklinik, in der sie wegen ihrer Depression behandelt wurde. Ich nehme an, das ist Ihnen bekannt.«

»Ja«, sagte sie und holte ihr Heft heraus.

»Nach Karines Tod und dem meiner Mutter habe ich alles aufgegeben. Ich habe unseren Familienbetrieb, der Verpackungen herstellte, verkauft, um hierher nach Lille zu ziehen, wo Manon aufgewachsen ist, damit sie sich endlich an glückliche Erinnerungen klammern konnte. Ich wollte sie in eine andere Umgebung bringen, wegschaffen aus dieser Welt des Todes. Und ich habe mich fast ausschließlich um sie gekümmert.«

Frédéric hielt sichtlich bewegt inne. Man konnte an seinem Gesicht ablesen, welches Leid er durchgemacht hatte.

»Am Anfang, als Manon noch nicht die kleinste Erinnerung bilden konnte, schrieb sie alles auf. Auf die Wände, die Möbel, in Hefte. Das war sicherlich ein Mittel, um all das, was in ihrem Gehirn brodelte und sie nicht zu fassen bekam, loszuwerden. Eine Art Hilferuf.«

Er deutete mit dem Arm in Richtung von Manons Wohnung.

»Eines Tages bin ich zu ihr gekommen und habe sie im Badezimmer gefunden, wo sie sich gerade vor dem Spiegel die Haut zerschnitt. Es schien, als bekäme sie keine Luft mehr, es war alles sehr merkwürdig. Sie fasste sich an den Hals, spuckte aus, ich habe wirklich geglaubt, sie wäre erneut überfallen worden. Ich sehe die Bewegungen noch genau vor mir! Wie sie mit dem Messer auf ihr Fleisch einsticht, und die andere Hand an der Luftröhre. Mit einem Küchenmesser! Können Sie sich diesen Anblick vorstellen?«

Er kniff die Augen zusammen. Er schien die Szene noch einmal durchzumachen.

»Als ich das Blut sah und ihren Todeskampf, bin ich in Panik geraten. Also habe ich mich auf sie gestürzt und ihr das Messer entrissen. Sie wollte es nicht loslassen, und dabei ist diese lange Narbe entstanden, hinter ›Finde das Grab v‹. Dann habe ich sie ins Krankenhaus gebracht, um es zu begreifen. Wie die Fachärzte sagen, hatte sie den Überfall und das Würgen noch einmal durchlebt, obwohl sie keine bewusste Erinnerung daran besaß. Eine Konfabulation, um mit ihren Worten zu sprechen, das heißt eine erfundene Erinnerung.«

Lucie näherte sich einem brandneuen Macintosh und ließ ihre Finger über die Tasten der verchromten Tastatur gleiten.

»Und was bedeutet dieser Satz? Er muss ungeheuer wichtig für Manon gewesen sein, dass sie sich derart verstümmelt hat. Damit sie sicherstellt, diese Spur nie wieder zu verlieren.«

»Es wird Sie bestimmt erstaunen, aber weder Manon noch ich wissen es. Als ich sie unterbrochen habe, hat sie ihren Gedankengang völlig vergessen. Sie musste dringend behandelt werden, ich habe sie sofort ins Krankenhaus gebracht.«

Lucie fielen die Worte des Neurologen ein.

»Das Gedächtnis des Körpers!«, rief sie aus.

»Wie, das Gedächtnis des Körpers?«

»Doktor Vandenbusche hat mir von einem Gedächtnis des Körpers erzählt. Vielleicht hat die Tatsache, dass sie die Szene des Überfalls und das Würgen noch einmal erlebt hat, bei ihr die Erinnerung an ein Grab ausgelöst! Eine Erinnerung, die sie sofort auf ihren Körper niederschreiben wollte! Vielleicht eine Information, die der Einbrecher ihr verraten hat, als er ihr die Kehle zudrückte, eine wesentliche Information!«

»So ein Quatsch! Das Gedächtnis des Körpers ist bloß eine Theorie von Vandenbusche, sie wurde nie bewiesen! Und was sollte der Einbrecher mit der Geschichte zu tun haben?«

Lucie starrte einen Augenblick lang auf die Anstecknadel aus Zinn, dann sagte sie:

»Ich weiß es nicht. Aber wenn es sich nicht um das Gedächtnis des Körpers gehandelt hat, nehme ich an, dass Manon sich Notizen gemacht hat über dieses Grab. Dass sie ihre Schlussfolgerungen in ihren N-Tech oder den Computer eingegeben hat.«

Mit zusammengekniffenen Lippen schüttelte Frédéric den Kopf.

»Nichts, wir haben nie etwas gefunden, und ich kann Ihnen sagen, wir haben gesucht. Damals hatte Manon ihren N-Tech noch nicht, und sie konnte ihr Potenzial des Auswendiglernens mit Hilfe von Wiederholung noch nicht nutzen.

Sie verwendete lediglich Zettel, sie schrieb Tausende von Beobachtungen in ihre Hefte, deren Inhalt sie dann wiederum in den Computer eingab. Es war also unmöglich, ihre Notizen nach Wichtigkeit einzuordnen, zu unterscheiden zwischen dem, was absolut notwendig, und dem, was unnütz war. Es gab einfach zu viel!«

»Und indem sich Manon diesen Satz auf die Haut ritzte, wollte sie ihm höchste Priorität geben. Aber, Pech für sie, ausgerechnet in dem Moment, in dieser schicksalhaften Sekunde, sind Sie dazwischengekommen.«

»Ich spüre da eine gewisse Ironie.«

Lucie hob die Nase aus ihrem Heft.

»Erzählen Sie mir von MemoryNode.«

Frédéric warf einen Blick auf die Uhr. Er richtete sich wieder auf, machte seinen Koffer zu und schenkte sich einen Whisky ein.

»Darf ich Ihnen auch ein Glas anbieten? Ich habe noch ein wenig Zeit, der Bahnhof ist nur zwanzig Minuten zu Fuß von hier entfernt.«

»Nicht im Dienst, danke.«

»Wann, zum Teufel, sind Sie denn mal nicht im Dienst? Die letzte Nacht haben Sie damit verbracht, durch den Schlamm zu waten, Ihre Augenbraue sieht übel zugerichtet aus, Sie sollten sich ausruhen, und jetzt sind Sie schon wieder hier, um mich zu befragen!«

Seine Stimme klang nicht mehr so rau. Er fügte hinzu:

»Ohne den Schlamm sehen Sie jedenfalls nicht mehr so rustikal aus.«

»Rustikal, aha.«

Lucie wäre lieber nicht rot geworden. Sie räusperte sich und klammerte sich wieder an die Ermittlungen.

»Was also ist mit MemoryNode?«

Ein Schluck von der bernsteinfarbenen Flüssigkeit entspannte Frédéric endgültig.

»Es handelt sich dabei um ein Programm für Patienten, die an anterograder Amnesie leiden. Es baut auf dem Gebrauch des prozeduralen Gedächtnisses auf, das fast immer funktionstüchtig bleibt.«

»Das, mit dem man Bewegungen erlernt und das für Automatismen zuständig ist?«

»Ich sehe, Sie haben eine rasche Auffassungsgabe.«

»Bei Ihrer Schwester hat man keine andere Wahl. Sie ist eine fantastische Frau.«

Er nickte zustimmend.

»Dank dieses prozeduralen Gedächtnisses war Manon in der Lage, einen N-Tech zu benutzen, der speziell für Amnesie-Patienten entwickelt wurde und mit Funktionen und Programmen ausgestattet ist, die ihnen den Alltag erheblich erleichtern. Der Apparat erledigt zwar nicht ihre Einkäufe, aber er sagt ihnen, was sie wann einkaufen müssen. Neben der Technologie gibt es einen zweiten Aspekt, und das ist zweifellos der wichtigste, den MemoryNode voll entfaltet hat: die Plastizität des Gehirns.«

»Und das heißt?«

»Das Gehirn entwickelt sich ständig weiter, Leutnant, es verändert sich unaufhörlich, reorganisiert sich jede Sekunde, schafft neue und beseitigt alte Verbindungen wie ein gewaltiges Kraftwerk. Um die Störung bestimmter Funktionen auszugleichen, besitzt es diese unglaubliche Fähigkeit, andere intakte Bereiche zu nutzen und weiterzuentwickeln. Meine Schwester könnte Ihnen endlos lang von Daniel Tammet erzählen, einem Mathematiker, der Autist ist und in der Lage, gigantische Multiplikationen im Kopf vorzunehmen, und zwar nicht, indem er rechnet, sondern indem er jeder Zahl Töne, Bilder und Farben zuordnet, die aus dem visuellen Bereich seines Gehirns stammen. Wenn er zwei Bilder miteinander multipliziert, entsteht ein drittes, das ihm die Lösung der Rechenoperation liefert. Diese Funktionsweise geht weit über unsere Vorstellungskraft hinaus.«

»Sie kennen sich wirklich gut aus.«

»Ich wollte verstehen, woran meine Schwester leidet, wie sie sich mit dem Alter verändert, was aus ihrer Zukunft wird.

Alles war so vage, so schwer zu begreifen. Sie können sich nicht vorstellen, welche Mühe mich all das gekostet hat.«

Mit eleganter Geste trank er einen Schluck.

»Durch das Training, die Stimulation, die Betreuung durch Professor Vandenbusche haben die völlig zurückgebildeten Hippocampi meiner Schwester, insbesondere der linke, ein wenig an Volumen und Elastizität zurückgewonnen, indem sie auf die angrenzenden funktionstüchtigen Bereiche zurückgegriffen haben. Zwar nicht sehr viel, aber genug, damit sich der Kanal zwischen ihrem Arbeitsgedächtnis und ihrem Langzeitgedächtnis wieder geöffnet hat. Doch dieser Kanal ist sehr dünn und verstopft schnell, wie die Engstelle einer Sanduhr. Deshalb muss Manon immer wieder auswählen, was sie auswendig lernen und wiederholen möchte.«

»Ja, das habe ich gesehen.«

»Wenigstens schafft sie sich dank MemoryNode ein kleines bisschen Vergangenheit, hinterlässt eine Spur im Sand. Eine Spur, die tief genug ist, dass sie das Gefühl hat zu leben. Doch ich werfe diesem Programm vor, dass sie meine Schwester ausnutzen, um mit ihr Werbung zu machen. Das ist nicht zulässig!«

Er trank noch einen Schluck. Bis zur Abfahrt blieb ihm noch eine Stunde. Neben der jungen Frau schienen sich die Sekunden auszudehnen.

»Setzen Sie sich doch, Leutnant, ich bitte Sie.«

Er neigte leicht den Kopf. Wirklich umwerfend.

»Es kommt mir komisch vor, Sie mit Leutnant anzureden. Ich hätte eher gedacht, Sie seien Golfspielerin.«

Lucie musste laut lachen, während sie es sich in einem Sessel bequem machte.

»Das höre ich wirklich zum ersten Mal! Und wie sieht eine Golfspielerin aus?«

»Schlank, hoch aufgeschossen, den Blick nach vorn gerichtet. In ihren Augen lässt sich höchste Konzentration ablesen.«

»Trotzdem bewegen wir uns nicht auf demselben Spielfeld, demselben *fairway*. Um auf Manon zurückzukommen …«

»Um auf Manon zurückzukommen«, echote er kaum hörbar.

Lucie umschlang ihre Knie.

»Wenn ich Sie recht verstehe, lernt sie also mit Hilfe von MemoryNode, einen N-Tech zu benutzen, ist aufgrund von Wiederholungen und der Plastizität des Gehirns in der Lage, sich zu erinnern, und verspürt deshalb nicht mehr das Bedürfnis, sich die Haut zu ritzen, da alles durch ihren N-Tech läuft und sie somit sicher weiß, dass ihre Daten echt sind. Richtig?«

»Richtig.«

»Haben Sie Zugang zum Inhalt des N-Tech?«

»Nein, und ich glaube, das wissen Sie bereits. Sie schützt ihn mit einem Passwort, das sie häufig ändert. Manon ist eine versierte Mathematikerin, sie weiß, wie sie Informationen sichern und unzugänglich machen kann. Wenn sie Daten schützen möchte, verschlüsselt sie sie.«

»Und wie merkt sie sich das Passwort für ihren N-Tech?«

»Sie hat einen Safe, in ihrem *panic room*, in dem sie …«

»Ihrem was?«

»Ihrem *panic room*. Ein Raum, den sie in einen regelrechten Bunker verwandelt hat und in den sie sich flüchtet, wenn es ihr schlecht geht, wenn sie Jagd auf den Professor macht. Kurz, darin finden sich Tausende von Notizen, ihr PC, ein Telefon und vor allem ein Safe. Er enthält eine Liste mit Passwörtern, die sie regelmäßig ändert und dann auswendig lernt.«

»Und wie öffnet sie ihren Safe?«

»Mit Hilfe eines Geheimcodes.«

»Das ist ja schlimmer als die Geschichte von der Henne und dem Ei. Der Code, der ihr Zugang zu anderen Codes eröffnet. Kennen Sie diese Passwörter?«

»Nicht ein Einziges.«

»Warum, vertraut sie Ihnen nicht?«

»Das ist keine Frage von Vertrauen, es geht um ihr Leben, ihre Intimsphäre. Wenn dies möglich wäre, würden Sie mir den Schlüssel geben, damit ich in Ihren Gedanken lesen kann? Sodass ich Zugang zu Ihren intimsten Geheimnissen, Ihren Hirngespinsten hätte?«

Lucie kniff die Lippen zusammen. Lächelnd fuhr Frédéric fort:

»Schweigen. Hmm. Ich stelle fest, dass Sie viele Dinge für sich behalten, Reichtümer, die Sie nicht preisgeben wollen. Das gehört zum Gleichgewicht eines jeden Menschen. Es erscheint mir also logisch, dass Manon sich schützt, auch gegenüber ihrem eigenen Bruder.«

»Und dennoch hat sie Ihnen einmal erlaubt, eine weitere Nachricht auf ihren Körper zu ›schreiben‹. Dieses ›Geh zu den Tölpeln, bei den Mönchen‹. Dort ging es ebenfalls um ihre Intimsphäre. Im Krankenhaus habe ich Sie nur kurze Zeit zusammen gesehen, aber ich habe gespürt, dass sie Ihnen gegenüber ein gewisses Misstrauen empfand. Was hat sich seitdem geändert?«

Frédéric atmete tief ein.

»Nichts. Manon kann kein echtes Vertrauen mehr empfinden. Es reicht, wenn ich wütend auf sie werde, dann schreibt sie sofort in ihren N-Tech: ›Frédéric nicht mehr vertrauen‹, oder aber: ›Frédéric will mir was Böses.‹«

Lucie konnte nicht feststellen, dass seine Stimme zitterte oder leiser wurde. Er sprach weiter:

»Manon muss alles aufschreiben, was sie mag, und vor allem, was sie nicht mag. Letztes Jahr sind wir in einer Ausstellung von Diriguen gewesen, einem zeitgenössischen Maler. Nun, in ihrem Apparat ist zu lesen: ›Ich hasse Diriguen.‹ Sie hasst ihn, weiß aber nicht, dass sie ihn hasst, und wenn sie nichts aufschreibt, wird sie wieder in diese Ausstellung gehen, einmal, zweimal, zehnmal, und dieselbe Enttäuschung erleben. Verstehen Sie das? Und selbst wenn es ihr in den Sinn käme, in ihrem N-Tech nachzuschlagen, müsste sie in dem entsprechenden Verzeichnis nachschauen, ohne zu wissen, ob sich diese Information dort befindet oder nicht. Das ist ein großes Problem des N-Tech: Man weiß nicht, was man dort speichert und warum man es gespeichert hat. In etwa so, wie wenn Sie sich irgendwo auf dem Körper ein Kreuz machen, damit Sie sich daran erinnern, einem Freund ein Buch zurückzugeben, und abends bei sich zu Hause müssten Sie nicht nur daran denken, das Kreuz wiederzufinden, sondern außerdem auch noch wissen, was es bedeutet! Letztendlich kann dieses Kreuz auch völlig nutzlos sein.«

Er zuckte mit den Schultern und fügte hinzu:

»Manon hat sich vollkommen abhängig von ihrem kleinen Apparat gemacht. Sie empfindet nur noch künstliche Gefühle, die sie selbst schafft, auf der Grundlage von absurden Notizen unten auf einem Foto. Sie ist eine richtige Sklavin der Technologie geworden.«

»So wie wir alle«, seufzte Lucie.

Sie erinnerte sich an den im N-Tech notierten Satz, unter Turins Foto: »Nie wieder mit diesem Perversen zusammenarbeiten.« Und an die Art, wie Manon sie selbst eingeschätzt hatte, auf einen einfachen Eindruck hin: »Entschlossenheit. Leidenschaft. Härte.« Nur drei Worte. Eine recht dürftige Zusammenfassung ihres Charakters, und zudem völlig unpersönlich.

»Erzählen Sie mir mehr von dieser doch recht rätselhaften Nachricht, die Sie ihr auf den Bauch geritzt haben: ›Geh zu den Tölpeln, bei den Mönchen.‹«

Frédéric rückte tiefer in seinen Sessel, den Kopf nach hinten gelehnt. Er sah wirklich gut aus.

»Das ist eine erstaunliche Geschichte. Es ist passiert, als MemoryNode startete, im Jahr 2005. Manon lernte gerade, den N-Tech zu gebrauchen, sie benutzte damals noch hauptsächlich ihren PC und die Post-its, die sie heute noch an die Wände ihres Arbeitszimmers klebt. Erinnern Sie sich noch an das schreckliche Gewitter, das damals über die Region hinwegfegte? So ähnlich wie gestern, mit abgedeckten Dächern?«

»Ja, natürlich erinnere ich mich. Meine Mutter hat mir erzählt, dass die Boote im Hafen von Dunkerque umgeworfen wurden und sogar ein Blitz im Kirchturm einschlug.«

»Hier hat sich etwas Ähnliches ereignet. Der Blitz ist in die Antenne oben auf dem Dach eingeschlagen. Dabei ist ein Kugelblitz entstanden, hat sich über eine Minute lang gedreht und auf seinem Weg alles verwüstet.«

Er stand auf und suchte in einer Schublade, um eine alte Ausgabe der *Voix du Nord* hervorzuholen. Darin war der Vorfall genau beschrieben, mit Fotos vom Innern seines zerstörten Hauses.

»So etwas haben wir in unserem ganzen Leben noch nicht gesehen! Beinahe wäre alles abgebrannt, sämtliche Fenster sind geborsten. Überall sind Wind und Regen eingedrungen. In der ganzen Nachbarschaft sind die Elektrogeräte durchgebrannt! Gott sei Dank konnte die Feuerwehr die Katastrophe noch so gerade verhindern.«

Lucie verzog ungläubig die Mundwinkel, während sie folgerte:

»Und natürlich ist Manons Computer dabei draufgegangen.«

»Schlimmer als das. Drei Viertel ihrer Papiere im Arbeitszimmer sind bei dem Gewitter weggeflogen oder verbrannt. Der Rest war völlig durchnässt, nicht mehr zu gebrauchen. Als ich in ihre Wohnung kam, saß meine Schwester in einer Ecke, sie zitterte am ganzen Körper und hielt ein Stück zusammengeknülltes Stück Papier in der Hand. Darauf stand: ›Geh zu den Tölpeln, bei den Mönchen.‹ Sie saß ganz zusammengekauert da, wie in Trance, als bewache sie einen Schatz. Sie hätten sie sehen sollen! Sie hielt ein Skalpell in der Hand und wollte sich gerade erneut die Haut zerschneiden. Sie hatte etwas entdeckt, das mit dem Professor zu tun hatte, dessen bin ich mir sicher. Mir war klar, dass ich sie nicht daran hindern konnte, diesen Satz aufzuschreiben, und dann, als sie mich gebeten hat, dies für sie zu tun, habe ich ihr geholfen. Ich habe ihr selbst die Haut geritzt. Sauber und ordentlich.«

»Sie hätten ihr das Skalpell und das Blatt entreißen können und sie ablenken müssen, damit sie vergisst!«

»In der Tat. Aber ich habe nur ihren Willen respektiert. Manon war vielleicht auf einer Spur, die sie dem Professor näher brachte. Diese Nachricht musste für sie erhalten bleiben, an einer sicheren Stelle.«

»Diese Geschichte ist wirklich verrückt. Es fällt mir schwer, sie zu glauben.«

»Und doch ist es die Wahrheit. Warum sollte ich Sie anlügen? Das hätte doch keinen Sinn. Ich würde alles für meine Schwester tun. Und um den Dreckskerl zu fassen, der Karine und all diese unschuldigen Opfer getötet hat.«

Lucie faltete die Ausgabe der *Voix* zu und gab sie ihm zurück. Sie spürte, dass er aufrichtig klang, und musste zugeben, dass er sie berührte. Was wusste sie schon von seinem Schmerz? Er hatte eine Schwester verloren, dann die Mutter, und war mit einer zweiten Schwester zurückgeblieben, die gefangen war in der Gegenwart.

Sie deutete auf den angeschalteten Bildschirm des Computers, auf dem eine komplexe Kurve flackerte.

»Sie haben ebenfalls Mathematik studiert, nicht wahr?«

Er schenkte sich noch einen kräftigen Schluck Whisky ein.

»Wie alle in meiner Familie. Meine Schwester hat dabei ihre Jugend eingebüßt. Ich habe mich in der Tat nach dem Abitur über vier Jahre lang mit diesem Fach befasst, derart leidenschaftlich und exzessiv, dass ich darüber die anderen Fächer vernachlässigt und mich nur noch auf diese Wissenschaft der Genauigkeit und der Vollkommenheit konzentriert habe. Nun, wissen Sie, um ein gutes Herdentier zu sein, um es ›zu etwas zu bringen‹, muss man überall mittelmäßig sein, selbst in den Fächern, die über Ihren Horizont gehen. Sie müssen vorgegebenen Gleisen folgen, die andere festgesetzt haben.«

Er schwieg ein paar Sekunden lang, als hätte ihn die Vergangenheit eingeholt, dann fuhr er fort:

»Wegen meiner Vorbehalte gegenüber den anderen Fächern und dem Erziehungssystem an sich, das ich entschieden abgelehnt habe, bin ich …«

»Rausgeschmissen worden?«

»Sagen wir, verwiesen. Rausgeschmissen ist ein etwas herabsetzender Begriff, der meinen Stolz verletzen könnte.«

»Das Ergebnis ist das gleiche.«

Frédéric nahm die Bemerkung ungerührt hin.

»Dennoch bin ich heute das, was ich bin, sogar ohne Diplom. Ich muss Ihnen gestehen, dass ich vom französischen System bitter enttäuscht bin, aber lassen wir das, das ist eine andere Geschichte. Und außerdem führt man ein Unternehmen letztendlich nicht mit Gleichungen. Ich habe die Mathematik aufgegeben, ich habe sie quasi vergessen.«

Lucie hörte ein gewisses Bedauern aus seinen Worten.

»Ich bewundere Manon sehr für ihre Karriere. Ich hätte mich gerne so lange und intensiv mit der Mathematik befasst, sie umhegt, wie sie es getan hat. Doch das ist Vergangenheit. Begraben. Es ist so, wie es ist.«

»Und Ihre ältere Schwester, Karine? Haben Sie sie auch so bewundert wie Manon?«

»Ich sage Ihnen ganz offen, dass wir Meinungsverschiedenheiten hatten, was die Ausrichtung unseres Unternehmens betraf. Es ist nicht leicht, Macht zu teilen. Karine war eine regelrechte Schwarze Witwe, voller Ehrgeiz. Sie zögerte nicht, die Leute, die sich ihr in den Weg stellten, zu zermalmen.«

»Wenn man Sie so anhört, dann hatten Sie sie nicht gerade in Ihr Herz geschlossen.«

»Nein. Ich mag es nicht, wenn man mir vorschreibt, was ich zu tun habe, welche Entscheidung ich zu treffen habe.«

Er schwenkte sein Glas und schaute zu, wie die bernsteinfarbenen Wellen darin kreisten.

»Ich habe Karine gehasst, daraus habe ich nie ein Geheimnis gemacht. Und dennoch war ihr Tod ein furchtbarer Schlag für uns alle. Was auch immer Sie darüber denken, ich habe sehr darunter gelitten.«

Er antwortete wie aus der Pistole geschossen und schien sich ihr ehrlich und in aller Offenheit anzuvertrauen. Lucie nutzte dies aus und hakte noch weiter nach. Sie wollte seine Grenzen ausloten.

»Und nach ihrem Tod haben Sie also ihre Anteile bekommen und sind alleiniger Eigentümer des Familienbetriebs geworden, nehme ich an? Das war bestimmt eine nette Stange Geld?«

»In der Tat. Das hat es mir ermöglicht, alles aufzugeben und mich ganz um Manon zu kümmern. Ich habe dieses Haus hier gekauft und im Schweiße meines Angesichts ein neues Unternehmen gegründet. Ist das ein Problem?«

»Keineswegs.«

Lucie hätte gerne mit festerer Stimme geantwortet. Sie merkte, welchen Eindruck er auf sie machte. Sie musste sich wieder fassen, durfte sich nicht blenden lassen.

»Ach ja, noch etwas! Was den Ablauf der Ereignisse von gestern betrifft.«

»Hören Sie, ich ...«

»Nachdem Sie Manon verlassen hatten, morgens um 9 Uhr 10, sind Sie da direkt zur Arbeit gefahren?«

»Ja, das habe ich Ihnen bereits im Krankenhaus gesagt. Ich bin gegen 9 Uhr 30 in meinem Büro gewesen. Ihr Turin hat mir exakt die gleiche Frage gestellt. Sie verdächtigen mich doch nicht etwa, meine eigene Schwester entführt zu haben?«

»Nein, nein, meine Kollegen überprüfen nur systematisch die Zeitpläne aller Angehörigen der Opfer.«

»Ach so.«

»Danach, so haben Ihre Angestellten ausgesagt, sind Sie weggefahren, das war um 11 Uhr 50, und um 14 Uhr 10 sind Sie wiedergekommen. Stimmt das?«

»Das stimmt. Ich habe zu Mittag gegessen und meine Einkäufe erledigt, so wie jeden Dienstagmittag. Das ist der Tag in der Woche, an dem die Supermärkte am leersten sind. Dann habe ich im Auto ein längeres Telefongespräch mit dem kaufmännischen Leiter von Air France geführt. Das hat über eine halbe Stunde gedauert. Sie können es überprüfen.«

»Warum im Auto?«

»Weil ich mich gerade dort befand, als er mich anrief, so einfach!«

»Wo haben Sie zu Mittag gegessen?«

»Im Einkaufszentrum V2. Ein Sandwich.«

»Ein Sandwich, gut. Wie haben Sie Ihre Einkäufe bezahlt?«

»In bar.«

»Also wirklich. Das heißt, niemand kann bestätigen, dass Sie dort waren?«

Frédéric blickte auf seine Uhr und stand mit leicht genervtem Blick auf.

»Entschuldigen Sie, Leutnant, aber jetzt muss ich wirklich los.«

»Ich bin noch nicht fertig.«

»Hören Sie. Ich komme morgen Abend wieder, ich kenne ein ausgezeichnetes Restaurant an der belgischen Grenze. Man bekommt dort einen hervorragenden Fleischeintopf. Wir können uns über Manon unterhalten, und Sie fragen mich, was Sie wollen. Ich werde Ihnen alles über meine Einkäufe erzählen, den genauen Ort nennen, wo ich mein Sandwich gekauft habe, und den Parkplatz, wo das Gespräch stattgefunden hat. Passt Ihnen das?«

Lucie konnte den Funken, der in ihren Augen aufleuchtete, nicht verbergen. Sie stand wieder auf, während sie antwortete:

»Sie fackeln aber auch nicht lange. Das mit dem Abendessen könnte schwierig werden, ich habe vierjährige Zwillinge.«

»Nehmen Sie nicht Ihre Töchter zum Vorwand, um sich zu drücken. Sie haben es letzte Nacht ja auch geschafft, sich zu arrangieren, nicht wahr? Los, lassen Sie sich mal ein wenig gehen, Lucie.«

Lucie, er hatte sie Lucie genannt.

»Ich erwarte Ihren Anruf. Ich gehe mal davon aus, dass Sie meine Handynummer kennen, nicht wahr?«

»Das ist mein Job«, erwiderte sie mit einer leisen Spur von Fröhlichkeit.

»Ach ja. Ihr Job.«

Er begleitete sie bis zur Tür. Als sie im Gang stand, wies Lucie auf eine Leiter, die an der Wand lehnte, und fragte:

»Wann haben eigentlich die Arbeiten in Ihrem Haus begonnen?«

Frédéric steckte überrascht den Kopf aus der Tür.

»Vor fast sechs Monaten. Warum?«

»Nichts. Nur so. Bis bald.«

»Bis morgen.«

Als sie wieder durch die engen Sträßchen lief, ging Lucie der wilde Blick nicht aus dem Sinn, dieser betörende Duft, die starke, beruhigende Ausstrahlung. Eine Verabredung. In einem Restaurant. Mit einem verdammt gut aussehenden Typen.

Unglaublich.

Seltsamerweise musste sie im selben Augenblick an Manon denken. An ihr Gesicht. Den Klang ihrer Stimme. Die rätselhaften Hautritzungen.

Frédéric. Sie musste sich auf Frédéric konzentrieren. Ein reifer und intelligenter Mann.

Es fehlte nicht viel, und sie hätte sich wie im siebten Himmel gefühlt. Nur ein paar kleine Details mussten noch überprüft werden.

Zunächst die Bauarbeiten in den Wohnungen, die vor sechs Monaten begonnen hatten. Ungefähr zum gleichen Zeitpunkt war der Ammonit von der Felswand gelöst worden. Den Meißel finden, um den Mörder zu identifizieren, hatte Pierre Bolowski gesagt. Ein Mörder aus der Gegend, der Manon nahestand. Ein Mörder, der herausragend in Mathe war. Wie Frédéric. Bloß ein Zufall? Ja, sicherlich.

Dann sein Zeitplan. Frédéric hatte Manon als Letzter gesehen, um 9 Uhr 10, wie er behauptete. Aber das hätte auch früher gewesen sein können. Eine, zwei oder drei Stunden zuvor beispielsweise, eine solche Zeitspanne hätte es ihm erlaubt, Manon nach Raismes zu bringen und dann wieder in aller Ruhe seiner Arbeit nachzugehen. Noch ein Punkt: Er war um die Mittagszeit lange fort gewesen. Lucie würde das Telefongespräch mit dem kaufmännischen Leiter überprüfen, doch bei einer perfekten Planung hätte Frédéric sehr wohl Zeit gehabt, die Dubreuil zu töten und anschließend ins Büro zurückzukehren. Der einzige Haken bei der Sache war, dass Frédéric seinen Mitarbeitern zufolge das Unternehmen bis 1 Uhr nachts nicht mehr verlassen hatte. Wie hätte er in diesem Fall Manon gegen 21 Uhr freilassen sollen? Oder aber hatte er ein System gefunden, das es ihr erlaubte, sich selbst zu befreien? Hatte er sie mit irgendeinem Mittel betäubt, damit sie zu dieser Zeit wieder erwachte? Nein, unmöglich. Die toxikologischen Analysen hatten nichts ergeben. Keine Drogen im Blut.

Lucie mokierte sich über ihren eigenen Argwohn. Frédéric hatte ohne mit der Wimper zu zucken auf ihre verbalen Angriffe geantwortet. Außerdem hatte er ein hiebfestes Alibi für den Mord an seiner Schwester Karine – der Vortrag in den Vereinigten Staaten –, und sein Profil stimmte in keinem Punkt mit dem des Professors überein. Ein asoziales, frustriertes Wesen, das umherzog, unter einem starken Minderwertigkeitsgefühl litt, so hatte Turin gesagt. Frédéric war das absolute Gegenteil davon. Eher ein bisschen überheblich.

Natürlich war er Linkshänder, aber das war Vandenbusche auch, so wie Millionen anderer Menschen. Im Übrigen hatte er es ihr selbst gesagt: Warum sollte er seine eigene Schwester entführen? Um die Aufmerksamkeit auf sie zu ziehen? Das machte keinen Sinn.

Als Lucie wieder in ihren Wagen stieg, machte sie sich Vorwürfe wegen des hartnäckigen Charakters der Menschen aus dem Norden. Weil ihr Gewissen ihr befahl, noch einmal umzukehren und die Sache mit dem Meißel zu überprüfen. Um zu wissen, woran sie war.

Bald würde der schöne Frédéric wegfahren. Sie müsste also nur zurückkehren in die Sackgasse und das Schloss der Wohnungen, die renoviert wurden, mit dem Dietrich öffnen.

Nur einen Blick hineinwerfen. Und am nächsten Tag mit ruhigem Gewissen zu ihrem Rendezvous gehen. Ihre erste Verabredung mit einem Mann, seit sie in Lille wohnte. Eine Durststrecke von drei endlos langen Jahren.

25

Als Lucie an diesem Abend zu Hause ankam, traf sie auf eine Gruppe Studenten aus ihrer Wohnanlage, die träge im Treppenhaus saß. Sie grüßte sie im Vorübergehen. Keine Antwort. Ausweichende Blicke, abgewandte Rücken, unverständliches Gemurmel. Die Polizistin blieb vor ihrer Tür stehen und wandte den Kopf leicht in ihre Richtung.

»Gibt es ein Problem?«

»Nein, Madame. Alles in Ordnung.«

In dem Moment, als sie ihre Wohnung betreten wollte, glaubte sie ein gezischeltes »Hexe« zu vernehmen, wie ein Flüstern, das von den Wänden widerhallte. Die junge Frau drehte sich jäh um.

»Wer hat das gesagt?«

Sie sahen erstaunt aus.

»Was denn, Madame?«

»Wer hat das gesagt?«

Sie blickten sie wortlos an, als ob sie nicht verstanden. Wurde sie jetzt völlig verrückt? Nicht nur ihr Äußeres ging den Bach runter, jetzt hörte sie auch noch Stimmen. Schweigend, mit gesenktem Kopf ging sie hinein.

Ihr Zuhause. Stickige Zimmer. Weder Garten noch Balkon, nur nackter Beton. Vorbei die Dünen jenseits des Fensters, wie damals in ihrem schönen Häuschen. Nur ein langer, sterbenslangweiliger Streifen Asphalt. Ohne die Kleinen erschien ihr alles noch eintöniger. Zum Glück waren sie da, um ihr Leben aufzuhellen. Sie aufwachsen zu sehen füllte die Leere in ihrem Herzen.

Nachdem sie die Schlüssel auf das niedrige Tischchen geworfen hatte, zog ein alltäglicher Reflex sie an ihren Bildschirm. Meet4Love. Eine Nachricht! Ein gewisser Nathanaël, ein neuer elektronischer Unbekannter. Er konnte gut schreiben. Er stellte sich als liebevoll, aufmerksam dar – das waren sie alle – und zog einen sechsjährigen Sohn groß, dessen Foto er an Stelle seines eigenen angehängt hatte. Endlich mal ein origineller Punkt. Das Kind war wirklich niedlich. Dunkelhaarig, mit dem geheimnisvollen Blick der Menschen aus dem Orient. Ging vom Vater derselbe Charme aus? Warum sollte sie es nicht herausfinden?

Sie legte die E-Mail ab und ging in ihr Schlafzimmer, um sich etwas anderes anzuziehen, das besser geeignet war für ihren Ausflug in die Schattenwelt. Schwarze Cordhose und Rolli. Gleich würde Maud mit den Kleinen kommen. Sie hatten sich telefonisch auf einen neuen Ablauf verständigt. Die junge Tagesmutter würde ihr helfen, die Mädchen ins Bett zu bringen, bis zum Abendessen bleiben und noch kurz auf die Kleinen aufpassen, sodass Lucie schnell noch einmal in die Impasse du Vacher fahren konnte. Ein unauffälliger Spaziergang. Selbstverständlich würde sie ihre Vorgesetzten nicht darüber informieren. Ohne Durchsuchungsbefehl eine Wohnung aufzubrechen könnte sie ihre Karriere kosten. Und nicht nur das.

Sie setzte sich erschöpft aufs Bett, stützte den Kopf in die Hände. Wieder ein anstrengender und noch dazu düsterer Tag. Die Obduktion, Fotos von Leichen, Dienstbesprechungen und die Aussicht auf turbulente Nächte. Ihre Finger berührten die Thriller, die unter ihrem Bett lagen. Sie nahm einen in die Hand, *Conscience animale*. Hatte eine Mutter zweier Kinder nichts Besseres zu lesen? Konnte sie sich keine bunteren Farben ausmalen? Warum war sie immer auf der Suche nach dem Blut, dem Entsetzlichen, nach all diesen widerwärtigen Beschreibungen?

Sie spürte diese Finsternis auch in sich selbst. Schlimmer als eine Krankheit. Sie litt so sehr darunter.

Lucie warf das Buch beiseite. Nein, mit denen hatte sie nichts zu tun! Diese Verrückten, die auf der Suche nach den nächsten Opfern durch einsame Straßen und Wälder zogen. Die nur auf die Welt gekommen waren, um anderen zu schaden, um zu zerstören, zu töten. Sie war anders! Völlig anders! Und doch!

So viel Leid. Und schuld war nur dieser Schrank. Oder das, was darin war.

Die Chimäre, die alles vernichtete, zerstörte, zugrunde richtete.

Dorthin hatte ihre kindliche Neugierde sie gebracht. Mit welcher Konsequenz? Die Jugend verpfuscht. Ebenso ihr Liebesleben. Und ihr ganzes viel zu kurzes Leben. Wenn sie nur alles auslöschen könnte. Auf ihr Gehirn schlagen, an eine bestimmte Stelle – Hippocampus, Amygdala, irgendetwas in der Art – und alles wegzappen. Die Welt des Vergessens musste mitunter sehr angenehm sein. In gewisser Hinsicht hatte Manon Glück. Nie wieder Sorgen.

Schwermütig ging Lucie zu dem Schrank mit den getönten Scheiben. Wegen der Chimäre hatte sie Paul verloren. Und dann Pierre. Der Leutnant mit den feuerroten Haaren hatte es abgestritten, doch im Grunde wusste sie, dass es seine Abreise nach Marseille beeinflusst hatte. Er musste sie für bescheuert gehalten haben, dass sie ihr dunkles Geheimnis im Schrank aufbewahrte, sich trotz der vielen Warnungen nicht davon trennen konnte. Würde sie auch diejenigen verlieren, die sie in Zukunft traf? Warum verbrannte sie diese Abscheulichkeiten nicht einfach ein für alle Mal? Durchtrennte die Nabelschnur, um sich damit abzufinden und dann zu vergessen. Es war so einfach.

Aber nein. Narben verblassen nicht. Sie verfolgen einen bis zum Ende. Manon bewies es. Zumal ihre Narben sichtbar waren.

Wieder einmal – einem unabänderlichen Ritual folgend –

trieb eine innere Kraft sie dazu, ihr Leid wiederaufleben zu lassen.

Sie nahm ihr Holster und öffnete den Druckknopf des kleinen Ledertäschchens.

Plötzlich schlossen sich ihre Finger um den Schlüssel.

Sie träumte nicht. Das Metallstück lag verkehrt herum, mit dem Bart nach unten. Dabei legte Lucie ihn immer andersherum hinein. Den Bart nach oben, immer, immer.

Jemand hatte ihn angefasst.

Anthony.

Sie erinnerte sich an seine ausweichenden Blicke, daran, wie schnell er aus ihrer Wohnung verschwunden war, nachdem er auf die Zwillinge aufgepasst hatte. Und an das Tuscheln der Studenten eben. Hexe.

Um sie herum drehte sich alles. Ihr Geheimnis, es verbreitete sich mit der Geschwindigkeit eines Buschfeuers.

Niedergeschlagen und entmutigt stürzte sie ins Treppenhaus. In den ersten Stock. Hämmerte gegen die Holztür. Anthony machte auf, in Unterhose, mit nacktem Oberkörper. Lucie schob ihn hinein und knallte die Tür mit dem Absatz zu.

»Du hast rumgeschnüffelt, was? Du hast bei mir rumgeschnüffelt! Du hast den Schrank in meinem Schlafzimmer geöffnet!«

Rücksichtslos stieß sie ihn zur Seite.

»Nein. Nein, das stimmt nicht«, stammelte er. »Ich …«

»Und du hast allen davon erzählt! Mein Gott! Was soll das?«

Anthony verging vor Angst.

»Du hattest kein Recht dazu«, fuhr sie fort, den Tränen nahe. »Du hattest kein Recht dazu.«

»Ich … Entschuldigen Sie. Ich …«

Vollkommen erschöpft ließ sich Lucie auf einen Stuhl fallen. Sekunden später stand sie wieder auf. Ihr Kopf schmerzte. Als sie hinausging, wandte sie sich noch ein Mal an ihn:

»Es ist nicht das, was du denkst. Es ist …«

Kein Wort kam über ihre Lippen.
Sie verschwand im Gang. Völlig am Boden zerstört.

26

»Pastete oder Schinken?«

»Pastete.«

»Ich hab es satt, hier rumzusitzen. Wann kommen die anderen?«

»Nicht vor zwei Uhr.«

»Es ist nicht mal 22 Uhr. Verdammt.«

Olivier biss in ein Schinkensandwich und stellte das Autoradio auf *France Bleue Nord* ein. Dort berichteten sie von den Gewittern des Vortages, von noch heftigeren, die über die Bretagne hinwegziehen würden, von den Präsidentschaftswahlen und einer Menge anderer Dinge, die er sich nicht anhörte. Das Geschwätz interessierte ihn einen Dreck. Er sollte zu Hause sein, bei Frau und Tochter, statt hier in dem verdammten Peugeot vor Moinets Haus Wache zu schieben.

Er zuckte zusammen, als eine Faust gegen die Scheibe krachte.

Ein Typ, aufgetaucht aus dem Nichts, schlug mit der Hand gegen das Fenster.

»Entschuldigen Sie!«

Der Mann schnappte nach Luft und sah sich immer wieder um, seine Stirn war schweißnass. Zu dieser späten Stunde trieb sich in dieser finsteren und wenig einladenden Straße der Liller Altstadt niemand mehr herum. Ohne groß nachzudenken, ließ Olivier die Scheibe herunter und zog die Augenbrauen hoch. Charlie, sein Kollege, beugte sich über seine Schulter, die Hand am Gürtel. Jedoch nicht an der Pistole. Ein schwerwiegender Fehler.

Ein Geschoss mit roter Spitze pfiff durch den Wagen. Es traf Charlie direkt in die Halsschlagader. Olivier hatte keine Zeit zu reagieren. Kein Schrei, nicht eine Bewegung der Abwehr. Eine Nadel stach in seinen Hals und versetzte ihn sofort in tiefen Schlaf.

Romain Ardère holte Luft und wischte sich die Stirn mit einem großen Taschentuch ab. Eine glänzende Idee, vorher vier- oder fünfhundert Meter zu rennen, um völlig außer Atem dort aufzutauchen, die Bullen so abzulenken und ihre Wachsamkeit zu schwächen. Er hätte sie töten können, aber wozu? Sie interessierten ihn nicht. Die Dosis des Betäubungsmittels würde eine leichte Amnesie bewirken. Sie würden sich an nichts erinnern. Nur daran, in Schlaf gefallen zu sein.

Nachdem er seine kleinen Pfeile behutsam wieder eingesammelt, das Fenster hochgekurbelt und die Türen verschlossen hatte, schob Ardère seine Mütze tief ins Gesicht, zog seine Lederhandschuhe wieder straff, rückte den Rucksack zurecht und steckte die Betäubungspistole in seinen Gürtel. Eine Straßenlaterne in der Ferne entriss seine Silhouette kurz der Dunkelheit. Er blickte sich um. Nicht ein Hund war zu sehen, die Metallgitter vor den Geschäften waren alle heruntergelassen.

Er ging die Sackgasse entlang. Die hohen Mauern sahen aus wie reglose Monster, das Relief der Dächer zeichnete unheilvolle Märchenfiguren an den Himmel. Sein schwarzer Regenmantel, der wie der Flügel eines Raben hinter ihm herwehte, wurde rasch von der Dunkelheit verschluckt. Am Ende des schmalen Stollens schob er die Haustür auf und verschwand im Flur, in der Hand ein Schnappmesser.

Vor der rechten Wohnungstür blieb er stehen und las im Licht seiner winzigen Taschenlampe: »M.M.«

Langsam ließ er seine Waffe vor dem Körper kreisen, der lange, spitze Stahl blitzte auf und spiegelte sich in seinen Raubtieraugen wider.

Ein Luftzug wehte durch den Gang. Die kalte und knochige Liebkosung des Todes.

Er hätte sich gerne auf andere Weise um dieses Drecksstück gekümmert, aber er musste schnell handeln, seinem Instinkt folgen, ohne jede Vorbereitung. Und außerdem gehörte sie eigentlich nicht in die Kategorie, die er suchte.

Nach einem kleinen Umweg durch Frédéric Moinets Wohnung würde er diesmal gleich zur Sache kommen.

Adieu, M.M. *Good bye* Manon Moinet.

27

Das Abendessen mit Maud war eine einzige Katastrophe. Lucie hatte kein einziges Wort hervorgebracht. Sie war in Gedanken noch bei den Studenten, ihren starren Augen, dem Getuschel. Wie weit war ihr Geheimnis, dieser Teil von ihr, den sie seit so langer Zeit hütete, schon bekannt? Wohin würde diese Zurschaustellung ihres Leids führen?

Sie bog in die Rue Daniel, während sie immer noch darüber nachdachte. Nervös rückte sie ihre kurze nachtblaue Jacke zurecht.

»Hallo, Jungs«, sagte sie und klopfte gegen eine der Scheiben des Peugeot. Das würde nicht allzu schw...

Ihr Pulsschlag beschleunigte sich.

Keine Reaktion im Innern des Wagens. Sie schlug kräftiger dagegen, presste die Stirn an die Scheibe und erblickte über dem Kragen ihres Kollegen einen winzigen Flecken Blut.

Sie zog mit aller Kraft am Türgriff, biss die Zähne zusammen. Ohne Erfolg. Die Scheibe wollte sie lieber nicht einschlagen. Der Angreifer sollte nicht gewarnt werden, vielleicht war er noch in der Nähe.

Sie drehte sich um. Die Sackgasse. Ein finsterer und furchterregender Stollen. Sie ging hinein, hellwach, konzentriert und auf alles gefasst.

Als sie den Hausflur betrat, strich der Kolben der Sig Sauer über ihre Handfläche.

Inmitten der lastenden Stille musste sie an die jüngsten Überfälle auf sie zurückdenken. Angst kroch in ihr hoch.

Wieder war sie allein. Ein flüchtiges Bild zog vor ihren Augen vorbei: ihre Töchter. Wenn ihr ein Unglück zustieße, was würde dann aus ihnen?

Sie ärgerte sich über sich selbst, weil sie so dachte. Nicht jetzt! Sie war Polizistin, durch und durch. Sie musste handeln.

Die Haustür schloss sich ächzend hinter ihr.

Plötzlich hörte sie gedämpfte Schreie. Dann Lärm, wie von einem Kampf. Aus Manons Wohnung.

Lucie presste sich seitlich an die Wand und drückte den Griff hinunter. Verschlossen. Sie richtete ihre Kanone auf das Schloss und tauchte den Gang in ein glutrotes Licht.

Aus dem Innern hörte man Schritte. Noch ein Warnschuss.

Lucie stieß die Tür mit dem Fuß auf. Mit der Waffe im Anschlag warf sie einen Blick durch die Öffnung.

Manon lag auf dem Boden des Wohnzimmers, die Finger am Hals, und flüsterte unablässig dieselben Silben: »Ber-nouli«. Ihr Hund leckte ihr übers Gesicht. Neben ihr lagen eine Beretta und ein aufgeklapptes Schnappmesser.

Der jungen Frau war es gelungen, ihren Angreifer zu entwaffnen.

Plötzlich schreckte Manon auf und richtete die Waffe auf Lucie. Ihre Augen waren blutunterlaufen, sie spuckte eine Art weißlichen Schaum aus. Sie würde nicht zögern zu schießen.

»Ich bin Lucie Henebelle!«, schrie sie und hob die Hände. »Erinnern Sie sich! Lucie! Lucie!«

Der Finger auf dem Abzug zitterte. Ein Beben, nur ein winziges Beben, und die Kugel würde hervorschießen und den Kopf der Polizistin durchbohren.

»Lucie Henebelle«, sagte sie wieder. »Lucie Henebelle! Das wissen Sie! Sie haben es gelernt!«

Ein Blitz zuckte über Manons Pupillen.

»Lucie Henebelle? Was geschieht hier? Mein Hals. Jemand hat versucht ... jemand hat versucht, mich zu erwürgen.«

Ein feuchter Luftzug wehte durch die Wohnung. Dann

schlug ein Fenster am Ende des Flurs zu. Lucie stürzte zur Tür und rief Manon zu:

»Fassen Sie dieses Messer nicht an. Die Fingerabdrücke! Ich komme gleich wieder!«

Die Sackgasse. Am Ende eine Gestalt, die nach rechts auf die Straße floh.

Im Bruchteil einer Sekunde war Lucies Kopf wie leergefegt. Sie stürmte vorwärts, hielt die Waffe umklammert, voll und ganz darauf konzentriert, die Klänge der Jagd zu koordinieren. Und darauf, ihren Atem ausströmen zu lassen.

Engpässe, Kurven mit unmöglichen Winkeln. Rue Royale, dann Négrier. Die Altstadt von Lille schien sich zusammenzuziehen wie eine eklige Spinne. Der Schatten bog ab. Rue Jean Moulin, dann d'Angleterre, eine trostlose Hauptverkehrsstraße, flankiert von Geschäften mit stählernen Vorhängen. Lucie pumpte ihre Lungen mit präzisen und regelmäßigen Atemzügen voll. Das Herz folgte, die Venen schwollen an, die Muskeln antworteten. Sie wurde schneller. Bis dieser stechende Schmerz in ihrer Wade sich wieder meldete.

Sie verzog das Gesicht, doch sie rannte weiter, gereizt und rasend vor Wut. Das Geräusch der Schritte vor ihr berauschte sie, verlieh ihr Mut. Der Flüchtige verlor an Boden. Nur noch wenige Meter, dann hätte sie ihn. Und würde ihn fertigmachen.

Unmöglich zu erkennen, wie er aussah. Nur ein Regenmantel, eine Mütze, ein Rucksack, eisenbeschlagene Stiefel, die aufs Pflaster knallten.

Wieder eine Kurve. In der Ferne lehnten zwei oder drei Jugendliche an einer Mauer. Das Getöse von zu Boden fallenden Gegenständen. Umgestoßene Mülleimer. Lucie reagierte sofort, doch als sie wieder auf dem Boden aufkam, traf es sie wie ein Blitz. Ein brennender Schmerz zog sich hoch bis zum Knie. Und stoppte sie auf der Stelle.

Sie schrie auf, die Hände auf den geschwollenen Muskel gepresst, und blickte dem Mann hinterher, der in der Kälte der Liller Nacht verschwand. Obwohl ihr Bein brannte, versuchte sie, noch ein paar Schritte zu laufen. Vergeblich.

»Scheiße!«, schrie sie in die Leere hinein. »Scheiße, Scheiße, Scheiße!«

Außer sich vor Wut machte sie kehrt. Noch ein Fehlschlag. Es ging aber auch wirklich alles daneben.

Humpelnd erreichte sie die Sackgasse.

Als sie den Polizeiwagen sah, glaubte sie ihren Augen nicht zu trauen.

Eine Gestalt beugte sich über das Fenster des Peugeot. Dieselbe Statur wie der Angreifer.

Lucie stürzte auf ihn zu und drückte ihre Kanone hinten auf das kastanienbraune Haar.

»Keine Bewegung!«

Langsam und mit erhobenen Armen drehte der Mann sich um. Lucie packte den Kolben fester.

»Turin? Das ist nicht wahr!«

Der Leutnant aus Paris mit der schwarzen Bikerjacke. Sie ließ ihre Sig Sauer sinken. Hinter ihm sah sie die zersplitterte Scheibe des Wagens.

»Was soll der Scheiß?«, fragte er mit harter Stimme.

Lucie runzelte die Stirn, als sie die üble Verletzung an seiner linken Hand bemerkte.

»Es ist nach 22 Uhr. Was machen Sie hier?«

»Und Sie?«

Sie blickte auf seine Füße. Stiefel.

»Ihre Stirn ist ja schweißnass«, stellte sie fest. »Sind Sie gerannt?«

»Ich komme per pedes aus dem Hotel. Ich bin die zwei Kilometer zu Fuß gelaufen. Mit der Zigarette im Mund. Das ist nicht gerade hilfreich.«

»Ich frage Sie noch einmal: Was machen Sie hier?«

»Ich wollte Manon etwas fragen. Über ihren Bruder. Und Sie?«

»Ich auch.«

Sie sahen sich ein paar Sekunden lang abschätzend an,

ohne ein Wort zu sagen. Lucie brach das Schweigen als Erste. Sie wies auf den Peugeot.

»Wie geht es ihnen?«

»Sie scheinen nur betäubt worden zu sein. Ich habe den Rettungsdienst gerufen.«

»Ich habe gerade einen Mann verfolgt, der versucht hat, Manon zu erwürgen.«

Turin riss die Augen auf. Lucie ließ ihm keine Zeit zu antworten. Sie fuhr fort:

»Ja, sie wurde gewürgt, genau dieselbe Vorgehensweise wie vor drei Jahren. Ich glaube sehr wohl, dass der Angreifer zurückgekommen ist, um seinen Fehler von damals zu beheben.«

Sie blickte ihn vorwurfsvoll an.

»Wollen Sie immer noch behaupten, dass der Einbruch damals nur ein bloßer Zufall war? Dass er nichts mit der ganzen Sache zu tun hatte?«

Sie wandte ihm den Rücken zu und wollte in die Sackgasse gehen. Er stellte sich ihr in den Weg.

»Sie hinken ja, Henebelle? Haben Sie ein Problem?«

»Nein, habe ich nicht! Und was ist mit Ihrer Hand?«

»Nichts Schlimmes. Ich habe mich nur böse geschnitten.«

Sie betraten den Flur. Dann Manons Wohnung. Im Wohnzimmer war niemand.

»Manon?«

Keine Antwort. Turin legte den Zeigefinger auf die Lippen und zog seine Waffe aus dem Holster. Er wagte sich zur Küche vor. Nichts.

Sie gingen bis zum Ende des Flurs. Die Metalltür. Der *panic room*.

»Manon!«, schrie Lucie und trommelte gegen die Stahlplatte.

Schweigen. Sie liefen ins Schlafzimmer.

»Wo steckt sie nur, um Himmels willen?«

Sie fanden sie schließlich im Badezimmer. Reglos auf dem Boden liegend.

Zwischen ihren leblosen Beinen die Beretta und das Schnappmesser.

Ihre Bluse war blutbefleckt.

28

Mit einem Taschentuchs nahm Lucie Pistole und Messer und legte sie auf den Rand des Waschbeckens. Manon saß zusammengekrümmt da, ein Frotteetuch an die Brust gepresst. Turin saß auf einem Stuhl und beobachtete die Szene.

»Gleich kommt ein Krankenwagen und Verstärkung«, erklärte Lucie. »Manon, Sie werden sich noch umbringen, wenn Sie sich derart verstümmeln! Was haben Sie dieses Mal aufgeschrieben? Wieder so ein unverständlicher Satz? Lassen Sie mich Ihre Verletzung wenigstens anschauen. Sie müssen verarztet werden!«

»Nein, habe ich gesagt! Kommen Sie mir nicht zu nahe!«

Plötzlich starrte sie den Leutnant aus Paris an und fragte ihn in einem Anfall von Panik:

»Hervé! Was machst du hier? Wie bist du hier reingekommen?«

Ihre Augen saugten jede Einzelheit ihrer Umgebung auf. Waschlappen, Bürsten, Fläschchen, sorgfältig aufgereiht, in einer Ordnung, die ihr bekannt vorkam. Ihr Badezimmer, es war ihr Badezimmer! Ihre Wohnung! Sie lehnte sich an die geflieste Wand und richtete ihre Aufmerksamkeit wieder auf den Polizisten, dann erklärte sie mit böser Miene:

»Ich will dich nie wiedersehen! Niemals! Habe ich mich beim letzten Mal nicht klar ausgedrückt?«

»Du hast wirklich ein seltsames Zeitgefühl«, antwortete Turin unbekümmert. »Das letzte Mal liegt mehr als drei Jahre zurück. Und es war vierhundert Kilometer von hier entfernt. Ich bin ebenfalls sehr erfreut darüber, dich wiederzusehen, selbst unter solch scheußlichen Umständen.«

Wut, Frust, Angst. Manon war mit den Nerven am Ende. Wie jedes Mal, wenn sie eine Situation nicht unter Kontrolle hatte. Sie verkrampfte sich noch mehr, als sie sich an Lucie wandte:

»Und Sie, wer sind Sie? Seine derzeitige Flamme?«

Plötzlich zog sie an ihren Haaren und stieß einen langen ohnmächtigen Schrei aus, dann fragte sie kreischend:

»Was geht hier eigentlich vor? Sagen Sie es mir! Ich bitte Sie! Sagen Sie es mir!«

Turin stand auf und trat zu ihr.

»Beruhig dich ein bisschen, okay?«

Manons Atem ging unglaublich schnell.

»Mich beruhigen? Mich beruhigen? Ich finde mich blutverschmiert auf dem Boden sitzend, mit einer Pistole und einem Schnappmesser zwischen den Beinen! Ich weiß weder, welcher Tag heute ist, noch, was ich hier mache! Und du willst, dass ich mich beruhige?«

Er streckte den Arm in ihre Richtung, doch sie ging instinktiv hinter ihrem Handtuch in Deckung. Lucie musste an Michaël denken, an das Korsakoff-Syndrom. Die Episode mit der Nadel, das Gedächtnis des Körpers. Ganz offensichtlich misstraute Manon ihm.

»Das hier ist Lucie Henebelle«, erklärte Turin. »Sie ist Polizeileutnant, sie will dir helfen. Sie ermittelt mit mir zusammen.«

»Lucie Henebelle?«

Manon schien wieder Farbe zu bekommen.

»Der Professor! Meine Entführung! Der Mord an Dubreuil! Ja, ich glaube, ich kann mich entsinnen! Genau! Es fällt mir wieder ein.«

Turin lehnte sich gegen das Waschbecken.

»Jemand hat versucht, dich zu töten. Und dieser Jemand hat nicht davor zurückgeschreckt, die beiden Wachtposten vor deinem Haus unschädlich zu machen, um an dich ranzukommen.«

Manon geriet sofort wieder in Panik.

»Frédériiiic!«

Lucie kniete sich vor sie hin und legte ihr die Hand auf den Nacken. Zuerst wollte Manon sich in einer Art von reflexhaftem Misstrauen gegen die Berührung wehren, doch dann ließ sie es zu, als ob ihr, tief im Innern, diese Wärme vertraut wäre.

»Ihrem Bruder ist nichts passiert, machen Sie sich keine Sorgen. Er ist noch vor diesem ganzen Aufruhr nach Paris gefahren, weil er morgen früh eine Besprechung dort hat.«

Die junge Frau konnte sich nicht beruhigen. Sie blickte sich suchend um.

»Ihr N-Tech liegt im Wohnzimmer«, fuhr Lucie ruhig fort. »Ihr Handy ebenfalls. Alles scheint intakt zu sein, seien Sie unbesorgt.«

Manon sah sie mit diesem flehenden Blick an, den Lucie inzwischen bestens kannte.

»Holen Sie ihn mir! Bitte!«

Turin verschwand und kam gleich darauf mit dem Apparat wieder. Sie riss ihn ihm aus der Hand, ohne den Kopf zu heben, gab ihr Passwort verdeckt ein und löste die Aufnahmefunktion aus.

»Wiederholen Sie es! Wiederholen Sie, was gerade passiert ist! Bitte! Wiederholen Sie es!«

Lucie kam der Aufforderung nach. Die Verzweiflung dieser Frau mitanzusehen, ihre Zerbrechlichkeit, die sie an ihre eigene erinnerte. Sie musste an sich halten, um sich nicht anmerken zu lassen, wie ergriffen sie war. Sie wollte nach Hause fahren, ihre Mädchen in den Arm nehmen, ein paar glückliche Momente mit ihnen verbringen. Ihre Papiere, die Zeitungsartikel, all die Bücher verbrennen. In zwei Tagen hatte sie Geburtstag. Sie würde alles vernichten.

Nachdem die Polizistin die Ereignisse rasch zusammengefasst hatte, sagte Turin mit angespannter Stimme:

»Ich habe mich heute Nachmittag erkundigt. Du hast letztes Jahr beim Schützenverein in Villeneuve d'Ascq Kurse besucht. Warum?«

Manon riss die Augen weit auf.
»Was? Kurse im Schießen?«
Turin seufzte.
»Und diese Beretta mit der eingestanzten Seriennummer! Erklär mir das!«
»Ich, eine Beretta? Bist du bescheuert? Du hast mir gerade gesagt, ich sei überfallen worden! Das ist nicht meine ...«
Er wies mit dem Zeigefinger auf ein Stück Leder, das aus ihrem Frotteetuch herausragte.
»Und das Holster ist ganz von alleine an deine Seite gekommen?«
»Ich verstehe gar nichts mehr! Ich hatte keine Ahnung, dass ich imstande bin, sie zu gebrauchen! Du musst mir glauben! Und Sie, Madame! Sie müssen mir ebenfalls glauben!«
Turin kam näher, aber Lucie stellte sich dazwischen und flüsterte ihm zu:
»Woher wissen Sie das mit den Kursen im Schießen?«
»Glauben Sie, ich hätte meine Zeit vertan? Ihre Schecks ...«
»Ihre Schecks? Mit welchem Recht haben Sie ihre Kontobewegungen eingesehen?«
»Sie ist nicht in der Lage, uns zu sagen, was vor fünf Minuten passiert ist, also müssen wir die Ermittlungen wohl an ihrer Stelle übernehmen.«
Er trat beiseite und ging auf Manon zu. Von oben herab setzte er seine verbale Attacke fort:
»Du hast dich auch in einem Club zur Selbstverteidigung angemeldet, vor sechs Monaten. Du warst viermal pro Woche dort, bis du vor einem Monat aufgehört hast! Viermal pro Woche, einfach so, ganz plötzlich!«
Er ging in die Hocke, sodass er nur noch zehn Zentimeter von ihrem Gesicht entfernt war.
»Heute bist du überfallen worden, und seltsamerweise schaffst du es, deinen Gegner zu entwaffnen. Natürlich dank deiner Kurse. Du hast sogar versucht, ihn mit deiner Knarre umzulegen. Als hätte man dich vorbereitet, darauf program-

miert, das alles vorwegzunehmen. Dein reizender Beschützer hat dir sogar eine Waffe besorgt! Was weißt du, was wir nicht wissen?«

Manon schüttelte energisch den Kopf, sie war den Tränen nahe.

»Ich kann mich nicht erinnern! Ich kann mich nicht erinnern!«

Turin zog entnervt die Luft ein.

»Aber du hättest auswendig lernen können, dass du Schießunterricht genommen hast! Du hättest den Grund dafür lernen können! Diese Kurse müssen irgendwo in deinem verdammten Organizer verzeichnet sein!«

Manon fuhr langsam mit der flachen Hand über ihr Gesicht, ballte die Faust und ließ sie mit einer raschen Bewegung kreisen. Daraufhin spürte sie die Macht des Faustschlags in sich, die Beherrschung des Kämpfers. So verrückt das auch erscheinen mochte, sie war in der Lage zu kämpfen.

Mit trotz ihrer Nervosität unglaublich schnellen und präzisen Bewegungen begann sie, in ihrem N-Tech zu suchen. Turin und Lucie kamen noch näher. Sie sahen zu, wie die Mathematikerin die zurückliegenden Wochen durchging und die Einzelheiten eines jeden Tages vorüberziehen ließ. Fotos, Notizen, Tonaufnahmen mitsamt Überschrift. Nirgendwo war die Rede von ihrem Training. Nur jede Menge Verabredungen, alle möglichen Anmerkungen. Weder Kurse in Selbstverteidigung noch Schießunterricht. Dann plötzlich, unter der Rubrik »Benachrichtigung«, folgender Alarm, der vom 1. März stammte und heute Mittag ausgelöst worden war: »Schau auf dem Schrank im Schlafzimmer nach. Nimm die Waffe und richte es so ein, dass du dich nie wieder von ihr trennst. Nie wieder.«

»Nun? Gehört dir diese Beretta immer noch nicht?«, stieß Turin hervor.

»Ich verstehe überhaupt nichts mehr!«

»Irgendjemand muss die Informationen manipuliert haben«, schlug Lucie vor. »Und Sie damit ebenfalls.«

»Mich manipulieren? Nein, unmöglich! Völlig unmöglich! Das hätte ich gemerkt. Ich schreibe hier nur Dinge auf, die ich sicher weiß! Wenn mir jemand sagt, ich soll etwas notieren, das ich nicht überprüfen kann, so tue ich es nicht!«

»So wie Ihr Bruder oder Vandenbusche Ihnen erzählen, Ihre Mutter hätte angerufen, während Sie selbst es vergessen haben?«

Manon runzelte die Stirn.

»Das ist etwas anderes. Zunächst einmal vertraue ich ihnen. Und warum sollten sie mich bei einer so einfachen und harmlosen Sache anlügen?«

»Gut«, erwiderte Lucie. »Und wenn man Sie dazu zwingen würde, Informationen einzutragen?«

»Dann müsste man wissen, wie, an welcher Stelle ich meine Daten erfasse. Mich zwingen? Ich würde die Infos in einem Scheindossier notieren. Und wenn Sie denken, jemand anders hätte das an meiner Stelle tun können ... Nein. Mein N-Tech sperrt sich automatisch, sobald ich ihn nicht mehr benutze! Niemand kennt mein Passwort, ich ändere es regelmäßig!«

»Indem Sie ein neues aus Ihrem Safe nehmen, nicht wahr?«

»Woher ...«

»Ihr Bruder hat es mir erzählt.«

»Mein System ist hundertprozentig sicher, verstehen Sie? Ich bin äußerst vorsichtig! Das weiß ich!«

»Manon. Sie leiden an Amnesie, Sie können sich keiner Sache hundertprozentig sicher sein.«

»Wie können Sie es wagen?«, antwortete die junge Frau entrüstet, dann schrie sie Turin an:

»Und du, was treibst du hier in meiner Wohnung?«

Ohne eine Antwort ging Turin aus dem Badezimmer und machte Lucie ein Zeichen, ihm zu folgen.

»Nur eine Sekunde, Manon. Wir sind nebenan. Und machen Sie diesmal keine Dummheiten«, sagte die Polizistin und folgte Turin ins Schlafzimmer.

»Denken Sie das Gleiche wie ich?«, fragte er.

»Der Bruder?«

Er nickte.

»Alles spricht für ihn. Er kann sich den N-Tech gut genommen und darin eingetragen oder gelöscht haben, was er wollte. Ich weiß nicht, vielleicht, als seine Schwester einen Moment lang unaufmerksam war. Oder aber, wie Sie angedeutet haben, sie vertraut ihm so sehr, dass sie alles, was er ihr erzählt, für bare Münze nimmt.«

Er verschränkte die Arme und fügte hinzu:

»Der Verfasser der Nachricht in der Jagdhütte kannte Manons Vergangenheit, ihre Gewohnheiten als Jugendliche. Und außerdem gibt es diese Lücke in Frédéric Moinets Zeitplan, zwischen 12 und 14 Uhr, genau zu der Zeit, als die Alte umgelegt wurde. Zur Zeit des Mittagsessens, das gebe ich zu. Aber trotzdem ist das eine ganze Menge.«

Lucie nickte nicht besonders überzeugt.

»Dennoch ist das ein bisschen weit hergeholt. Wessen genau wird er verdächtigt? Dubreuil umgebracht zu haben? Der Professor zu sein? Das ist doch völlig unmöglich.«

»Nicht, dass er Dubreuil umgebracht hat oder der Professor ist, sondern dass er irgendwie in diese Sache verwickelt ist. Manon wurde von hier aus entführt. Ohne Widerstand zu leisten. Dann hat man sie nur wenige Stunden später freigelassen. Jemand manipuliert sie. Vielleicht so weit, dass man sie ›gezwungen‹ hat, Kurse im Schießen und in Selbstverteidigung zu nehmen, bevor alles wieder aus ihrem Apparat gelöscht wurde.«

Zum ersten Mal waren sie auf der gleichen Wellenlänge. Lucie führte Turins Gedankengang fort:

»Vielleicht in Erwartung der Werbekampagne von N-Tech und MemoryNode. Frédéric wusste, dass sich Manon eines Tages exponieren würde und dass der Professor erneut reagieren könnte. Er hat ihr eine Waffe verschafft, damit sie sich verteidigen kann.«

Sie machte eine Pause, dann wandte sie ein:

»Das könnte jedoch genauso gut Vandenbusche oder irgendjemand anders gewesen sein. In Wirklichkeit jeder, mit dem sie Kontakt hatte, seit sie dieses Gerät benutzt. Patienten von MemoryNode, Vertreter von N-Tech. Oder Sie. Er hätte nur ihr Vertrauen gewinnen müssen.«

Der Leutnant aus Paris überging die letzte spitze Bemerkung. Mit eingezogenem Kopf sank er über einem niedrigen Tischchen zusammen.

»Jetzt geht dieses verdammte Martyrium wieder los. Nicht mal ein Tag Ermittlungen, und wir sind wieder genauso schlau wie vor vier Jahren. Manon ist der Schlüssel in dieser Geschichte, von Anfang an. Und deshalb hat man versucht, sie umzulegen.«

»Und sie zu beschützen.«

»Und sie zu beschützen.«

Hinter ihnen war ein Geräusch zu hören. Manon stand in der Tür und zitterte am ganzen Körper. Sie hielt den unteren Teil ihres Frotteetuchs zur Seite.

Ihre neue Wunde, in blutigen Lettern.

Die Mathematikerin deutete mit der Fingerspitze auf die verkrusteten Zeichen, die neben der alten Narbe auf ihre Haut geritzt waren.

Wiederum spiegelverkehrt standen da die Buchstaben B E R N O U L L I.

»Finde das Grab von Bernoulli.«

»Wann? Sagen Sie mir, wann ich das geschrieben habe!«, schrie Manon. »Sagen Sie es mir!«

»Während ich Ihren Angreifer verfolgt habe«, antwortete Lucie fassungslos. »Als ich in Ihre Wohnung kam, hatten Sie die Hände um den Hal…«

Sie hielt abrupt inne, ihr fiel plötzlich etwas ein: Frédéric zufolge hatte Manon »Finde das Grab v« während eines Anfalls im Badezimmer geschrieben, als sie sich an den Hals griff, weil sie glaubte zu ersticken. Genau wie heute. Der Köder, von dem Vandenbusche gesprochen hatte, diese Bewegung oder das Wort, das das Gedächtnis des Körpers wachrief, war dieses Würgen.

Lucie hatte eben, vor ein paar Stunden bei Frédéric, ins Schwarze getroffen. Als Manon erneut überfallen wurde, hatte sie den Tag des Einbruchs noch einmal durchlebt. Die Atmosphäre, die Gerüche, die Geräusche, die irgendwo in ihrem Langzeitgedächtnis verborgen waren. Der Täter musste ihr vor drei Jahren eine Nachricht ins Ohr geflüstert haben, vielleicht hatte er ihr die Lösung des Rätsels verraten, während er ihr die Kehle zudrückte.

»Stimmt etwas nicht?«, fragte Turin.

»Nein, nein, entschuldigen Sie«, antwortete Lucie.

Und an Manon gewandt fuhr sie fort:

»Sie hatten die Hände an Ihrem Hals und flüsterten diesen Namen, Bernoulli.«

Manon fing an, die purpurroten Striemen abzutupfen. Mit fiebriger Stimme behauptete sie:

»Die Antwort verbirgt sich in Basel, in der Schweiz.«

»In der Schweiz?«

»Auf dem Grab von Bernoulli!«

Turin und Lucie wechselten einen Blick.

»Wer ist Bernoulli?«

Manon ging zu einem Schrank und holte Kleidungsstücke heraus.

»Bernoulli! Bernoulli! Das also war es!«

»Aber wer ist das?«

»Bernoulli war einer der berühmtesten Mathematiker des 17. Jahrhunderts, ein Zeitgenosse von Leibniz, Boyle oder Hooke! Er beschäftigte sich mit Infinitesimal- und Integralrechnung, ohne ...«

»Das interessiert uns nicht!«, unterbrach Turin sie. »Komm zur Sache! Warum Bernoulli?«

Die Antwort sprudelte hervor:

»Er hat sein halbes Leben damit verbracht, hinter ein Geheimnis zu kommen, das der Schlüssel zu dieser ganzen Sache hier ist! Das Geheimnis der Spiralen!«

Sie deutete auf den Nautilus, der auf ihre Schulter tätowiert war, und fügte hinzu:

»Mein Gott noch mal. Es war hier, auf meinem Körper, seit Jahren schon. Und es war offenkundig.«

29

»Ich hätte mit ihr dorthin fahren sollen! Verdammt noch mal, Kommandant!«

Kashmareck stand am Ende der Sackgasse neben einem Krankenwagen und paffte seine Zigarette. Lucie trat voller Wut mit der Fußspitze gegen einen Kieselstein, die Fäuste hatte sie tief in der Jackentasche verborgen.

»Hast du gehört, was unser Arzt gesagt hat?«, murrte Kashmareck. »Du hast wahrscheinlich eine Sehnenentzündung!«

»Nein, nein! Ich werde ein paar Dehnübungen machen, ich bin mir sicher, dass ...«

»Hör zu, Henebelle! Turin und Moinet haben bereits in der Vergangenheit zusammengearbeitet, er kennt ihre Geschichte, und außerdem steht er bei dieser Art von Entscheidungen über dir. Also solltest du zu etwas anderem übergehen. Ich erinnere dich daran, dass du den Bericht über die Ereignisse von gestern noch lesen musst.«

Zum Zeichen ihrer Missbilligung streckte Lucie die weit geöffneten Hände von sich.

»Aber Manon hat sich quasi geweigert, mit ihm zu fahren! Wissen Sie, was in ihrem N-Tech steht? ›Nie wieder mit diesem Perversen zusammenarbeiten‹! Diesem Perversen!«

Kashmareck blickte sich um, um sicherzugehen, dass niemand sie hörte.

»Ich verbiete dir, einen Kollegen derart in den Schmutz zu ziehen, verstanden? Moinet ist freiwillig mitgefahren, niemand hat sie gezwungen!«

Lucie war nicht davon abzubringen. Sie beharrte:

»Vandenbusche hat klar darauf hingewiesen, wie gefährlich es ist, wenn Manon ihre vertraute Umgebung verlässt! Sie könnte unerwartet reagieren!«

Sie wies auf ihre Augenbraue.

»Erinnern Sie sich an den Schlag mit dem Stock, den sie mir bei Dubreuil verpasst hat! Wie wird sie reagieren, wenn sie sich weit weg von zu Hause wiederfindet, zusammen mit einem Typen, den sie verabscheut? Können Sie sich den Schock vorstellen?«

»Der Schock wird nicht allzu groß sein, da sie ja alles sofort wieder vergisst.«

»Sie haben keine …«

Kashmareck schloss schnaufend die Augen. Die junge Polizistin begann, ihm ernsthaft auf die Nerven zu gehen. Er unterbrach sie:

»Auch wenn sie an Amnesie leidet, so ist sie doch für sich selbst verantwortlich, und ihre Liebesgeschichten interessieren mich nicht, ist das klar? Turin ist ein korrekter Bursche. Er war sechs Jahre lang bei der Sitte und arbeitet seit acht Jahren bei der Kripo an schwierigen Fällen. Er kommt von der Straße, ist ständig auf Patrouille. Mit ihm und weit weg von hier ist sie in Sicherheit. Und jetzt Schluss damit, okay?«

Lucie konnte sich ein zynisches Lachen nicht verkneifen.

»Er hat sechs Jahre lang mit Prostituierten verkehrt. Wenn ich sehe, wie er die Frauen anschaut, dann ist mir alles klar. Dieser Typ ist nicht ganz koscher, glauben Sie mir. Was hat er Ihrer Meinung nach um diese Uhrzeit hier noch gemacht?«

»Und du?«

»Ich musste mit Manon reden. Aber er …«

Der Kommandant blickte zu den beiden Polizisten, die gerade auf Tragen gelegt wurden. Schließlich sagte er:

»In sechs oder sieben Stunden werden sie Basel erreicht haben. Du verpasst jedenfalls nicht viel, so löst man keinen Fall. Eine mehrere Jahre alte Narbe. Ich sehe nicht, was es auf einem abgelegenen Grab in der Schweiz zu finden gibt.«

»Vielleicht …«

»Gut, jetzt mal etwas Konkretes! Erzähl mir lieber von dem Angreifer!«

Lucie zuckte mit den Schultern, die Haltung ihres Vorgesetzten kränkte sie.

»Was soll ich dazu sagen? Ich habe einen Schatten verfolgt.«

»Was noch?«

»Er lief schnell, in aufrechter Haltung, was auf ein jüngeres Alter hindeutet. Dreißig, höchstens vierzig. Ich glaube, er trug eine Jeans und einen langen Regenmantel. Einen Rucksack und eine Mütze. Von mittlerer Größe und Statur. Wie Turin. Seine genagelten Schuhe knallten aufs Pflaster, diese Art von Eisen, die man unter Stiefeln findet. Aber mehr habe ich nicht. Man müsste versuchen, Zeugen aufzutreiben.«

Sie machte eine Pause, dann sprach sie weiter:

»Eins jedenfalls ist sicher, Manon dient nicht mehr als Objekt für ein Ritual oder Teil einer Inszenierung, so wie in der Jagdhütte, sondern man versucht, sie zu töten.«

»Wer ist man?«

Ein Blaulicht überzog die Mauern in der Sackgasse mit bläulichen Blitzen. Der Krankenwagen fuhr los und verschwand rasch in den Sträßchen der Liller Altstadt.

»Ich weiß es nicht, aber ich bin mir sicher, dass es sich nicht um den Professor handelt. Und darin stimmt Turin mit mir überein. Wir haben darüber gesprochen, bevor der Rettungsdienst kam.«

»Etwas präziser, bitte.«

»Der Täter hat die Kollegen mit einer Betäubungspistole in Schlaf versetzt, er hätte mit Manon gut genauso verfahren können, um dann sein Ritual vorzubereiten, seine Wahnvorstellungen zu stimulieren. Aber hier? Er geht hinein und versucht sofort, sie zu töten, indem er ihr die Kehle zudrückt. Er wollte sie schnell umbringen, genau wie damals.«

»Wie damals? Siehst du einen Bezug zu dem Einbruch in Caen?«

»Das scheint mir eine ernst zu nehmende Vermutung zu

sein. Wie auch immer, wenn es sich um den Professor gehandelt hätte, warum hat er sie dann nicht in der Jagdhütte getötet? Unser übergeschnappter Mathematiker hätte sich nicht derart exponiert, hier in dieser Sackgasse mit den Wache schiebenden Polizisten. Viel zu riskant für einen so gewissenhaften, berechnenden Menschen.«

Kashmareck zog den Kragen seiner nachtblauen Uniformjacke zurecht.

»Du glaubst also, wir haben es mit zwei verschiedenen Personen zu tun?«

»Das ist doch offensichtlich. Auf der einen Seite der Professor, ein boshaftes, perverses Monster, das seinen Opfern größtmöglichen Schmerz zufügt, einem bis ins Kleinste ausgefeilten Zeremoniell entsprechend, das er Wochen im Voraus plant. Der Entführer von Manon, der Mörder von Dubreuil. Auf der anderen Seite jemand, der Angst hat vor dem, was sie entdecken könnte. Wahrscheinlich derselbe Typ, der sie aus dem gleichen Grund bereits in Caen überfallen hat. Und der glaubte, er sei außer Gefahr, weil Manon das Gedächtnis verloren hat und deshalb in seinen Augen so gut wie tot war.«

»Der Mann mit den Stiefeln ist also wieder erwacht, weil der Professor zurückgekehrt ist? Weil die Sache nun im Licht der Öffentlichkeit steht? Und weil Manon sich mitten in diese dunklen Machenschaften hineinkatapultiert sieht?«

»Das ist genau das richtige Wort, ›wieder erwacht‹. Stellen Sie sich vor, wie er in aller Ruhe zu Hause sitzt und fernschaut oder Zeitung liest. Er stößt auf die Meldung über den Professor, den Mord an Dubreuil und Manons Entführung. Zudem hängt Manons Gesicht in ganz Frankreich an den Wänden. Er beginnt zu zweifeln, bekommt furchtbare Angst. Und wenn Manon ihre Fähigkeiten wiedererlangt hat? Und wenn sie sich jetzt an irgendein Detail erinnern kann, das ihn in Gefahr bringt? Oder der Polizei hilft, so wie damals? Er fürchtet ganz einfach, dass man diese alte Sache wieder ausgräbt und nun aufdecken wird, was uns damals entgangen ist.«

»Aber welchen Zusammenhang gibt es zum Professor?«

»Das ist der große unbekannte Faktor. Vielleicht ist dieser Mann genau das Element, das Turin und sein Team nie gefunden haben.«

Lucie verspürte das Bedürfnis, sich die Wade zu massieren. Ihr Muskel brannte furchtbar. Doch sie bewahrte eine gleichgültige Miene. Sie musste um jeden Preis an der Sache dranbleiben.

»Was um Manon herum geschieht, mit ihrem Gedächtnis, ist wirklich merkwürdig. Seit einigen Monaten nimmt sie intensiven Unterricht im Schießen und in Selbstverteidigung. Das hat sie heute Abend davor bewahrt, erwürgt zu werden. Wir haben ihren Organizer durchsucht, es findet sich nichts über diese Aktivitäten, gar nichts!«

»Gelöscht?«

»Wahrscheinlich. Dagegen haben wir eine Nachricht entdeckt, die die Beretta betrifft. Sie wurde vor etwa zwei Monaten einprogrammiert und heute Mittag ausgelöst. Die Meldung besagte, Manon solle die Waffe von ihrem Schrank nehmen und sich nie wieder von ihr trennen.«

»Was hat denn dieser Mist jetzt schon wieder zu bedeuten?«

»Jemand hat die Knarre dort hingelegt, sie dazu gebracht, Schießunterricht zu nehmen, und dann diese Nachricht programmiert, wahrscheinlich, um sie zu beschützen. Ihr N-Tech wurde manipuliert, davon bin ich überzeugt.«

»Ihr Bruder?«

Zweifelnd zwickte Lucie sich in die Lippen.

»Natürlich denken instinktiv zuerst alle an ihn, aber bei genauerer Überlegung bin ich mir da nicht so sicher.«

»Ich glaube trotzdem, wir sollten uns Frédéric mal ernsthaft vorknöpfen«, sagte Kashmareck.

Lucie nickte.

»Diese Sache nimmt wirklich irrsinnige Dimensionen an. Zuerst der Professor. Dann dieser andere Typ, der falsche Einbrecher von vor drei Jahren, der Manon heute erneut töten wollte. Und dann noch eine dritte Person, die ihren N-Tech manipuliert und versucht, ihr Leben zu steuern.«

Der Kommandant unterbrach sie:

»Ich habe eine andere Hypothese, die auch nicht dümmer ist als alle anderen. Bei dem Professor stimme ich dir zu. Bei Manons Angreifer stimme ich dir zu. Aber was den N-Tech betrifft, wäre es nicht möglich, dass unsere Mathematikerin ihre Amnesie bisweilen nur vortäuscht? Dass sie vorgibt, sich nicht zu erinnern, ihr Gedächtnis jedoch in Wirklichkeit funktioniert? Dass sie nicht alles aufschreiben muss, um sich zu erinnern? Dass sie uns irgendwie täuscht?«

Lucie schüttelte entschieden den Kopf.

»Vandenbusche ist sich da ganz sicher, ohne mühsames Erlernen behält sie nichts. Die Aufnahmen ihres Gehirns und eine Reihe neuropsychologischer Tests weisen ein tatsächliches Defizit nach. Diese Tests sind hundertprozentig zuverlässig.«

»Es gab schon Leute, die clever genug waren, um die Tests bewusst oder sogar unbewusst zu verfälschen.«

»Vielleicht, aber bestimmt nicht die MRT. Außerdem habe ich mit eigenen Augen gesehen, wie sich Manon verhalten hat. In der ersten Nacht, als sie durch Lille irrte, später in Hem und am See von Roeux. Und noch heute Abend in ihrem Badezimmer! Ihre Augen haben nicht gelogen, sie hat mich tatsächlich bei jeder Begegnung zum ersten Mal gesehen!«

Eine Windbö wehte Lucies blonde Locken vor ihre blauen Augen.

»Letztendlich hat der Mann mit den Stiefeln alles vermasselt«, fuhr sie fort, während sie ihre Jacke bis zum Hals zuknöpfte. »Als er Manon vor drei Jahren die Kehle zudrückte, hat er ihr wahrscheinlich etwas mitgeteilt, das mit dem Grab von Bernoulli zu tun hatte, vielleicht hat er ihr aus lauter Überheblichkeit die Lösung zu diesem ganzen Rätsel verraten. Und heute hat er unabsichtlich das Gedächtnis ihres Körpers wachgerufen. Anders als Sie denke ich nicht, dass diese Fahrt in die Schweiz sinnlos ist. Ich glaube, dass sich auf dem Grab dieses Mathematikers ein entscheidender Hinweis für die Ermittlungen finden wird. Ein bis zum heutigen Tag gewahrtes Geheimnis.«

»Vielleicht, ja, hoffen wir es.«

»Gut, ich werde jetzt nach Hause fahren«, sagte Lucie, »ich will morgen fit sein. Ah! Noch eine letzte Sache. Haben Sie den Bericht des Paläontologen gelesen?«

»Ja. Sehr interessant.«

»Zwei von Frédéric Moinets Wohnungen werden gerade renoviert. Vielleicht gibt es dort einen Meißel. Obwohl ... ich weiß, dass er es nicht gewesen sein kann, das ist völlig ausgeschlossen.«

»Und trotzdem willst du, dass ich es überprüfen lasse.«

Lucie antwortete mit einem Lächeln. Dann verabschiedete sie sich und ging davon.

»Übrigens«, rief ihr Kashmareck hinterher.

Er räusperte sich.

»Der Arzt. Deine Blutprobe.«

Sie drehte sich um.

»Alles in Ordnung. Negativ. Im Augenblick. Denn in sechs Monaten muss ein neuer Test gemacht werden.«

30

Mit geschlossenen Augen hörte sich Manon immer wieder die am Tag aufgezeichneten Gespräche an. Lucie Henebelle, die Polizistin mit den blonden Locken, die sie in Swynghedauw aufgesucht hatte, um ihr vom Professor zu erzählen. Turin, der wieder an der Sache dran war. Der erneute Überfall auf sie, in ihrer Wohnung. Die unvollständige Narbe, nach deren Bedeutung sie so lange gesucht hatte. Das Grab von Bernoulli. Sie näherte sich der Lösung, das spürte sie.

Plötzlich öffnete Manon die Augen.

Sie geriet in Panik. Ein unbekanntes Auto! Neben ihr saß Turin! Was ging hier vor? Ihre Hand wanderte sofort Richtung Türgriff, doch ein Blatt im DIN-A4-Format, das an der Ecke der Windschutzscheibe klebte, stoppte ihre Bewegung. In ihrer Handschrift stand dort geschrieben:

»Wir sind auf dem Weg zum Münster von Basel, dem Grab von Bernoulli.

Träum grausame Tode -> *Eadem mutata resurgo*.

Es ist ganz normal, dass du in Turins Wagen sitzt. Er ist mit der Angelegenheit befasst. Antworte nicht auf seine Fragen. Bernoulli. Es geht nur um Bernoulli.«

»Das ist jetzt schon mindestens das zehnte Mal, dass du nach dieser verfluchten Tür greifst«, stieß der Leutnant aus Paris hervor, ohne den Blick von der Straße zu wenden. »Ich habe sie verriegelt, um zu verhindern, dass du eine Dummheit begehst. Du bist schlimmer als ein kleines Kind.«

Er trank seine Cola-Dose leer, zerdrückte sie mit einer Hand und warf sie durchs Fenster.

»Warum mühe ich mich eigentlich so ab und erkläre es dir immer wieder? In einer Minute wirst du es doch wieder vergessen haben, und ich muss von vorne anfangen. Ich weiß nicht, wie du deinen Zustand erträgst. Oder doch, ich weiß es. Du erträgst ihn nicht, selbst das vergisst du.«

Ein grünes Schild »Brüssel-Luxemburg-Namur« tauchte auf. Er bog auf die Autobahn E411, dann blickte er seine Beifahrerin aus dem Augenwinkel an. Zuerst ihre engelhaften Gesichtszüge, dann die Brüste, deren runde Form ihren Pullover wölbte.

»Ich dachte, ich wäre geheilt von dir«, vertraute er ihr kaum hörbar an. »Ich dachte, ich hätte dich vergessen. Zumindest habe ich es versucht, ich habe es wirklich versucht. Aber, Manon, jetzt sehe ich dich wieder. Alles kommt wieder hoch. Das ist doch ein toller Zufall, nicht wahr? Ich meine, dass wir beide wieder über den Asphalt fahren, wie in alten Zeiten. Damals, als unsere Tage voller Glücksmomente waren.«

Manon drehte den Kopf zum Seitenfenster, ihre Kehle war wie zugeschnürt. Wie hatte sie sich darauf einlassen können, allein mit ihm loszufahren? Warum war nicht diese Lucie Henebelle bei ihr? Sie berührte unauffällig das Metall des Handys in ihrer Tasche. Ein wachsendes Unbehagen überkam sie.

»Als du mich verlassen hast, bin ich verrückt geworden«, fuhr er fort. »Du …«

Sie drehte sich zu ihm hin, unfähig, ihren Zorn zu zügeln.

»Verlassen? Wovon redest du? Ich habe nie das Geringste für dich empfunden, da bin ich immer deutlich gewesen! Du hast mich nicht in Ruhe gelassen, hast mich belästigt! Ich hätte damals Strafanzeige erstatten sollen! Hätte erzählen sollen, dass der große Leutnant Turin bloß ein Perverser war, der Unterwäsche klaute und regelmäßig Prostituierte aufsuchte!«

Er lachte höhnisch.

»Aber du hast es nicht getan, weil ich dir weiterhin Informationen über den Professor verschafft habe. Du warst schlimmer als eine Drogensüchtige. Nichts ohne Gegenleistung, erinnerst du dich?«

»Nichts ohne Gegenleistung«, wiederholte sie. »Ein Austausch von guten Methoden.«

Sie schaute ihn starr an.

»Warst du in Behandlung?«

»Mir geht es gut, danke, dass du dich um mein sexuelles Wohlergehen sorgst.«

»Deine krankhafte Sucht nach Frauen lässt sich erfolgreich behandeln, weißt du. Du hättest …«

Sie sah, wie sich sein Mund verzerrte.

»Behalt deine Lektionen für dich. Psychiater sind nicht mein Ding. Weder heute noch sonst irgendwann. Sprich nie wieder davon, verstanden?«

Manon spürte einen Schauder unter ihrer Haut. Sie hatte vergessen, wie aufbrausend der Typ sein konnte. Und wie gefährlich.

»Heute stehen die Zähler wieder auf null«, erwiderte sie schroff. »Wage es ja nicht, mich zu berühren, oder ich packe aus. Schau einfach auf die Straße und bring uns dorthin. Okay?«

Er schlug einen versöhnlicheren und sogar erstaunlich gelassenen Tonfall an.

»Jedenfalls stelle ich fest, dass du große Fortschritte gemacht hast. Man könnte fast glauben, du seiest normal.«

»Ich bin normal!«

»Wenn man so will. Übrigens habe ich dieses Plakat mit dir gesehen, diese Werbung für den N-Tech.«

»Fotos von mir? Wo?«

»Du hast bestimmt unheimlich viele Bewunderer, eine Menge Leute, die dich treffen wollen. Deine Umorientierung ist dir erfolgreich gelungen, weit weg von der Mathematik.«

Sie schaute ihn verächtlich an. In den vier Jahren hatte sich wirklich nichts geändert.

»Meine Umorientierung? Hast du eine Ahnung davon, wie mein Alltag aussieht? Ohne MemoryNode bin ich nichts mehr! Meine Nachbarn denken, ich sei verrückt oder würde mich über sie lustig machen, weil ich sie nicht wiedererkenne! Man hält mich für einen nichtssagenden, leeren Menschen, dabei ist doch alles noch in mir! Ich schäume über, Hervé! Ich schäume über vor Leben! Aber was soll ich machen, ich kann ja nicht einmal mehr den Gashahn aufdrehen, ohne dass ich riskiere, meine Wohnung in die Luft zu sprengen. Ich weiß nie, was um mich herum geschieht! Welcher Tag ist heute? Ist es Morgen, Abend? Welcher Monat? Habe ich schon gegessen oder die Post hochgeholt? Das sind die ständigen Fragen, die mir keine Ruhe lassen. Ich habe zu nichts mehr Lust. Zu verreisen oder hübsche Dinge zu kaufen bringt mir nichts. Ich lebe in einer hermetisch abgeschlossenen Schachtel! Nennst du das eine gelungene Umorientierung?«

Er versuchte, ihr über das Gesicht zu streichen, doch sie stieß ihn zurück. Er musste an sich halten, um sie nicht zu schlagen.

»Da du dich endlich entschieden hast, mit mir zu reden«, sagte er zu ihr, »könntest du mir vielleicht endlich erklären, was wir in der Schweiz vorhaben?«

Sie wies auf das DIN-A4-Blatt.

»›*Eadem mutata resurgo.*‹ ›Verwandelt kehre ich als dieselbe wieder.‹«

»Das hilft mir ungeheuer weiter.«

»Wenn du höflich bleiben könntest, würde das die Sache vereinfachen. ›*Eadem mutata resurgo*‹ ist ein unter Mathematikern sehr bekanntes Zitat, das auf dem Grabstein von Jacques Bernoulli steht. Es betrifft die Spiralen.«

»Schon wieder diese verdammten Spiralen?«

»Egal ob man sie dreht, sie vergrößert oder verkleinert, sie bleiben vollkommen gleich, erstehen endlos neu. Das ist der Sinn von *Eadem mutata resurgo*. Der Schweizer Mathematiker war bis zu seinem Tode fasziniert von diesen perfekten Figuren, er hat ihnen sogar eine Abhandlung gewidmet, *Spira mirabilis*.«

»Das ist sehr hübsch. Und weiter?«

»Und weiter? Denk an die Nachricht, die in dem Geisterhaus von Hem geschrieben stand!«

»Weil du dich gerade daran erinnerst?«

»Ich habe gelernt, ich …«

»Ich weise dich darauf hin, dass ich nicht in deinem Haus dort war.«

»›Träum grausame Tode.‹ Das ist das genaue Anagramm von ›*Eadem mutata resurgo*‹. Irgendwoher, selbst ohne dieses Würgen wusste der Professor, dass ich dieses Rätsel lösen würde. Er versucht, uns hierherzulocken. Er will uns etwas zeigen.«

Turin stieß einen bewundernden Pfiff aus.

»Du erstaunst mich wirklich immer wieder. Du bist eine großartige Frau.«

Er überlegte einen Moment und dachte zurück an sein Gespräch mit Henebelle. Die Hypothese von dem Professor auf der einen Seite, dem Angreifer auf der anderen und in der Mitte der Beschützer. Drei Menschen, die offenbar versuchten, sich ihre Pläne gegenseitig zu durchkreuzen.

»Aber was sollte der Professor davon haben, uns dorthin zu führen? Warum sollte er sich freiwillig in Gefahr bringen, indem er uns nun vier Jahre später hilft?«

»Ich weiß es nicht. Jedenfalls handelt er bestimmt nicht zu unserem Vorteil oder unserem Wohlbefinden. In der Nachricht steht: ›Träum grausame Tode.‹ Versucht er, uns in eine seiner Fallen zu locken? Uns zu einem anderen Opfer zu führen?«

Manon gähnte und lehnte ihren Nacken an die Kopfstütze.

»Und jetzt, wenn du gestattest, ich weiß nicht, seit wann ich nicht mehr geschlafen habe, aber ich bin müde. Und wenn ich müde bin, schlafe ich.«

»Lass uns noch ein bisschen reden. Willst du nicht wissen, wie mein Leben in den letzten vier Jahren ausgesehen hat? Wie meine Karriere verlaufen ist?«

»Du kannst gerne stundenlang reden, ich werde nichts davon aufschreiben. Dein Leben interessiert mich kein Stück.«

Wieder nahm sie ihre Kopfhörer, hörte die aufgezeichneten Gespräche. Turin ballte die Faust. Dieses Miststück hielt ihn wohl für blöde.

Die orangefarbenen Strahlen der Straßenlaternen zerplatzten auf der Windschutzscheibe zu verschwommenen Sternen. Weiße Linien zogen unter den Reifen vorbei. Plötzlich tauchte auf der rechten Seite ein Schild auf.

Ein Rastplatz in zehn Kilometern.

Turin blickte zu Manon. Alles war wieder da. Das Objekt seiner geheimsten Träume, seines Leids, seiner nächtlichen Obsessionen saß dort neben ihm. Er stellte sich vor, wie sie nackt aussah, ihre Brüste darbot, sich an ihn presste.

Es strömte heiß durch seine Adern. Ja, er war krank. Krankhaft süchtig nach Frauen, nach einem guten Fick, nach Nutten. Krankhaft süchtig nach Manon. Nach Sex. Immer stärker. Er hatte sich kurieren wollen oder wenigstens seine

Triebe drosseln, indem er zur Kripo ging. Um sich von der Versuchung, die ständig über den Polizisten der Sitte schwebte, zu entfernen. Ununterbrochen arbeiten, dem Schlimmsten entgegentreten, bis er Tag und Nacht nicht mehr auseinanderhalten konnte. Aber das alles hatte nichts genutzt. Die Triebe in ihm wurden immer stärker.

Er betrachtete sie immer noch, bekam nicht genug. Er hätte sie so leicht haben können. Jetzt, auf diesem Rastplatz. Die Sache zu Ende bringen, ohne jedes Risiko. Warum sollte er sich das entgehen lassen? Keine Menschenseele würde etwas mitbekommen. Oder vielleicht ein, zwei Reisende, die in wenigen Minuten ein Paar erblicken würden, das eng umschlungen in einem Auto saß. Anonyme Wesen, die weiterfahren würden Richtung Nirgendwo und nicht einmal versuchten zu begreifen.

Durch den Richtungswechsel erwachte Manon. Turin, links neben ihr. Die Angst. Die Bewegung hin zum Türgriff. Das DIN-A4-Blatt, das ihre Armbewegung bremste und sie beruhigte. Sie fuhren also in die Schweiz. Nach Basel. Bernoulli. Sie nahm ihre Kopfhörer ab.

»Was machst du? Wie lange fahren wir schon?«

»Zwei Stunden. Wenn du willst, machen wir eine Pinkelpause.«

»Es geht schon.«

Mit einem ruhigen Brummen passierte der Wagen eine Tankstelle, die in der Luft zu schweben schien, wie das Raumschiff in *Unheimliche Begegnung der dritten Art*. Sie fuhren bis zu dem Parkplatz, der für PKW vorgesehen war.

Manon runzelte die Stirn.

»Die Toiletten sind auf der anderen Seite, wie mir scheint.«

»Nicht nötig, mir reicht ein Baum. Wenn du Lust hast, im Kofferraum sind Kekse«, sagte Turin, während er seine Lederjacke überzog. »Ich bin gleich zurück.«

Manon rieb ihre Hände aneinander und schaute sich lange um. Der Parkplatz war beinahe menschenleer, nur in der

Ferne standen ein paar Lastwagen. Eine düstere Umgebung. Sie begann zu zittern.

Auf einmal schlug die Kofferraumklappe laut zu. Die an Amnesie leidende Frau zuckte zusammen. Sie geriet sofort in Panik.

Die Hand auf dem Türgriff, das DIN-A4-Blatt. Sie war auf dem Weg nach Basel, zusammen mit Turin. Turin? Warum mit ihm?

Sie warf einen Blick in den Rückspiegel. Niemand zu sehen. Sie löste ihren Sicherheitsgurt und drehte sich um. Der Asphalt, links die abgestellten Lastwagen, rechts die schwarze Masse der Bäume und dazwischen zwei oder drei leuchtende Punkte, die sich auf dem Asphalt entfernten.

Wo war Hervé Turin?

»Hervé?«, schrie sie zu ihrer eigenen Überraschung, plötzlich von heftiger Angst gepackt.

Vielleicht ist er zur Toilette gegangen oder raucht gerade eine Zigarette. Bestimmt sogar.

Sie wollte das Radio einschalten, um sich zu beruhigen, doch das Gerät gab keinen Ton von sich. Kein Schlüssel im Zündschloss. War das normal?

Warum saß sie denn mitten in der Nacht allein in einem fremden Auto? Wo war sie jetzt schon wieder gelandet? Wie? Weshalb?

Vor ihren Augen begann sich alles zu drehen. Sie hielt sich die Ohren zu.

Als sie gerade die Tür öffnen wollte, um zu den Lastwagen zu laufen, tauchte der Leutnant mit der Bikerjacke über dem Arm wieder auf und stieg in den Wagen.

»Was tue ich hier?«, murrte Manon. »Du hättest mir eine Nachricht hinterlassen können! Ich dachte schon … Mach das nie wieder!«

Er zerzauste sich die schwarzen Haare. Manon sah ein gefährliches Funkeln in seinen Augen.

»Ich könnte es in fünf Minuten noch einmal machen, wenn ich wollte. Und dann in zehn. Aussteigen, mich verstecken, dich beobachten, so wie gerade, und dann zurückkommen und dich erschrecken. Mich mit dir amüsieren.«

»Mich beobachten? Was ...«

»Ich könnte stundenlang hierbleiben und dir jedes Mal sagen, dass wir gerade erst angekommen sind. Ich könnte dir die übelsten Schweinereien erzählen. Dich wie eine dreckige Hure behandeln zum Beispiel, oder aber ...«

Er wühlte in seiner Tasche und schwenkte ein Stück schwarzer Spitze.

»Dich zwingen, deinen eigenen kleinen Slip aufzufressen, aber ...«

Mit einer raschen Bewegung knallte seine Faust auf das Armaturenbrett.

»Buuh!«, schrie er und verbarg das Wäschestück.

Keuchend sprang Manon von ihrem Sitz auf.

»Was geht hier vor? Was machen wir hier?«

»Pipi. Erinnerst du dich nicht?«

Sie drehte sich in alle Richtungen. Warum schlug ihr Herz so schnell? Und dieser Schweiß auf ihrem ganzen Körper?

»Wo sind wir?«

Er begann, über ihren Schenkel zu streichen. Sie ergriff sein Handgelenk.

»Was spielst du hier? Versuch das nie wieder!«

»Du hast keine Ahnung, was ich empfinde. Das ist schlimmer als ein Geschwür. Dieser Drang, eine Frau zu besitzen. Weißt du, ich glaube, es hätte nicht viel gefehlt und ich wäre auf der anderen Seite gelandet. Auf der finsteren Seite.«

Er löste seine Hand und packte sie am Nacken.

»Die Grenze ist so durchlässig. Ich kann diese Arschlöcher, die ich jage, nur zu gut verstehen. Manchmal fühle ich mich ihnen so nahe.«

»Lass mich los!«

In ihrer Stimme schwang Angst mit. Sie, allein mit diesem Besessenen, der schon einmal versucht hatte, sie zu vergewaltigen. Das kam ihr vor, als sei es gestern gewesen.

Alles begann von Neuem. Das Monster Turin erwachte. Die dunkle Seite des Menschen.

Ohne dass er reagieren konnte, stieß sie ihm ihren Ellbogen ins Gesicht und stürzte zur Tür.

All ihre Sinne waren nur auf ein Ziel gerichtet: die Flucht ergreifen.

Plötzlich erstarrte ihre Hand auf dem Türgriff.

Die Venen auf ihrem Arm traten hervor, sie verdrehte die Augen, während sich ihre Muskeln mit ungeheurer Kraft anspannten.

Ein helles blaues Licht. Ein elektrisches Knistern.

Sie wollte schreien. Doch kein Laut kam über ihre Lippen.

Sosehr sie sich auch anstrengte, sie fühlte sich auf einmal unfähig, auch nur den kleinen Finger zu bewegen. Ihre Zunge hing zwischen den Zähnen hervor. Unmöglich, sie in den Mund zurückzuziehen.

Sie war gelähmt.

Doch bei Bewusstsein.

Wieder die Dunkelheit, die Einsamkeit.

»Der neueste Taser«, murmelte Turin, während er sich das Blut abwischte, das aus seiner Nase floss. »50 000 Volt, und man ist gut eine Viertelstunde lang gelähmt. Keine Spuren, keine physischen Nachwirkungen. Kein schlechtes Spielzeug, was?«

Bei den Lastwagen drüben regte sich nichts. Kein Licht, kein Geräusch, nichts.

Er stieg aus, erschien auf der Beifahrerseite und legte Manon auf den Rücksitz.

»Du hast mir wehgetan, du dreckige Hure. Du hast mir wirklich wehgetan!«

Dann holte er ein Erste-Hilfe-Set aus dem Kofferraum und klebte sich ein Pflaster auf die Nase. Danach kehrte er zurück, legte sich auf Manon, verriegelte die Türen und zog ihr den Pulli aus, um schließlich seine Zunge in den reglosen Mund der jungen Frau zu stecken.

Manon gelang es nicht einmal, die Augen zu schließen.

»Ich werde nicht in dich eindringen«, flüsterte er ihr zu, während er ihr über das Ohrläppchen leckte, »sondern es mir nur zwischen deinen Brüsten gemütlich machen. Mich über dich ergießen.«

Er knöpfte sich langsam den Hosenschlitz auf, wie ein Henker, der sich auf seine Arbeit vorbereitet.

»Danach werde ich dich wieder anziehen, dich nach vorne setzen und werde diesen Rastplatz in aller Ruhe verlassen. Du wirst dich an nichts erinnern.«

Über Manons Wange floss eine Träne und löste sich auf dem Sitzpolster auf. Sie wurde vom Stoff aufgesaugt, als hätte sie nie existiert. Bald würde nichts mehr existiert haben. Turin würde ihren Körper besitzen, diesen innersten Teil ihres Verstandes verschlingen, den man sorgsam bis zu seinem Tode hütet und der einen Menschen zerbrechen kann, wenn er selber zerbricht. Die bittere Definition einer Vergewaltigung.

Während der folgenden zwei Minuten lotete Manon jede Bewegung, jeden Hautkontakt aus. Gewiss, sie würde wieder vergessen, doch trotz allem würde die Hölle dieses Augenblicks existiert haben.

»Ich weiß, wo du jetzt wohnst, und ich habe den Professor als Vorwand, um sooft ich will zu dir zu kommen. Was für ein fantastischer Schicksalsschlag.«

Er zog ihr Bluse und Hose aus, dann hakte er ihren Büstenhalter auf und packte ihn mit den Zähnen. Er streichelte ihre Brüste, presste sein glühendes Gesicht dagegen und begann, an ihren Brustwarzen zu saugen. Dann fuhr seine Zunge langsam über ihre Hautritzungen.

»Du hast mich nie gewollt, mein Schatz. Du hast mich damals ziemlich verarscht. Aber von heute an wirst du das vollkommenste Sexobjekt sein. Der Weg meiner Heilung.«

31

Die Eintönigkeit der Nacht, endlich tauchte Basel vor ihnen auf. Die Uhr auf dem Armaturenbrett zeigt kurz vor sieben an, doch die langen, geradlinigen Boulevards füllten sich bereits mit Fahrzeugen. Die Schweiz erwachte unter wolkenverhangenem Himmel.

Die Hochhäuser des Stadtrands und die mit Autohäusern gesäumten Straßen machten Gebäuden aus einer anderen Epoche Platz. In der Nähe des Rheinknies lag das mittelalterliche Viertel mit seinen Kirchen und engen Gassen, in denen sich die Luxusboutiquen befanden. Die namhaften Marken in den Schaufenstern – Breitling, Bulgari, Cartier, Chopard – erinnerten daran, dass hier jeden Frühling die Weltmesse für Uhren und Schmuck stattfand.

Turin parkte in der Nähe des Flusses – die Brücke, die sie laut Navigationssystem überqueren mussten, wurde gerade renoviert –, Manon nahm ihren Rucksack aus dem Kofferraum, dann stiegen sie auf die Fähre nach Kleinbasel.

Wenige Minuten später gingen sie in Richtung des Hügels, auf dem das Münster stand. Manon bedauerte, dass sie nie zuvor in dieser Stadt gewesen war, im Übrigen nicht einmal in der Schweiz. Die Mathematiker, die Kolloquien, die Arbeitsgruppen hatten sie eher nach Amerika oder England geführt.

In der Altstadt von Basel hörte man noch das Klirren der Schwerter auf dem Stein, die langen Ansprachen von Nietzsche oder Burckhardt oder das Klopfen des Bischofsstabs. Während sie schnell durch die Straßen liefen, betrachtete Manon freudig erregt jede einzelne Fassade, deren Bild sich doch mit der Leichtigkeit eines Traums wieder in ihr auflösen würde. Vor dem »Unfall« wäre sie gerne dort spazieren gegangen.

»Da ist es«, sagte sie, während sie zum x-ten Mal ihre Notizen durchlas. »Der Münsterplatz.«

Turin befühlte die Wunde auf seiner Nase. Diese Schlampe hatte ihn ganz schön zugerichtet.

»Dem Plan zufolge befindet sich der Kreuzgang hinter dem Münster«, brummte er. »Beeilen wir uns, es fängt gleich an zu schütten. Man könnte meinen, dieses verfluchte Gewitter verfolgt uns, das ist doch nicht möglich!«

Manon hielt ihr DIN-A4-Blatt vor sich und machte von Zeit zu Zeit mit ihrem N-Tech ein Foto. Sie betrachtete das Pflaster auf Turins Gesicht. Dann seine verbundene Hand. Mit einer raschen Bewegung fotografierte sie den Leutnant, ohne dass er es merkte.

Je weiter sie kamen, umso heftiger schlug ihr Herz. Ihre Handflächen fingen an zu schwitzen, als sie das Gebäude umrundeten. Was ging hier vor? Warum sandte ihr Körper diese Alarmzeichen aus? Sie schaute sich genau um, plötzlich von Angst erfüllt. Hatten ihre Augen eine Person entdeckt, die sie kannte?

»Was ist los?«, fragte sie Turin. »Suchst du jemanden?«

»Nein.«

Der Polizist blieb stehen, dann drehte er sich um. Passanten gingen mit gesenkter Stirn vorüber. Niemand schien die Anwesenheit der beiden Franzosen zu beachten. Sie waren überstürzt aus Lille aufgebrochen. Wie hätte jemand …

Von den Terrassen der Pfalz hinter dem Münster sah man in der Ferne die ersten Ausläufer der Vogesen. Mit dem Rhein darunter war die Schönheit der Natur selbst unter diesem erdrückenden Himmel überwältigend. Nur um der Geste willen machte Manon ein Foto. Ein unnützes Bild, das sich zu den Tausenden anderen gesellen würde.

Turin schaute ihr zu. Dieser Ausflug zusammen mit dem Objekt seiner Begierde tat ihm gut. Er fühlte sich um vier Jahre zurückversetzt. Sie hätten ein strahlendes Paar abgeben können, das ein Wochenende in trauter Zweisamkeit verbringt, die großen Hotels und die Schweizer Biere genießt. Warum hatte sie ihn immer zurückgewiesen, obwohl er seine Nächte geopfert hatte, um den Mörder ihrer Schwester zu jagen?

Dieses Miststück hatte nie mit ihm schlafen wollen. Ihre Weigerung würde sie teuer zu stehen kommen.

Ein unstillbarer Hunger nach Sex gärte in ihm. Er hätte im Auto weitermachen sollen. Den Akt bis in die frühen Morgenstunden hinausziehen. Jeden Winkel dieses seidigen Körpers erkunden. Er hatte Manon ausgezogen, sie berührt, geküsst, und sie erinnerte sich nicht einmal daran. Seine Macht über sie war grenzenlos. Aber er hatte es vermasseln müssen. Um sich nicht allzu sehr zu verspäten, nicht die Aufmerksamkeit auf sich zu ziehen. Umsicht, Erpressung, Kaltblütigkeit und seine Beziehungen hatten ihm immer Probleme erspart.

Sie liefen um das Gebäude herum. Die Türen aus massiver Eiche standen offen, wie eine Einladung zur Besinnung. Der Küster, ein untersetzter, kahlköpfiger Mann, hielt hinter einem Schreibtisch links vom Eingang Wache. Er hob kurz den Kopf, um sich dann wieder in seine Lektüre zu vertiefen.

Manon knöpfte den Kragen ihres Ledermantels zu. Die Kälte, die von den riesigen schweren Steinen ausging, durchdrang sie. Durch die hohen Gewölbe blies feuchte, eiskalte Luft. Der langsame und furchterregende Atem der Finsternis.

Sie wandte sich langsam zum Kreuzgang. In den Seitenschiffen reihten sich die Gräber der berühmtesten Baseler Familien aneinander. Von dieser Bewegungslosigkeit, diesen gigantischen Steinblöcken ging etwas Spirituelles aus. Und etwas Unheilvolles.

Turin lief neben ihr her. Er ging am Grabmal des Erasmus von Rotterdam vorbei, ohne sich dessen bewusst zu sein. Er beobachtete Manon aus dem Augenwinkel.

Das leise Geräusch von Schritten hinter ihm lenkte ihn ab. Er drehte sich schlagartig um, seine Sinne waren auf einmal hellwach.

Nichts, nur die Säulen, die dunklen Kirchenschiffe. Zehn Meter vor ihm strichen Manons Finger über den abgenutzten Stein. Auf ihrer Netzhaut spiegelte sich das flackernde

Kerzenlicht wider, ihr leicht geöffneter Mund nahm jede Schwingung auf, als sei sie an ihrem Ziel angekommen. Was sie wohl empfand?

»Hast du was gefunden?«, rief er und holte unauffällig ein kleines Instrument aus der Tasche.

Seine Stimme wurde von den Wänden zurückgeworfen. In den schrägen Lichtstrahlen funkelten Staubdiamanten.

»Noch nicht«, erwiderte sie. »Noch nicht.«

Sie bog um einen Vorsprung und verschwand. Turin ging langsam weiter, den Blick auf den runden Spiegel seines Utensils gerichtet.

An der dritten Säule hinter ihm schaute unten eine Schuhspitze hervor.

Jemand folgte ihm.

Wie hatte man ihnen bis hierher nachspüren können?

Der Professor. Hatte er sie erwartet, verkrochen in den Stollen dieser Stadt?

Hinter einem dicken Pfeiler holte er seine Dienstwaffe hervor.

»Ich hab's!«, schrie Manon. »Die Grabinschrift von Bernoulli!«

»Ich komme«, erwiderte Turin, bemüht, einen natürlichen Tonfall zu wahren. »Ich muss nur eine Kleinigkeit überprüfen.«

Er bog nach links und schritt in aller Ruhe bis zu einer Seitentreppe, die er schnell hinaufstieg, um sich oben dann in Luft aufzulösen.

Einen Augenblick später kletterte eine Gestalt mit gekrümmtem Rücken leise die steinernen Stufen hinauf.

Oben angekommen wurde ihr der Lauf einer Sig Sauer an die Schläfe gedrückt.

»Runter mit dir!«, schrie Turin. »Mach schon!«

Der Mann kauerte sich zusammen, die Hände am Kopf.

»Bitte tun Sie mir nichts!«, jammerte er.

Der Leutnant drückte seine Wange mit dem Knie auf den Boden.

»Keine Bewegung, oder ich schieße! Warum verfolgst du mich?«

»Ich bin der Wärter des Münsters. Ich habe Sie hereinkommen sehen und ...«

Der Kerl mit dem Buch, dachte Turin.

Er hob seine Waffe, steckte sie ins Holster und schlug einen versöhnlicheren Tonfall an:

»Sie haben mich hereinkommen sehen, und weiter?«, fragte er interessiert, während er ihm den Arm hinhielt, um ihm aufzuhelfen.

Der Wärter stand alleine auf, nicht wirklich beruhigt, während der Offizier seinen Polizeiausweis hervorholte.

»Die französische Polizei? Warum denn das?«

»Ich stelle hier die Fragen. Warum haben Sie mich verfolgt?«

Der Küster verschränkte die Hände vor dem Körper und knetete seine Finger.

»Ich wollte sehen, was Sie schon wieder hier in Basel vorhaben.«

»Wie, schon wieder? Ich war noch nie in meinem Leben in der Schweiz!«

»Sie nicht. Aber die Dame dort unten schon«, antwortete der Wärter, während er mit dem Daumen über die Schulter wies.

Turin spürte, wie das Adrenalin in seinen Körper schoss. Ihm fiel wieder ein, wie seltsam sich Manon auf dem Münsterplatz verhalten hatte. Erinnerungen an eine frühere Reise in die Schweiz?

»Was soll der Quatsch! Sie müssen sich irren!«

»Nein, ich bin mir absolut sicher! So eine Sache vergisst man nicht. In jener Nacht habe ich sogar die Polizei rufen müssen.«

Turin machte eine rasche Handbewegung, um den Küster zu ermuntern weiterzusprechen. Dieser erklärte:

»Bis in die letzten Tage des Sommers hinein bleibt das Münster bis Mitternacht geöffnet. Sie sind sehr spät hineingegangen, erst gegen 22 Uhr. Sie glaubten sich allein, sie haben mich nicht gesehen.«

»Sie? Wer ist sie?«

»Diese Frau und noch ein Mann. Hier ist es nachts nicht sehr hell, aber ich habe noch gute Augen. Ihr Begleiter ähnelte ihr wie ein Ei dem anderen. Der gleiche Blick, die gleichen Gesichtszüge. Ihr Bruder, nehme ich an.«

Frédéric Moinet. Dieses Mal war es sicher.

»Wann? Wann sind sie gekommen?«

Der Wärter kratzte sich mit zweifelnder Miene am Kinn.

»Das war letztes Jahr. Im September, glaube ich, genau weiß ich es nicht mehr.«

Turin machte sich auf einem Stück Papier Notizen. Das Blatt zwischen seinen Fingern zitterte. Zu viele neue Anhaltspunkte nach einer Pause von vier Jahren.

»Und Sie haben von der Polizei gesprochen. Warum?«

»Manchmal kommen nachts Besucher hierher. Um zu beten, um die religiöse Atmosphäre auf sich wirken zu lassen oder einfach, um die frische, kühle Luft einzuatmen. Diese beiden sind sehr lange geblieben. Das hat mich neugierig gemacht. Einen Moment dachte ich sogar, sie seien wieder verschwunden, ohne dass ich dies mitbekommen hätte, aber dann hörte ich Stimmen hinten aus dem Kreuzgang, und da bin ich unauffällig näher herangegangen. Sie hatten sich in einen kleinen Seitenraum geschlichen. Es gab dort kein Licht, nur das ihrer Taschenlampe. Und da habe ich das Blut gesehen.«

Der Leutnant erstarrte.

»Das Blut?«

»Als ich dorthin kam, stand der Mann über sie gebeugt da. Er hielt ein Skalpell in der Hand und Verbände. Er war dabei, ihr die Haut zu zerschneiden!«

»Am Becken, nicht wahr?«

Der Küster riss die Augen auf.

»Woher wissen Sie das?«

»Vergessen Sie es. Bitte, erzählen Sie weiter.«

Der Polizeioffizier trat an das Geländer aus Stein und warf einen Blick nach unten in den rechteckigen Hof. Er konnte Manon nicht sehen. An den Wänden des Kreuzganges tanzten gespenstische Schatten, hervorgerufen durch die vorbeiziehenden Wolken.

»Der Anblick war wirklich surreal«, erklärte der Wärter. »Die Frau war sehr erregt, sie hatte eine ausgebreitete Straßenkarte von Frankreich zwischen den Beinen liegen und sprach immer wieder von Mönchen. Ja, genau. Von Mönchen. Ich wollte schon einschreiten, weil sie versuchte, den Mann wegzustoßen. Er jedoch hielt sie fest! Er hielt sie fest, um ihr den Bauch zu zerschneiden!«

Hervé Turin war außer sich. Er hätte Frédéric Moinet gerne hier und jetzt vor sich gehabt. Damit er die Wahrheit ausspuckte, bis auf den letzten Zahn.

Der Küster wies auf seine Stirn.

»Dann bin ich plötzlich näher herangegangen, der Mann hat mir mit seiner Taschenlampe einen Schlag versetzt, und sie haben Hand in Hand die Flucht ergriffen.«

Turin war fassungslos. Moinet hatte nicht davor zurückgeschreckt, den Küster zu schlagen. Sprachen sie wirklich von demselben Mann? Was nur hatte eine solche Tat rechtfertigen können? Wie weit hatte er seine Schwester manipuliert?

»Aber«, fuhr der Wärter fort, »in ihrer Hast haben sie ein Stück Papier fallen lassen. Einen Zettel mit einer genauen Kopie der Spirale, die sich auf dem Grab von Bernoulli befindet. Die Spirale und diese seltsamen Kreuze. Ich habe das Papier nicht mehr, leid…«

»Was für seltsame Kreuze?«

»Sieben Kreuze, mitten auf der Spirale, die irgendwelche Vandalen, so nehme ich an, dort vor fünf oder sechs Jahren eingeritzt haben. Warum? Weiß der Himmel. Die Leute haben auch vor nichts mehr Respekt.«

»Sieben Kreuze, seit fünf, sechs Jahren? Sind Sie sicher?«

»Absolut.«

»Das kann doch nicht wahr sein! Das muss ich sehen!«

Ohne weiter nachzudenken, stürzte Turin die Treppe hinab und wandte sich dann nach links.

Dort traf ihn ein Schock.

Die Nische, in der Manon gewesen war. Leer.

Sie war verschwunden.

»Manon!«

Keine Antwort. Nur das Echo seiner Verzweiflung. Er rannte zum Eingang, mit feuchten Händen, völlig außer Atem.

Vor ihm der Münsterplatz, den er mit fieberhaften Blicken absuchte. Ein paar dahineilende Gestalten. Auf dem Pflaster zerplatzten die ersten Regentropfen. Keine Spur von Manon, weder rechts noch links noch gegenüber.

»Das ist doch nicht möglich! Scheiße!«

Er kehrte ins Innere zurück und lief hastig zu der eiförmigen Skulptur aus schwarzem Metall, die mit einer Erdkugel, Feigenblättern, Symbolen und lateinischen Inschriften verziert war. Unten war eine Spirale zu sehen, darum herum stand der berühmte Satz: »*Eadem mutata resurgo.*« »Verwandelt kehre ich als dieselbe wieder.«

Der Küster betrat die Nische. Er ging näher heran und deutete mit der Fingerspitze auf die mathematische Figur.

»Diese Spirale wollte sie auch heute wieder kopieren, vermute ich. Schauen Sie, hier sind die Kreuze.«

Hervé Turin lehnte sich verzweifelt an die Wand.

Auf der Windung der Spirale waren sechs Kreuze nebeneinander eingeritzt sowie ein siebtes ein Stück entfernt.

Die sieben Morde, die der Professor begangen hatte. Sechs kurz hintereinander und ein siebter sehr viel später. Bestand zwischen ihnen ein Zusammenhang? Gab es noch mehr herauszulesen? Diese ganze Reise nur für ein paar Markierungen auf einer Spirale?

Warum hatte Frédéric das getan? Warum diese Gewalt? Welches Geheimnis wollte er vor seiner Schwester, vor den anderen verbergen?

Warum führte der Professor sie nun hierher? Wer war Manons Angreifer? Wer ihr Beschützer?

Nachdem er ein Foto mit seiner Digitalkamera gemacht hatte, begann Turin, jedes Zeichen, jedes Wort der Grabinschrift zu untersuchen. Es war Lateinisch: »*C. S. Iacobus Bernoulli, mathematicus incomparabilis, acad. basil.*«, usw.

Er wandte sich besorgt an den Wärter.

»Diese Mönche, von denen sie gesprochen hat, sagt Ihnen das irgendetwas? In der besagten Nacht hat ihr Bruder nämlich folgenden Satz auf ihren Bauch geritzt: ›Geh zu den Tölpeln, bei den Mönchen.‹«

»Nein, der Satz sagt mir absolut nichts. Ich verstehe nicht, was Mönche mit dieser Spirale zu tun haben könnten oder mit irgendwelchen Tölpeln. Ich denke eher, man sollte einen Bezug zu der Frankreichkarte suchen, die sie zwischen den Beinen hatte, aber ich könnte Ihnen nicht sagen, welchen. Vielleicht suchte sie einen bestimmten Ort? Einen Ort in Zusammenhang mit der Spirale von Bernoulli?«

»Aber was für ein Zusammenhang, verdammt noch mal? Und was für ein Ort?«

»Tja, das ...«

»Verdammte Scheißmathematiker!«

Hervé Turin konnte sich nicht verzeihen, dass er Manon allein gelassen hatte. In ihrem Zustand war sie schlimmer als ein kleines Kind, das allein neben einem Gasherd spielt.

Diese dumme Gans hatte sich mitten in Basel in Luft aufgelöst.

Allein, ohne Gedächtnis und vielleicht mit der Lösung des Rätsels im Kopf.

Ganz offensichtlich hatte der Professor ihr eine Falle gestellt.

Und sie würde sich in das Maul des Wolfes stürzen.

32

»Leutnant Turin?«

»Ja.«

»Henebelle am Apparat. Ich habe versucht, Manon anzurufen, aber sie muss ihr Handy ausgeschaltet haben. Ich wollte mich erkundigen, ob es etwas Neues gibt.«

Lucie ging in die Küche, den Hörer zwischen Ohr und Schulter geklemmt. Sie nahm die Schälchen aus der Mikrowelle, stellte sie vor Clara und Juliette, die bereits angezogen am Tisch saßen, und holte eine Packung Cornflakes aus dem Regal.

»Es gab da ein kleines Problem«, gestand Turin zwischen zwei Atemzügen.

Lucie erstarrte, in der Hand noch die schmutzigen Fläschchen vom Vortag. Etwas in Turins Stimme ließ das Schlimmste vermuten.

»Was für ein Problem?«

»Manon. Sie ist verschwunden.«

Lucie ließ die Fläschchen ins Spülbecken fallen und umklammerte ihr Handy.

»Was sagen Sie da?«

Am anderen Ende der Leitung erklang die raue, abgehackte Stimme des Polizisten, die so typisch für einen Kettenraucher war.

»Nur ein kleiner Moment der Unaufmerksamkeit. Sie ist schlimmer als ein kleines Kind. Ich fahre schnell zum Bahnhof, man kann nie wissen. Hören Sie. Wir müssen unbedingt Frédéric Moinet festnehmen.«

»Frédéric Moinet? Was haben Sie herausgefunden?«

»Manon und er waren schon einmal beim Grab von Bernoulli.«

Diese Nachricht traf Lucie wie ein Schlag ins Gesicht.

»Mein Gott, Turin! Sind Sie sicher?«

»Er hat ihr dort die Haut geritzt. Die Nachricht mit den Mönchen. Letzten September. Im Münster.«

Juliette nutzte die Unaufmerksamkeit ihrer Mutter aus, um Claras Schälchen mit Cornflakes zu bombardieren. Lucie überließ die beiden sich selbst und stürzte aus der Küche, den Hörer am Ohr.

»Das ist ja unglaublich! Er hat behauptet, das wäre hier in ihrer Wohnung passiert! So eine verrückte Geschichte mit einer Feuerkugel! Ich habe die Zeitungsberichte gesehen!«

»Er hat Sie getäuscht. Er ist ein verdammter Lügner. Er manipuliert seine Schwester. Er manipuliert alle.«

»Aber ...«

»Hören Sie mir gut zu! Auf der Spirale von Bernoulli sind sieben Kreuze zu sehen, die dort vor etwa fünf Jahren eingeritzt worden sein sollen. Vom Professor höchstpersönlich, vermute ich.«

»Kreuze, die für die Morde stehen? Die sechs vergangenen und der an Dubreuil?«

»Vielleicht. Als Manon zum ersten Mal hier war, muss sie die Bedeutung dieser Zeichen verstanden haben, und ich weiß, das klingt verrückt, aber ich bin überzeugt davon, dass sie ihre Entdeckung sofort auf ihren Körper schreiben wollte. Bestimmt hatte sie einen Verdacht, Angst, dass man ihre Daten aus dem N-Tech löscht oder ihre Notizen klaut. Es muss eine sehr wichtige Information gewesen sein. Und ich glaube, ihr Bruder hat sie daran gehindert. Oder vielmehr hat er ... wie soll ich sagen ...«

»Die Nachricht verfälscht!«

»Genau. Der Küster, der das Münster bewachte, hat behauptet, Frédéric hätte gegen Manons Willen gehandelt. Dieses Arschloch hat im Übrigen auch nicht davor zurückgeschreckt, den armen Mann zu schlagen.«

In Lucies Kopf klärte sich mit einem Mal alles auf.

»Und deshalb versteht Manon diesen Satz nicht! Sie musste mit irgendeiner Spur aus Basel wegfahren, deshalb hat er an ihr herumgeschnipselt, um ihr das Gefühl zu geben, sie hätte ihre Aufgabe erledigt! Er hat sie getäuscht! Er hat uns alle getäuscht!«

»Sie haben wahrscheinlich recht. Aber ich glaube, Manon hat die Bedeutung dieser Kreuze heute erneut begriffen. Und ist losgeeilt, um sich auf direktem Weg in Schwierigkeiten zu bringen.«

»Das kann doch nicht sein!«

»Es gibt da noch eine seltsame Sache.«

»Was denn noch?«

»Dieser Satz, der in dem Haus in Hem stand. »Träum grausame Tode.« Ich glaube, Manon hat die Bedeutung verstanden. Es ist das genaue Anagramm von ›*Eadem mutata resurgo*‹ – ›Verwandelt kehre ich als dieselbe wieder‹ –, das ist die Inschrift auf dem Grabstein von Bernoulli. Das heißt, dass der Professor sie nach Basel locken wollte.«

Lucie schlug sich mit der Hand auf die Stirn, doch ihre schmerzende Augenbraue stoppte ihre Bewegung.

»Mist! Das ist doch völlig unlogisch!«

»In der Tat. Wenn man diesen Gedanken weiterspinnt, bedeutet das, der Professor hilft Manon, und der Bruder verwischt die Spuren. Sagen Sie mal, der Typ, den Sie in der Altstadt von Lille verfolgt haben. Könnte das nicht Frédéric Moinet gewesen sein?«

Lucie antwortete sofort:

»Nein, nein, er war viel kleiner. So wie Sie. Nun, ich glaube ... Es war sehr dunkel.«

Sie warf einen Blick auf die Uhr. Gleich acht Uhr morgens. Noch gut eine Viertelstunde, dann musste sie zum Kindergarten aufbrechen.

Am anderen Ende der Leitung waren Gehupe und das Prasseln von Regen zu hören.

»Ich mach Schluss!«, schrie Turin. »Wir halten uns auf dem Laufenden. Aber finden Sie den Bruder, bevor es zu spät ist.«

»Warten Sie! Haben Sie nicht versucht zu begreifen? Diese Kreuze? Die Spirale? Geben Sie mir einen Hinweis!«

»Der Küster hat erzählt, Manon hätte in jener Nacht eine Straßenkarte von Frankreich zwischen den Beinen gehabt. Ich glaube, heute hat sie wieder den Ort gefunden, den sie suchte. Und wahrscheinlich ist sie losgefahren, um dort den Dreckskerl zu treffen, der versucht, sie zu töten. Finden Sie den Bruder!«

Er legte auf.

Lucie stand starr und völlig erschüttert da, das Handy noch in der Hand.

Frédéric Moinet mit dem idealen Meet4Love-Profil hatte sie ganz schön verarscht. Sie hatte noch den Klang seiner ruhigen, besonnenen Stimme im Ohr, seine scheinbar so aufrichtigen Worte.

Seine eigene Schwester zu verraten, sie jahrelang zu täuschen. Sie sogar zu verstümmeln, um die Wahrheit vor ihr zu verbergen. Warum?

Die Polizistin wählte erneut Manons Nummer. Sie hinterließ eine Nachricht auf der Mailbox: »Hier ist Lucie Henebelle, ich bin Polizistin und helfe Ihnen bei den Ermittlungen. Sie haben mein Foto in Ihrem N-Tech. Rufen Sie mich bitte so schnell wie möglich an! Es ist sehr dringend!«

Die Mädchen kreischten in der Küche. Eins der Schälchen hatte seinen Inhalt über den Tisch ergossen.

»Juliette! Himmel Herrgott!«

»Das war ich nicht! Das war Clara!«

»Immer war es deine Schwester! Und wer von euch beiden hat noch Cornflakes in der Hand?«

Lucie nahm die Tüte Milch und schüttete sie in eine saubere Tasse.

»So, jetzt trinkst du deine Milch kalt! Du weißt nicht, was für ein Glück es bedeutet, eine Schwester zu haben! Ich möchte, dass du aufhörst, sie herumzukommandieren und zu beschuldigen! Verstanden?«

»Verstanden, Mama.«

»Beeilt euch, wir kommen noch zu spät! In fünf Minuten fahren wir!«

Die beiden Kleinen schwiegen und gehorchten auf der Stelle. Nachdem Lucie den Tisch rasch abgewischt hatte, überprüfte sie den Inhalt der Rucksäcke, legte sie zusammen mit den beiden Jacken vor die Eingangstür und blieb ein paar Sekunden lang in sich versunken dort stehen, um nachzudenken.

Das erste Mal, als Frédéric das Messer ergriffen hatte, wollte er seine Schwester nicht vor Selbstverstümmelung oder Selbstmord schützen, sondern sie daran hindern, »Bernoulli« auf ihren Körper zu schreiben, um zu vereiteln, dass sie in die Schweiz fuhr.

Dennoch hatte Manon es irgendwie geschafft, die Spur bis nach Basel zurückzuverfolgen. Vielleicht nachdem sie erneut gewürgt worden war. Angesichts ihrer Entschlossenheit, ihrer Hartnäckigkeit war Frédéric dann klar geworden, dass er sie nicht mehr daran hindern konnte, ihre Suche fortzusetzen, und hatte beschlossen, mit ihr zu fahren, um sie zu überwachen.

Und dort, nachdem sie die Spirale mit den Kreuzen entdeckt hatte, war ihr wahrscheinlich etwas Wichtiges klar geworden, das sie auf ihrem Körper festhalten wollte. Daraufhin hatte Frédéric versucht, die Situation unter Kontrolle zu bringen, indem er ihr das Skalpell aus der Hand nahm und die Nachricht verfälschte. »Geh zu den Tölpeln, bei den Mönchen«: Eine Formulierung, die raffiniert genug war, um seine Schwester von Bernoullis Grab abzulenken und so unbestimmt, dass sie deren Bedeutung nicht mehr verstand.

Doch das Gedächtnis des Körpers, das erneute Würgen hatten sie erneut nach Basel geführt. Und offenbar hatte sie dort zum zweiten Mal etwas begriffen.

Frédéric Moinet hatte das Schicksal seiner Schwester beeinflussen wollen. Hatte ihr den Tod ihrer eigenen Mutter vorenthalten. Sie nach Lille gebracht. Er lebte in der Wohnung direkt neben ihr, um sie besser zu überwachen, zu manipulieren. Um beliebig bei ihr ein und aus zu gehen. Die Daten in ihrem N-Tech zu verfälschen. Löschen, hinzufügen, verändern. Er wollte alles daransetzen, sie zu schützen. Und sie daran hindern, sich der Wahrheit zu nähern. Das hatte

Manon wahrscheinlich gespürt, ohne es wirklich zu wissen. Dies war der Grund für den *panic room* und für den Safe mit seinen geheimen Codes.

Auf jeden Fall machte diese Wahrheit Frédéric Angst. Eine Wahrheit, die der Professor ans Licht bringen wollte, indem er Manon half. Oder sich ihrer bediente.

Es war unbegreiflich. Und noch unbegreiflicher, wenn man den Mann mit den Stiefeln in Betracht zog, diesen Einbrecher, der nach drei Jahren plötzlich wieder aufgetaucht war.

Bei dieser ganzen Sache stand nur eins fest: Wo auch immer die an Amnesie leidende Mathematikerin sich gerade aufhielt, sie schwebte in großer Gefahr.

Und war sich dessen keinesfalls bewusst.

33

Der Durchsuchungsbefehl für Frédéric Moinets Wohnung hatte nicht auf sich warten lassen. Der Zentrale von Air France zufolge war tatsächlich ein Termin mit dem Unternehmen Esteria vereinbart worden, doch Frédéric Moinet war nicht erschienen. Er war auch nicht in dem Hotelzimmer gewesen, das er reserviert hatte, und antwortete nicht auf seinem Handy. Seit 21 Uhr am Vorabend war er wie vom Erdboden verschluckt.

In der Wohnung des jungen Firmenchefs trat Lucie zu dem IT-Spezialisten, der vor dem Computer beschäftigt war. Der Mann sah besorgt aus. Er schlug seine Gummihandschuhe gegeneinander und stellte das Gehäuse des Rechners wieder an seinen Platz.

»Keine Festplatte mehr da. Sie wurde herausgenommen. Unmöglich, diese Maschine zum Reden zu bringen.«

Lucie gähnte unauffällig.

»Und es gibt keine Sicherheitskopien? Auf einem USB-Stick oder einer DVD?«

Mit betrübter Miene öffnete der Fachmann mehrere Schubladen.

»Schauen Sie selbst. Alles weg. Ich werde bei seinem Internet-Provider nachschauen, ob wir seine E-Mails sicherstellen können. Bei den Mails, die er noch nicht gelesen hat und die sich noch auf dem Mail-Server befinden, wird das kein Problem sein. Aber es scheint, dass wir zu spät kommen.«

Kommandant Kashmareck trat zu ihnen. Er hatte die ganze Nacht lang die Akte »Professor« studiert, da er keinen Schlaf finden konnte.

»Laut unserem Schlosser wurde die Tür aufgebrochen«, erklärte er, während er energisch über seine Wangen strich. »Da hat jemand saubere und unauffällige Arbeit geleistet. Einer, der sich damit auskennt.«

»Ganz offensichtlich derselbe Mann, der auch versucht hat, Manon zu töten«, erwiderte Lucie. »Er muss zuerst hier aufgeräumt haben, bevor er sich um die Schwester gekümmert hat. Warum? Was kann Frédéric Moinet nur versteckt haben?«

Kashmareck verkrampfte sich. Ein Techniker der Spurensicherung untersuchte Fingerabdrücke neben dem Computer, andere Polizisten durchforsteten Schubladen und Schränke.

»Wir täten gut daran, Klarheit in dieses Chaos zu bringen, bevor man über uns herfällt. Diese Sache lässt die Chefs langsam unruhig werden.«

»Wenn Turin nicht gepatzt und Manon verloren hätte, ständen wir nicht so da. Ich hoffe, Sie haben den Vorfall in Paris gemeldet?«

»Noch nicht.«

»Aber warum? Er hat einen Fehler begangen! Er war für Manon verantwortlich!«

Er blickte sie mit strenger Miene an.

»Du mischst dich da nicht ein, verstanden?«

Lucie hielt dem Gewitter seines Blickes stand, ohne mit der Wimper zu zucken.

»Der Mann aus Paris hat Beziehungen, nicht wahr?«

»Vergiss nicht, dass du mit deinem Vorgesetzten sprichst, also sei ruhig!«

Kashmareck wechselte sofort zu einem anderen Thema. Dafür hatte er ein Talent.

»Gut! Konzentrieren wir uns besser auf die Ermittlungen, statt unsere Zeit zu vergeuden! Was genau haben wir? Erstens einen Typen, wahrscheinlich den falschen Einbrecher von vor drei Jahren, der bei dem Bruder eindringt und erneut versucht, die Schwester zu erwürgen, die inzwischen spurlos verschwunden ist. Zweitens der Bruder, ein Lügner und Manipulator, der uns wichtige Informationen verschweigt, auch er ist nicht mehr auffindbar. Und drittens, zu allem Überfluss, ein Verrückter, der seinen Opfern Nautilusschalen verabreicht und nach vier Jahren Unterbrechung plötzlich wieder auftaucht.«

Kashmareck zählte sie nacheinander an seinen Fingern auf:

»Der Angreifer, der Bruder, der Professor. Nicht zu vergessen die Schwester, auch sie wie vom Erdboden verschluckt. Und wer hat dieses fantastische Blatt geerbt? Ich, der brillante und leidenschaftliche Kommandant der Kriminalpolizei von Lille!«

»Auch wenn wir das Gefühl haben, vor einem riesigen Durcheinander zu stehen, so bin ich doch überzeugt, dass sich das alles ganz rasch auflösen wird. Die Sache ist zu heiß.«

»Von wegen! Uns wird alles an den Kopf fliegen, ja genau! Wenn der Bruder und Manon nicht mehr aufzufinden sind, können wir wieder von vorne anfangen. Und werden alle in der Versenkung verschwinden.«

Major Greux erschien im Eingang, mit dem Handy in der Hand. Hinter ihm im Gang liefen Polizisten in Uniform umher.

»Ich habe zwei wichtige Informationen für Sie!«

Er stellte sich zwischen Lucie und den Kommandanten.

»Erstens: Wir haben in den Wohnungen, die renoviert werden, vier Meißel gefunden. Auf einen davon scheint die

Beschreibung dieses Paläontodingsda zuzutreffen. Etwa drei Zentimeter breit, die Schneide stimmt genau mit der Spur auf dem Stück des Ammoniten überein. Wir werden ihn ins Labor bringen lassen, um die Riefen zu vergleichen.«

Die Neuigkeit machte Lucie sprachlos. Kashmareck begann, im Zimmer auf und ab zu schreiten, dann formulierte er seine Schlussfolgerung:

»Nehmen wir einmal eine Sekunde lang an, ich sage, nehmen wir an, Frédéric ist der Professor. Wie hätte er seine Schwester Karine töten sollen, während er mit Manon in den Vereinigten Staaten war? Wir haben das alles noch einmal überprüft, seine Alibis sind hieb- und stichfest, das gilt auch für die Morde an den anderen Opfern des Professors. Rein physisch kann er es nicht gewesen sein! Aber ignorieren wir einmal die Gesetze der Physik und behaupten, dass er besser ist als David Copperfield. Warum kehrt er vier Jahre später zurück, um diese alte Sadistin zu töten und seine eigene Schwester zu entführen, da er doch weiß, dass das zwangsläufig die Aufmerksamkeit auf sie lenkt? Warum kidnappt er seine Schwester, die er andererseits zu schützen versucht, indem er sie dazu bringt, Kurse im Schießen oder in Selbstverteidigung zu belegen? Das macht wirklich keinen Sinn!«

Lucie schnippte mit den Fingern.

»Oder aber es wollte jemand anders die Scheinwerfer auf Frédéric Moinet richten.«

»Wer?«

»Der Professor höchstpersönlich, der versucht, uns etwas zu zeigen. Irgendetwas, das der lachende Dritte, dieser falsche Einbrecher, um jeden Preis verheimlichen will. Erinnern wir uns daran, dass der Professor Manon entführt hat, dass er sie hätte töten können und ihr dennoch nichts angetan, sie nicht vergewaltigt hat. Und heute führt er sie nach Basel, eine Spur, die der Bruder von Anfang an zu vertuschen versucht. Der Professor, der Einbrecher und der Bruder sind miteinander verbunden durch ein fehlendes Glied in der Kette. Und dieses fehlende Kettenglied ist Manons Gedächtnis. Eine andere Erklärung habe ich nicht.«

Kashmareck stützte sich auf einen Stuhl, ohne eine Antwort zu geben. Greux räusperte sich. Der Kommandant ermunterte ihn mit einer Kinnbewegung weiterzureden.

»Die andere Nachricht stammt vom Graphologen, der diese Dezimalstellen von π in dem Geisterhaus von Hem analysiert hat. Eine sehr fragwürdige Sache, die aber mit dem, was Sie gesagt haben, übereinstimmen könnte. Jedenfalls soweit ich es verstanden habe.«

Kashmareck stieß einen langen Seufzer aus.

»Los, erzähl schon.«

Der Major nahm ein Blatt Papier aus seiner Tasche.

»An die Wände der Halle wurden zweitausendvierhundertvier Dezimalstellen von π gemalt. Nebenbei gesagt, zweitausendvierhundertvier, das ist 24/04, das Todesdatum von Dubreuil, aber lassen wir dieses Detail außer Acht. Der Graphologe hatte zuerst behauptet, dass wir es mit einem Linkshänder zu tun haben, Sie erinnern sich?«

»Genau.«

»Nun hat er jedoch in der Sequenz Ziffernfolgen entdeckt, die mit der rechten Hand gemalt wurden. Das hat sich genau neunmal wiederholt, an verschiedenen und weit auseinanderliegenden Stellen. Immer sechs oder sieben Ziffern hintereinander.«

Lucie und der Kommandant warfen sich einen fragenden Blick zu. Sie sagten gleichzeitig:

»Und?«

»Wir haben es ausprobiert. Wenn man einen Pinsel derselben Größe in die Farbe taucht, schafft man es, genau sechs oder sieben Ziffern zu schreiben, bevor man ihn wieder in den Topf tunken muss. Der Graphologe ist sich jetzt hundertprozentig sicher, dass unser Mann in Wirklichkeit Rechtshänder ist oder Beidhänder. Die mit der rechten Hand geschriebenen Ziffern sind natürlicher. Er denkt, dass der Professor wohl mehrmals ›vergessen‹ hat, mit der linken Hand zu malen, und ihm dies erst bewusst geworden ist, als er das nächste Mal den Pinsel eingetaucht hat.«

Lucie strich die Haare nach hinten und folgerte:

»Das heißt, der Professor wollte sich als Linkshänder ausgeben. Auch hier wollte er uns auf die Spur von Frédéric Moinet lenken.«

Sie konnte nicht mehr ruhig bleiben.

»Ich werde das Ganze noch ein wenig weiterspinnen«, fügte sie hinzu, »denn wäre es nicht vorstellbar, dass der Professor den Meißel hier abgelegt hat, damit Moinet noch durch einen weiteren Punkt beschuldigt wird?«

»Du glaubst, er klaut sich den Meißel, löst seinen Ammoniten ab und legt den Meißel wieder an seinen Platz?«, schaltete sich Kashmareck ein. »Und unser Paläontologe hätte uns auf diese Spur geführt? Jetzt mal langsam, Henebelle! Du solltest trotz allem nichts an den Haaren herbeiziehen!«

Nun zwirbelte Lucie ihre blonden Locken.

»Ich habe noch Schlimmeres anzubieten. Und wenn es der Professor war, der Manon ›gezwungen‹ hat, die Kurse zu besuchen? Wenn er ihren N-Tech manipuliert hat, damit sie sich gegen den Einbrecher wehren und bis zur Wahrheit vordringen kann?«

»Du bist ja verrückt!«

»Aber trotz alledem ist diese Hypothese stimmig. Vielleicht nähert er sich Manon, wie es ihm gerade passt. Es reicht, wenn sich sein Foto in ihrem N-Tech befindet. Und selbst wenn er Zugang zu ihrem Apparat hat, kann er inzwischen gut alles wieder gelöscht haben. Wahrscheinlich hat er das Bedürfnis, mit uns zu reden. Um auf sich aufmerksam zu machen, um zu brillieren. Oder um uns zu zeigen, wie dumm wir sind. Wir hatten es schon mit den verrücktesten Fällen zu tun, aber ich muss sagen, dieser hier ist wirklich die Krönung.«

Lucies Handy vibrierte. Eine unbekannte Nummer. Sie entschuldigte sich und ging in den hinteren Teil des Zimmers.

Am anderen Ende der Leitung war eine Frauenstimme zu hören:

»Sagen Sie auf keinen Fall meinen Namen, und antworten Sie nur mit ja oder nein. Heißen Sie Lucie Henebelle?«

Lucie kannte den Tonfall. Ihre Wangen liefen sofort rot an.

»Ja.«

Eine kurze Pause, dann:

»Sind Sie allein?«

»Nein.«

»Dann richten Sie es entsprechend ein. Beim kleinsten faulen Trick lege ich auf. Ich gebe Ihnen zehn Sekunden. Los!«

»Moment.«

Lucie bedeutete dem Kommandanten, dass es sich um einen privaten Anruf handelte, und ging nach draußen auf die Straße.

»Manon! Sagen Sie mir, ob es Ihnen gut geht!«

»Mir geht es gut. Sie haben versprochen, mir zu helfen, daran erinnern Sie sich, nicht wahr?«

»Ja, ich erinnere mich.«

Das Knirschen von Metall, der gedämpfte Doppelschlag eines Körpers, der die Luft zerteilte. Es bestand kein Zweifel, Manon war in einem Zug.

»Ich habe in meinem N-Tech notiert, dass ich Ihnen vertrauen kann. Sagen Sie mir, dass ich mich nicht täusche. Sagen Sie es mir.«

»Sie täuschen sich nicht.«

»Können Sie etwas aufschreiben?«, fragte Manon.

»Eine Sekunde.«

»Beeilen Sie sich!«

Lucie holte ihr Heft aus der Manteltasche. Sie zitterte bis ins letzte Glied.

»Ich höre.«

»Sehr gut. Hören Sie gut zu, denn ich wiederhole es nicht. Fahren Sie in ein Dorf mit Namen Trégastel, an der Nordküste der Bretagne. Dort angekommen, gehen Sie zum Strand und suchen nach einem riesigen Felsen in Form eines Totenkopfes. Er liegt ein Stück weit im Meer. Sie müssen über ein paar Felsbrocken laufen, um ihn zu erreichen. Gehen Sie bis ganz ans Ende. Ein Tipp: Ziehen Sie rutschfeste Schuhe an. Sie …«

»Lassen Sie mich aufschreiben!«

»Beeilen Sie sich! Beeilen Sie sich!«

»Bretagne. Trégastel. Strand. Fels in Form eines Totenkopfes. Gut.«

»Von Lille aus brauchen Sie knapp sieben Stunden, wenn Sie zügig fahren. Finden Sie einen Vorwand für Ihre Vorgesetzten und machen Sie sich schnell auf den Weg. Erwarten Sie mich dort um 20 Uhr. Ich habe Ihr Foto, ich will Sie sehen, und nur Sie. Wenn ich feststelle, dass Sie nicht allein sind oder dass Ihnen jemand gefolgt ist, werde ich auf der Stelle alle neuen Informationen zerstören, die ich gesammelt habe, und alles wird sich in nichts auflösen. War das klar genug?«

»Aber warum? Meine Kollegen könnten Ihnen helfen!«

Manon begann zu flüstern:

»Nein! Ich will nicht, dass man mich daran hindert, zu handeln, oder dass man mir Fragen stellt. Ich will den Professor umbringen. Ihn mit meinen eigenen Händen töten.«

»Wissen Sie, was Sie da von mir verlangen? Das kann ich nicht!«

»Um 20 Uhr. Verspäten Sie sich nicht. Wenn Sie unsere Verabredung nicht einhalten oder wenn ich merke, dass Sie eine krumme Tour vorhaben, werde ich mich allein dorthin begeben. In die Finsternis.«

»Tun Sie das nicht! Das wäre Selbstmord!«

»Dann kommen Sie zu mir. Meine Zukunft, mein Leben hängen von Ihnen ab. Von Ihnen allein. Und bringen Sie mir meine Beretta mit, ich weiß, dass die Polizei sie hat, das steht in meinem N-Tech. Vergessen Sie es nicht.«

Sie legte auf.

Lucie spürte, wie sich ihr Magen zusammenzog. »Mein Gott, Manon, was verlangst du von mir?«, sagte sie zu sich selbst, während sie sich über die Schläfen rieb.

Um Manon zu helfen, musste sie all ihre Überzeugungen

über Bord werfen. Ihre Vorgesetzten hintergehen. Ihre Töchter anlügen.

Sie drehte sich um und sah Kashmareck vor dem Hauseingang stehen. Er sah besorgt aus und kam mit einer Zigarette im Mund auf sie zu.

»Du scheinst nicht ganz auf dem Damm zu sein. Du bist ja kreidebleich. Schlechte Nachrichten?«

Lucie überlegte nicht lange und improvisierte:

»Es ist meine Mutter. Sie ist im Krankenhaus. Ein Autounfall.«

»Scheiße! Ist es schlimm?«

Lucie war den Tränen nahe. Sie musste nicht heucheln, ihr Verhalten widerte sie an.

»Die Ärzte wissen es noch nicht.«

Sie nahm ein Taschentuch heraus und wischte sich durch den Augenwinkel.

»Ich muss nach Dunkerque fahren. Sofort.«

Kashmareck legte ihr eine Hand auf die Schulter.

»Scheint nicht mein Tag zu sein.«

Er schüttelte sie, zwang sie, wieder zu sich zu kommen. Er hatte sie selten in so einem Zustand gesehen.

»Lass dich nicht unterkriegen, okay? Fahr dorthin. Wir werden versuchen, ohne dich klarzukommen.«

»Danke, Kommandant.«

»Halt mich auf dem Laufenden. Und nutz die Gelegenheit, um deine verdammte Wade im Krankenhaus behandeln zu lassen.«

Lucie nickte und entfernte sich eilig, leicht humpelnd.

Was hatte sie getan? Welche Grenze hatte sie gerade überschritten? Sie, vereidigter Leutnant bei der Kriminalpolizei? Sie, die das Verbrechen eigentlich bekämpfen sollte?

Und wenn die Sache schiefging? Wenn Blut fließen würde? Die Justiz würde sie nicht verschonen. Und dann ab in den Knast.

Sie redete sich ein, die richtige Entscheidung getroffen zu haben, während sie mit ihrem alten Ford auf die Hauptverkehrsstraßen von Lille bog. Sie musste noch die Zwillinge von der Schule abholen, sie zu ihrer Mutter nach Dunkerque bringen, bevor sie zu den zerklüfteten Küsten der Bretagne rasen konnte. Die Kleinen schon wieder alleine lassen.

Wann würde sie die beiden endlich wie eine »normale« Mutter erziehen? An diesem Beruf würde auch sie noch zerbrechen. Wie schon so viele Familien und Paare zuvor. Lucie setzte ihre Stelle, ihre Karriere, vielleicht sogar ihr Leben aufs Spiel. Doch Manon vertraute ihr. Außerdem war da noch ihr Versprechen.

Manon, ihre Töchter. Ihre Töchter, Manon.

Plötzlich bremste sie vor einer roten Ampel, konnte so gerade noch einen Zusammenstoß vermeiden.

Morgen hatte sie Geburtstag. Dreiunddreißig. Wo würde sie ihn feiern? An welchem verkommenen Ort?

Zu spät. Sie hatte ihre Entscheidung getroffen. Jetzt musste sie es zu Ende führen. Zu einem unbekannten und sicher gefährlichen Ziel aufbrechen.

Die Finsternis, hatte Manon geflüstert.

Sie stellte das Radio laut und versuchte, nicht an die Folgen ihres Handelns zu denken.

Nicht bevor sie die Kleinen abgesetzt hatte.

Die einzigen Wesen, für die sie alles aufgegeben hätte.

34

Die Front des Tiefs verlief in Höhe von Saint-Brieuc. Eine gewaltige schwarze Spirale, die den Himmel mit einem Mal verdunkelte. Für ganz Frankreich waren Unwetterwarnungen ausgegeben worden: Rekordniederschläge, begleitet von heftigen Windböen, sollten von Westen nach Osten über das Land hinwegfegen. Etwas noch nie Dagewesenes.

Lucie rieb sich die Augen. Die Müdigkeit, die Straße, der Regen und die Sorgen vermischten sich zu einem bitteren Gebräu. Sie betrachtete das Foto ihrer Töchter auf dem Schlüsselring. Clara und Juliette. Letztendlich ihr einziger Erfolg in diesem verdammten Polizistendasein. Wenn man bedenkt, dass sie in diesem Augenblick bei ihnen hätte sein können, ihnen über das Haar streichen und sie hätte liebkosen können, statt sich hier in Schwierigkeiten zu bringen.

Eines Tages musste das alles ein Ende haben. Für die Mädchen, damit sie zu glücklichen, ausgeglichenen Menschen heranwuchsen und nicht ohne Mutter groß würden, die man tot in einer namenlosen Straße aufgefunden hatte. Aber sie konnte nichts anderes. Jagd auf das Verbrechen zu machen, das war ihr Leben.

Im weißen Licht eines entfernten Blitzes schwor sie sich, all die Bücher zu verbrennen, die Beweisstücke, die furchtbaren Dokumente, die DVDs, den Inhalt ihres geheimen Schrankes. Sobald sie wieder zurück in ihrer Wohnung wäre, würde sie dies tun, ohne sich Fragen zu stellen, ohne nachzudenken. Die Chimäre verbrennen.

Und sie würde mit Meet4Love aufhören. Warum wollte sie unbedingt jemanden finden? Um noch mehr zu leiden? Männer waren doch nur falsch und verlogen. Frédéric Moinet war das beste Beispiel dafür.

Sie verließ die D767 und fuhr Richtung Lannion. Die Straßen waren menschenleer. Die Bretonen schienen sich in Erwartung des heraufziehenden Unwetters hinter ihren schweren Steinfassaden verkrochen zu haben.

Es war schon beinahe 19 Uhr. Noch gut eine Stunde bis zur Verabredung.

Endlich erreichte sie Trégastel, mit dem seltsamen Gefühl, dass gleich ein Unglück geschehen würde. Dennoch müsste es schön sein, im Hochsommer in diesem Küstendorf spazieren zu gehen, zu baden, die jodhaltige Luft einzuatmen, über die Märkte vorbei an den Ständen mit ihrem typischen Gebäck und dem herben Cidre zu schlendern. Aber jetzt war das Seebad eher deprimierend. Und angsteinflößend.

Lucie parkte am Meer. Draußen peitschte ihr der Regen

ins Gesicht. Zum Glück war sie entsprechend gekleidet, mit einem kakifarbenen Regenmantel, der sie vom Kopf bis zu den Springerstiefeln bedeckte.

Die junge Frau ging zum Strand hinunter und wandte sich einer wilden Ansammlung von Felsen zu. Mit gesenktem Kopf, Taschenlampe im Gürtel und die Sig Sauer unter der Achsel lief sie einen Pfad zwischen großen rosafarbenen Granitblöcken entlang. Die tosenden Wogen erhoben sich vor ihren Augen zu unheilvollen Wasserwänden. In der Ferne erhob sich eine riesige Masse, der Totenkopf.

Bald würde es dunkel werden. Sie durfte nicht trödeln.

Am Ende des Weges kletterte Lucie auf die Felsen; sie war steif gefroren und von den Windböen durchgeschüttelt. Mehrmals rutschte sie aus. Um sie herum zerschellten Wellen am Stein und verwandelten sich unter ohrenbetäubendem Getöse in weiße Gischt. Beim kleinsten falschen Schritt würde sie stürzen, sich die Haut aufschürfen und schließlich ertrinken.

Am Ende, hatte Manon gesagt. Bis zum Ende gehen. Mit brennender Wade lief Lucie weiter. Ein paar Mal glaubte sie schon, sie würde dabei draufgehen, doch dann erreichte sie den gewaltigen Felsblock, in den das Wasser zwei Höhlen gleichsam wie Augen gespült hatte. Die Form erinnerte an einen Schädel, der auf einem anderen gewaltigen Felsen saß. Lucie flüchtete sich unter diese seltsame Felsgruppe, setzte sich endlich und massierte mit beiden Händen ihre schmerzende Wade.

Das Meer tobte immer noch, ausgehungert und wütend.

20 Uhr 10. Trotz ihres Wollpullis, ihrer Fleecejacke und dem Parka zitterte sie vor Kälte. Wind und Gischt peitschten ihr ins Gesicht. Und wenn Manon nicht käme? Wenn ihr ein Unglück zugestoßen war? »Verspäten Sie sich nicht«, hatte sie gewarnt.

Lucie betrachtete die faszinierende Natur um sie herum, die langsam von der Dunkelheit erfasst wurde. In fünf Minuten musste sie zurück zur Küste gehen. Im Dunkeln über diese Klippen zu laufen käme einem Selbstmord gleich.

Mitten in dem ganzen Lärm hörte sie links von sich ein klapperndes Geräusch. Im Halbdunkel zeichnete sich eine tropfnasse Gestalt ab.

»Manon!«

Lucie erhob sich. Sie fühlte plötzlich eine große Wärme in sich aufsteigen. Manon stand dort vor ihr. Endlich.

Die Mathematikerin warf einen Blick auf ihren N-Tech, der in einer wasserdichten Hülle um ihren Hals hing, und trat näher. Der fluoreszierende Widerschein des Displays erhellte ihre mitgenommenen Züge.

»Danke, dass Sie gekommen sind«, sagte sie, während sie Atem holte. »Ich hätte nicht gedacht, dass die Elemente sich so gegen uns verschwören würden. Aber wenigstens bin ich sicher, dass Sie alleine sind.«

Ohne nachzudenken, umarmte Lucie sie und drückte sie fest an sich. Sie spürte, wie Manons Hand in ihrem Rücken die Umarmung erwiderte.

»Manon, ich hatte solche Angst um Sie.«

Sie stellten sich unter, und die an Amnesie leidende Frau sah noch einmal auf ihren Organizer.

»Geben Sie mir meine Beretta.«

»Es tut mir leid, ich konnte sie nicht holen, es handelt sich um ein Beweisstück.«

»Ich hatte Sie gewarnt!«

»Ich konnte es nicht, Sie müssen mir glauben!«

Manon zog an den Gurten ihres kleinen Rucksacks und zwickte sich in die Lippen.

»Gut. Ich dachte, wir könnten heute Abend über das Meer fahren, aber bei diesem Wetter hat sich kein einziger Seemann darauf eingelassen.«

»Über das Meer fahren? Aber ...«

Manon legte ihren Zeigefinger auf Lucies Mund.

»Pst! Ich werde Ihnen alles erzählen, wenn wir im Trockenen sind. Einer meiner Freunde hat mir sein Ferienhaus überlassen, da, wo ich früher immer den Sommer verbracht habe. Es ist in Trébeurden, ein paar Kilometer von hier entfernt. Ein Seemann, Erwan Malgorn, wird uns morgen um 6 Uhr 30 in Perros-Guirec an Bord nehmen. Ob es regnet oder windig ist, er wird es machen, er wird uns dorthin fahren, auch wenn der Ort, an den wir fahren, verboten ist.«

»Verboten?«

Manon starrte Lucie an, und ihr Gesichtsausdruck wurde weicher.

»Los geht's. Wir brauchen beide ein warmes Bad und eine Ruhepause.«

Plötzlich küsste sie Lucie auf die Wange.

»Ich weiß, dass wir uns kennen, Lucie. Auch wenn ich nur eine künstliche Erinnerung daran habe, so weiß ich doch, dass wir uns kennen. Und ich glaube, nein, ich bin sicher, dass Sie ein guter Mensch sind. Weil Sie hier mit mir zusammen mitten im Nirgendwo sind.«

35

Frédéric Moinet stieg aus dem Wagen, der im Departement Maine-et-Loire zugelassen war, und lief zu einem Fischgeschäft, seinen Regenmantel hielt er ausgebreitet über dem Kopf. Der Ladeninhaber war gerade dabei, die Gitter herunterzulassen. Frédéric trommelte gegen die Schaufensterscheibe.

»Warten Sie!«

Der Händler zog die Augenbrauen hoch und zeigte auf ein Schild.

»20 Uhr 20! Wir haben seit einer Stunde geschlossen!«

»Nur eine Minute, bitte!«, sagte Frédéric mit nervöser Stimme und drehte sich um.

Der Fischhändler erblickte einen reglosen Schatten, der ein Stück entfernt an ein Auto gelehnt stand. Noch so ein Typ, der unter einem Regenschirm wartete und die Flamme seines Feuerzeugs mit zwanghaften Bewegungen emporschießen ließ. Das sah ganz nach einem Hinterhalt aus. Der Händler drückte weiter auf den Knopf, mit dem die Gitter heruntergelassen wurden, und sagte mit zugeschnürter Kehle:

»Hauen Sie ab!«

Frédéric blickte sich rasch um und zog dann einen Revolver aus der Jackentasche. Er drückte den Lauf gegen die Scheibe, dabei flatterte seine Krawatte im Wind.

»Mach auf, oder ich schieße! Ich lass mich nicht von einer Fensterscheibe davon abhalten, dir das Gehirn zu durchlöchern!«

Der Fischhändler hob die Hände. Das Gitter blieb auf halber Höhe stehen.

»Ich hab dir nicht gesagt, du sollst die Hände hochnehmen, ich hab dich gebeten zu öffnen! Machst du das absichtlich, oder was? Ich sag's zum letzten Mal!«

Starr vor Schreck stellte der Händler den Mechanismus um, dann schloss er die Tür auf. Frédéric trat in den Laden. Seine Finger, die den Revolvergriff umklammert hielten, zitterten.

»Ich … Ich habe kein Geld«, stammelte der Inhaber. »Bitte … Hier gibt es nichts zu stehlen.«

Frédérics Gesichtszüge drückten große Müdigkeit und zugleich extreme Anspannung aus. Mit den zerzausten Haaren und dem aus der Hose hängenden Hemd war er nur noch ein Schatten seiner selbst.

»Doch!«, behauptete er. »Sie haben in Ihrem Geschäft genau das, was ich brauche.«

Er wies mit dem Finger auf die Auslagen. Der Händler drehte sich überrascht um.

»Fische? Sagen Sie mir nicht, dass Sie mich überfallen, um Fische zu stehlen?«

»Ich will sie nicht stehlen, ich werde sie kaufen. Und ich will keine Fische, sondern …«

»Was denn sonst?«

»Tintenfische.«

»Tintenfische?«

Frédéric ließ mit einem Seufzer seine Waffe sinken.

»Ja, Tintenfische! Verdammte Tintenfische! Wirst du sie mir jetzt geben, oder muss ich mich erst richtig aufregen?«

Völlig verdutzt ging der Mann zur Theke. Dieser Typ hatte ihn gezwungen, die Tür zu öffnen, hatte eine Knarre auf ihn gerichtet, und das nur, um Tintenfische bei ihm zu kaufen.

»Wie viele wollen Sie?«

»Alle! Geben Sie mir alles, was Sie haben.«

Der Fischhändler riss die Augen auf.

»Aber ich habe hier mindestens fünfzehn Kilo!«

»Nun gut, dann geben Sie mir fünfzehn Kilo! Habe ich mich klar genug ausgedrückt?«

»Sehr klar.«

Der Mann steckte die Weichtiere in Plastiktüten. Der Geruch nach Salz, nach Algen, nach all dem, was das Meer mit sich führt, erfüllte den Raum.

Frédéric ergriff die Tüten und drehte sich um.

»Ich habe hundert Euro auf Ihren Ladentisch gelegt, ich denke, das wird reichen. Danke für den Service, Perros-Guirec ist eine tolle Stadt.«

Und er verschwand so schnell, wie er gekommen war, in der Sintflut.

36

Das Haus aus den jahrhundertealten Steinen war nicht geheizt. Der Besitzer hatte den Schlüssel unter einem Topf aus Granitstein versteckt, wie zu der Zeit, als Manon dort ihre Ferien verbrachte. Es war ein einstöckiges Gebäude mit etwa zehn Zimmern, die zu einzelnen Wohnungen umgebaut worden waren, mit Fensterläden, die von den heftigen Regenfällen aus dem Westen attackiert wurden. Ein zauberhafter Ort, von dem aus man die zerklüftete Küste überblicken konnte.

Lucie lag zitternd unter einer Decke und massierte ihre

schmerzende Wade. Manon nahm ein paar Blätter und einen Textmarker aus ihrem Rucksack.

»Ich werde ein paar Dinge aufschreiben und an die Wand hängen müssen, was Ihnen wahrscheinlich seltsam vorkommt, aber wenn ich es nicht tue, könnte ich …«

»Die Sicherungen rausspringen lassen, ein Kabel oder einen Zufuhrschlauch durchtrennen?«

Lucie wies auf ihre Stirn.

»Oder mich mit einem Schläger zu Tode prügeln?«

Manon kam näher und befühlte vorsichtig die genähte Augenbraue.

»Oh! Sagen Sie mir nicht, dass …«

»Doch, doch, das waren Sie. Aber kein Problem, machen Sie sich keine Gedanken.«

Manons Finger waren heiß, ihre Bewegungen zart wie die eines Kindes. Ihre Lippen berührten Lucies Mund beinahe.

»Sind Sie sicher?«

»Schon in Ordnung.«

Lucie wandte den Kopf unmerklich ab, sie war ein wenig verlegen und fragte:

»Und könnten Sie mir jetzt erklären, warum wir hier sind?«

»Noch zwei Minuten. Zwei Minuten, okay?«

Nachdem Manon den Bericht über die vergangenen Stunden niedergeschrieben und überall notiert hatte, dass Lucie sie begleitete, um ihr zu helfen, nahm sie eine Flasche Martini aus einer Bar, die wie ein Fass geformt war, zeichnete mit dem Textmarker eine Linie, die den Füllstand der Flasche markierte, und schenkte zwei Gläser ein.

»Wozu ist dieser Strich gut?«, fragte Lucie.

»Was denken Sie?«

»Damit Sie nicht die ganze Flasche austrinken, ohne es zu merken?«

»So weit ist es schon mit mir gekommen.«

»Trotzdem kommen Sie sehr gut zurecht. Sie sind ganz allein aus Basel zurückgekehrt und haben ohne jede Hilfe große Fortschritte bei einer polizeilichen Ermittlung erzielt. Ich muss zugeben, dass Doktor Vandenbusche ein hervorragender Professor ist, und Sie sind seine beste Schülerin.«

»Kennen Sie ihn?«

»Ein wenig, ja.«

Manon legte die paar Reißzwecken, die sie noch in ihrer verletzten Hand hielt, auf den Teppich.

»Ich bin jetzt wohl seit zwei Jahren bei ihm in Behandlung und weiß nicht einmal, wie er aussieht. Manchmal höre ich den Klang seiner Stimme tief in meinem Kopf. Ich stelle mir vor, dass er um die fünfzig ist, leicht ergraut, ein wenig stämmig. Aber sehr korrekt und vornehm. Irre ich mich?«

»Nein, Sie liegen ganz richtig. Wie so oft.«

Manon hielt Lucie ein Glas hin und setzte sich auf eine Sitzbank.

»Sie sind eine sehr hübsche Frau, Lucie. Ein bisschen, wie soll ich sagen, streng in Ihrer Art, sich zu kleiden oder andere zu beurteilen, aber sehr entzückend.«

»Was soll ich sagen? Vielen Dank.«

Die Polizistin wechselte das Thema, weil sie sich unbehaglich fühlte.

»Was machen wir hier, im hintersten Winkel der Bretagne?«

Zum x-ten Mal an diesem Abend las die an Amnesie leidende Frau die Informationen, die in ihrem N-Tech gespeichert waren.

»Das habe ich Ihnen noch nicht gesagt?«

»Nein.«

»Noch gar nichts?«

»Noch gar nichts. Vielleicht aus Angst, dass ich ohne Sie weitermache. Aber ich lasse Sie nicht im Stich. Mein Versprechen. Erinnern Sie sich?«

»Ich erinnere mich. Was Sie auch denken mögen, ich erinnere mich an gewisse Dinge von Ihnen. Als ob ... Das ist sehr seltsam. Es ist anders als das Bild, das ich von anderen Personen habe.«

Manon stand auf und nahm eine Straßenkarte.

»Zurück zu unserem Thema. Vor meinem Unfall habe ich nächtelang Frankreichkarten angeschaut. Ich wollte verstehen, wie der Professor vorgegangen ist. Nach welchen Kriterien hat er seine Opfer ausgewählt? Nicht nach sozialen Gesichtspunkten, denn sie waren grundverschieden. Nicht nach physischen, da er sowohl Männer überfiel als auch Frauen, jüngere oder ältere Personen. Also habe ich mich gefragt: Warum ausgerechnet diese Opfer, die geographisch so weit voneinander entfernt sind? Warum gibt er sich so viel Mühe, wo er doch nur im selben Departement oder in derselben Region hätte zuschlagen müssen?«

»Damit man seine Gewohnheiten, seine Umgebung nicht einordnen kann. Es handelt sich um einen Reisenden. Er sucht seine Ortschaften vielleicht ganz einfach zufällig aus, so wie gewisse amerikanische Serienmörder, die ihr Unwesen in verschiedenen Staaten treiben.«

Manon schüttelte entschieden den Kopf.

»Nein! Der Zufall spielt in dieser Geschichte keine Rolle, nicht in einem so rigiden Hirn wie dem des Professors. Denken Sie an die Spirale, die Inszenierung der Tatorte, wo strenge mathematische Gesetze angewandt wurden. Weder Turin noch ich haben je eine Beziehung zwischen den Personen gefunden, deshalb habe ich geschaut, ob zwischen den Orten, die er gewählt hat, eine bestehen könnte. Irgendein geographischer Zusammenhang.«

Sie malte mit dem Zeigefinger ein Dreieck in die Luft.

»Erinnern Sie sich, das gleichseitige Dreieck zwischen Hem, Roeux und Raismes. Eine vollkommene geometrische Figur, auch dies ein Zeichen seines Könnens. Damals sind wir gescheitert. Wenn Sie sich die Städte der sechs ersten Morde ansehen, so scheinen sie völlig zufällig im Raum angeordnet zu sein, nichts verbindet sie miteinander. Kein Pentagramm, kein Quadrat, auch nicht irgendeine okkulte Figur.«

Lucie trank einen Schluck Martini.

»Tatsächlich. Nur Punkte auf einer Landkarte, wie es scheint.«

»Bis ich die Kreuze auf der Spirale von Bernoulli entdeckt habe. Die sieben Kreuze.«

»Sie denken, dass sie für die Städte der sieben Morde stehen?«

»Ja und nein.«

Manon wurde immer erregter.

»Die ersten sechs Kreuze stellen in der Tat die Städte der ersten sechs Morde dar. Aber Roeux gehört nicht zu der Spirale. Es liegt völlig außerhalb.«

Sie leerte ihr Glas mit einem Zug, breitete die Karte aus und setzte sich im Schneidersitz auf den Teppich. Lucie tat es ihr gleich.

»Schauen Sie, schauen Sie! Es hat bei mir klick gemacht, als ich vor der Spirale von Bernoulli stand. Erinnern Sie sich: ›*Eadem mutata resurgo*‹, ›Verwandelt kehre ich als dieselbe wieder‹. Ich habe nur diese Spirale auf eine Frankreichkarte übertragen und sie vergrößert, bis die Kurve genau über den Städten der Morde lag! Die Kreuze passen haargenau! Schauen Sie!«

Ein Leuchten erschien in ihren blauen Augen.

»Bernoulli war der Schlüssel! Ohne diesen Schlüssel lässt sich kein Zusammenhang zwischen diesen Orten herstellen!«

Lucie starrte auf die Karte mit der Spirale, die genau über den grauen Punkten der sechs Ortschaften verlief. Mit dem Fingernagel folgte sie der Kurve bis zum siebten und letzten Kreuz, das verloren im Meer lag, hier, in der Bretagne. Es bedeckte kleine helle Punkte, die Inseln darstellten.

Roeux lag völlig außerhalb dieser Figur, weit oben im Norden. Warum?

Die Mathematikerin goss sich noch einen Martini ein und füllte auch Lucies Glas. Sie spürte bereits die Wirkung des Alkohols. Sie schaute ihrer Gesprächspartnerin in die Augen und hob ihren Pulli und ihre Bluse ein wenig hoch.

»›Geh zu den Tölpeln, bei den Mönchen.‹ Erinnerst du dich, Lucie?«

Die junge Polizistin war erstaunt über die plötzliche Vertrautheit. Wie lange würde sie anhalten? Ein paar Minuten, ein paar Sekunden? Wann würde Manon wieder anfangen, sie zu siezen? Ein kurzer Moment der Unaufmerksamkeit reichte, hatte Vandenbusche erklärt, ein Donnerschlag, ein herabfallender Gegenstand oder ein Schrei, und die aufkeimende Vertrautheit wäre wieder vorbei. Zurückbleiben würde zwischen ihnen dann nur noch die Kälte der Ermittlungen. Und das Entsetzen einer Frau, die eine Unbekannte bei sich im Zimmer entdeckte.

»Lucie?«

»Ich erinnere mich, ja.«

Manon zeigte auf Perros-Guirec und bewegte ihren Finger dann langsam nach oben.

»Das siebte Kreuz hier markiert die Position von sieben Inseln, die vor der Küste von Perros-Guirec liegen. Eine von ihnen heißt ...«

»Die Insel der Mönche!«, ergänzte Lucie und kniff die Augen zusammen.

»Genau! Und es gibt noch eine Insel, neben der Insel der Mönche, sie heißt Rouzic, und es ist strengstens verboten, sie zu betreten. Sie besteht nur aus Felsen und Steilküsten, dort befindet sich die einzige Kolonie von Basstölpeln in ganz Frankreich. Mehr als siebzehntausend Paare nisten dort jedes Jahr von Januar bis September. Ein regelrechtes Bollwerk aus Federn und Schnäbeln, die Insel sieht aus wie ein riesiger Wattebausch.«

Lucie zitterte. Sie rieb sich über die Schultern.

»Geh zu den Tölpeln. Den Basstölpeln. Dorthin müssen wir gehen, nach Rouzic, zu den Mönchen. Ihr Bruder hat Sie unterschätzt, als er diese Nachricht schrieb.«

»Wie bitte?«

»Nein, nichts. Ich habe nur laut nachgedacht. Und wissen Sie, was wir dort suchen?«

»Leider nein. Ich habe nicht die geringste Ahnung. Auf dieser Insel gibt es nur Vögel.«

Manon wurde plötzlich wehmütig und begann zu erzählen, während ihr Blick sich auf dem Muster der Tapete verlor:

»Ich kenne den Ort hier sehr gut. Als Jugendliche waren wir in den Ferien oft in diesem Haus. Ich habe die Bretagne immer gemocht. Ihre wilde Schönheit, diese märchenhafte Atmosphäre. Auch wenn ich Wissenschaftlerin bin, so interessiere ich mich doch sehr für die keltischen Märchen, diese esoterische Stimmung, wo man nicht alles durch einen unwiderlegbaren Beweis erklären kann.«

»Ich ebenfalls«, pflichtete Lucie ihr bei. »Ich glaube wirklich, dass sich gewisse Dinge nicht erklären lassen.«

Manon trank ihr Glas aus und fuhr fort:

»Zusammen mit meinem Bruder und ein paar Freunden aus der Gegend, die ein Boot besaßen, sind wir heimlich auf die Insel Rouzic gefahren. Frédéric und ich, wir haben uns immer gern über Verbote hinweggesetzt, wollten anders sein als die anderen.«

Sie räusperte sich.

»Ich bin anders als die anderen, Lucie.«

»Ich weiß.«

»Ich rede nicht von meiner Behinderung. Sondern von dem, was ich empfinde. Im Hinblick auf Männer zum Beispiel. Ich bin nicht lesbisch, aber, ich weiß nicht, ich fühle mich nicht von ihnen angezogen.«

Nach einer kurzen Pause fuhr Manon fort:

»Weil ich Gefühle habe, weißt du? Ich bin nicht einfach nur eine Maschine. Auch ich habe Wünsche, Bedürfnisse, bestimmte Vorlieben. Ich mag Eis und Pfefferminztee, ich reite gern. Ich liebe schöne Kleider, benutze Parfum, wie jede andere Frau auch.«

»Ich weiß, Manon. Ich fange an, dich kennenzulernen.«

Ein dumpfer Schmerz leuchtete in den Augen der an Amnesie leidenden Frau auf.

»Manchmal, wenn ich sehe, wie die anderen mich anschauen, fühle ich mich so nutzlos. Das war bereits in meinem Beruf so. Man stellt sich die Mathematiker immer wie verbissene Rechner vor, unsoziale Wesen, die nur heiße Luft produzieren. Doch das ist völlig falsch! Sie stellen sich Fragen über Strukturen, Theorien, Formen, die unser Denken verändern können! Man muss sich nur daran erinnern, dass im Mittelalter die Religion das Leben geprägt hat! Als die Wissenschaftler erklären konnten, wie ein Blitz entsteht oder ein Komet, hat sich alles verändert. Die Dinge wurden Gegenstand wissenschaftlicher Untersuchung, und man hat endgültig erkannt, dass die Wissenschaft die Menschheit voranbringt. Glaub mir, alle Gebiete der Mathematik, wie abstrakt sie auch sein mögen, finden immer eine sehr konkrete Anwendung in der Wirklichkeit.«

Ihre Pupillen glühten.

»Würde beispielsweise das sechzehnte Problem von Hilbert gelöst, eines dieser berühmten Milleniumsprobleme, an dem auch ich gearbeitet habe, so ließe sich das Räuber-Beute-Verhalten erklären. Was würde passieren, wenn man auf einer Insel die gleiche Anzahl Schafe und Wölfe aussetzen würde, Lucie?«

»Nun, ich denke, die Wölfe würden die Schafe fressen?«

»Und folglich nähme ihre Anzahl ab. Und was ergäbe sich daraus?«

»Meiner Meinung nach würde der Mangel an Beutetieren dazu führen, dass auch die Anzahl der Räuber sänke, da diese dann verhungern oder sich gegenseitig auffressen würden.«

»Ganz genau. Und die Zahl der Beutetiere würde daraufhin erneut ansteigen, was wiederum eine Vermehrung der Räuber nach sich zöge, und so fort. Aber am Ende, nach einem Jahr, zehn Jahren, tausend Jahren?«

Neugierig geworden zuckte Lucie mit den Schultern. Manon beendete ihre Erklärung.

»Die Lösung eines solchen Systems von Differenzialgleichungen würde es uns ermöglichen, die demographische Entwicklung der Arten im Verlauf der Zeit zu verstehen, oder warum andere Arten ausgestorben sind. Du siehst also, ich bin nicht nur ein nutzloses Ding.«

Lucie hätte gerne ihre Hand genommen, sie gestreichelt, getröstet, aber sie sagte nur:

»Manon. Ich weiß, wie intolerant und oberflächlich die Menschen sind. Sie gehen nur nach dem äußeren Eindruck, ohne sich die Mühe zu machen, tiefer zu blicken. Dabei ist es jede Geschichte auf Erden wert, gelebt zu werden. Und erzählt zu werden.«

»Dann erzähl mir deine. Warum du diesen entschlossenen Blick hast und dich hinter dieser männlichen Aufmachung versteckst, obwohl du so zart auf mich wirkst, so aufmerksam.«

Lucie blickte auf ihre Füße.

»Wozu, Manon? In einer Minute wirst du dich an nichts mehr erinnern.«

Mit einem Mal wich Manon zurück und erstarrte. Ihr stiegen Tränen in die Augen.

»Wie kannst du es wagen?«

»Manon, ich ...«

»Während unserer Unterhaltung habe ich meine Amnesie vergessen! Nur für ganz kurze Zeit, aber ich habe sie vergessen! Ich habe ein normales Gespräch geführt, habe etwas empfunden, mich wohlgefühlt! Ja, ich hätte deine Geschichte vergessen, na und? Wenigstens hätte ich dir zugehört! Ich hätte Geheimnisse mit dir geteilt, wenn auch nur für einen kurzen Augenblick! Wer weiß? Vielleicht hätte es dir gutgetan, zu reden? Du ... Du hast alles kaputtgemacht! Ich habe dir gesagt, dass ich keine Maschine bin! Aber das ist dir anscheinend entgangen!«

Rasend vor Wut stand sie auf und schlug mit der Faust gegen die Wand.

Dann blickte sie sich um. Die Zettel an der Wand, die Post-its. »Lucie mit den blonden Locken begleitet mich, um mir zu helfen.« Sie sah auf ihre Hände. Warum zitterten sie? Warum diese heftigen Gefühle, tief in ihrem Herzen? Mit ernster Miene schaute sie sich um. Auf dem Boden saß eine Frau und starrte sie seltsam an. Die Frau mit den blonden Locken.

»Was ist passiert? Warum bin ich so wütend? Bin ich wütend auf Sie?«

Sie erblickte die Karte auf dem Teppich, die Spirale von Bernoulli. Sie erkannte das Haus ihrer Jugend wieder. Die Bretagne. Was machte sie dort?

Verwirrt stand Lucie auf.

»Ja, du warst wütend auf mich. Aber das ist jetzt nicht wichtig.«

»Duzen wir uns? Sagen Sie mir: Warum sind wir hier?«

»Wir sollten jetzt schlafen gehen. Morgen wird ein anstrengender Tag. Wir treffen uns um 6 Uhr 30 mit Erwan Malgorn. Um auf die Insel Rouzic zu fahren.«

»Erwan? Was hat er mit dieser Sache zu tun? Und woher wissen Sie das alles? Warum fahren wir dorthin?«

Lucie ergriff ihren Arm.

»Vertrau mir«, antwortete sie nur. »Versuch, die Dinge so zu nehmen, wie sie kommen, du wirst deine Notizen später lesen. Aber jetzt lass uns bitte schlafen gehen. Wenn du willst, schlafe ich neben dir, dann kann ich auf dich aufpassen. Das scheint mir klüger zu sein.«

Die junge Mathematikerin starrte sie lange an, dann stimmte sie zu:

»Einverstanden. Danke. Vielen Dank.«

Kaum hatte Manon im Schlafzimmer das Licht eingeschaltet, als Lucie auch schon aufs Bett fiel. Reglos blieb sie ein paar Sekunden lang liegen, bis Manon die Fensterläden geöffnet und das Zimmer gelüftet hatte. Dann stand sie wieder auf und warf einen raschen Blick auf ein Aquarell, das an der Wand hing. Plötzlich runzelte sie die Stirn und trat näher. Direkt daneben auf der Tapete steckte eine rote Reißzwecke in einem winzigen herausgerissenen Stück Papier. Eine Reißzwecke, wie Manon sie gerade verwendet hatte, um ihre Merkzettel zu befestigen.

»Seit wann warst du nicht mehr in diesem Haus?«, fragte Lucie.

»Seit meiner Jugend. Warum?«

»Und nach deinem Überfall? Könnte es sein, dass du noch einmal hierhergekommen bist, nachdem du dein Gedächtnis verloren hast?«

»Das würde mich sehr wundern. Warum hätte ich das tun sollen?«

»Um Urlaub zu machen?«

»Urlaub? Aber warum sollte ich Urlaub machen?«

Skeptisch zog Lucie ihren Pullover aus. Ganz offensichtlich war Manon bereits hierhergekommen. Und erinnerte sich nicht daran.

Manon setzte sich auf die Matratze.

»Wenn dies alles vorbei ist, dann, glaube ich, werde ich zurück nach Caen ziehen, zu meiner Mutter. Ich brauche eine Frau um mich. Verstehen Sie das?«

Lucie wusste nicht, was sie antworten sollte. Ihre arme Mutter ruhte schon so lange Zeit unter der Erde.

Manon zog sich vor ihr aus, ohne sich zu genieren. Sie spürte, dass sie der jungen Polizistin vertrauen konnte, dabei hatte sie die ganze Zeit über dieses hartnäckige Gefühl, sie zu kennen, ohne sie je zuvor gesehen zu haben. Als sie ihre Hose auszog, bemerkte sie einen kleinen Fleck am Rand ihres Slips. Sie runzelte die Stirn und drehte sich zu Lucie um.

»Sagen Sie mir! Wie sind wir hierhergekommen? In die Bretagne?«

Lucie seufzte. Immer dieselbe Leier.

»Ich bin mit dem Auto aus Lille gekommen und du aus Basel mit dem Zug, nehme ich an.«

»Basel, Basel. Bernoulli. Bin ich allein dorthin gefahren? Sind Sie nicht mit mir gekommen?«

»Nein, Hervé Turin hat dich begleitet.«

Manon wurde blass, von panischer Angst ergriffen.

»Unmöglich! Ich wäre niemals mit ihm gefahren! Das stimmt nicht!«

»Trotzdem, glaub mir, hast du es getan. Er hat dich überzeugt, indem er dir vom Professor erzählt hat, behauptet hat, dass er allein in der Lage sei, dich dorthin zu bringen. Und du hast angebissen.«

Manon stürzte zu ihrem N-Tech, schaute bei den letzten Begebenheiten nach, ließ all die Monologe und Zusammenfassungen ablaufen, die sie seit dem Vortag aufgenommen hatte. Lucie trat zu ihr.

»Manon. Mach dir keine Sorgen. Es ist alles in Ordnung.«

»Nein, nein, nichts ist in Ordnung! Irgendetwas ist passiert! Dieser Fleck! Dieser Fleck hier auf meinem Slip! Das ist Sperma!«

Die an Amnesie leidende Frau hatte die Augen auf ihren kleinen Monitor gerichtet. Fotos zogen vorbei. Basel, der Rhein, das Münster, Turin.

»Warte!«, rief Lucie plötzlich.

Sie trat näher an den Apparat.

»Das Pflaster auf seiner Nase.«

»Was für ein Pflaster?«, fragte Manon.

»Das hatte er nicht, als er aus Lille aufgebrochen ist.«

Sie wechselten einen vielsagenden Blick. Die Verletzung an der Nase, der Fleck auf Manons Unterwäsche. Turin hätte sie so leicht missbrauchen können. Da sah Lucie wieder die lädierte Hand des Polizisten vor sich, dieses herausgerissene Stück Fleisch, als sie die betäubten Polizisten entdeckt hatten. Was hatte Turin nachts in der Nähe der Sackgasse getrieben?

Sie streckte den Arm aus, um der jungen Frau übers Haar zu streichen. Doch Manon stieß sie zurück, stand auf, wütend und verängstigt zugleich, und begann, an der Wand entlangzugehen, immer wieder dagegenzuschlagen, während sich ihre Fingernägel tief in ihr Fleisch gruben, so sehr hatte sie die Fäuste geballt. Und so machte sie weiter, bis ihre Züge sich wieder entspannten, ihre Wut verflogen war und sie verwundert feststellte, dass sie sich in der Bretagne aufhielt.

Immer wieder dieselben Gesten. Der N-Tech, das Lesen der Informationen.

Lucie war ratlos. Manon hatte die ganze Episode vergessen.

Freiwillig. Warum? Um sich nicht mit der Brutalität einer Vergewaltigung auseinandersetzen zu müssen?

Die Polizistin ging zu der Mathematikerin und nahm ihr mit schüchterner Geste den Slip weg. Sie musste ihn mitnehmen, zur Analyse ins Labor bringen. Erfahren, ob Turin die Grenze überschritten hatte.

Manon ließ sie gewähren. Ohne nachzudenken, küsste sie Lucie auf den Mund. Sie empfand weder Abscheu noch Wut auf sich selbst. Nur Zärtlichkeit. Und einfach nur Lust.

»Tut mir leid. Ich ...«

»Es muss dir nicht leidtun«, sagte Lucie.

Sie zog Manon zum Bett und deckte sie zu.

»Du musst jetzt schlafen«, flüsterte sie. »Morgen wartet ein schwerer Tag auf uns. Ich werde bei dir sein, wenn du aufwachst.«

Manon fühlte sich gut. In der Gegenwart leben. Nicht versuchen, sich mit der Vergangenheit oder Zukunft auseinanderzusetzen. Nicht heute Abend.

»Dieser Kuss, ähm ...«

»Lucie, ich heiße Lucie.«

»Lucie. Er hat mir gutgetan. Es ist lange her, dass ich eine solche Zärtlichkeit gespürt habe. Auch wenn ich mich nicht mehr erinnere, so gibt es doch Dinge, die ich weiß.«

Ohne eine Antwort zu geben, stand Lucie auf, steckte den Slip in ihre Handtasche und starrte ihr Spiegelbild im Fenster des Schlafzimmers an. Dort blieb sie lange stehen, ohne sich zu bewegen.

Was geschah mit ihr? War das ihr Bild dort auf der Scheibe?

»Glaubst du, ich sollte ein Kind haben?«, fragte Manon plötzlich.

»Wie bitte?«

Manon blickte zur Decke.

»Ein Kind. Die Geburt. Daran würde ich mich zwangsläufig erinnern. Das würde vielleicht eine Tür aufstoßen. Eine Tür in die Zukunft.«

»Vielleicht, Manon. Vielleicht.«

Ohne ein Geräusch zu machen, löschte Lucie das Licht und blieb im Zimmer stehen.

Sie starrte Manon in der Dunkelheit an. Es bestand kein Zweifel, dieses Arschloch von Turin hatte sie vergewaltigt!

Wie viele hatten sie schon auf diese Weise missbraucht?

Sie war böse auf alle und jeden. Diese Welt war wirklich abscheulich. Sie vermisste ihre Zwillinge schmerzlich.

Schweren Herzens schlüpfte sie unter die Bettlaken und schmiegte sich an den Körper, der sie erwartete. Manons Lippen suchten die ihren. Diesmal versuchte sie nicht, ihnen auszuweichen. Es war so lange her.

Sie verschwanden beide unter den Bettlaken. Die Wärme der Liebkosungen. Der Wahnsinn des Augenblicks. Der Austausch der Zärtlichkeiten machte eine Umkehr unmöglich. Von jetzt an waren sie zu zweit. Zu zweit bis zum Ende.

Eine Stunde später trat draußen ein Schatten heimlich ans Fenster. Er presste die Stirn an die Scheibe, in der Hand hielt er ein Feuerzeug.

Die Polizistin saß in einem Sessel, neben ihrer Waffe.

Er musste einen anderen Weg finden.

37

»Manon? Schläfst du? Ich bin's, Lucie. Lucie Henebelle.«

»Lucie Henebelle?«

Aus dem Bett drangen Atemgeräusche. Es war dunkel. Draußen rauschte der Wind in den Zweigen.

»Pst. Wir sind in der Bretagne, wir nähern uns dem Professor, den Spiralen.«

»Die Spi…«

»Bleib still liegen. Bitte stell keine Fragen. Vertrau mir. Weißt du, dass du mir vertrauen kannst? Weißt du es?«

Manon bewegte sich, bereit, aus dem Bett zu springen. Doch sie fand schnell ihre Ruhe wieder. Lucie Henebelle.

»Ja. Ja, ich weiß es. Nun, ich glaube es. Lucie Henebelle. Wir kennen uns, Lucie. Wir ermitteln zu zweit, nicht wahr?«

»Hör zu, ich will einfach nur mit dir reden. Ich rede sonst nie mit jemandem. Und ich habe Schmerzen, tief in mir drin habe ich Schmerzen.«

»Lucie, ich … Wir liegen in einem Bett. In der Bretagne? Wie …«

»Pst. Vor ein paar Stunden hast du mir gesagt, dass du meine Geschichte hören wolltest.«

Manon rückte näher.

»Wenn ich es Ihnen gesagt habe, dann war das ehrlich gemeint. Ich …«

»Duz mich, Manon. Duz mich bitte, so wie eben.«

»Ich höre dir zu.«

Lucie rang nach Worten, dann fing sie an zu erzählen:

»Seit ich siebzehn war, habe ich mit niemandem mehr über meine Geschichte gesprochen. Oder doch, aber diejenigen, denen ich sie erzählt habe, sind weit weggegangen. Das, was ich dir anvertrauen werde, klingt nicht sehr wahrscheinlich.«

»Erzähl. Hab keine Angst.«

»Das alles fing an, als ich sechzehn war. Ich war gerade aufs Gymnasium *Jean Bart* in Dunkerque gekommen. Und auf einmal bekam ich immer häufiger Kopfschmerzen. Am Anfang habe ich es ertragen, ich tat, als sei nichts, weil ich auf keinen Fall ins Krankenhaus wollte. Mein Vater ist an Lungenkrebs gestorben, und ich habe jede einzelne Phase miterlebt. Die Chemotherapie, die ganzen Behandlungen. Ich konnte kein Blut sehen, ich konnte diese ganze Atmosphäre nicht ertragen, dieses Morbide. Es war widerlich. Seitdem haben sich so viele Dinge geändert.«

Lucie seufzte, dann fuhr sie fort:

»Wegen dieser Kopfschmerzen bin ich nicht mehr mit meinen Freundinnen ausgegangen, ich habe mich zu Hause eingesperrt. Bald konnte ich sogar dem Unterricht nicht mehr folgen. Das hat vielleicht vier oder fünf Monate gedauert, so lange hat niemand etwas gemerkt.«

»Bis deine Mutter es mitbekommen hat, nehme ich an. Nicht wahr?«

»Ja. Und da habe ich sämtliche Untersuchungen über mich ergehen lassen müssen. Scanner, Röntgenaufnahmen, Blutabnahmen. Schließlich haben sie eine Anomalie in meinem Schädel festgestellt, direkt an der harten Hirnhaut, neben dem Gehirn. Eine sehr ungünstige Stelle.«

»Ein Tumor?«

Lucie krümmte sich zusammen.

»Als man mir mitteilte, dass sie mir den Schädel aufschneiden wollten, habe ich laut geschrien. Woher kam dieses abscheuliche Teil? Wie hatte es sich dort einnisten können, tief in mir drin? Es war so ungerecht, warum ausgerechnet ich? Ich wollte es wissen, aber niemand gab mir eine Antwort auf meine Fragen, als ob sie versuchten, die Wahrheit vor mir zu verbergen.«

Sie knetete die Bettlaken in ihrer Hand. Manon schmiegte sich sanft an sie.

»Und dann? Wurdest du trotzdem operiert?«

»Hatte ich eine Wahl? Man hat mir die Haare abrasiert, meine schönen blonden Haare, die Operation dauerte über vier Stunden, weil sich dieses Drecksteil an einer besonders kritischen Stelle eingenistet hatte, direkt an der Medianlinie des Stirnbeins. Als ich wieder aufgewacht bin und gefragt habe, was es denn gewesen sei, gab man mir zur Antwort, man wisse es nicht, die ›Sache‹ sei zur Analyse ins medizinische Labor nach Dunkerque gebracht worden. Aber in den Augen meiner Mutter konnte ich sehen, dass sie es wusste.«

»Und was wusste sie?«

»Sie wollte es mir nicht sagen. Sie war immer extrem fürsorglich, wollte mich in Watte packen. Da habe ich mich an meinen Patenonkel gewandt.«

»Deinen Patenonkel?«

»Er arbeitete zu der Zeit damals als Praktikant im medizinischen Labor. Ich habe ihn angerufen und gebeten, mir zu sagen, was man ihnen dort zugeschickt hätte. Eine Zyste, einen Tumor? Heute wünschte ich mehr als alles in der Welt, ich hätte es niemals erfahren. Manchmal ist es besser, etwas nicht zu wissen.«

»Das kommt darauf an.«

»Eines Abends, als er Nachtdienst im Labor hatte, ein paar Wochen nach meiner Operation, hat er mich heimlich hineingelassen. Ich hatte meiner Mutter gesagt, ich ginge ins Kino. Er setzte seine Stelle aufs Spiel, aber er hat es für mich getan. Und dort bin ich an dem schrecklichsten Ort gelandet, den ich je gesehen habe. Wir sind in eine Art Keller hinabgestiegen, mit lauter Nischen so ähnlich wie Bienenwaben, darin waren so scheußliche Dinge in beschrifteten Gläsern. Zysten, zähflüssige Substanzen, Fleischbrocken. Ich erinnere mich noch an die Decke, die immer niedriger wurde, an die Kälte auf meinem Gesicht, an den Geruch der Konservierungsmittel und das Brummen der Gefriertruhen. Als Luc eine von ihnen öffnete, konnte ich ein Glas mit einem großen Etikett sehen, darauf stand mei…«

»Dein Name?«

»Meine Sozialversicherungsnummer. Die uns alle identifiziert, von Geburt an, wie du schon in dem Geisterhaus in Hem gesagt hast. Mein Abschnitt der Zahl π.«

Lucie fuhr sich über die Wangen. Sie schwitzte.

»Weißt du, Manon, ein Embryo produziert mehrere Tausend Zellen pro Sekunde. Und wie durch ein Wunder, das man bislang nicht erklären kann, gibt es Zellen, die so genannten totipotenten Stammzellen, die in der Lage sind, sich in jede beliebige andere Zellenart zu verwandeln. Nach ein paar Tagen beginnen diese Stammzellen, sich zu differenzieren und zu spezialisieren, indem sie dieselben Gene auf unterschiedliche Weise verwenden. Die Herzzellen fangen von selbst an zu pulsieren, alle zur gleichen Zeit. Und von da an explodiert das Leben im mütterlichen Bauch.«

»Worauf willst du hinaus? Ich habe Schwierigkeiten, dir zu folgen. Sag es mir schnell, Lucie. Sag es mir schnell.«

»Heute, diese Nacht, habe ich Geburtstag. Vor dreiunddreißig Jahren bin ich aus dem Bauch meiner Mutter gekommen. Und vor vier Jahren habe ich die Zwillinge zur Welt gebracht, Cl...«

»Clara und Juliette. Das habe ich gelernt.«

Lucie war plötzlich zum Weinen zumute, doch sie beherrschte sich. Sie musste reden, weiterreden, sich von diesem ganzen Schmutz in ihr drin befreien.

»Weißt du, was der sogenannte ›Zwillingskuss‹ ist?«

»Nein. Lucie. Ich verliere den Faden. Beeil dich.«

»Fachleuten ist es gelungen, das Verhalten von Zwillingen innerhalb der Gebärmutter zu erforschen, mit Hilfe von Ultraschalluntersuchungen und den neuesten technischen Verfahren, die es ermöglichen, den menschlichen Körper zu filmen. Sie haben festgestellt, dass Zwillinge sich vom dritten Monat an berühren, erst mit Armen und Beinen, dann im fünften Monat kommen sie mit dem Mund in Kontakt. Dieser ergreifende Augenblick wird ›Zwillingskuss‹ genannt.«

»Davon wusste ich nichts. Das ist verblüffend.«

»Es ist in der Tat verblüffend. Einige Forscher sind überzeugt davon, dass diese Verhaltensweisen des Fötus Auswirkungen haben auf die gesamte postnatale Entwicklung eines Kindes. Dass diese ersten Augenblicke, diese allerersten Bewegungen und Reaktionen es bis zu seinem Tod verfolgen, ihm Kraft geben oder aber stark zusetzen können.«

»Aber man kann sich nicht an diesen Kuss erinnern, an Ereignisse vor der Geburt!«

»Ich bin im Gegenteil davon überzeugt, dass alles, was in der mütterlichen Gebärmutter geschieht, tief in uns verankert ist, wie diese Narben auf deiner Haut, die dich bis zum letzten Tag begleiten werden. Warum erinnert sich dein Körper manchmal? Warum reagieren Babys direkt nach der Geburt auf die Stimme ihrer Mutter?«

Manon hatte nur noch eine vage Vorstellung davon, wie das Gespräch angefangen hatte, aber das war nicht wichtig. Hier, in der Dunkelheit, fühlte sie sich wohl. Die Frau, die sie insgeheim ihre Freundin nannte, wollte ihr ein Geheimnis anvertrauen. Eine »Sache«, etwas in ihrem Kopf.

»Erzähl weiter, Lucie. Ich höre dir zu, glaub mir, ich höre dir zu.«

»Von zwei Zwillingen ist oft einer der Überlegene.«

»Die Theorie vom dominanten Zwilling.«

»Das ist keine Theorie, hier geht es nicht um Mathematik. Bei Zwillingen kommt häufig einer der beiden größer auf die Welt, weil er schon in der Gebärmutter mehr Nahrung an sich reißt und mehr Platz einnimmt. An diesem Ort, wohl einem der geheimnisvollsten, den man kennt, existieren die Überlebensinstinkte. Du hast eben vom Räuber-Beute-Verhalten bei den Tieren gesprochen. Aber im Bauch der Mutter geschieht genau dasselbe.«

Lucie atmete tief ein.

»Ich habe in meiner Wohnung einen kleinen Schrank, einen Schrank mit getönten Scheiben, in dem meine Geschichte aufbewahrt ist. Deshalb muss ich an jeder Obduktion teilnehmen, deshalb bin ich auf der Suche, Manon, auf der Suche.«

»Wovon sprichst du? Auf der Suche nach was?«

»Die Antwort nach dem Warum.«

»Aber Lucie. Was erzählst du da? Das hat doch nichts zu bedeuten!«

» Ich weiß nicht mehr. Ich bin eine Chimäre, Manon. Eine Chimäre.«

»Eine Chimäre? Das Monster aus der Mythologie?«

»Schlimmer als das.«

Manon strich mit den Fingerspitzen über Lucies Locken.

»Sag mir, was sich in deinem Schrank befindet.«

»Zunächst einmal zwei Ultraschallaufnahmen. Die erste zeigt die Zwillinge im Alter von vierzehn Wochen.«

»Clara und Juliette. Und auf der zweiten Aufnahme?«

»Ich ...«

Plötzlich richtete Lucie sich auf, alle Sinne waren in Alarmbereitschaft.

»Hast du das gehört?«, flüsterte sie.

»Was soll ich gehört haben?«

»Die Geräusche, da an der Tür!«

Vollkommen lautlos sprang die Polizistin aus dem Bett, zog rasch Hose, T-Shirt und Springerstiefel an und ergriff ihre Sig Sauer.

»Bleib hier.«

Sie schlich in der Dunkelheit zur Eingangstür.

Plötzlich gab es ein großes Getöse an der Tür, dann knirschte der Kies, das Geräusch von Schritten. Jemand rannte weg.

Sie stürzte nach draußen in die Kälte, hielt mit beiden Händen die Waffe umklammert. Ihre Muskeln waren angespannt.

Ein Schatten verschwand hinter dem Gartenzaun.

»Diesmal nicht, du dreckiges Arschloch.«

Lucie sprang über das Hindernis, darauf bedacht, dass sie sanft landete, und machte sich eilig an die Verfolgung.

Der schlammige Boden dämpfte die Erschütterungen der Wade. Der mit Blut vollgepumpte Muskel machte mit. Vorerst.

Der Schatten rutschte mehrmals aus, während er nach links ins Unterholz lief.

Lucie gewann schnell an Boden. Der Mann vor ihr stürzte wieder. Seine Brust hob und senkte sich. Er drehte sich um und spie Wolken feuchter Atemluft in den eiskalten Himmel. Dann versuchte er aufzustehen, indem er sich an einer großen Wurzel festhielt.

»Keine Bewegung oder ich schieße!«, schrie Lucie und richtete die Waffe auf ihn, keine zehn Meter von ihm entfernt. »Ich schwör dir, dass ich das tue! Beim kleinsten Schritt! Wage es nicht!«

Der Flüchtling erstarrte, noch auf allen vieren, wie ein in die Enge getriebener Wolf.

»Nein! Nein!«, schrie er. »Tun Sie mir nichts!«

Lucie beugte den Kopf und ging vorsichtig näher. Diese schmächtige Gestalt. Die hohe Stimme. War es möglich, dass …

»Dreh dich um!«

Sie erblickte einen Jungen, der sie betreten ansah. Sechzehn, siebzehn Jahre höchstens. Lucies Aufmerksamkeit ließ nicht nach.

»Was hast du an der Tür gemacht? Warum wolltest du dort eindringen?«

»Ich wollte nicht dort eindringen! Man hat mir bloß gesagt, ich solle Lärm machen! Sonst nichts! Nur Lärm machen und dann abhauen!«

»Was erzählst du da?«

Der Junge fing an zu weinen.

»Das ist die Wahrheit! Ein Mann hat mich angesprochen, unten beim Hafen. Er hat mir Geld gegeben und mir gesagt, ich solle um ein Uhr hierherkommen und Lärm machen! Er stank nach Tintenfischen!«

Lucie spürte, wie ihre Kräfte sie verließen.

Eine Falle.

Sie suchte in ihren Taschen. Keine Handschellen.

»Du bleibst hier! Wenn nicht, so werde ich dich finden!«

Sie wusste, dass sie ihn nie wiedersehen würde. Aber es ging um ihn oder Manon.

Ohne weiter nachzudenken, rannte sie zum Haus zurück. Das Unterholz. Das Meer aus Schlamm. Der Zaun. Der Kies auf dem Weg.

Die Eingangstür schlug gegen die Wand.

Drinnen auf dem Teppich Schlammspuren. Die Fußabdrücke stammten nicht von ihr.

Das Schlafzimmer war leer.

Auf dem Boden lag der N-Tech, mit zerbrochenem Monitor.

38

»Erwan? Erwan Malgorn?«

Im Licht des Morgengrauens wartete der Mann am Hafen, er trug eine rote wasserdichte Jacke und eine gelbe Anglerhose. Lucie hatte sich einen alten Seebären vorgestellt, mit dichtem fettigen Bart und zerfurchtem Gesicht, doch er besaß nichts davon. Erwan hatte feine Gesichtszüge, zwei lange schwarze Koteletten auf den Wangen und war sorgfältig frisiert, er musste um die dreißig sein. Ein Fischer der neuen Generation.

»Wo ist Manon?«, frage er beunruhigt, während er misstrauisch über Lucies Schulter blickte.

Die Polizistin ballte unter ihrem Parka die Fäuste, sie hatte Ringe unter den Augen, ihre Lippen waren von der Seeluft aufgesprungen.

»Ich weiß es nicht. Ich werde dorthin fahren.«

Mit zusammengebissenen Zähnen rieb sich Erwan die Hände. In der Ferne wurde der Himmel kaum heller, er bedeckte sich mit einem Lavarot, das über dem Wasser in Schwarz überging.

»Sie hat mir von einer Frau mit blonden Locken erzählt!«, brüllte er, um eine heftige Windbö zu übertönen. »Für den Fall, dass sie nicht käme!«

Lucie nahm ihre Kapuze ab und zog sie wieder über.

»Frau mit blonden Locken!«, wiederholte sie.

»In diesem Fall sollten wir keine Zeit verlieren! Der Fischkutter ist an der Mole festgemacht, hundert Meter von hier.«

Er schlug den Kragen seiner Jacke hoch.

»Das Meer ist heute sehr stürmisch, aber schiffbar. Ich hoffe, dass Ihnen nicht schlecht wird.«

»Wir werden sehen!«

Ohne ein weiteres Wort zu verlieren, gingen sie auf die Hafenmole, duckten sich dabei unter den Windböen. Im Hafen torkelten die Boote wild durcheinander. Die Fallen peitschten gegen die Masten, und die Metallrümpfe schlugen auf die Wasseroberfläche. Draußen war das Meer buchstäblich entfesselt.

Erwan stieg in sein Boot, dann half er Lucie an Bord.

»Rouzic ist ein paar Meilen entfernt, wir werden eine Viertelstunde brauchen!«, sagte er, während er ihr eine Schwimmweste an die Brust drückte.

»Wissen Sie, wie groß die Insel etwa ist?«

»Sie ist ganz klein! Und es gibt dort nichts! Nur Steilhänge und Vögel! Sagen Sie! Was haben Sie dort vor?«

»Ich weiß es nicht!«

»Sie sehen nicht so aus, als wüssten Sie sehr viel!«

Sie flüchteten sich in die Kajüte. Erwan schaltete die Signallampen an, aktivierte den Radarschirm und drehte dann den Schlüssel im Schloss.

Der Motor fing an zu brummen und gab eine dichte schwarze Rauchwolke von sich. Die Fenster zitterten, die Deckenleuchte wackelte. Alles erbebte, oben wie unten. Lucie spürte, wie sie ein seltsames Gefühl von Macht überkam. Eine unsichtbare Energie trieb sie nach vorne, aufs offene Meer, in die Finsternis hinaus. Das Fischerboot fuhr in die Fahrrinne, passierte zwei blinkende Bojen und stürzte sich dann in die Wellen, bis es am Horizont verschwand.

Lucie setzte sich auf eine Metallkante. Völlig erschöpft kauerte sie sich zusammen, hielt den Kopf in den Händen. Ihr liefen Tränen übers Gesicht. Jedes Mal, wenn sie sich Manons strahlendes Lächeln vorstellte, ihre wissbegierigen Augen, flammte ihr Herz auf. Die junge Frau war so plötzlich in ihrem Leben aufgetaucht. Sie versuchte, ihren Gedanken Einhalt zu gebieten, sich nicht immer wieder einzureden, dass sie ihre Liebhaberin einer einzigen Nacht vielleicht nie wiedersehen würde. Ihre Vertraute, die schließlich eine kostbare Freundin geworden war.

Sie wischte sich unbeholfen die Wangen ab. Und sie? Sie, Polizeileutnant? Was würde aus ihr werden?

Bevor sie Erwan getroffen hatte, war sie überzeugt gewesen, dass sie ihr Treffen mit der an Amnesie leidenden Frau den Vorgesetzten gegenüber mit keinem Wort erwähnen würde und noch weniger ihr erneutes Verschwinden. Sie hatte die Reißzwecken und die Blätter aus sämtlichen Zimmern des Hauses entfernt, Manons Kleider sorgfältig gefaltet und alles im Kofferraum ihres Fords verstaut. Den Schlüssel zur Eingangstür hatte sie einfach wieder draußen unter den Topf aus Granit gelegt.

An diesem Abend hatte niemand das Haus in der Bretagne betreten. Weder sie noch Manon.

Lucie wollte ihre Arbeit nicht verlieren. Das durfte nicht sein, es ging um ihr Überleben. Dieser Job, den sie über alles auf der Welt liebte. Und so sehr hasste.

Wer hielt Manon gefangen? Der Professor? Der Mann mit den Stiefeln? Ihr Beschützer? Wo wurde sie festgehalten? Wo würde man ihre Leiche finden?

Mit zitternden Fingern fuhr die Polizistin über den N-Tech mit dem zerbrochenen Monitor und versuchte erneut, ihn einzuschalten, doch ohne Erfolg.

»Vorsicht!«, schrie Erwan.

Unter ohrenbetäubendem Getöse wurde Lucie zu Boden geschleudert. Sie hielt sich an einem Griff fest, hockte taumelnd da, während Erwan, das Steuer fest umklammert, den Kurs hielt. Wellen schlugen gegen die Seite und umklammerten den Vordersteven des Bootes mit tödlichem Griff.

»Wir haben einen Brecher abbekommen!«, schrie der Fischer. »Ich hatte Sie gewarnt, dass wir durchgeschüttelt würden! Geht es noch?«

»Wie man's nimmt«, antwortete Lucie und hob den in zwei Teile zerbrochenen Organizer auf.

»Wir sind gleich da!«, sagte Erwan.

Auf der grünen Oberfläche des Radarschirms zeichneten sich sieben reglose Körper ab, die bald vor ihnen auf dem Meer Gestalt annahmen und hinter den flüssigen Hügeln auftauchten und wieder verschwanden. Der Fischkutter bog nach Westen ab. Als sie sich den ersten Klippen näherten, änderte der Motor seine Drehzahl. Erwan manövrierte das Boot mit präzisen Bewegungen, die Augen auf den Monitor gerichtet, während ein starker Scheinwerfer einen winzigen Lichtkegel in die Dunkelheit riss.

»Ich werde so nah wie möglich an den Kieselstrand heranfahren, dort, wo es nicht ganz so unruhig ist! Sie müssen mit einem Schlauchboot an Land rudern! Schaffen Sie das?«

»Ich werde es schaffen!«

Er sah sie besorgt an.

»Ich sag's noch einmal, ich glaube, das ist der reinste Selbstmord! Wenn das schiefgeht, habe ich …«

»Dann haben Sie mich nie gesehen, ich weiß!«

Erwan kurbelte am Steuerrad, das Boot drehte gefährlich ab und näherte sich der Küste.

»Ich kann nicht länger bleiben«, mahnte der Seemann. »Wir treffen uns in drei Stunden an diesem Strand hier. Ich komme wieder, um Sie abzuholen. Sie sollten da sein, denn ich werde nicht auf Sie warten.«

Erwan stellte den Motor ab und stürzte aus der Kajüte, um den Anker loszumachen. Lucie folgte ihm schwankend.

»Steigen Sie in das Beiboot!«, forderte er sie auf und drückte ihr ein Ruder in die Hand. »Ich werde es hinablassen! Schnell! Die Wellen werden Sie an Land tragen, aber hören Sie nicht auf zu rudern! Sonst werden Sie wie ein Insekt zermalmt!«

Lucie warf einen ängstlichen Blick auf die Küste. Sie presste das Ruder an die Brust. Der Strand wartete in fünfzig Metern Entfernung auf sie. Fünfzig Meter. Schließlich stieg sie in das Boot.

»Wohin führst du mich, Manon, in welche Hölle?«, dachte sie, während das Schlauchboot auf der Wasseroberfläche auftraf.

»Sagen Sie!«, schrie sie plötzlich. »Manon! War sie schon einmal bei Ihnen? In den letzten Monaten?«

»Was?«, rief Erwan und betätigte den Hebel der Winsch, um den Anker wieder zu lichten.

»...anon! ... mal ... Ihnen?«

»Ich verstehe nichts! Rudern Sie! Hören Sie nicht auf zu rudern, bevor Sie die Küste erreicht haben!«

Das zerbrechliche Boot ließ sich von den Wellen davontragen.

Die Polizistin verausgabte sich völlig bei ihrem Kampf gegen die Elemente. Die eisige Gischt peitschte ihr ins Gesicht. Rings um sie herum überschnitten sich die Wassermassen, prallten gegeneinander, vereinigten sich zu riesigen Fontänen. Sie war kurz davor zusammenzubrechen, als eine letzte Welle das Boot endlich auf die Kieselsteine schleuderte. Benommen stand Lucie auf und zog mit verzweifelter Anstrengung das Schlauchboot aus dem Wasser. Sie fiel vor Erschöpfung um, lag mit dem Rücken auf dem Boden, mit ausgebreiteten Armen, während in der Ferne der Scheinwerfer des Fischkutters allmählich verschwand.

Sie war allein mitten in der Hölle.

Lange Zeit blieb sie reglos so liegen, bis sie schließlich die Augen öffnete.

Da tauchten sie auf, saßen wie unwirkliche Punkte auf den Felsen.

Tausende von Vögeln. Ein abscheuliches Fresko aus Augen, die in ihre Richtung starrten. Sie ließen ihr das Blut in den Adern gefrieren.

Und jetzt? Was sollte sie tun? Wo sollte sie suchen? Und vor allem *was*? Ein Kreuz auf einer Spirale?

Beim Anblick dieser feindseligen Natur, den entfesselten Elementen, den zerklüfteten Felsen wurde ihr die Sinnlosigkeit ihres abenteuerlichen Unterfangens bewusst. Was hoffte sie auf diesem trostlosen Stück Land zu entdecken?

Herzlichen Glückwunsch zum Geburtstag, Lucie, dachte sie, als sie aufstand.

Mit steif gefrorenen Fingern durchsuchte sie ihre Taschen und holte den N-Tech hervor, der ganz zertrümmert war und vollgelaufen mit Wasser, Salz und Sand. Mit einem lauten Wutgeschrei schleuderte sie ihn von sich.

Niemand würde je erfahren, dass sie, Lucie Henebelle, in die Bretagne gekommen war. Selbst die arme, an Amnesie leidende Frau nicht, sofern man sie lebend finden würde.

Sie wollte ihre Arbeit behalten. Für ihre Töchter. Sie nahm es sich so schrecklich übel.

Drei Stunden. Sie hatte drei Stunden vor sich, bevor sie wieder zurück nach Dunkerque fahren konnte, um dort die Zwillinge abzuholen und dann so zu tun, als ob nichts geschehen sei.

Das würde ihr niemals gelingen. Was war aus ihr geworden? Was für ein Monster?

Bei ihrer Rückkehr würde sie alles verbrennen. Die Chimäre. Das musste sie tun, unbedingt.

Völlig durchgefroren stand sie in ihrer orangefarbenen Schwimmweste da und beschloss loszugehen. Sie musste die Insel umrunden, suchen, bis Erwan zurückkam. Drei Stunden.

Sie lief vorwärts, kletterte über Felsen, überquerte kleine Buchten aus Kieselsteinen, fürchtete jeden Augenblick, die Basstölpel könnten über sie herfallen. Aber die gefiederten Horden blieben starr und reglos sitzen. Warum überquerten diese Vögel Grenzen, um ausgerechnet hierherzufliegen? Was für eine geheimnisvolle Kraft trieb sie an?

Die Steine waren rutschig, es gab zahlreiche Hindernisse, doch Lucie kam, wenn auch mühsam, voran. Plötzlich blieb sie stehen. Vor sich, in einer Nische, glaubte sie, Schriften an den Wänden zu erkennen. Sie ging vorsichtig näher.

Sie hatte nicht geträumt. Es waren tatsächlich Zeichen auf dem Fels.

Ziffern, Buchstaben.

Während sie las, spürte sie einen furchtbaren Schlag in der Brust. Sie konnte sich nicht mehr auf den Beinen halten, stürzte auf die Knie.

Sie hatte begriffen.

Dieses ganze Abenteuer war nur ein gewaltiges Theater. Das Grab von Bernoulli, die Spiralen, das siebte Kreuz.

Völlig benommen las sie erneut. Die erste Nachricht lautete:

»4/6/2006. Bin stundenlang umhergeirrt. Nichts. Absolut nichts. MM«

Und die zweite:

»18/10/2006. Bin wieder hier. Verzweifelt. Komme nicht weiter. MM«

Manon Moinet, MM, hatte sich bereits zweimal im Abstand von vier Monaten auf die Insel gewagt und war im Begriff, es ein drittes Mal zu tun.

Sie drehte sich im Kreis.

Die an Amnesie leidende Frau hatte geglaubt voranzukommen, sich dem Professor zu nähern, doch in Wirklichkeit hatte sich immer derselbe Ablauf wiederholt: das Würgen, woraufhin das Gedächtnis des Körpers wachgerufen wurde und ihr die Bedeutung der Narbe enthüllte, der Weg nach Basel und zum Grab von Bernoulli, die Spirale mit den Kreuzen auf der Frankreichkarte und schließlich Rouzic, der Ausgangspunkt Richtung Nirgendwo.

Aber warum hatte Manon ihre Fortschritte, ihre Fehlschläge nicht in ihrem N-Tech oder anderswo notiert? Warum wusste sie nichts von Bernoulli oder der Insel Rouzic? Warum fing sie jedes Mal wieder bei null an?

Sie musste sich Notizen gemacht haben. Aber ihr »Beschützer« hatte die Informationen gelöscht, bevor sie sie auswendig lernen konnte. Wahrscheinlich hatte er sie nicht daran hindern können hierherzukommen, also hatte er jedes Mal ihr Gedächtnis gelöscht. Nichts leichter als das.

Immer wieder dieselbe Frage: der Bruder?

Lucie stand auf, hob eine Muschel auf und schmetterte sie gegen den Fels. Noch so eine Scheißspiralmuschel. Spiralen und noch mal Spiralen, im Himmel, auf der Erde. Überall, wie ein Fluch.

Wütend setzte sie ihren Weg fort. Mochte Manon sich im

Kreis gedreht haben, wenn ihr Bruder oder ein geheimnisvoller Unbekannter so gehandelt hatte, dann wollte er etwas verdecken. Diese Insel musste ein Geheimnis bergen.

Sie würde schaffen, woran Manon gescheitert war. Die Sache zu Ende führen. Ihr Versprechen halten.

Doch nachdem sie eine Stunde lang gesucht hatte, spürte sie, wie der Mut sie verließ. Nichts, nichts, wieder nichts! Gischt, Felsen, Wellen! Auch sie kam nicht weiter. Sie wollte gerade wieder umkehren, als sie am Ende eines Kieselstrandes ein seltsames Phänomen bemerkte.

Die Vögel.

Sie stürzten sich zu Hunderten die Felswand hinab, flogen in alle Richtungen, vermischten ihre schrillen Schreie zu einem unerträglichen Konzert.

Irgendetwas zog sie an.

Lucie ging näher, um zu verstehen. Die Basstölpel verschwanden in einer Höhle, die zu drei Vierteln unter Wasser lag. Sie schien bis weit unter den Felsen zu reichen. Den Eingang konnte man mit einem leichten Boot, einem Schlauchboot zum Beispiel, gut erreichen, aber wahrscheinlich war er bei Flut nicht passierbar.

Vielleicht ein Fischschwarm, dachte Lucie. Ja, ganz einfach nur Fische.

Plötzlich erstarrte sie.

Ein Basstölpel war direkt vor ihrer Nase hergeflogen.

Mit einem Auge im Schnabel.

Ein menschliches Auge, das noch an seinem Sehnerv hing.

Manon.

Lucie drückte sich an einen Felsen und fing an zu schreien. Vor Verzweiflung. Sie war allein, mutterseelenallein auf diesem bizarren, unüberschaubaren Stück Land.

Das war nicht möglich. Ein böser Traum. Es konnte nur ein böser Traum sein.

Sie ging näher an die Klippe heran und beugte sich vor. Das Wasser war tief, dunkel, blau-schwarz. Die Wellen brachen ein Stück weiter entfernt, sodass die kleine Bucht einigermaßen ruhig dalag.

Sie hatte keine Zeit mehr, ihr Boot zu holen. Man musste schon ein kleines bisschen verrückt sein, um das zu tun, was sie vorhatte. Verrückt wie ein Kind, wie ein Polizist, wie ein Draufgänger. Sie machte einen Schritt in Richtung Abgrund und dann noch einen. Ihre Augenlider senkten sich langsam. Im Geiste umarmte sie ihre Kleinen ganz fest und sprang dann mit angelegten Armen.

Der Schock. Die Kälte. Das Gewicht ihres Körpers, der sie in die Tiefe zog.

Ihre Schwimmweste holte sie zurück an die Oberfläche. Als sie endlich wieder keuchend Luft holte und Salzwasser ausspuckte, wusste sie, dass sie lebte. Sie ließ sich vom Strom in Richtung Höhle treiben.

Plötzlich schoss ihr ein furchtbarer Gedanke durch den Kopf: Und wenn das Wasser stieg? Wie würde sie diesem Rattenloch entkommen?

Panik ergriff sie. Obwohl sie eigentlich eine gute Schwimmerin war, versuchte sie, gegen die Strömung des Wassers anzukämpfen, indem sie wie wild um sich schlug. Zu spät, sie trieb bereits in die große dunkle Öffnung.

Die Basstölpel flogen neben ihr her, eine abscheuliche Eskorte für ein Ziel ohne Wiederkehr.

Lucie zog ihre wasserdichte Taschenlampe aus einer Tasche. Im Schein der Lampe sah sie, dass sich die Höhle in drei düstere Gänge teilte. Sie nahm dieselbe Richtung wie die Vögel, die alle links verschwanden. In der Ferne zweigten weitere Tunnel ab. Ein wahres Labyrinth. Das Wasser war kalt, aber erträglich. Dennoch spürte Lucie, wie ihre Muskeln sich allmählich verkrampften. Bald würde sie zusammenbrechen. Noch weitere Verzweigungen, ein Gewirr, das sie vielleicht nie mehr freigeben würde.

Sie klammerte sich an einen Riss in der Wand und schaute hinter sich. Sie musste umkehren. Die Steine waren glatt, es war nicht möglich, sich an den Felsen entlangzuhangeln. Und selbst wenn sie zum Eingang zurückgelangte, dorthin, wo das ganze Meer hineinströmte, würden die Wassermassen sie an den Felsen zerschmettern.

Verzweifelt versuchte sie, gegen die Strömung zu schwimmen, in Tränen aufgelöst. Sie wollte nicht sterben. Ihre Töchter ...

Doch sie fiel schnell zurück, imaginäre Schmetterlinge flatterten vor ihrem Auge. Die ersten Anzeichen einer Unterkühlung. Bald würde sie kurz das Bewusstsein verlieren. Und dann ganz ohnmächtig werden. Lucie schlug mit den Händen um sich, ihre Fingernägel rutschen am Fels ab, fanden keine unebene Stelle, an der sie sich hätte festhalten können. Sie wurde von Panik ergriffen. Sie schluckte Unmengen Salzwasser.

Plötzlich glaubte sie, in der undurchdringlichen Tiefe einen hellen Schimmer zu erkennen. Es war keine Sinnestäuschung, da war sie sich sicher. Dort, mitten in der Finsternis, gab es Licht.

Dann sah sie einen Vogel in die entgegengesetzte Richtung fliegen, dem Ausgang zu, in seinem purpurroten Schnabel hatte er einen Tintenfisch.

Schließlich warf die Strömung sie gegen eine breite, flache Kante, auf die sie sich mühsam hinaufzog, dabei rutschte sie immer wieder aus und schluckte noch mehr Wasser. Mit blau angelaufenen Lippen stand sie auf, tropfnass und völlig erledigt. Sie musste sich unbedingt bewegen, um nicht an Ort und Stelle zu erfrieren. Sie lief auf die Stelle zu, wo die Basstölpel sich sammelten.

Dort angekommen, presste sie die Hand vor den Mund.

Sie stand vor einer Leiche.

Eine Leiche, umgeben von Kerzen, die gerade abbrannten. Eine Leiche, die sie kaum noch wiedererkannte.

Angewidert machte sie noch ein paar Schritte vorwärts. Er war es tatsächlich. Frédéric Moinet.

Man hatte ihn an einem Strick aufgehängt, die Handgelenke auf dem Rücken zusammengebunden.

Die Brust war offen und quoll über von Tintenfischen.

Lucie taumelte. Moinets Sonnenbräune war vollständig verschwunden. So weiß konnte nicht einmal eine Leiche sein.

Er war buchstäblich depigmentiert.

Unablässig stürzten die Vögel auf ihn nieder und bissen mit ihren scharfen Schnäbeln kleine Fleischbrocken ab.

Sie waren dabei, ihn in Stücke zu reißen.

Lucie wandte den Kopf ab. Sie brauchte eine Weile, um sich wieder zu fassen.

Humpelnd und völlig verblüfft ging sie weiter. Die Wände ringsum waren mit mathematischen Formeln, Gleichungen und Ziffern bedeckt, in roter Schrift und teilweise verbrannt. Hunderte unverständlicher Beweise. Schlimmer noch als in dem Geisterhaus in Hem. Der Spielplatz eines gottverdammten Geisteskranken.

In einem Winkel entdeckte Lucie einen Haufen Tintenfische. Darüber schienen die Vögel aus dem Felsen zu kommen. Sie trat vorsichtig näher und blickte hinauf. Weit entfernt drang ein schwacher Lichtstrahl durch die Wand: Tageslicht. Eine lange natürliche Spalte, vielleicht zwanzig oder dreißig Meter lang und kaum ein paar Zentimeter breit, verband diese Höhle mit der Außenwelt. Und es sah aus, als kämen die darunter aufgehäuften Tintenfische von dort oben.

Da begriff Lucie, dass man mit Hilfe der Tintenfische und der Basstölpel ins Innere des Labyrinths gelangen konnte. In der Tat ließen sich die Vögel, angezogen von dem starken Geruch, durch die Spalte hinabgleiten, aber sie waren nicht in der Lage, wieder emporzufliegen. Um wieder hinauszukommen, mussten sie also einen Weg durch das Labyrinth finden. Dazu alarmierten sie andere Vögel, die von der Küste her eindrangen und in die umgekehrte Richtung flogen. Eine Art Ariadnefaden, der zur Nahrung führte und dem sie nun nur noch zu folgen brauchte.

Wie konnte sich jemand nur ein so ausgeklügeltes System ausgedacht haben?

Die Polizistin blickte wieder zu Frédérics Leiche. Sie wagte es, das leblose Gesicht anzuschauen. Das noch vorhandene Auge war völlig weiß geworden, die Iris durchsichtig, wie die eines Albinos. Ebenfalls depigmentiert.

Völlig zerschlagen ließ sich Lucie zu Boden fallen. Hier in der Finsternis musste das Böse vor sechs Jahren seinen Anfang genommen haben. Bevor es sich am Leben armer Unschuldiger berauschte. Warum, warum, warum?

Sie nahm ihre Sig Sauer heraus und schoss mehrmals in die Luft, woraufhin ein Schwarm Federn aufflog.

»Lasst ihn in Ruhe, ihr verfluchten Drecksviecher! Lasst ihn in Ruhe! Bitte!«

Da auf einmal hielt sich Lucie die Ohren zu. Sie schrie noch einmal aus Leibeskräften.

Der Albtraum war noch nicht zu Ende.

Hinter Frédéric. Auf einem abgeflachten Stein …

Skalpe. Sechs verkohlte Skalpe, die auf den Köpfen von Plastikpuppen steckten, geschrumpft unter der Einwirkung einer Flamme.

Der Professor war hierher zurückgekehrt, um die Beweise zu vernichten. Seine Trophäen zu beseitigen. Das erklärte auch, warum die Gleichungen an den Wänden zum Teil verbrannt waren.

Minutenlang blieb Lucie wie versteinert dort stehen. Um sie herum attackierten die Vögel weiterhin das Skelett, das sie nun nicht mehr verteidigte. Bald wären keine Tintenfische mehr übrig, die Basstölpel verschwänden, und sie würde hier nicht mehr herauskommen. Da stand sie schwankend auf und wandte sich der Wasseroberfläche zu, die noch kälter geworden zu sein schien. Niemals würde sie es schaffen. Sie war verloren. Trotzdem musste sie es versuchen, kämpfen, dem Schicksal die Stirn bieten, wie sie es immer getan hatte. Sie konnte nicht hier krepieren, in den Kellergeschossen der Welt.

Die junge Frau glitt in das eiskalte Wasser und begann zu schwimmen, folgte dabei einem Schwarm Vögel. Doch schon bald fühlte sie, wie sie von Erschöpfung übermannt wurde.

Nur die Wut trieb sie noch an weiterzumachen. Kaum hatte sie einen Meter geschafft, wurde sie zwei Meter zurückgetrieben. Ohne ihre Schwimmweste, dem letzten Rettungsring, der sie noch an die Welt der Lebenden band, wäre sie längst untergegangen.

Es war nur noch eine Frage von Sekunden. Sie würde vom Schlaf überwältigt werden, ohne zu leiden. Doch voller Bedauern.

Sie kämpfte, ließ sich treiben, versuchte verzweifelt, Atem zu schöpfen, kämpfte weiter. Sie hatte beinah einen breiteren Stollen erreicht, als plötzlich ein schwarzer Körper vor ihr auftauchte.

Ein Boot, das direkt auf sie zufuhr und gleich mit voller Wucht gegen sie krachen würde.

Er kehrte zurück.

39

Steif vor Kälte brach Lucie zusammen. Sie hustete sich die Lunge aus dem Leib. Neben ihr zog Hervé Turin mühsam sein Boot aus dem Wasser, sprachlos von dem Anblick, der sich ihm bot: Frédéric Moinets Leiche, perlmuttweiß und mit aufgerissener Brust, die Vögel, die sich auf den Körper stürzten, die verkohlten Haare. Eine Szenerie, die sich selbst der verschrobenste Romanschriftsteller nicht hätte ausdenken können.

»Verdammt noch mal! Henebelle! Was hat das zu bedeuten?«

Lucie klapperte mit den Zähnen, sie war wie gelähmt. Sie rollte sich zusammen, zitternd, verkrampft, unfähig ein Wort hervorzubringen. Turin warf ihr seine Bikerjacke zu. Sie sah ihn verächtlich an, auch wenn sie zugeben musste, dass er ihr das Leben gerettet hatte. Zwischen zwei Hustenanfällen stieß die Polizistin hervor:

»Ich bin zu spät gekommen. Er war bereits in diesem Zustand. Wie … Wie sind Sie hierhergekommen?«

»Und Sie? Sie mit Ihrer verdammten Sehnenentzündung! Sie, die eigentlich im Krankenhaus bei Ihrer Mutter sein sollten! Scheiße noch mal! Sie haben uns ganz schön verarscht! Manon hat Sie angerufen, nicht wahr? Ich habe es genauso wie sie gemacht, ich habe ganz einfach die Spirale von Bernoulli auf eine Karte übertragen! Ich bin von Basel bis hierher gefahren und habe Ihren Seemann am Hafen getroffen! Es hat nicht lange gedauert, ihn zum Reden zu bringen. Er hat mich hierhergebracht, und er hat dieses seltsame Phänomen mit den Vögeln bemerkt. Er wartet mit seinem Fischerboot vor dem Eingang zur Höhle auf uns. Und jetzt, wo ist Manon?«

»Ich glaube, der Professor hält sie fest.«

In blinder Wut schlug Turin mit der Hand auf den Felsen. Dann ging er zu der Leiche, deren Augenhöhlen völlig zerfetzt waren. Frédéric Moinet. Vielleicht der Einzige, der die Lösung des Rätsels kannte.

Er betrachtete die geschwärzten mathematischen Gleichungen, diese Hunderte, Tausende von Zeichen auf dem Stein. Quadratwurzeln, Polynome, komplexe Formeln. Was nur hatte jemand zu beweisen versucht? Und, vor allem, was sollte verbrannt werden?

Mühsam zog Lucie ihre Schwimmweste, den Parka und den Wollpullover aus, legte sich die Bikerjacke um die Schultern und rieb kräftig ihre Arme. Turin holte eine Zigarette aus seiner Schachtel, legte sie jedoch sofort wieder zurück. Es war besser, hier nicht zu rauchen. Nicht bevor die Experten der Spurensicherung kamen. Da erblickte er die Tintenfische.

»Verdammt! Was ist das? Sind wir hier in einem Albtraum gelandet, oder was, das darf doch nicht wahr sein!«

Der Polizist packte einen Vogel am Hals, als er gerade seinen Schnabel aus der Spalte über den Tintenfischen steckte. Das Tier stieß einen langen, heiseren Schrei aus. Turin drehte sich zu der jungen Frau um und drohte ihr:

»Sie werde ich drankriegen! Sehen Sie sich das Fiasko hier an! Sie haben Ihre Vorgesetzten belogen, gegen sämtliche Gesetze verstoßen und dazu noch Manon verloren! Sie sind erledigt!«

Der Basstölpel schlug wie wild um sich, wehrte sich mit aller Kraft. Mit zusammengebissenen Zähnen schleuderte Turin ihn von sich. Schließlich gelang es dem Vogel mühsam, sich auf dem Wasser aufzurichten. Einer seiner Flügel war bei dem Kampf gebrochen.

»Warum wollen Sie mich fertigmachen?«, fragte Lucie kaum hörbar. »Sie sind doch der letzte Dreck!«

»Bei der Polizei sollten keine Frauen arbeiten! Alles durchtriebene Luder! Sie glauben, sie könnten sich alles erlauben, dabei sind sie doch nichts als ein Klotz am Bein!«

Er lachte hämisch.

»Diesmal kommen Sie nicht davon, Henebelle. Sagen Sie Ihren schönen Abzeichen schon mal bye-bye.«

In ihrer Wut spürte Lucie, wie ihre Kräfte zurückkehrten. Sie starrte ihn an und antwortete mit plötzlicher Festigkeit in der Stimme:

»Wir werden diese Höhle jetzt verlassen. Sie werden sich mit Ihren Kollegen von der Kripo in Brest in Verbindung setzen und sie bitten, mit einem Gerichtsmediziner und einem Team der Spurensicherung hierherzukommen. Und Sie werden auch einen Mathematiker finden.«

»Ich weiß, was ich zu tun habe, darum brauchen Sie sich nicht zu kümmern. Und zwar nie wieder.«

»Wir müssen verstehen, was diese Kritzeleien zu bedeuten haben. Wir sollten darüber nachdenken, was passiert ist. Wie es Frédéric Moinet und dem Professor gelungen ist hierherzugelangen.«

Turin lachte zynisch auf.

»*Wir?* Haben Sie es immer noch nicht kapiert? Sie sind nicht mehr dabei! Jetzt nicht und auch in Zukunft nicht mehr!«

»Außerdem werden Sie Kashmareck erzählen, dass Sie

mich auf meinem Handy angerufen haben und ich Sie hier in der Bretagne getroffen habe, gestern Nacht. Um Sie zu unterstützen. Sie werden mich decken.«

»Sie decken? Wollen Sie mich verarschen?«

»Sie werden sagen, dass weder Sie noch ich Manon seit Basel gesehen haben. Dass wir nicht wissen, wo sie steckt.«

Turin atmete tief ein.

»Armes Ding.«

Lucie ließ sich nicht aus der Fassung bringen. Sie fuhr seelenruhig fort:

»Ihre Nase ...«

»Was ist mit meiner Nase?«

»Dieses Pflaster. Haben Sie einen Fausthieb abbekommen?«

Der Polizist fuhr mit dem Zeigefinger über das Pflaster.

»Was geht Sie das an?«

Lucie starrte ihn an, dann stieß sie hervor:

»Das arme Ding, wie Sie sagen, hat einen kleinen Slip, der Manon gehört und auf dem Spermaflecken zu erkennen sind. Und dieser Schlüpfer ist irgendwo sicher aufbewahrt.«

»Was?«

»Ich denke, dieses Sperma stammt von Ihnen. Sie haben Manons Schwäche ausgenutzt, Sie haben sie vergewaltigt, Sie Dreckskerl!«

Turin brauchte eine Weile, bis er antwortete. Ganz offensichtlich steckte er den Schlag ein.

»Sie sind ja verrückt!«

»Vielleicht. Wir werden ja die Ergebnisse der DNA-Analyse sehen. Und ich glaube, wenn man ein wenig in Ihrer Vergangenheit bei der Sitte herumschnüffelt, so wird man auf interessante Dinge stoßen.«

»Dreckiges Miststück.«

Lucie stand auf, angewidert von diesem Monster und von sich selbst. Seit sie in der Bretagne angekommen war, hatte sie einen Punkt überschritten, von dem es kein Zurück mehr gab.

»Ich will den Schlüpfer«, stieß der Mann aus Paris hervor.

Er hätte sie ertrinken lassen sollen. Oder besser noch ihren Kopf unter Wasser drücken sollen, um ein wenig nachzuhelfen.

»Zuerst rufen Sie Kashmareck an, um ihm meine Version der Ereignisse zu schildern. Danach bekommen Sie ihn. Vorher nicht.«

»Sie sind wohl zu allem bereit, um Ihr Ziel zu erreichen, was?«

»Genauso wie Sie. Wir haben beide den Instinkt des Raubtiers.«

40

Es ist heiß. Eine Bruthitze.

Ich lebe, ich bin am Leben. Ich heiße Manon Moinet, Expertin in angewandter Mathematik, und ich bin am Leben!

Seit wann? Seit wann bin ich schon hier? Ich habe keinen Hunger, nur Durst. Meine Lippen sind trocken, mein Hals tut weh, in mir drin brennt es. Wahrscheinlich habe ich geschrien. Und es hat nichts genutzt.

Es ist heiß. Eine Bruthitze. Der Schweiß läuft mir herunter. Es ist Sommer, nein, Frühling. April. Oder Mai. Warum also ist mir so heiß? Mein Gott! Man hat mich ausgezogen, ich bin nackt! Wo bin ich?

Ich weiß es nicht, ich weiß es nicht! Lucie Henebelle. Eine Polizistin. Der Professor. Eine Entführung. Meine eigene! Das ist es! Der Professor! Der Professor hält mich gefangen!

Schnell, schnell, nachdenken. Schnell.

Ich muss mich beruhigen.

Hier ist es vollkommen dunkel. Meine Arme liegen auf meinen Schenkeln, ich kann sie nicht bewegen. Kann nicht aufstehen. Autsch! Das ist Holz, nein, Metall. Über mir, unter mir, an den Seiten. Ein Sarg! Ich bin in einem Sarg!

Wie furchtbar! Unter wie vielen Tonnen Erde bin ich begraben?

Meine Augen brennen, mein Hals ist völlig zerkratzt. Ich kann nicht einmal mehr schreien.

Ich will um mich schlagen, mich umdrehen. Die Fäuste ballen und drauflosprügeln. An den Wänden sind Unebenheiten. Löcher, Hunderte kleiner Löcher. Damit ich atmen kann? Nein, nein, ich bin nicht in einem Sarg. Das ist etwas anderes.

Lucie! Lucie, helfen Sie mir! Ich flehe Sie an! Manon! Ich heiße Manon Moinet, und ich bin am Leben!

Vielleicht sucht man nicht einmal nach mir. Hat man wenigstens bemerkt, dass ich verschwunden bin?

Ein Zischen. Licht, ein blauer Schimmer, als käme es von unten. Was geschieht da? Was ist das über meiner Stirn, an dem Blech? Es fühlt sich an wie Fett … und Fingernägel? An dem Blech sind Stücke von Fingernägeln. Ganz verkohlt. Hier müssen schon andere drin eingesperrt gewesen sein. Das war's, in mir gerät alles durcheinander. Ich spüre, dass ich sterben werde. Das Blau wird zu Gelb. Es brennt! Unter mir brennt es!

Wieder dunkel.

Es ist heiß. Eine Bruthitze.

Ich lebe, ich bin am Leben. Ich heiße Manon Moinet, Expertin für angewandte Mathematik, und ich bin am Leben!

41

Noch nie hatten die Mannschaften der Kripo von Brest so viel Mühe gehabt, einen Tatort zu erreichen. Sie mussten sich durch das aufgewühlte Meer kämpfen, dann das Material – Halogenscheinwerfer, forensische Lichtquelle, Sets zur Probenentnahme, Pistolen zum Versiegeln – transportieren, indem sie mehrere hundert Meter weit mit dem Boot durch die Stollen ruderten, wobei ihnen nur das Handy, das Turin eingeschaltet neben der Leiche hatte liegen lassen, als Orientierungspunkt diente.

Kurz zuvor, am Hafen von Perros-Guirec, hatte Lucie sich rasch umgezogen und dann Turin Manons Slip ausgehändigt. Dieser Dreckskerl hatte die Flamme seines Feuerzeugs auflodern lassen und den Schlüpfer unter dem hasserfüllten Blick seiner Kollegin angezündet. Dabei war ein krankhaftes Lächeln voller Boshaftigkeit und Sadismus über seine Züge gehuscht.

Das war der Preis für sein Schweigen. Lucie hatte einen Pakt mit dem Teufel geschlossen.

Dann, nach einem guten Kaffee und ein paar Keksen, war sie hierher zurückgekommen, in diese halb unter Wasser liegenden Tunnel, zusammen mit dem Mann, der sie anwiderte, den sie am liebsten angespuckt hätte.

Sie hielt nur durch, weil sie ein Ziel vor Augen hatte. Manon retten. Manon retten. Manon retten.

Die Basstölpel hatten den Ort endgültig verlassen. Nun stand Lucie neben den verkohlten Skalps, neben Kommissar Menez, einem Mann mit derben Zügen und langem Schnurrbart. Auf dem Weg hierher hatte Turin dem bretonischen Offizier, dem er früher schon einmal begegnet war, die Lage geschildert. Ihnen gegenüber stand der Gerichtsmediziner und musterte eingehend die aufgehängte Leiche. Jeder Polizist, der den Tatort betrat, verzog das Gesicht, sobald er den Mann mit der aufgeschlitzten Brust und der kalkweißen Haut erblickte.

»Der Professor, sagen Sie?«, fragte Menez skeptisch an Turin gewandt.

Ohne erkennbaren Ekel roch er an der Leiche und rümpfte die Nase.

»Nein, nein, ich glaube nicht, dass dies das Werk des Professors ist.«

Turin riss die Augen auf.

»Wie bitte?«, fragte er und hob die Stimme. »Und was machen wir Ihrer Meinung nach dann hier?«

Rot vor Wut fuchtelte der Mann aus Paris mit dem Arm.

»Schauen Sie sich doch um, verdammt noch mal! Wir stehen hier in einer Höhle, in der jeder Quadratzentimeter mit mathematischen Formeln bedeckt ist! Die Skalpe, die man den sechs Opfern abgezogen hat, befinden sich hier, hinter Ihnen! Was soll das denn sonst sein, wenn nicht sein Reich? Und was sagen Sie zu Moinet? Ich mache Sie darauf aufmerksam, dass er mausetot ist! Wer, wenn nicht der Professor, hat ihn denn so zugerichtet? Wer hat ihm all diese Tintenfische in die Brust gestopft? Der Bäcker von nebenan vielleicht?«

Menez bewahrte eine erstaunliche Ruhe.

»Wie erklären Sie sich die teilweise Depigmentation bei ihm?«, erwiderte er lediglich.

»Die Depigmentation?«

»Ja, die Depigmentation. Diese weißen Flecken auf seiner Haut.«

»Und in seinen Augen«, fügte Lucie hinzu. »Als ich hier ankam, war das eine noch unversehrt. Und die Iris war fast durchsichtig. Wie die eines Albinos.«

»Scheiße, das ist mir völlig durchgegangen!«, rief Turin aus. »Wollen Sie damit sagen, dass …«

Menez nickte.

»Wie ich sehe, fällt es Ihnen wieder ein. Dieser typische Geruch auf der Haut. Der Mörder hat ihn mit verschiedenen chemischen Substanzen eingerieben, die er ihm wahrscheinlich auch in die Augen geschüttet hat. Diese Verbindungen sind, darauf verwette ich meine Hand, eine komplizierte Mischung aus …«

»Phenol und Fluorwasserstoffsäure«, unterbrach ihn Turin. »So etwas vergisst man nicht mehr.«

Menez nickte erneut und wandte sich dann an Lucie:

»Phenol hat die Eigenschaft, die Haut zu depigmentieren. Stark verdünnt wendet man es beim Peeling an, einer Technik zur Verjüngung der Haut. Aber hier wurde es in sehr viel stärkeren Konzentrationen benutzt, mit einem ganz anderen Ziel. Einem abscheulichen Ziel.«

Er wies auf einen weißen Flecken am Hals.

»Zusammen mit der Fluorwasserstoffsäure dringt das Phenol in die Haut ein, ohne sie zu beschädigen, gelangt dann in die tiefen Schichten der Lederhaut und zerstört diese, was unerträgliche Schmerzen hervorruft. Eine ungemein effiziente Folter, als ob man Sie von innen mit Schleifpapier bearbeiten würde. Leutnant Turin und ich sind uns aus diesem Anlass schon einmal begegnet, vor ein paar Jahren. Ich habe damals in der Nähe von Nantes gearbeitet, bevor ein anderer Kollege die Akte Rothaar-Jäger übernahm. Turin jagte den Professor, und ich war hinter dem Rothaar-Jäger her. Er wollte mich treffen, um zu überprüfen, ob es sich nicht um ein und dieselbe Person handeln könnte. Was wir klar ausgeschlossen haben.«

»Genau«, murmelte Turin. »Der Rothaar-Jäger.«

Der bretonische Kommissar las Überraschung in Lucies Augen.

»Nun ja, der Rothaar-Jäger, lieber Leutnant. Diese chemischen Verbrennungen gehören zu den Annehmlichkeiten, die er einigen seiner Opfer bereitet. Ich gebe zu, ich bin ebenso verwirrt wie Sie, aber dieser Mann, den man hier am Strick aufgehängt hat, ist nicht durch die Hände Ihres Professors gegangen.«

»Aber …«

Lucie und Turin wechselten einen enttäuschten Blick. Sie suchten den Professor und stießen nun auf den Rothaar-Jäger.

Die junge Polizistin blieb bei den verkohlten Gleichungen stehen. Mathematik, wieder und wieder. Wenn nur Manon hier wäre!

»Wann kommt der Mathematiker?«, fragte sie Menez.

»Gleich, mit einem anderen Boot.«

»Kommissar, erklären Sie mir, wie der Rothaar-Jäger funktioniert. Seine genaue Vorgehensweise, seine Gewohnheiten, seine Opfer.«

Menez trat näher an die Skalpe, sorgsam darauf bedacht,

die Techniker, die gerade verschiedene Proben – Haare, Asche, Körperhärchen – in luftdicht verschlossene Beutel verpackten, nicht bei ihrer Arbeit zu stören.

»Die Opfer waren immer junge, alleinstehende Frauen, rothaarig, hübsch und wohnten in der Nähe von Nantes. Man fand sie jeweils ein paar Tage nach ihrer Entführung an der Atlantikküste zwischen Saint-Nazaire und La Rochelle, sie waren *post mortem* vergewaltigt worden und mit Brandwunden übersät. Den Gerichtsmedizinern zufolge kam alles zur Anwendung: Feuer, Zigaretten, kochende Flüssigkeit, Elektrizität, ätzende Chemikalien. Er suchte immer Foltermethoden aus, um die Qualen in die Länge zu ziehen, und damit auch sein, wie soll ich sagen ...«

»Seinen Spaß.«

»Ja, seinen Spaß. Er richtet es so ein, dass sie am Leben bleiben, damit er seine Folter immer wieder von vorne beginnen kann, Tag für Tag. Wir glauben übrigens, dass einige der Opfer versucht haben, sich selbst umzubringen. Sie hatten sich die Pulsadern aufgerissen, mit ihren eigenen Fingernägeln.«

Mit einem Kopfnicken bedeutete der Kommissar dem Gerichtsmediziner, dass er die Leiche abnehmen könne.

»Er war offensichtlich bewandert in Chemie, aber leider hat diese Spur nichts ergeben, weil man sich die Verbindungen, die er verwendet, leicht in Schullaboren oder Pharmainstituten besorgen kann.«

Er verzog das Gesicht und fügte hinzu:

»Und die Tatsache, dass die Leichen im Wasser gelegen hatten, war auch nicht gerade hilfreich. Dadurch wurden sämtliche Spuren – DNA, Haare oder Hautschuppen –, die der Mörder möglicherweise hinterlassen hat, beseitigt. Außerdem stellte der Gerichtsmediziner jedes Mal ein seltsames Phänomen fest: eine sehr hohe Blutkonzentration im Gehirn, eine sehr niedrige dagegen in den unteren Gliedmaßen. Das scheint darauf hinzudeuten, dass diese Frauen falsch herum gestorben sind. Mit dem Kopf nach unten sozusagen.«

Plötzlich ereiferte sich Turin.

»Verdammt noch mal! Und wir sind hier doch beim Professor! Ich kann mir nicht eine Sekunde lang vorstellen, dass er und der Rothaar-Jäger dieselbe Person sind! Alles spricht dagegen! Die Untersuchungen der Experten, die Vorgehensweise, das Profil der Opfer, die Orte! Wir können doch nicht dermaßen falschgelegen haben!«

»Jedenfalls«, bemerkte Lucie an Menez gewandt, ohne ihrem Kollegen aus Paris die geringste Beachtung zu schenken, »ist Karine Marquette *post mortem* vergewaltigt worden, während der Professor zuvor nie jemanden vergewaltigt hat. Sie war zwar nicht rothaarig, entsprach jedoch trotzdem der Vorliebe des Rothaar-Jägers: jung, dynamisch, hübsch, ledig. Nach diesem Mord hat der Professor jegliches Tun eingestellt, was bei einem Serienmörder sehr unnatürlich ist, und in den folgenden Monaten hat der Rothaar-Jäger weitergemacht. Und jetzt wieder der Professor. Haben wir es mit zwei verschiedenen Personen zu tun, die sich kennen und hier zusammenkommen? Oder mit ein und derselben Person, die je nach Motivation nach zwei unterschiedlichen Mustern vorgeht?«

»Das ist doch völliger Schwachsinn!«, erwiderte Turin.

Lucie ignorierte die Bemerkung und betrachtete die Gleichungen an den Wänden.

»Als hätte er nicht genügend Zeit gehabt, um alles zu verbrennen. Vielleicht aus Angst, bei Flut hier festzustecken, oder weil er fürchtete, gefasst zu werden. Sehen Sie. Wahrscheinlich hat er die wesentlichen Elemente beseitigt, damit man, ich weiß nicht, vielleicht damit man es nicht versteht. Diese Gleichungen machen ihm Angst. Sie müssen etwas bedeuten, eine Spur aufzeigen, die ihm schaden könnte.«

»Aber warum sollte er sich dann damit amüsiert haben, sie hier aufzuschreiben?«, fragte Menez.

»Das ist bestimmt ein Mittel, um seine Macht auszudrücken. Über die anderen, über die ganze Welt, über uns. Erinnern Sie sich an die Kreuze auf der Spirale von Bernoulli. Die Karte mit den Morden, die vor aller Augen dalag, ohne dass irgendjemand die Bedeutung verstanden hätte. Kann es eine größere Genugtuung geben, als sich auf diese Art über seine Verfolger lustig zu machen? Und zu beweisen, dass man der Herr im Spiel ist? Er hat seine Taten genossen! Und er ist stolz darauf! In jeder Minute, in jeder Sekunde erlebt er seine Verbrechen noch einmal! Und dafür gibt es keine einzige rationale Erklärung!«

»Es ist gut, Henebelle, es ist gut!«, murrte Turin und hob die Arme vor dem Körper. »Sie brauchen hier weder Ihre Show abzuziehen noch sich so aufzuregen!«

Lucie stieg über eine Pfütze und berührte den Felsen rechts von ihr. Noch mehr Gleichungen, zu drei Vierteln verbrannt. Plötzlich musste sie sich setzen, da ihr schwindelig wurde. Zu wenig geschlafen, zu wenig gegessen.

»Halten Sie durch?«, fragte Menez sie.

»Ja, ja, es geht schon«, log sie. »Es ist nur, diese Ermittlungen machen mich gerade fix und fertig.«

Turin entfernte sich mit nervösem Schritt. Seine Stimme hallte von den Wänden wider, als er auf einmal schrie:

»Aber was hat Moinet nun wieder mit dieser Sache zu tun? Er kann nicht der Professor sein, er war körperlich nicht anwesend, als seine Schwester getötet wurde! Und auch nicht der Rothaar-Jäger, da er von diesem umgelegt worden ist! Sind wir denn hier auf dem Rummelplatz, oder was?«

Lucie massierte sich die Schläfen. Sie antwortete:

»Vielleicht ist er weder der eine noch der andere, doch wir sind immer auf ihn gestoßen, sobald wir uns mit dieser Sache näher beschäftigt haben. Er hat Manon von Anfang an betrogen. Er hat sie daran gehindert, in der Vergangenheit herumzustöbern, er wollte nicht, dass sie auf den Professor kam. Er wusste von Bernoullis Grab in Basel und hat nie etwas davon gesagt. Und außerdem gibt es da noch diesen Meißel in einer seiner Wohnungen. Damit wurde wahrscheinlich der Ammonit abgelöst, den Dubreuil schlucken musste. Nicht zu vergessen, dass er nicht in seinem Büro war, als die alte Sadistin getötet wurde.«

Sie blickte zu der Leiche und fügte hinzu:

»Und nun liegt er hier, neben den Skalpen, in einer Höhle, die mit mathematischen Formeln bedeckt ist. Diese Zeichen wollte jemand verbrennen, verbergen. Wer war das? Der Rothaar-Jäger? Der Professor? Dieser verdammte Einbrecher? Frédéric Moinet? Alle vier? In diesem Fall ist es klar, dass sich Frédéric und der oder die Mörder kennen, dass sie Geheimnisse teilen oder zumindest das Geheimnis um diese Höhle. Wer hat Manon entführt? Wer wollte sie erwürgen? Wer hat die Festplatte in Frédérics Wohnung gestohlen? Es hängt alles zusammen.«

Sie deutete auf die Wände.

»Was ich jetzt sage, würde unter anderen Umständen absolut keinen Sinn ergeben, aber vielleicht sind diese Gleichungen das besagte Glied, das uns von Anfang an gefehlt hat.«

Sie hörten, wie hinter ihnen ein Boot anlegte. Zwei Polizisten saßen darin, zwischen ihnen ein Mann mit gebeugtem Rücken, dessen Gesicht von dem Spiel aus Licht und Schatten ganz hohlwangig wirkte. Er trug einen Regenmantel, dessen Kragen bis über seinen angegrauten Bart reichte. Kommissar Menez ging zu ihm und half ihm auszusteigen.

»Danke, dass Sie so früh gekommen sind, und das bei diesem Wetter«, sagte der Polizist.

Er stellte sich vor ihn und erklärte:

»Versuchen Sie zu ignorieren, was hier geschehen ist. Versuchen Sie nicht, den Grund für dieses Gemetzel zu verstehen, und konzentrieren Sie sich auf die übrig gebliebenen Formeln, die von den Flammen verschont worden sind. Bitte erklären Sie uns, was sie bedeuten.«

Pascal Hawk, ein Mann um die vierzig, nickte mit ernster Miene und zusammengekniffenen Lippen. Sich nur auf seine Aufgabe konzentrieren. Nicht daran denken, was da auf dem Boden lag mit aufgerissener Brust. Das Blut dort nicht beachten. Die Wände, nur die Wände.

»Es ist nicht mehr viel intakt«, erklärte er, nachdem er sich kurz umgeschaut hatte.

»Versuchen Sie es trotzdem. Man hat uns gesagt, Sie seien einer der besten Mathematiker der Gegend.«

Hawk nahm ein Heft und einen Füller aus der Tasche seines Regenmantels und machte sich an die Arbeit.

Ein paar Minuten lang vertiefte er sich ganz in seine Aufgabe. Er beugte sich vor, richtete sich wieder auf, machte sich Notizen, ging nach rechts, dann nach links, kehrte wieder um. Seine Finger berührten den Stein, strichen über die Tausende von Ziffern, als seien es kostbare Schätze.

»Das ist wirklich bemerkenswert«, wiederholte er mehrmals. »Bemerkenswert.«

Als er sich umdrehte, um das Ende einer Reihe von Gleichungen zu untersuchen, stand er auf einmal vor Frédérics sterblichen Überresten. Als Menez seine Bedrängnis sah, stürzte er zu ihm, fasste ihn an der Schulter und führte ihn ein Stück beiseite.

»Deckt die Leiche zu, verdammt noch mal!«, schrie der Kommissar.

Er sah den Mathematiker an.

»Geht es?«

»Nein, ich weiß nicht, nein. Hat er diesen Beweis verfasst?«

»Nein. Nun, ich weiß es nicht.«

Plötzlich stand Lucie auf und betrachtete aufmerksam diesen mathematischen Wahn. Nicht die Formeln an sich, sondern die Art und Weise, wie sie geschrieben worden waren.

»Es ist gut möglich«, rief sie aus. »Ja, es ist gut möglich, dass er das alles geschrieben hat! Er ist Linkshänder, und die Schrift von Linkshändern neigt sich – anders als bei Rechtshändern – immer in die entgegengesetzte Richtung. Sehen Sie!«

»Moinet ist nicht der einzige Linkshänder auf der Welt«, erwiderte Turin. »Und außerdem hätte er viel zu viel Zeit dafür gebraucht, um dieses ganze Chaos hier an die Wand zu pinseln! Und nicht nur ein paar Stunden.«

»Wer sagt denn, dass er dies erst vor kurzem getan hat?«

Es folgte Schweigen, dann fuhr der Mathematiker fort:

»Mein Gott. Wie kann man nur zu solchen Extremen fähig sein?«

»Das versuchen wir zu begreifen«, sagte der Polizist aus Brest. »Deshalb bitte ich Sie, uns zu helfen. Sagen Sie mir, was an diesem Wirrwarr so bemerkenswert ist.«

»Diese ganze Arbeit ist beachtlich. Ein einziger Beweis, der dort oben anfängt und dann weitergeführt wird.«

Er beschrieb mit seinem Zeigefinger einen großen Bogen.

»Bis zur gegenüberliegenden Wand. Wenn man das alles in ein Heft übertragen wollte, bräuchte man Dutzende von Seiten.«

Hawk trat ein paar Schritte zurück, um das Werk in seiner Gesamtheit zu betrachten.

»Trotz der verbrannten Passagen sind einige Zeichen eindeutig. Besonders schade ist, dass diese Schlussfolgerung völlig falsch ist.«

Menez beugte sich vor.

»Falsch? Wie, falsch?«

»Er hat es nicht geschafft. Oh, er hatte eine gute Idee, eine verdammt gute Idee sogar! Er ist über binäre quadratische Formen mit Koeffizienten gegangen, aber er ist gescheitert.«

»Die Quadrasonstwasformen interessieren uns nicht!«, regte sich Turin auf. »Wir wollen bloß wissen, was dieser ganze Scheiß bedeutet!«

Mit affektierter Geste zupfte der Mathematiker an seinem Bart, während er Turin verächtlich ansah.

»Wissen Sie wenigstens, was eine Vermutung ist?«

»Nein, erklären Sie es mir, weil ich nicht mehr den Kopf dafür habe!«

»Eine Vermutung ist eine mathematische Behauptung, die man nie beweisen konnte, von der man jedoch auch nie beweisen konnte, dass sie falsch ist. Sie sehen hier den Versuch einer Beweisführung der Fermat'schen Vermutung, ein sehr schwieriges mathematisches Problem, das die Gemüter schon seit beinahe dreihundertfünfzig Jahren erhitzt. Genies wie Euler, Gauss oder Kummer haben sich die Zähne daran ausgebissen. Um es sehr vereinfacht darzustellen: Nimmt man einen besonderen dreidimensionalen Fall, so besagt diese Vermutung, dass sich eine Kubikzahl nicht in zwei andere, kleinere Kubikzahlen teilen lässt.«

Er ging näher zur Wand und zeigte auf eine Gleichung.

»Das ist die ursprüngliche Formel: $x^n + y^n = z^n$. Großartig. Sie haben recht, dieser ganze Beweis kann nicht mit einem einzigen Mal oder in ein paar Stunden angefertigt worden sein. Das muss Monate, wenn nicht Jahre an Mühe und Überlegung gekostet haben, auch wenn es eine Sackgasse war. Ich glaube, Ihr Mann ist regelmäßig hierhergekommen, um seine verschiedenen Fortschritte hier niederzuschreiben. Und er war ein Ass in Mathematik.«

Hawk wandte sich an Lucie.

»Aber warum ist er ausgerechnet *hierher*gekommen, an einen so düsteren Ort? Das frage ich mich. Ich weiß, dass wir Wissenschaftler die Einsamkeit schätzen sollten, aber das ist doch der reinste Hindernislauf, bis man in diese Höhle gelangt!«

»Manon hat mir erzählt, dass sie oft mit ihrem Bruder auf die Insel gekommen ist, als sie jünger war«, sprach Lucie an ihre Kollegen gewandt weiter. »Ich wette, Frédéric hat den Ort damals entdeckt, sicherlich durch Zufall, und dann die List mit den Basstölpeln und den Tintenfischen eingesetzt. Bestimmt wollte er sich eine geheime Welt schaffen, einen Ort, der nur ihm gehörte.«

Menez und Hawk nickten, während Turin steif wie eine Statue dastand.

»Die Tatsache, dass der Weg hierher sehr umständlich ist, macht das Abenteuer nur noch aufregender«, fuhr die junge Polizistin fort. »Es wird zu einer einzigartigen Erfahrung. Vielleicht kam Frédéric nicht allein hierher. So ähnlich wie *Der Club der toten Dichter*. Erinnern Sie sich an diesen Film? Diese jungen Männer, die sich in einer Höhle trafen, um über Poesie zu sprechen, über die Welt, die Gesellschaft? Sie fühlten sich beflügelt, den Normalsterblichen überlegen. Vielleicht kam Frédéric mit demjenigen oder denen hierher, die all diese Menschen getötet haben. Vielleicht sind der Rothaar-Jäger oder der Professor hier erst entstanden?«

»*Der Club der toten Dichter*«, sagte der Mathematiker. »Sie haben verdammt recht, Mademoiselle. Sie konnten kein besseres Bild finden!«

»Was heißt das?«

»Ihre Leiche. Dieser Frédéric. Wie alt war er?«

»Etwa fünfunddreißig. Warum?«

Hawk schwieg ein paar Sekunden, dann verkündete er:

»Die Fermat'sche Vermutung ist inzwischen keine Vermutung mehr. Sie wurde von Wiles, einem englischen Mathematiker, bewiesen und ist somit zu einem Theorem geworden.«

»Das bedeutet?«

»Was das bedeutet? Der Beweis der Vermutung wurde im Jahr 1994 erbracht! Das heißt, dass diese Gleichungen hier niedergeschrieben wurden, bevor der Satz von Fermat/Wiles aufgestellt wurde! Dass Ihr Mann oder Ihre Männer bereits vor über dreizehn Jahren hierherkamen! Wahrscheinlich als sie Studenten waren!«

42

Lucie saß auf einem Sitz des Polizeischnellbootes und versuchte verzweifelt, Ordnung in ihre Gedanken zu bringen. Doch sie spürte, dass sie sich nicht mehr konzentrieren konnte. Sie war völlig erledigt. Nach und nach ließ sie sich von dem Schauspiel der Elemente gefangen nehmen, die immer noch um das Boot herumtobten. In der Ferne konnte sie die Küste sehen, die sich mit dem Himmel und den Wellen zu einem einzigen grau-schwarzen Farbton vermischte.

Schwankend und seekrank trat Turin zu ihr und hielt ihr sein Handy hin.

»Kashmareck will mit Ihnen sprechen.«

Lucie stand auf und hockte sich in eine Ecke, mit dem Rücken an eine Wand gelehnt.

»Ja?«

»Henebelle! Ich kann dich auf deinem Handy nicht erreichen!«

»Ich habe es in meinem Auto vergessen, am Hafen. Wir kommen gerade vom Tatort.«

»Ich weiß, Turin hat es mir erklärt! Das ist wirklich unglaublich!«

»Hören Sie, Kommandant, wir müssen schnell handeln! Ich glaube, Manon ist in großer Gefahr! Seit sie in Basel verschwunden ist, können wir sie nicht mehr erreichen! Vielleicht hält der Rothaar-Jäger sie gefangen! Oder der Professor! Oder ... ich weiß nicht mehr.«

»Okay, ich werde sofort Nachforschungen über Frédéric Moinet anstellen. Wir werden bald wissen, auf welcher Hochschule er war. Dann muss schnell jemand dorthin fahren, damit wir so rasch wie möglich Hinweise erhalten. Vielleicht haben er und der Professor sich auf dieser Schule kennengelernt. Hier koordinieren wir die verschiedenen Aktivitäten der Kommissariate aus Nantes, Brest und Paris und werden versuchen, die Informationen aus den Akten Rothaar-Jäger und Professor abzugleichen, um festzustellen, ob der eine der andere sein kann oder ihn zumindest kennt. Wir kommen voran, Henebelle! Mit kleinen Schritten, aber wir kommen voran!«

»Wir brauchen mehr als kleine Schritte!«

In der Leitung knisterte es. Lucie begriff, dass sich Kashmareck gerade bewegte.

»Wir sind in Manons Wohnung«, sagte er. »Unseren Spezialisten ist es gelungen, ihren *panic room* zu öffnen, und wir durchsuchen gerade ihren PC, ihre Notizenstapel. Wir würden Tage brauchen, um alles zu entschlüsseln, diese ganzen

Formeln, die lateinischen Texte! Es ist Wahnsinn, unter ihrem Schreibtisch liegen Dutzende von alten Heften, in denen sie jede einzelne Handlung aufschrieb, bevor sie anfing, den N-Tech zu benutzen. Eine Menge belangloser Dinge, die jede Stunde, jede Minute ihres Lebens schildern. Ein irrsinniger Wille, alles bis ins Letzte aufzuzeichnen. Es ist sehr schlecht geschrieben und dazu noch in einer ganz kleinen Schrift, das wird uns noch Nerven kosten. Im Großen und Ganzen findet sich nichts, aber auch gar nichts über ihre Suche nach dem Professor, über die Fortschritte, die sie gemacht hat. Aber auch da, glaube ich, war unser Manipulator am Werk. Denn, halt dich fest, einige Seiten sind einfach herausgerissen! Er hat nichts dem Zufall überlassen!«

»Und haben Sie etwas in ihrem Computer gefunden?«

Ein kurzes Schweigen am anderen Ende der Leitung.

»Hör zu, Henebelle, weshalb ich mit dir sprechen wollte. Nun, es gibt zwei wichtige Punkte, die dich betreffen! Ich weiß, bei den Problemen mit deiner Mutter ist das nicht der richtige Zeitpunkt.«

Lucie runzelte die Stirn. Der Kommandant schien zu zögern. Seine Stimme klang anders als sonst.

»Ich höre!«, antwortete sie besorgt.

Er räusperte sich.

»In Ma … Com… ter. Wir haben et… sehr Selt… mes entdeckt …«

Lucie presste das Handy ans Ohr.

»Ich verstehe Sie wirklich sehr schlecht!«

Sie musste zwei Sekunden warten, dann verschwanden die Störungen in der Leitung.

»Ist es jetzt besser?«, schrie Kashmareck.

»Ja, nun ist es gut!«

»Unser Spezialist hat die Schutzvorrichtung eines versteckten Verzeichnisses geknackt, das sich tief unten in Manons PC befand! Und dort haben wir Fotos von dir gefunden!«

Lucie kauerte sich noch ein wenig mehr zusammen.

»Fotos von mir?«

»Ja, Schnappschüsse. Du vor dem Gebäude der Kripo! Du vor deiner Wohnung! Du mit einem deiner Zwillinge im Arm! Du, wie du zur Zitadelle joggst! Kurz, überall du!«

»Mein Gott. Aber von wann stammen diese Aufnahmen?«

»Genau da wird die Sache wirklich merkwürdig. Den Angaben auf der Festplatte zufolge wurde die Letzte vor sechs Monaten gemacht!«

»Was?«

»Du hast richtig gehört! Vor sechs Monaten! Als Manon Unterricht in Selbstverteidigung nahm, als ihr die berühmte Beretta mit der eingestanzten Seriennummer untergeschoben wurde, da hat sie sich auch für dich interessiert!«

Lucie fasste sich an die Stirn. Ihr Kopf schien auf einmal Zentner zu wiegen.

»Hallo?«

»Ich bin noch dran. Ich versuche nur zu begreifen.«

»Das ist noch nicht alles. Wir haben auch Kopien von verschiedenen Artikeln über dich gefunden, aus der Zeit deiner Ermittlungen über die ›Kammer der toten Kinder‹. Kurz gesagt, diese Frau ist dir gefolgt, wusste, wer du warst, und kannte deine Adresse, lange bevor das hier alles anfing!«

»Aber was hat das zu bedeuten?«

»Ich weiß es nicht. Ich bin genauso ratlos wie du. Aber ich habe noch einmal über eine Sache nachgedacht. Am ersten Abend …«

»Wie, am ersten Abend?«

»Manon hatte sich doch in ein Studentenwohnheim direkt neben deiner Wohnung geflüchtet. Wie durch Zufall! Denkst du nicht, dass sie das mit Absicht getan hat? Dass sie ausgerechnet dort gelandet ist, damit du und niemand anders sich um die Sache kümmert?«

»Nein, nein! Ich sehe noch ihren Blick vor mir! Ich bin felsenfest überzeugt davon, dass sie mich nicht kannte!«

»Bist du sicher?«

»Ja. Verdammt, ich weiß es nicht. Das erscheint mir völlig

abwegig. Oder aber es war dieser Manipulator, der sie in ihrem PC gespeichert hat. Er lenkt ihr Leben. Aber … Warum ich? Warum, mein Gott?«

»Der Manipulator? Ja, das ist vielleicht eine Möglichkeit. Fest steht jedenfalls, dass du bei dieser Geschichte eine wichtigere Rolle spielst, als du dachtest. Offensichtlich gab es schon einen Bezug zu dir, bevor das Ganze überhaupt anfing. Warte mal eine Sekunde, Henebelle!«

Lucie vernahm andere Stimmen, hörte, wie der Kommandant mit entschiedener Stimme Befehle erteilte. Dann kehrte er zu ihr zurück.

»Henebelle?«

»Ja, Kommandant?«

»Das ist leider noch nicht alles, was dich betrifft!«

»Was denn noch?«

»Es gibt da noch etwas. Das hat diesmal nichts mit dem Fall zu tun. Nun, zumindest vermute ich das.«

Plötzlich spürte Lucie, wie ihr Körper sich verkrampfte.

»Ich höre Ihnen zu. Nach dem, was ich gerade durchgemacht habe, kann ich mir nicht vorstellen, was mir noch Schlimmeres zustoßen könnte.«

»Ich habe einen Anruf von der Städtischen Sicherheitspolizei erhalten. Sie haben die Anzeige einer Hausmeisterin entgegengenommen, von *deiner* Hausmeisterin!«

»Was ist denn passiert?«

»In deine Wohnung ist eingebrochen worden.«

Lucie steckte den Schlag ein.

»Ein Einbrecher?«, stammelte sie.

»Die Arbeit eines Anfängers, im Gegensatz zur Wohnung von Frédéric Moinet. Anscheinend wurde nichts kaputtgemacht. Fernseher, Computer, Stereoanlage, alles war noch da. Kein Durcheinander, keine ausgeräumten Schubladen.«

»Wollen Sie sagen, dass die Kollegen in meiner Wohnung waren?«

»Ja, das heißt, die Männer von der Sicherheitspolizei. Und

dein Schloss wurde ausgewechselt. Du kannst die Schlüssel bei deiner Hausmeisterin abholen.«

Sie blieb stumm, unfähig, ein Wort hervorzubringen. Kashmareck fuhr fort:

»Ah, noch eine Kleinigkeit. In deinem Schlafzimmer. Ein kleiner Schrank mit zerbrochener Scheibe.«

Lucie spürte, wie sie taumelte. Kashmareck, die ganze Abteilung wussten Bescheid.

»Komm... ...andant. Denken Sie nicht ... Ich ... Ich muss ... Ihnen etwas erklären. Es ist nicht ...«

»Ich verstehe dich nicht mehr sehr gut! Ich lege auf! Aber du solltest noch wissen, dass der Schrank leer war. Ich hoffe, dass du keine sehr wichtigen Sachen da drin hattest! Hallo? Hallo?«

Das Telefon lag auf dem Boden.

Lucie war zur Brücke gerannt, weil sie sich übergeben musste.

43

Der alte Ford fuhr mit Höchstgeschwindigkeit, knapp hundertdreißig Stundenkilometern, im Regen über die Nationalstraße. In Richtung der Naturwissenschaftlichen Hochschule von Brest. Dort, so besagte der letzte Anruf der Kollegen, hatte Frédéric Moinet nach dem Abitur studiert, vor über fünfzehn Jahren. Im Moment war es die einzige konkrete Spur, solange sie auf die Analysen der Spurensicherung aus der Höhle und auf die Obduktion von Frédérics Leiche warteten.

Im Wagen bebte alles, Lenkrad, Sitze, Rückspiegel, doch das Auto hielt durch. Mit der rechten Hand hielt Lucie den Knauf des Schalthebels umklammert. Wenn sie Manon lebend wiederfinden würde, wie sollte sie ihr dann mitteilen, dass ihr Bruder, der sie trotz allem unterstützt hatte, ihr dabei geholfen hatte, sich ein neues Leben aufzubauen, tot war, von Chemikalien zerfressen und von Schnäbelhieben durchlöchert? Wie würde Manon reagieren? Würde sie alles in ihrem N-Tech vermerken? Es auswendig lernen? Oder würde sie sich dafür entscheiden, diesen Tod zu ignorieren, wie sie es im Fall ihrer Mutter getan hatte?

Zu viele Vermutungen. Im Moment war Manon in den Händen eines Psychopathen und musste gefunden werden. Unbedingt.

Noch immer prasselten Tropfen auf die Karosserie. Lucie blickte auf die Uhr. Turin musste in seiner PS-starken Karosse inzwischen weit vor ihr sein. Die Polizistin dachte wieder an die Fotos von ihr, die man in Manons Computer gefunden hatte. Ein Schock. Und immer wieder dieselben Fragen: Wer hatte sie gemacht? Und warum? Wie hatte sie in eine Geschichte reingezogen werden können, bevor sie überhaupt angefangen hatte?

Wohin würde das alles führen? Die Ermittlungen, die makabre Verfolgung und vor allem das, was in ihrer Wohnung geschehen war, die Entdeckung ihres Unbewussten. Die Chimäre, in fremden Händen. Nun war sie gezwungen zu erwachen.

Für diesen Coup war bestimmt einer der Studenten verantwortlich. Ein Nachbar, dem Anthony von dem Inhalt ihres Schrankes erzählt hatte. Diese Dreckskerle würden sich gegenseitig decken. Schwierig, den Täter ausfindig zu machen. Und wozu auch? Das Böse war geschehen.

In einem plötzlichen Wutanfall fing sie an zu schreien und trommelte wild auf das Lenkrad. Der Ford machte einen leichten Schlenker, der durch die Wirkung des Aquaplaning noch verstärkt wurde. Durch den Adrenalinanstieg kam sie wieder zu sich. Sie schaffte es, das Fahrzeug unter Kontrolle zu bringen. Es hätte nicht viel gefehlt …

Ein paar Minuten und einige Kilometer später hing sie erneut ihren Gedanken nach. Die Chimäre. Die Studenten hatten wahrscheinlich ihr Geheimnis gestohlen, um es zu fotografieren und für alle sichtbar ins Internet zu stellen. Ja, bestimmt! Und nun würde es sich wie ein Strohfeuer ausbreiten. Bald wüsste jeder Bescheid, und man würde sie mit anderen Augen ansehen als zuvor. Was würden sie denken? Dass sie verrückt war? Besessen? Eine Sadistin? Vielleicht sogar eine Mörderin? Dass sie denen glich, die sie jagte?

Und Clara? Und Juliette? Was würden sie von ihrer Mutter denken, wenn die Zeit für die Frage nach dem Warum käme?

Ihre Augen füllten sich mit Tränen.

Sobald sie wieder zu Hause wäre, müsste sie den Studenten zuvorkommen. Ihnen alles erzählen.

Bevor sie ihr Leben zerstörten.

44

Die Naturwissenschaftliche Hochschule von Brest war ein beeindruckender Gebäudekomplex. Ein Geflecht supermoderner Gebäude auf einem riesigen englischen Rasen, umgeben von Kiefern, etwa zehn Kilometer östlich von Brest. In der unmittelbaren Umgebung gab es nichts. Weder Unternehmen noch Geschäfte noch Wohnungen. Eine Art modernes Kloster aus geometrischen Segmenten, eine Brutstätte für kluge Köpfe, aus dem einige der besten Wissenschaftler der letzten Jahre hervorgegangen waren. Zumindest wenn man der Tafel am Eingang Glauben schenkte.

Lucie betrat die Eingangshalle. Links an der Wand waren Aushänge, die die nächsten Konferenzen bekannt machten: Quanten und mehrdimensionale Objekte, Isomorphismus zwischen den Türmen von Lubin-Tate und Drinfeld, Stringtheorie. Rechts hing eine Porträtsammlung. Studenten mit erhobenem Kopf, vorgerecktem Kinn. Dieselbe hochmütige Haltung, die sie bei Frédéric so verblüfft hatte, als sie ihm das erste Mal begegnet war. Auch er hatte zu ihnen gehört.

Die junge Polizistin meldete sich am Empfang und erfuhr aus dem Mund einer Sekretärin, dass Turin – überaus höflich und korrekt – nicht auf sie gewartet hatte und sich bereits seit gut fünf Minuten im Archiv mit dem Direktor der Lehranstalt unterhielt. Ihren Angaben zufolge musste Lucie das Gebäude wieder verlassen, an dem zentral gelegenen Hörsaal vorbeilaufen und dann noch etwa fünfzig Meter weitergehen, um zu ihnen zu gelangen. Ein netter Spaziergang angesichts der Wetterverhältnisse.

Nur wenige Augenblicke später stieß sie eine schwere Tür aus Rauchglas auf. Die beiden Männer unterhielten sich am Ende eines langen Ganges. Ihn zierten ebenfalls Porträts von Wissenschaftlern, die jedoch wesentlich älter waren. Unter jedem Namen war eine Auszeichnung angeführt: Goldmedaille des Französischen Zentrums für wissenschaftliche Forschung, Einstein-Medaille, Wolf-Preis und die berühmte Fields-Medaille, die dem Nobelpreis für Mathematik entsprach.

Alexandre Gonthendic drehte sich um, in der Hand hielt er mehrere Blätter. Ein alter Mann im tadellosen Dreiteiler, mit grauem Schnurrbart und von schlanker vornehmer Gestalt.

»Meine Kollegin!«, verkündete Turin mit herablassendem Tonfall.

Der Direktor grüßte sie höflich und fragte dann:

»Sie stellen also Ermittlungen an über einen meiner ehemaligen Schüler?«

»Genau.«

»Auf Bitten von Monsieur Turin habe ich gerade eine der Fotografien von Frédéric Moinets Klasse an mich genommen. Sie stammt aus dem Jahr 1995, Frédéric war damals im vierten Jahr. Das ist das neueste Foto, das wir von ihm und seinen Kameraden besitzen. Was seine Schulakte betrifft, müsste ich sie recht schnell im Oval finden, unserem eigentlichen Archiv, dem Gedächtnis unseres Instituts. Dort archivieren wir seit über fünfzig Jahren den Werdegang eines jeden Studenten.«

Lucie trat näher, um die Aufnahme zu betrachten. Ganz offensichtlich hatte der Fotograf ihr einen strengen und würdevollen Charakter verleihen wollen, da nicht einer der Studenten die Lippen geöffnet hatte. Eine Erinnerung, die dem Ort entsprach: eiskalt und unpersönlich.

»Sie sagten mir, Moinet hätte sein Studium nicht beendet?«, fragte Turin und spielte mit dem Zündstein seines Feuerzeugs.

»In der Tat. Ich erinnere mich noch sehr gut an Frédéric. Er war anders als die anderen Schüler. Sein Weggang wurde vom Lehrkörper sehr bedauert. Er besaß eine bemerkenswerte Intelligenz, aber er war sowohl zum Besten als auch zum Schlimmsten in der Lage.«

»Das heißt?«

Alexandre Gonthendic trat ein paar Schritte zurück und sah seine beiden Gesprächspartner an, während er behutsam über seinen Schnurrbart strich.

»Wir sind in einem wissenschaftlichen Umfeld tätig, in dem plötzliche Stimmungswechsel keinen Platz haben. Unsere Absolventen werden oft dazu angehalten, an äußerst sensiblen Themen zu arbeiten: Chemie, Kernenergie, Elektronik. Sie werden Verständnis dafür haben, dass wir es uns unter diesen Bedingungen nicht erlauben können, einer tickenden Zeitbombe ein Diplom zu verleihen, auch wenn sie noch so fähig sein mag.«

Er wies auf die Porträts an den Wänden.

»All die Männer, die Sie dort sehen, widmen ihr Leben der Wissenschaft. Sie würden alles für sie geben, aber sie arbeiten im Schatten. Wer kennt schon den letzten Mathematiker, der mit der Fields-Medaille ausgezeichnet wurde? Wer weiß heutzutage, dass die Grundlagen der klassischen Mechanik gerade auf den Kopf gestellt werden und dies all unsere Gewissheiten über die uns umgebende Welt in Frage stellt? Universum, Quanten, Energie? Wer außer uns kümmert sich um diese ›Details‹? Frédéric konnte diese fehlende Anerkennung nicht ertragen. Er wollte im Licht stehen, wollte brillieren.

Ein sehr mitteilsamer Mensch, der – wie soll ich sagen – dessen Stärke nicht gerade in Diskretion und Demut bestand.«

Lucie begann zu verstehen. Sie fragte:

»Und folglich begann er, sich dem Unterricht an Ihrer Schule zu widersetzen?«

Der alte Mann nickte mit einem etwas traurigen Lächeln.

»Genau. Eine überdurchschnittliche Begabung in Mathematik, Physik und Chemie ist eine notwendige, jedoch nicht hinreichende Bedingung, um unser Diplom zu erhalten. Unsere Schüler müssen sich den Regeln unterwerfen, die vom Institut aufgestellt wurden, sämtliche Kurse besuchen und sich demnach auch für andere Fächer interessieren, die nicht im strengen Sinne mit der Naturwissenschaft zu tun haben. Eher kultureller und politischer Art sind, wenn Sie so wollen. Dabei machte Moinet nicht mit. Er wollte sich nicht ›zähmen‹ lassen, das waren seine Worte. Aber ich glaube gehört zu haben, dass er einen anderen Weg eingeschlagen hat, indem er mit seiner Schwester zusammen die Leitung eines Unternehmens übernahm und seine Sache gut gemacht hat. Irre ich mich?«

»Sagen wir, Ihre Informationen sind nicht auf dem neuesten Stand«, sagte Turin. »Und die Wirklichkeit sieht inzwischen ein wenig anders aus.«

»Und nun hat er Schwierigkeiten mit der Polizei. Wollen Sie mir immer noch nicht erklären, in welcher Angelegenheit?«

»Tut mir leid, jeder macht seinen Job.«

Gonthendic gefiel diese Antwort nicht besonders. Er fragte kurz angebunden:

»Gut. Was genau suchen Sie?«

Turin erwiderte umgehend:

»Wir wollen wissen, ob Frédéric Moinet zu der Sorte von Männern gehörte, die sich in einer Höhle auf der Insel Rouzic trafen, achtzig Kilometer von hier, um dort einen miserablen Beweis des Fermat-Theorems an die Wände zu schreiben.«

Der Direktor antwortete, ohne wirklich erstaunt auszusehen:

»Die Fermat'sche Vermutung zu beweisen war damals eine regelrechte Herausforderung für Mathematiker. Ich glaube, dass sich jeder Student irgendwann einmal an dieser Übung beteiligt hat. In unseren Räumlichkeiten oder anderswo. Eine Höhle also. Warum nicht? Das ist ein günstiger Ort für diese Art von Überlegungen. Andrew Wiles, dieses Genie, dem es gelungen ist, die Gültigkeit der Vermutung zu beweisen, lebte sieben Jahre lang völlig isoliert, damit ihn niemand ablenken konnte.«

»Ein derartiges Problem zu lösen bedeutet also immer Arbeit in Einsamkeit?«, fragte Lucie.

»Was meinen Sie?«

»Sie sprachen von Andrew Wiles und seiner Isolation. Aber könnte es sein, dass Frédéric Moinet den Beweis in dieser Höhle gemeinsam mit anderen Studenten ausgearbeitet hat?«

»Ja, natürlich! Und ich würde sogar sagen, in diesem Fall war die gemeinschaftliche Arbeit die Regel. Können Sie sich vorstellen, welche Mühen so eine Suche bereitet? Ich glaube nicht!«

»Sie glauben richtig.«

»Sie sind immens. Die Idee, zusammenzuarbeiten, kommt da ganz von selbst auf. Und, wenn ich so sagen darf, bei unseren Studenten noch eher. Wissen Sie, sie sind hier für die Dauer ihres Studiengangs völlig abgeschieden und leben vierundzwanzig Stunden am Tag zusammen, umgeben von Formeln und Lehrsätzen. Und natürlich entstehen in jedem Jahrgang sehr starke Bindungen. Bande, die man anderswo nicht findet.«

»Kann man von Freundschaft sprechen?«

»Selbstverständlich. Auch wenn der Geist des Wettbewerbs stets gegenwärtig ist.«

»Und glauben Sie, Sie könnten sich noch an die Schüler erinnern, mit denen Frédéric befreundet war?«

Gonthendic nickte und wies mit dem Zeigefinger auf das Foto.

»Es ist sehr spitzfindig, aber ich glaube, das, was Sie suchen, verbirgt sich hier.«

Turin hatte sich dicht neben Lucie gestellt, doch sie stieß ihn mit einer brüsken Bewegung weg. Der Direktor tat so, als hätte er nichts gesehen, und nahm aus einer Schublade eine Lupe, die er auf das Foto legte. In der dritten Reihe links stand ein Student mit braunen Haaren, herausgestreckter Brust und energischem Blick: Frédéric Moinet. Er hatte etwas von Manon an sich. Lucie spürte, wie ihr ein Schauder über den Rücken lief, als sie in die unglaublich kalten Augen des jungen Mannes blickte.

»Schauen Sie sich die Anstecknadel, die er am Kragen seiner Jacke trägt, einmal genau an«, sagte Gonthendic.

Lucie kniff die Augen zusammen.

»Das ist seltsam«, bemerkte sie. »Es sieht aus wie ...«

Da fiel es ihr wieder ein. An dem Yves-Saint-Laurent-Hemd, als Moinet sich fertig machte, um mit dem Zug nach Paris zu fahren.

»Ein Spinnennetz?«

»Ja«, sagte der alte Mann. »Ein Spinnennetz aus Zinn, das einer seiner Kameraden in unserem Chemielabor angefertigt hatte.«

»Und? Was bedeutet das?«

»Wir haben es nie genau erfahren. Frédéric weigerte sich, es uns zu sagen, aber ich habe da so meine Idee. Spinnen sind Tiere, die sich nicht zähmen lassen. Man kann sie nicht wie ein Haustier halten, sie in einer Gruppe leben lassen. Sonst fressen sie sich gegenseitig auf oder bringen sich um. Genau wie sie wollte auch Frédéric nicht, dass man ihn zähmte. Und das war der Grund für sein Scheitern.«

Plötzlich ballte Lucie die Faust. Ihr schien auf einmal alles ganz klar zu sein.

»Ja, ja, natürlich«, antwortete sie, »aber, mein Gott! Ich habe diese Anstecknadel schon einmal bei Moinet gesehen.

Wie konnte ich das nur übersehen! Ein Spinnennetz! Ein vollkommenes mathematisches Gebilde. In Form einer …«

»Einer Spirale!«, ergänzte Turin. »Eine verdammte Spirale! Zeigen Sie mir dieses Foto!«

»Noch zwei Minuten!«, erwiderte Lucie und drehte sich um.

Sie begann, jeden einzelnen Studenten auf dem Foto genau zu betrachten. Tadellose Frisuren, stolze Blicke, dunkle Kleidung.

Plötzlich machte sie drei Schritte nach hinten.

Leichenblass presste sie ihre Hände aufs Gesicht und schüttelte den Kopf.

Das Foto glitt ihr aus der Hand und wurde von einem Luftzug davongetragen, bevor es schließlich zu Boden sank.

Rechts von Frédéric war noch ein Kragen mit einer Anstecknadel zu sehen. In der ersten Reihe noch einer. Und dahinter. Und daneben.

45

Trotz der Abneigung, die sie füreinander empfanden, waren sie gezwungen, gemeinsam zu kämpfen, und so saßen Lucie Henebelle und Hervé Turin im Archiv nebeneinander an einem großen Holztisch. Der ovale Raum war wegen seiner Größe und der Klarheit seiner Ellipsenform beeindruckend. An den Wänden standen Tausende von Dissertationen, Büchern und wissenschaftlichen Zeitschriften. Ein buntes Deckenfenster warf zahllose bunte Lichtkleckse auf die Regale. Dunkles Blau, grelles Grün, flammendes Rot.

Das Foto des Jahrganges 1995 lag neben einem Stapel staubiger Schulakten auf dem Tisch. Auf dem Foto waren sechs männliche Gesichter mit schwarzem Kugelschreiber umrahmt. Links das von Frédéric Moinet.

»Das ist unglaublich«, bemerkte Turin, der müde auf seinem Stuhl saß, die Ellbogen auf dem Tisch. ›Unvereinbarkeit mit dem Geist der Schule‹, ›Mangelndes Pflichtgefühl‹, ›Disziplinlosigkeit‹, in jedem Bericht steht dasselbe. Und alle sind im selben Jahr von der Schule geflogen, obwohl sie zu den fähigsten Studenten in Mathe, Physik, Chemie gehörten.«

Lucie stützte den Kopf in die Hände.

»Sie haben ihr Scheitern wohl nicht gut aufgenommen«, sagte sie. »Nach so vielen Jahren Studium ohne ein einziges Diplom dazustehen, nur ihr theoretisches Wissen in der Tasche. Die Türen der namhaftesten Unternehmen schließen sich vor ihrer Nase, ihre Träume zerplatzen. Wie soll man sich anderen Dingen zuwenden, wenn man den Kopf voller Ambitionen hat und über Kenntnisse verfügt, die nicht mehr zu gebrauchen sind. Wie soll man einfacher Abteilungsleiter werden, Banker oder Mathelehrer, wenn man sich schon als König der Welt gesehen hat?«

Turin hatte eine Liste vor sich liegen. Neben jedem der sechs Namen stand eine Adresse, die ihm die Kollegen übermittelt hatten.

»Ich kann es nicht fassen, ich bin ihnen allen schon einmal begegnet, als ich im Umfeld des Professors ermittelt habe. Verdammt noch mal. Alles war da, und ich habe nichts kapiert.«

Er zeigte auf einen blonden Mann mit verschlossenem Gesicht, die Haare waren glatt an den Schädel gestrichen.

»Der hier zum Beispiel, das ist Olivier Quetier. Er wohnt jetzt in Rodez, einer der Städte der Spirale, wo Caroline Turdent, Verkäuferin in einem Geschäft für Konfektionskleidung, umgebracht wurde. Sie war ursprünglich seine Freundin. Aber eines Abends, als sie glaubte, er sei auf Geschäftsreise, hat er sie mit einem anderen Typen im Bett überrascht. Sie haben sich getrennt. Sieben Monate später wurde sie tot aufgefunden, von innen zerfetzt durch Splitter von Nautilusschalen.«

Er hielt einen Moment inne, dann sprach er weiter:

»Ich erinnere mich noch an mein Treffen mit Olivier Quetier. Ein reservierter, ausgesprochen arroganter Typ, damals leitender Angestellter in einem Finanzberatungsunternehmen. Natürlich der ideale Verdächtige, abgesehen davon, dass er sich in der Woche, als der Mord stattfand, in Madrid aufhielt. Mit einem solchen Alibi haben wir ihn sofort fallen lassen, ohne uns noch die Mühe zu machen, in seiner Vergangenheit zu wühlen. Warum hätten wir dies tun sollen? Wir hatten auf der einen Seite ein ritualisiertes Verbrechen mit Sadismus als hervorstechendem Merkmal, was jede persönliche Rache auszuschließen schien, und auf der anderen jemanden, der zum Zeitpunkt des Mordes Tausende von Kilometern entfernt war.«

Lucie starrte auf das Foto, völlig erschlagen von Turins Enthüllungen. Der Mann aus Paris wies auf ein anderes Gesicht.

»Grégory Poissard, heute Lehrer an einer Privatschule in Limoges, spezialisiert auf Quantenphysik.«

»Limoges. Nicht weit entfernt von Poitiers, wo einer der Morde begangen wurde.«

»Genau. Dort hat Jean-Paul Grunfeld seine Seele ausgehaucht.«

»Das ist doch völliger Irrsinn«, murmelte Lucie. »Ich kann es noch immer nicht fassen.«

»Die beiden haben an derselben Schule gearbeitet, und ihren Kollegen zufolge konnten sie sich nicht ausstehen. Sie haben sich sogar gehasst. Man hat mir eine Geschichte erzählt, in der es um die Umstrukturierung der Schule ging und somit um die Streichung einer der beiden Stellen. Kurz, Poissard saß auf einem Schleudersitz.«

»Und ich wette, er hatte ein hiebfestes Alibi für den Zeitpunkt von Grunfelds Tod?«

»Er war in den Alpen Ski fahren, mit Dutzenden von Zeugen. Rein physisch gesehen konnte er das Verbrechen nicht begangen haben.«

Lucie seufzte.

»Genau wie Frédéric, der sich in den Vereinigten Staaten

aufhielt, als seine Schwester starb. Seine Schwester, die er hasste. Seine Schwester, die die Zügel des Familienbetriebs in der Hand hielt. Seine Schwester, die versuchte, ihn zu lenken, über ihn zu herrschen.«

Turin pflichtete ihr mit einer Kopfbewegung bei. Die Farben der bunten Fenster spiegelten sich auf seinem kantigen Profil wider.

»Damals haben wir nach einem Mann gesucht, ledig, pervers, ohne Bindungen, der scheinbar zufällig zuschlug und immer dieselbe blutige Inszenierung wiederholte. Einem dieser verfluchten Serienmörder, wie sie nicht mal in Büchern vorkommen.«

»In der Tat, einen fast zu perfekten Mörder, fast zu mustergültig. Das hat Sie von bestimmten Personen wie Poissard oder Frédéric Moinet abgebracht. Sie haben in der falschen Richtung gesucht.«

Turin biss die Zähne zusammen. Er sah wieder vor sich, wie er die Verdächtigen vernahm. Er war so nahe an ihnen dran gewesen und doch so weit von der Wahrheit entfernt. Er unterbrach die junge Polizistin:

»Vielleicht wären Sie besser gewesen als wir?«

Lucie überlegte kurz, dann antwortete sie:

»Nein, ich denke nicht. Eins muss man zugeben, das System war unfehlbar. Der Professor war nicht eine einzige Person, sondern diese sechs Personen gleichzeitig.«

Sie betrachtete erneut das Foto, die Anstecknadeln in Form von einem Spinnennetz, und fuhr dann fort:

»Sie haben versucht, das perfekte Verbrechen zu begehen, genauso unerbittlich wie einen mathematischen Beweis. Sie haben den Professor komplett selbst geschaffen, ausgehend von Informationsmaterial, Nachforschungen über unsere Techniken, über das Verhalten dieser Sorte von Psychopathen. Mit ihrer ganzen Intelligenz, ihrer Unerbittlichkeit, ihrem absoluten Vertrauen ineinander haben sie ein unmenschliches Wesen geschaffen, einen erbarmungslosen Mörder, der nach einem grausamen Schema vorging und stets ihre gemeinsame Unterschrift hinterließ: die Spirale. Wir sind alle darauf reingefallen, dabei war das gesamte ›Werk‹ des Professors nur ein gigantisches Drehbuch, ein Plan, der bloß dazu diente, uns in die Irre zu führen, die Psychologen zu verwirren!«

Sie erhob sich von ihrem Stuhl und stützte sich mit den Händen auf den Tisch.

»Frédéric Moinet hat seine Schwester ›ausgewählt‹, und einer dieser Dreckskerle hat sie an seiner Stelle getötet! Ging es um Geld? War es ein Spiel, um seine Macht über die Welt, über uns alle zu beweisen? Eine Strafe für die Gesellschaft? Oder hat er es sich einfach nur gegönnt, weil er sie verabscheute?«

Sie wandte sich Turin zu.

»Und er, wen hat er im Gegenzug ermordet? Welchen Teil des Vertrags hat er erfüllt?«

»Ich weiß es nicht, aber mir scheint nun klar zu sein, dass jeder Einzelne das Terrain bereitete und ein anderer dann die Tat ausführte. Der Auftraggeber kannte die Gewohnheiten, die Zeitpläne, die Orte des zukünftigen Opfers, mit dem er Tag für Tag zusammenkam. Freundin, Schwester, Nachbar, Kollege. Er organisierte das Verbrechen und verschwand dann, während ein anderer, einer seiner verfluchten Komplizen, den Mord beging. Und auf diese Weise lösten sie sich ab, mit jeweils einigen Monaten Abstand. Das war einfach unfehlbar.«

Er schlug mit der Faust auf das Foto.

»Ich kann mir genau vorstellen, wie sie sich nach so vielen Jahren wieder auf dieser Insel treffen, ganz wie zu Studienzeiten. Wie sie wieder Tintenfische in die natürliche Spalte kippen, den Basstölpeln folgen, um sich in dem Gewirr der Stollen zurechtzufinden. Und stundenlang über ihre Misserfolge reden, über ihre Umorientierung, über die Menschen, die sie gehasst haben, und sich dabei an ihre ruhmreiche Zeit erinnern, als Moinet vor ihren Augen diesen Beweis hinwarf, als sie sich für Götter hielten. Vielleicht ist die Idee in dieser

Scheißhöhle entstanden. Um sich zu rächen, eine lästige Person loszuwerden, sich zu nehmen, was die Gesellschaft ihnen schuldete, auf die brutalste Art, die es gibt: indem sie ein Menschenleben auslöschten.«

Lucie nickte. Er fuhr fort:

»Diese jungen Mathematiker müssen alle von der Spirale auf Bernoullis Grab gewusst haben. Also hatten sie eine völlig irrsinnige Idee: die Spirale mit den Orten ihrer Verbrechen in Übereinstimmung zu bringen. Ich bin kein Mathematiker, aber es kann nicht allzu schwierig sein, eine Spirale mit drei oder vier bestimmten Punkten in Deckung zu bringen. Erinnern Sie sich: ›*Eadem mutata resurgo*‹, man kann jede beliebige Spirale vergrößern oder verkleinern.«

Turin betrachtete die Frankreichkarte, die ausgebreitet vor ihm lag, die Liste mit den Adressen und die Orte, an denen man die Leichen gefunden hatte.

»Ich bin überzeugt davon, dass diese verdammten Fanatiker nach Basel gefahren sind, um dort die Kreuze ihrer zukünftigen Morde auf das Grab zu ritzen. Schauen Sie sich die Karte an. Sie gehen aus von der Insel Rouzic, ihrem Kultort, dann Caen, Lyon, Rodez, wo drei von ihnen wohnen. Damit haben wir unsere vier Punkte. Sie zeichnen die Spirale von Bernoulli über diese Orte, aber es erweist sich, dass sie nicht über die Städte der drei anderen Komplizen verläuft. Was also können sie tun, um ihren Wahn zu Ende zu führen? Damit alles genau übereinstimmt?«

»Die Opfer zwingen, einen anderen Ort aufzusuchen, damit sie genau auf der Spirale ›sterben‹.«

»Genau! Drei der sechs Opfer wurden nicht dort ermordet, wo sie wohnen, sondern in der nächstgelegenen Stadt, die wieder zur Spirale gehört! Grunfeld wurde in Poitiers umgelegt, Taillerand in Le Mans, obwohl er in Angers lebte, und Julie Fernando in Vincennes, obwohl sie in Beauvais wohnte. Es ist für einen Bruder, einen Ehemann oder ›Freund‹ nicht schwer, sein zukünftiges Opfer dazu zu bringen, sich an einen bestimmten Ort zu begeben, während er selbst sich anderswohin verdrückt, weit entfernt von dem Ort des Verbrechens, um sich ein hieb- und stichfestes Alibi zu verschaffen.«

Lucie konnte Turins Gedankenführung bestens folgen. Sie bewunderte seine Qualitäten als Polizist, doch sie empfand zugleich ein tiefes Unbehagen bei dem Gedanken, weiterhin mit ihm zusammenarbeiten zu müssen. Sie dachte immer wieder an den Slip mit den Spermaflecken, daran, wie die Flamme ihn verzehrt hatte, während der Mann sadistisch auflachte. Dieser Typ war genauso krank wie diejenigen, die er jagte.

»Es ist doch Wahnsinn, so weit zu gehen«, sagte sie. »Nur um den Zufall herauszufordern, um ihre völlig blödsinnigen Überzeugungen durchzusetzen. Wie diese Idee, mit Hilfe der Nautilusschalen die Spirale in ihren Morden zu verstecken. Um gewissermaßen ihre wahre Unterschrift zu hinterlassen. Die einzige Sache, die nicht vorgetäuscht war. Ihr Fehler.«

Allmählich wurde ihr alles klar.

»Sie müssen sich nach und nach in ihrem eigenen Spiel verfangen haben, in ihrer eigenen Unmenschlichkeit. Denken Sie an diese Skalpe, die der Professor im Rahmen seines Rituals mitnahm. Sie haben beschlossen, sie hier in dieser Höhle aufzubewahren, wie Trophäen. Indirekt sind sie somit zu dem Monster geworden, das sie selbst geschaffen hatten.«

Sie entfernte sich ein Stück vom Tisch und ging ein paar Schritte, dann fuhr sie fort:

»Das könnte alles zusammenpassen. Stellen Sie sich das nur vor. Die Typen sind so bekloppt, dass sie den Entschluss fassen, heute, so viele Jahre später, ihren Dienst wiederaufzunehmen. Warum? Weil sie nie geschnappt wurden, weil sie sich allmächtig fühlen, unantastbar. Weil sie gerne spielen und die Gesellschaft verabscheuen, die sie erst aufgebaut und dann verstoßen hat. Nur Frédéric Moinet ist nicht einverstanden. Für ihn ist alles zu Ende. Er hat eine gute Stellung, eine Schwester, die er liebt und die er jetzt beschützen möchte. Deshalb weigert er sich. Wie also sollen sie ihn unter Druck setzen? Wie sollen sie ihn zwingen, sich an diesem wahnsinnigen Vorhaben zu beteiligen?«

»Indem sie seine Schwester entführen, um ihm Angst zu machen. Ihm zeigen, dass sie ihn kriegen können, wann und wo auch immer. Das würde auch erklären, warum sie Manon so schnell freigelassen haben. Es ging nur um Einschüchterung.«

Lucie sah ständig auf ihre Uhr. Irgendwo war Manon.

»Genau! Und Frédéric wollte sie vor dieser Bedrohung schützen. Das würde auch erklären, was es mit diesen mysteriösen Kursen in Selbstverteidigung auf sich hat und mit der Beretta! Er hat sie beschützt und zugleich daran gehindert, die ganze Wahrheit aufzudecken. Eine Wahrheit, die ihm selbst in höchstem Maße schaden würde. Deshalb hat er die Daten im Organizer und in den Heften entfernt. Kein Bernoulli mehr, keine Bretagne. Letzten Endes hat er seine Schwester gelenkt wie ein Zirkustier. Er hat sie im Kreis laufen lassen. Allerdings hat sie es trotzdem geschafft, sich seiner Kontrolle zu entziehen. Zum Beispiel, als sie zweimal hintereinander auf die Insel Rouzic gefahren ist.«

Turin fasste sich ans Kinn.

»Ihre Vermutung ist nicht schlecht. Trotzdem gibt es einige Ungereimtheiten.«

»Welche?«

»Der Meißel in Frédérics Haus beispielsweise.«

»Nein, nein, das muss keine Ungereimtheit sein! Frédéric hat vielleicht gezögert. Möglicherweise hat er zunächst zugestimmt, die alte Dubreuil zu töten, und es sich dann anders überlegt. Daraufhin hat ein anderer die Arbeit fortgeführt. Dieser Unbekannte hat die Dezimalstellen von π in dem Geisterhaus von Hem an die Wand gemalt, dann hat er an seiner Stelle gemordet, um ein Beispiel zu geben, ihn zu motivieren. Doch Frédéric hat sich immer noch geweigert und damit gedroht auszupacken, selbst auf die Gefahr hin, dass man ihn ebenfalls drankriegt. Und daraufhin haben sie ihn getötet.«

»Ja, das ist stimmig. Aber ich muss zugeben, es fällt mir schwer zu begreifen, wie ein leitender Angestellter, ein Projektleiter, ein Lehrer oder sogar Direktor wie Frédéric Moinet zu so etwas fähig war. Ich meine, wären Sie dazu in der Lage? Ein Rätsel zu stellen, das Opfer, das Sie um Gnade anfleht, zu vergiften und ihm den Skalp abzuziehen?«

Lucie war wieder an den Tisch getreten. Sie sagte:

»Manchmal ist man zu allem bereit, um sein Ziel zu erreichen. Zorn, Wut, Leid sind ausreichende Beweggründe. Und das wissen Sie. Alles ist eine Frage der Grenze. Eine Grenze, die auch Sie überschritten haben. In Basel.«

Entschlossen hielt sie das Foto hoch.

»Im Verlauf der Hinrichtungen hat einer der sechs Gefallen an der Macht, der Folter, dem Akt des Tötens gefunden! Er hat in eine verbotene Frucht gebissen, hat die Grenze überschritten und konnte nicht mehr zurück! Der Dreckskerl, der Karine Marquette ermordet und sie *post mortem* vergewaltigt hat, weil seine Triebe ihn übermannten, ist der Rothaar-Jäger! Und er befindet sich unter diesen Arschlöchern! Wir müssen ihn finden! Sofort!«

»Kashmareck, Menez, die verschiedenen Kommissariate sind bereit zuzugreifen«, erklärte Turin. »Wir haben die genauen Adressen, wir wissen, wo die fünf arbeiten. Es ist nur noch eine Frage von Stunden. Wir werden zwei Fliegen mit einer Klappe schlagen. Den Rothaar-Jäger und den Professor.«

Lucie biss sich auf die Unterlippe. Vielleicht war es schon zu spät.

»Trotzdem, der Rothaar-Jäger agiert in der Umgebung von Nantes, doch in Nantes wohnt niemand.«

Sie nahm die Liste mit den sechs Namen in die Hände.

»Olivier Quetier, leitender Angestellter in Rodez. Grégory Poissard, Physiklehrer in Limoges. Laurent Delafarge, Projektleiter bei Altos Semiconductor in Beauvais. Grégoire Michiel, Direktor eines Forschungszentrums bei Lyon. Und schließlich Romain Ardère, Chef eines kleinen Pyrotechnik-Unternehmens in Angers.«

Turin verband mit seinem gelb gefärbten Daumen Angers und Nantes miteinander.

»Angers ist nicht mal hundert Kilometer von Nantes entfernt.«

»Und die Opfer des Rothaar-Jägers wurden im Meer gefunden, an der Atlantikküste zwischen Saint-Nazaire und La Rochelle. Das passt hervorragend.«

»Zumal Feuerwerker häufig auch mit Chemikalien hantieren.«

Lucie presste ihren Zeigefinger auf das Gesicht von Romain Ardère, dann suchte sie hastig in seiner Schulakte.

»Wir haben es! Ardère hat sich in organischer Chemie spezialisiert, er verbrachte den größten Teil seiner Zeit im Versuchslabor des Instituts! Er hat die Anstecknadeln aus Zinn hergestellt! Und ...!«

Sie blätterte schnell die Seiten durch.

»Das erraten Sie nie!«

»Was?«

»Er wurde dabei überrascht, wie er im Labor Tierversuche unternahm! Der Grund für seinen Schulverweis! Ardère war magisch angezogen von der zerstörerischen Kraft des Feuers, von ätzenden Substanzen.«

»Jacques Taillerand, das fünfte Opfer des Professors, war der Produzent von Ardères Feuerwerksshows, bevor er beschloss, nicht mehr mit ihm zusammenzuarbeiten, auf ihn zu verzichten.«

»Und deshalb beginnt Ardère, ihn zu hassen. So sehr, dass er ihn umbringen lässt!«

»Wir haben sie endlich!«

Turin nahm sein Handy und wählte nervös die Nummer des Kommissariats in Paris. Lucie zog ihre Jacke über und rannte zum Ausgang.

»Wo wollen Sie denn hin?«, murrte Turin.

»Nach Angers! Ich will bei Manon sein, wenn man sie findet!«

»An Ihrer Stelle würde ich mir nicht allzu viele Illusionen machen. Wenn man sieht, wie der Bruder abgeschlachtet wurde. Unser Mann ist wütend. Sehr wütend.«

46

Langsam tauchte Manon aus einem schmerzhaften Schlaf auf, mit einem beißenden Geruch in der Nase. Es stank nach Krankenhaus, möglicherweise Äther. Sie spürte, wie das Blut in ihrem Kopf pochte. Es floss schwerfällig und dick. Ein widerlicher Stofffetzen in ihrem Mund brachte sie bei jedem Atemzug beinah zum Erbrechen. Ihre Luftröhre war rau wie Schmirgelpapier. Sie wollte den ekelhaften Stoff mit der Zunge wegschieben, doch es gelang ihr nicht.

Ihre vier Gliedmaßen waren mit Spanngurten festgebunden. Sie war nackt, an eine riesige, auf einem Podest stehende Zielscheibe gefesselt, einem dieser furchtbaren Zirkusgeräte, auf die man mit Messern wirft. Unmöglich, sich zu rühren, ihre Bewegungen bewirkten lediglich ein leichtes Knirschen der Lederbänder. In ihrer tiefen Verzweiflung sah sie sich zu einem großen reglosen X reduziert.

Der Raum war die reinste Rumpelkammer, ganz dem Showgeschäft gewidmet. Die Wände waren mit falschen Spinnennetzen bedeckt, es gab Zerrspiegel, an denen Halloween- und Pierrotmasken hingen, Koffer voller bunter Kostüme. Rings auf dem Boden Kartons mit Feuerzeugen, Streichhölzern, Knallkörpern, Mörsern, Leuchtraketen, Feuerwerkskörpern. Und direkt vor Manon, aufgereiht auf Regalbrettern, standen Reagenzgläser, halbleere Phiolen, mit Etiketten versehene Gläser: Natriumkarbonat, Phenol, Salpetersäure, Salzsäure, Fluorwasserstoffsäure.

Die junge Frau versuchte zu schreien. Kaum war der Klang ihrer Stimme durch den Knebel gedrungen, als ein gewaltiger Scheinwerfer ihre Netzhaut blendete. Völlig erstarrt kniff sie die Augen zusammen. Sie brannten unerträglich. Dann spürte sie, wie sie sich um sich selbst drehte. Ihre Schreie hörten mit einem Mal auf, während ihr das Blut ins Gehirn schoss, das sich unter der Schädeldecke zusammenzuziehen schien.

Dann erreichte die Zielscheibe wieder ihre Ausgangslage, und die Lampe ging aus, zurück blieb nur das diffuse Licht einer roten Glühbirne.

Trotz der Schmerzen gelang es Manon, sich an einen letzten Gedanken zu klammern: auf keinen Fall noch einmal schreien oder sich bewegen. Denn der geringste Aufschrei, die geringste Vibration zog das Aufleuchten des Scheinwerfers sowie eine Drehung des Rades nach sich.

Nicht mehr schreien, nicht mehr schreien, nicht mehr schreien.

Dann Geräusche von Schritten, irgendwoher. Hinten im Zimmer.

Manon glaubte zu erkennen, wie sich eine riesige Gestalt hinter den aufgereihten Gläsern bewegte. Eine Silhouette, die auf sie zukam.

Plötzlich erblickte sie ein Gesicht, Augen, schrecklich verzerrt durch die konvexen und konkaven Gläser, die bunten Flüssigkeiten in den Behältern.

»Hier wären wir, Manon.«

Eine dunkle, harte Stimme.

Dann erschien, wie nach einem Kameraschwenk, das Gesicht klar und deutlich. Wer war dieser Mann?

An Stelle eines Monsters erblickte sie bloß einen gewöhnlich aussehenden Typen, recht jung, gerade Nase, dünner Mund und Ringe unter den Augen wie jemand, der nicht gut geschlafen hat. Gesichtszüge, die ihr rein gar nichts sagten.

Der Mann kam noch näher, legte seine Finger auf Manons Hals und drückte langsam zu. Die Mathematikerin spürte, wie ihr die Luft wegblieb. Ihre Wangen liefen rot an, das Blut schoss ihr in die Schläfen und entflammte dann ihre Pupillen. Alles verschwamm ihr vor den Augen. Im Bruchteil einer Sekunde schwirrte ihr Kopf vor Bildern. Sie sah wieder, wie sie um Luft ringend auf den Fliesen lag, in dem Haus in Caen, erinnerte sich an den Atem, der nach Rum stank, an die Zunge, die ihr über das Ohr geleckt, und die Stimme, die ihr zugeraunt hatte: »*Eadem mutata resurgo, eadem mutata resurgo, eadem mutata resurgo.*«

Er stand dort vor ihr. Die Personifizierung des Bösen. Der Professor.

»Wie seltsam«, bemerkte Romain Ardère und lockerte seinen Griff. »Alles spielt sich hier und jetzt in deinen Augen ab. Du erinnerst dich an nichts, außer an diesen einen Tag, nicht wahr? Du erinnerst dich an den Tag, an dem ich dir die Kehle zugedrückt, dir dein Gedächtnis gestohlen habe. Und dieses Phänomen hat sich vor zwei Tagen bei dir zu Hause wiederholt, als du auf einmal diese Knarre in der Hand hattest.«

Er strich ihr übers Gesicht.

»Es ist so lange her. Über drei Jahre. Du hattest die Spirale gefunden, warst zu gefährlich für uns geworden. Zu verbissen. Also sind wir zusammengekommen und haben eine Entscheidung getroffen. Du musstest beseitigt werden. Ein vorgetäuschter Einbruch, das kam damals häufig in deinem Viertel vor. Wir haben versagt, aber das war nicht weiter schlimm, da du ein nutzloser Gegenstand geworden warst. Deshalb durftest du am Leben bleiben, wir haben den Plan fallenlassen.«

Manon wandte den Kopf ab, sie hatte die Zähne zusammengebissen. Ardère packte ihr Kinn und zwang sie, ihn anzuschauen, dann legte er seine Finger auf den Knebel.

»Bitte schrei nicht«, empfahl er ihr, während er das Stück Stoff herausnahm. »Sonst werde ich dir wehtun. Oh! Wie dumm von mir! Du wirst ja meine Befehle in einer Minute wieder vergessen haben, selbst wenn du dich übermäßig konzentrierst. Dann werde ich dir, glaube ich, auf jeden Fall wehtun.«

Manon hustete sich die Lunge aus dem Leib. Sie verstand nicht, sie verstand nicht mehr. Dieses Gesicht! Dieses Gesicht! Und ihr Hals, der brannte, als hätte sie Feuer geschluckt!

»Der … Der Professor«, brachte sie hervor. »Sie sind der Professor.«

Er lachte hämisch.

»Professor, Rothaar-Jäger. Was hat das für eine Bedeutung? Nenn mich, wie du willst.«

Manon neigte den Oberkörper nach hinten und stieß einen ohrenbetäubenden Schrei aus. Das weiße Licht des Scheinwerfers blendete ihre großen blauen Augen. Das Leder der Spanngurte schnitt ihr in die Handgelenke.

Eine Drehung. Ein Lavastrom schoss ihr in den Kopf. Dann die Rückkehr in die ursprüngliche Position.

In ihrem Blickfeld stand ein Mann. Ein Unbekannter.

»Du hast also wirklich jedes Gefühl dafür verloren, was soeben passiert ist«, sagte er. »Witzig. Man könnte meinen, bei jeder Drehung kehrst du verwandelt als dieselbe wieder. *Eadem mutata resurgo*, erinnerst du dich, Manon? Bist du vielleicht selbst eine Spirale?«

Er berührte die nackte Brust der jungen Frau und folgte mit den Fingerspitzen den Narben der Hautritzungen.

»Und wir hatten geglaubt, dass du erneut eine Bedrohung für uns darstellen könntest, dass du all deine Fähigkeiten zurückerlangt hättest. Das habe ich wirklich gedacht, als ich dich in der Metro gesehen habe. Ich hatte sogar Angst, dass du diesen Einbrecher von vor drei Jahren identifizieren könntest, dass du mein glänzendes Leben zerstörst! Das wäre doch schade gewesen, nicht wahr?«

Manon versuchte, nicht daran zu denken, in welcher Lage sie sich befand. Sie konzentrierte sich ganz auf das Gespräch. Sie musste es wissen. Wenn auch nur eine Minute lang, aber sie musste es trotzdem wissen.

Wissen, bevor sie es wieder vergaß.

»Ihr, ihr wart zu mehreren!«

Eiskalte Augen starrten sie an. Der Rothaar-Jäger nahm ein Glas mit Phenol aus dem Regal hinter sich und ließ es über seine geöffnete Handfläche rollen.

»Weißt du, ich werde mich wirklich amüsieren mit dir, das wird …«

Mit halb geschlossenen Augen berührte er Manons Geschlecht.

»... etwas ganz Besonderes werden. Ich habe dir vor ein paar Stunden die Haare gefärbt, und du erinnerst dich nicht einmal daran.«

Er genoss die Überraschung der an Amnesie leidenden Frau.

»Nun ja, du bist jetzt rothaarig, nur diese Nutten erregen mich. Bestimmt wegen dieses Bernsteingelbs, das einer Flamme so ähnlich sieht. Du erinnerst dich auch nicht mehr an deinen kleinen Aufenthalt in meinem alten Backofen. An diese lustigen Spielchen, die Verbrennungen, die Hitze. Dabei bist du die ganze Nacht dort drin geblieben, mit Sensoren bedeckt, die es mir ermöglicht haben, einige deiner biologischen Daten aufzunehmen! Dein Herz, dein Blutdruck, deine Absonderungen! Du hast sogar alles vollgepinkelt, ich musste dich wieder saubermachen! Du böses Mädchen!«

In Tränen aufgelöst schüttelte Manon den Kopf.

»Nein. Sie lügen.«

»Oh nein, ich lüge dich nicht an! Weißt du, die anderen Frauen flehen mich in diesem Stadium an. Sie wären zu allem bereit, damit ich sie verschone. Aber du, du bist Gefangene des Augenblicks. Du fragst dich nicht einmal, wo du dich befindest. In welcher Stadt? Bist du noch in Frankreich? Sucht man nach dir? Wann wirst du sterben? Und wie geht es deinem Bruder? Diesem reizenden Frédéric?«

»Frédéric? Woher ...«

»Sieh an. Das wird noch sehr interessant werden.«

Ardère zog ein Foto aus der Tasche seiner Jeans und hielt es Manon vor die Nase.

»Er gehörte zu ›uns‹! Dein Bruder! Dein eigener Bruder war ein Sechstel des Professors. Er hat das erste Opfer getötet! François Duval! Er hat die Maschine ins Rollen gebracht! Und er hat die Hinrichtung deiner Schwester befohlen!«

Manon wandte den Blick ab und stieß einen markerschütternden Schrei aus, kurz davor, ohnmächtig zu werden. Auf dem Foto hing Frédéric an einem Strick, die aufgeschlitzte Brust voller Tintenfische.

Ein Blitz traf ihre Netzhaut. Eine Drehung auf dem Rad. Das Blut schoss ihr in den Kopf. Sie fühlte, wie sie das Bewusstsein verlor, dann wiederkehrte. Vor ihr ein Mann, der mehrere Paar Latexhandschuhe über seine Hände streifte.

»Die fünf anderen haben das alles in mir freigesetzt, diesen Funken tief in mir. Als ich zur Tat geschritten bin, als ich gesehen habe, dass ich in der Lage war, ein Menschenleben auszulöschen, hat es ... Ich weiß nicht, wie ich es dir erklären soll. Es ist schlimmer als eine Krankheit, Manon, dieser Drang zu sehen, wie sich das Fleisch unter der Einwirkung einer Flamme zusammenzieht, den Geruch der verbrannten Haut zu riechen! Das kannst du dir nicht vorstellen. Hast du schon einmal Insekten verbrannt, dann größere Tiere? Bist du schon einmal zum Höhepunkt gekommen vor einer Wohnung, die sich in Rauch auflöst? Nur zu diesem einen Ziel habe ich studiert: mich dem Feuer zu nähern, es zu bezwingen, mit Hilfe der Chemie, der Thermodynamik, der Strömungslehre. Ich wollte verstehen, wie es funktioniert. Es beherrschen. Dort am Institut bin ich den anderen begegnet. Wir haben uns in einer Höhle getroffen, um die Welt herauszufordern, um über andere Dinge zu sprechen. Über verbotene Dinge.«

Er zog seinen Pullover hoch und entblößte seinen Oberkörper, der übersät war mit schwärzlichen Kratern.

»Dass ich der ›Rothaar-Jäger‹ geworden war, nachdem ich meinen Teil des Vertrags erledigt hatte, haben sie nie erfahren. Für sie bin ich noch immer dieser arme Chef eines Pyrotechnik-Unternehmens, der die Mathematik, die Chemie und die Gravitationsgesetze in dumme Raketen verpackt. Aber weißt du, sie sind kaum mehr wert. Wir haben uns für die Besten gehalten, aber wir waren nichts. Bloß arme Studenten, die skrupellos von der Schule geworfen wurden, wie gewöhnlicher Dreck!«

»Sie ...«

»Diese Verbrennungen auf meinem Oberkörper habe ich mir selbst zugefügt, vor sehr langer Zeit. Ich glaube, ich hätte mich am Ende selbst zerstört, wenn der Rothaar-Jäger nicht erwacht wäre. Wenn ich diese Gewalt nicht auf andere hätte richten können. Ich war so weit, dass ich Feuer verschlucken wollte! Dieses ganze Pulver fressen und mir den Hals anzünden! Kannst du dir das vorstellen?«

»Sie sind ja krank. Ich werde Sie ...«

»Mich vielleicht töten? Davon hast du immer geträumt, nicht wahr?«

Er schraubte mit langsamen Bewegungen den Deckel von dem Glas. Manon hatte angefangen zu stöhnen. Sie biss sich auf die Zunge, um nicht mehr zu schreien.

»Trotzdem gibt es eine merkwürdige Sache, Manon, etwas wirklich Beunruhigendes, das mir ein bisschen Sorgen bereitet. Wir dachten, dass dein Bruder uns übel mitspielen wollte, als er die alte Schachtel bei dir in der Gegend getötet hat. Dass er uns reinreißen wollte. Vielleicht hat er geahnt, dass einer von uns vor drei Jahren versucht hat, dich zu töten. Vielleicht hat er dieses Geheimnis nicht mehr ertragen. Vielleicht hatte er beschlossen, die Wahrheit ans Licht zu bringen, auf die Gefahr hin, selbst dabei draufzugehen.«

Mit großer Sorgfalt faltete er eine Kompresse zweimal und schüttete Phenol darauf. Der Geruch von Gemüse erfüllte das Zimmer.

»Ich verstehe nicht«, sagte Manon zwischen zwei Schluchzern. »Ich flehe Sie an. Tun Sie mir nicht weh.«

»Aber am seltsamsten ist«, fuhr Ardère fort, ohne ihr zuzuhören, »dass er selbst in dem Moment, als ich ihm die Brust aufgeschnitten habe, als meine Klinge sein Fleisch zerteilte, noch geleugnet hat. Er hat bis zu seinem letzten Atemzug geleugnet.«

Er stellte das Glas wieder hin und kam mit der Kompresse in der Hand näher. Manon drehte den Kopf nach rechts, nach links, bewegte krampfartig ihren Körper und zerrte dabei mit aller Kraft an den Fesseln.

»Ich glaube, letztendlich habe ich mich geirrt«, vertraute er ihr an, während er mit der Spitze seines Zeigefingers über die geheimnisvollen Narben fuhr. »Nicht Frédéric hat dich entführt und den Professor wieder erweckt. Sondern einer von den anderen vier, auch wenn sie das Gegenteil geschworen haben. Wer hätte ein Interesse daran, ein Monster aus der Vergangenheit zurückzuholen? Alles wieder zur Sprache zu bringen, auf die Gefahr hin, uns allen zu schaden? In der Gruppe verbirgt sich ein Verräter. Wenn ich mich um dich gekümmert habe, werde ich noch ein paar Rechnungen begleichen.«

»Mein Bruder. Was haben Sie mit meinem Bruder gemacht?«

Ardère blockierte den Drehmechanismus der Zielscheibe und schaltete den Scheinwerfer aus.

»Ich kann es kaum erwarten zu sehen, wie du auf diese Art von Schmerz reagierst. Wirst du wieder vergessen, weshalb du so stöhnst?«

Er steckte ihr den Stofflappen in den Mund.

»Das wird reizend werden. Und endlos lang dauern!«

Er führte die Kompresse an Manons Gesicht, doch plötzlich hielt er inne.

Über ihnen war ein gewaltiges Getöse zu hören.

Geräusche, Schritte. Im Erdgeschoss. Schreie. »Polizei!«

Ohne nachzudenken, stürzte Ardère zur Tür und verschloss sie mit einem Vorhängeschloss.

Als er eilig zu Manon zurückkehrte, stieß er das Glas mit Phenol um. Die Substanz ergoss sich zu seinen Füßen.

»Dreckige kleine Hure!«, schrie er mit hervortretenden Augäpfeln.

Er fasste schreiend an seinen Knöchel, dann krallten sich seine Finger in das Fleisch seiner Wangen, die sofort anfingen zu bluten.

Rasend vor Wut ergriff er eine Korbflasche mit Natriumkarbonat und schleuderte sie auf den oberen Teil der Zielscheibe. Das Glas zerbrach und setzte eine Flüssigkeit frei, die sich über Manons Rücken ergoss. Die junge Frau krümmte sich vor Schmerzen.

Auf der Treppe hallten Schritte. Eine gewaltige Explosion ließ den Türgriff bersten.

Der Rothaar-Jäger drehte sich um und rannte zu einem Regal, das er vor den Eingang kippte. Mit ohrenbetäubendem Lärm krachten die Gefäße zu Boden. Dicker weißer Rauch erfüllte den Raum. Ein Polizist brach zusammen, als seine Beine von der ätzenden Substanz getroffen wurden.

Als der Nebel sich auflöste und tränende Augen und ein Hustenkonzert hinterließ, richteten sich ein Dutzend Pistolen auf den Mann, der zusammengesunken in einer Ecke saß.

Er hatte eine Rakete ergriffen und sich in den Mund gesteckt.

Den »Sternenregen«.

Der Stein an seinem Feuerzeug drehte sich ein letztes Mal.

47

Der Regen, der auf die Felder ringsumher niederprasselte, würde die scheußlichen Verbrechen, die Jahre zuvor begangen worden waren, niemals wegspülen. Lucie legte die Hände auf ihrem Lenkrad zusammen und atmete tief durch.

Es war vorbei.

Neben ihr saß Manon. Seit der Abfahrt hatte sie den Blick nicht von dem Blatt Papier gewandt, das auf ihren Knien lag. Ihr Kopf schmerzte entsetzlich, ihre Augen brannten. Sie wischte die Tropfen ab, die ihr über die Wangen liefen, und stöhnte:

»Nein, nicht Frédéric. Nicht mein Bruder. Sagen Sie mir, dass das nur ein böser Traum ist.«

Lucie warf ihr einen Blick zu, in dem sich Überdruss und Mitgefühl, Kummer und Ekel mischten. Sie erklärte noch einmal:

»Das würde ich gerne, Manon. Ich würde es wirklich gerne tun. Aber er war Teil des Professors, gehörte zu denen, die

die schlimmsten Verbrechen begangen haben. Du wirst damit leben müssen. Es tut mir aufrichtig leid.«

Manon sah auf ihre Hände, ihre langen zitternden Hände, die sie nicht mehr unter Kontrolle hatte, ihre Hände, die etwas ausreißen, schlagen, zerstören wollten.

»Nein. Nein. Nein«, wiederholte sie.

Nach einem langen Zögern senkte sie die Augenlider, atmete tief ein und zerknüllte das Blatt, auf dem die Ereignisse der letzten Stunden zusammengefasst waren, diese Eskalation des Wahnsinns.

»Was machst du da?«, fragte Lucie erstaunt, schließlich hatte sie eine Weile gebraucht, um dies alles aufzuschreiben.

Manon öffnete das Fenster und warf die Papierkugel mit einer verzweifelten Geste in den Wind.

»Aber Manon! Warum? Warum?«

»Nicht Frédéric. Nicht er.«

Sie packte ihre Haare und fing an zu schreien:

»Wie soll ich denn so etwas auswendig lernen? Dass mein eigener Bruder meine Schwester hat umbringen lassen? Dass er selbst gemordet hat? Dass man ihm die Brust aufgeschlitzt hat? Das geht über meine Kräfte! Niemand! Kein Mensch kann das ertragen, was ich hier durchmachen muss! Ich habe meinen Bruder geliebt! Und er hat mich geliebt!«

Lucie schwieg.

»So sagen Sie doch etwas!«, schrie Manon außer sich. »Sagen Sie doch etwas!«

Die junge Polizistin spürte, wie ihr die Tränen in die Augen stiegen.

»Was soll ich denn sagen? Dass du recht hast? Dass du unrecht hast? Meine Güte, Manon, ich bin doch nicht Gott!«

Zu den Tränen gesellte sich nun ein Tonfall der Empörung.

»Ich werde nicht dein Leben aufbauen! Dir deine Entscheidungen abnehmen! Auf der einen Seite hast du die Wahl, die Tatsachen zu ignorieren! Du brauchst nur ein paar Sätze aufzuschreiben, die alles verändern. Du kannst lernen, dass der

Professor ein Mörder der schlimmsten Sorte war, ein Psychopath, der am Ende Selbstmord begangen hat! Dass diese Geschichte gut ausgegangen ist, wie in einem guten Film! Was soll's! Du wirst ein ruhiges Gewissen haben!«

Sie holte Atem, dann fuhr sie fort:

»Aber auf der anderen Seite hast du die Möglichkeit, die Wahrheit zu erfahren, zu verstehen, warum deine Schwester und all die anderen Unschuldigen ermordet wurden. Das war doch dein Ziel, oder? Seit über drei Jahren mühst du dich ab mit deiner Jagd auf den Professor! MemoryNode, deine Narben, deine Nachforschungen, die schlaflosen Nächte! Ich wäre deinetwegen beinah ums Leben gekommen! Wäre fast ertrunken, hätte zwei Waisen zurückgelassen! Kannst du dir das vorstellen?«

»Ich …«

»Jetzt hast du die Möglichkeit, die ungeschminkte Wahrheit zu erfahren, und nicht *deine* Wahrheit, und du lehnst sie ab? Du selbst hast gesagt, dass die Erinnerungen aus uns das machen, was wir sind, und uns einen Lebensinhalt geben! Wer wärst du denn, Manon, wenn du dir eine falsche Vergangenheit schaffst?«

Manon versuchte, ihre Tränen zurückzuhalten. Die Gedanken in ihrem Kopf rasten wild durcheinander.

»Ich lebe vielleicht schon mit einer Vergangenheit, die nicht die meine ist«, stammelte sie, »die ich mir selbst zurechtgelegt habe, damit alles gut verläuft. Ich bewege mich vielleicht in einer Luftblase. All das, was sich um mich herum dreht, hat vielleicht nie existiert. Ich weiß es nicht. Ich weiß es nicht mehr.«

Diesmal durchbrach Lucie die Stille nicht. Das langsame Narkotikum des Vergessens würde die junge Mathematikerin erneut einhüllen, sie vom wahren Wert der Dinge entfremden. Sie würde keinen Schock davontragen, nicht die geringste Spur im Gedächtnis. Nur Leere, letztendlich ein beruhigendes Gefühl. Was würde aus ihr werden? An wen würde sie sich ohne die Hilfe ihres Bruders klammern? Würde sie den

Professor weiterjagen, sich weiterhin im Kreis drehen, eine Geschichte ohne Ende erleben?

Lucie verspürte den brutalen Wunsch, alles in dieser ungerechten Welt kurz und klein zu schlagen.

Im Lichtkegel der Scheinwerfer tauchte der Umriss eines Straßenschilds auf.

»Caen, 129 km«.

»Würden Sie mir einen Gefallen tun?«, fragte Manon. »Ich würde gerne einen Abstecher nach Caen machen. Ich muss meine Mutter sehen.«

Sie schaute Lucie an.

»Mir tut der Kopf weh. Warum habe ich geweint? Was hat das zu bedeuten? Und Sie? Warum haben Sie Tränen in den Augen?«

Die Polizistin seufzte und wischte sich über die Augen.

»Das ist eine lange Geschichte. Ich werde sie dir später erzählen.«

Manon begann, ihre Taschen zu durchsuchen, das Handschuhfach, die seitlichen Staufächer.

»Wo ist mein N-Tech?«

»Zerbrochen. Er ist zerbrochen.«

»Zerbrochen? Aber ...«

»Vertrau mir«, sagte Lucie zärtlich. »Du weißt, dass du mir vertrauen kannst, weißt du das?«

»Ich ... Ja, ich weiß. Also, was ist mit meiner Mutter? Sie wird uns etwas kochen, danach können wir in aller Ruhe weiterfahren! Außerdem sehen Sie wirklich sehr müde aus. Die restliche Strecke werde ich das Steuer übernehmen.«

»Ich habe es wirklich eilig, nach Hause zu kommen. Meine Zwillinge warten auf mich.«

»Ach ja, Ihre Zwillinge! Ja, ich weiß. Ihre kleinen Töchter.«

Lucie wäre am liebsten explodiert, wollte laut schreien, dass Marie Moinet schon lange unter der Erde vermoderte, ihr Haus verkauft sei. Dass Manon den Tod ihrer Mutter zur Kenntnis nehmen müsse, auch wenn dies eine gewaltige

Anstrengung für sie bedeutete. Dass man nicht nur das Gute bewahren kann. Weil auch das Böse unser Leben lenkt, unser Dasein erst schafft und die Menschen stark macht.

»Ich verstehe«, sagte Manon. »Das ist nicht schlimm. Ich werde mit Frédéric hierherkommen. Es muss schon lange her sein, seit wir das letzte Mal bei ihr waren.«

Und sie stellte weitere Fragen, und Lucie antwortete lustlos. Manon konnte sich nicht einmal mehr daran erinnern, dass Turin bei den Ermittlungen aufgekreuzt war, dass sie gemeinsam nach Basel gefahren waren, und noch viel weniger daran, dass er sie missbraucht hatte. Alles war verloren, irgendwo entschwunden. Eines Tages würden andere Turins in ihrem Leben auftauchen. Und alles würde von vorne beginnen. Die Spirale ...

Ohne zu wissen, weshalb, musste Lucie an den jungen Michaël denken, der am Korsakoff-Syndrom litt und dessen einziger Platz letztlich in der psychiatrischen Klinik war. Dort würde er in Sicherheit leben, hatte Vandenbusche gesagt. Würde Manon trotz ihrer Intelligenz und ihrer Willensstärke eines Tages in einer solchen Einrichtung landen, zwischen Schizophrenen und Selbstmordgefährdeten?

Niedergeschlagen und verwirrt nahm Lucie ihr Telefon, das auf dem Armaturenbrett vibrierte.

Es war Kashmareck.

Die vier anderen waren verhaftet worden.

Es war aus mit dem Professor, für immer.

Dann bemerkte Manon, als sie sich im Rückspiegel betrachtete:

»Komisch, diese rote Haarfarbe. Manchmal habe ich wirklich einen seltsamen Geschmack.«

48

In Dunkerque stürzten Clara und Juliette in die Arme ihrer Mutter. Lucie, die nach einer schlaflosen Nacht am Steuer völlig erschöpft war, drückte sie gerührt an sich. Es hätte nicht viel gefehlt, und sie wäre in der Höhle ertrunken.

Als sie sich am frühen Nachmittag auf den Heimweg machten, redeten die Mädchen ununterbrochen, erzählten von den kleinen Begebenheiten in ihrem Leben. Lucie hörte ihnen zu, antwortete ihnen, doch als sie sich Lille näherten, war sie wieder ganz in Gedanken versunken. Sie musste immer wieder an die Chimäre denken und fürchtete sich davor, in ihre Wohnung zurückzukehren.

Kaum hatte sie vor dem Haus geparkt, als sie die Studenten entdeckte, die unter dem Eingangsportal standen und rauchten. Sie nahm die Zwillinge, jeden auf einen Arm, und ging mit gesenktem Kopf durch die Halle. So schnell wie möglich in ihre Wohnung gehen, sich dort einschließen. Nicht mehr den Blicken ausgesetzt sein. Nicht jetzt. In ihr drehte sich alles. Sie bemerkte nicht einmal, dass Anthony bei der Gruppe war.

Ohne ein Wort holte Lucie bei der Hausmeisterin den neuen Schlüssel ab und schloss dann die Wohnungstür zweimal ab.

Der Anblick der zerbrochenen Glasscheiben in ihrem Schlafzimmer versetzte ihr noch einen zusätzlichen Schlag. Sie stürzte zu ihrem kleinen Schrank hin, als ob sie tief im Innern noch auf ein Wunder hoffte.

Doch das Möbelstück war tatsächlich leer.

Die junge Frau ließ sich aufs Bett fallen, während Clara und Juliette in ihr Zimmer gingen, zu ihrem Spielzeug, ihrer kindlichen Welt. Sie waren so glücklich in ihrem Kokon.

Plötzlich klopfte es an der Tür. Nur ein Schlag. Lucie drehte langsam den Kopf, dann stand sie auf, in der Hand ein

Taschentuch. Sie öffnete, doch da sie nur den leeren Gang erblickte, ging sie hinaus, bis zu den Studenten in der Eingangshalle, unter denen sie Anthony erkannte, und fragte:

»Ihr habt niemanden bei mir herauskommen sehen? Gerade eben?«

Als Antwort empfing sie nur Schweigen. Nach einem Blickwechsel wagte einer der Jungen endlich zu sagen:

»Nein, es ist niemand herausgekommen.«

Lucie ballte die Fäuste.

»Wollt ihr mich noch lange belästigen?«

»Sie belästigen? Aber wer belästigt Sie denn hier? Geht es Ihnen nicht gut, Madame?«

Sie ging rückwärts, ohne zu begreifen. Was hatte es mit diesem Schlag an der Tür auf sich? Nur ein Spielzeug, das heruntergefallen war? Nur ein Streich ihrer Töchter? Wahrscheinlich.

In ihrer Küche goss sie sich ein großes Glas Orangensaft ein, doch sie konnte es nicht trinken. Sie empfand Ekel. Gleich würde sie Manon vom Krankenhaus abholen und nach Hause begleiten, in die Impasse du Vacher. Die Sache schien kompliziert zu werden. Frédérics Tod. Seine Verwicklung in die Morde des Professors. Die vielen Verhaftungen. Dieser ganze Wahnsinn.

Doch Lucie vertraute Vandenbusche. Er würde die richtigen Entscheidungen treffen, was die Zukunft seiner Patientin anging. Freiheit oder aber …

Noch an diesem Abend würde man Lucie über die letzten Ergebnisse der Ermittlungen unterrichten. Sie würde erfahren, wer der vier Festgenommenen Manon entführt und die Dubreuil getötet hatte. Sofern es nicht Ardère gewesen war oder doch Frédéric. In diesem Fall würde das »Warum« wahrscheinlich für immer ungeklärt bleiben.

Lucie atmete tief ein. Nun war es an den anderen, eine Antwort zu finden. Ihre Rolle war hiermit beendet.

Mit einer langsamen Bewegung ließ sie den Orangensaft im Glas kreisen, dann blickte sie lange ins Leere. Plötzlich stellte sie das Glas entschlossen auf den Tisch, stand auf, setzte sich wieder und stand wieder auf.

Als sie die Halle erreicht hatte, rief sie:

»Anthony?«

Der Student hob den Kopf.

»Ja?«

»Bitte komm mal her.«

»Warum?«

»Komm, beeil dich!«

Er suchte in den Augen seiner Freunde Unterstützung, doch sie wandten den Blick ab. Da ging er zögernd auf sie zu.

»Madame, hören Sie. Wir haben gesehen, dass die Polizei bei Ihnen war. Wir wissen, dass Ihre Tür aufgebrochen wurde, aber ich war es nicht.«

»Egal, ob du es warst oder jemand anders. Ich will nur mit dir reden.«

Der junge Mann folgte Lucie in ihre Wohnung. Der Anblick der beiden Mädchen in ihrem Zimmer beruhigte ihn. Allein mit dieser Verrückten zu bleiben ... Ausgeschlossen.

Sie ging in die Küche. Die Polizistin schloss die Tür zum Wohnzimmer.

»Können Sie sie nicht offen lassen?«

»Setz dich.«

Anthony gehorchte, mit feuchten Händen. Lucie setzte sich ihm gegenüber auf einen Stuhl.

»Ich weiß, dass einer von euch die Sachen aus meinem Schrank gestohlen hat. Dass ihr alle Bescheid wisst.«

Anthony wiederholte, während er die Augenlider senkte:

»Ich war es nicht.«

»Vielleicht, vielleicht nicht, was ändert das schon?«

Auf Lucies zitternde Stimme folgte eine endlose Stille. Nervös rutschte Anthony auf seinem Stuhl hin und her. Schließlich fuhr die junge Frau fort:

»Ich will nicht, dass ihr irgendeinen Unsinn verbreitet. Also werde ich dir die Wahrheit erzählen, die du auch den anderen mitteilen wirst. Kann ich mich auf dich verlassen?«

Anthony nickte. Mit einer raschen Handbewegung wischte er sich den Schweiß von der Stirn.

Wieder Stille. Lucie hatte Mühe, einen Anfang zu finden. Die Narbe wieder zu öffnen, so viele Jahre später. Ihre Vergangenheit wieder ans Licht zu bringen, ohne etwas zurückzuhalten, irgendetwas auszulassen.

»In diesem Schrank waren zwei Ultraschallaufnahmen. Du hast sie gesehen. Täusche ich mich?«

»Ähm. Ich habe die von Ihren Zwillingen gesehen, aber …«

»Das waren nicht meine Töchter. Diese Aufnahmen stammen von meiner Mutter.«

Anthony wich vor Überraschung zurück.

»Ihre Mutter? Wollen Sie sagen, dass …«

»Einer der beiden Zwillinge, das bin ich. Ich war drei Monate alt und nicht einmal zehn Zentimeter groß. Und auf der zweiten Aufnahme war ich fünf Monate. Meine Gliedmaßen waren größer geworden. Du hast bestimmt die kleinen Hände, die Finger gesehen, die dunkle Masse des Schädels, die Knochen der Wirbelsäule.«

»Ja, ja, aber das war nicht ich, das schwöre ich Ihnen. Und außerdem verstehe ich nichts davon. Man könnte meinen, auf der anderen Aufnahme wäre ein drittes Kind zu sehen. Ein Kind, das …«

»Das ich vielleicht in Stücke geschnitten habe und in einem Glas aufbewahre, ist es das?«

»Nein, das ist es nicht. Aber auf dieser Aufnahme ist nur ein Baby zu sehen! Wo ist Ihre …«

Anthony beendete seinen Satz nicht, plötzlich wurde ihm alles klar.

Lucie schaute ihm tief in die Augen.

»Nun ja, Anthony, zwischen dem dritten und dem fünften Monat ist meine Zwillingsschwester verschwunden. Ich habe sie schlicht und einfach aufgesaugt. Ich habe meine eigene Schwester verschlungen.«

Sie stützte den Kopf in die Hände, unfähig weiterzureden.

Sie sah sich wieder im Krankenhauszimmer, erinnerte sich an die Verbände um ihren Kopf, die Gesichter der Ärzte, die Geräusche, die Farben, die widerlichen Gerüche. Die Macht des Gedächtnisses. Manon hatte es mitunter ganz gut, dass sie wählen konnte.

Mühsam flüsterte sie endlich:

»In diesem kleinen Behälter sind eine Haarsträhne, zwei Fingernägel und drei Zähne, die in einer grünlichen Flüssigkeit schwimmen. Ich habe sie mit Formalin gemischt. All das wurde in meinem Schädel gefunden, in einer Wucherung, die Ärzte nennen es intrazerebrale Dermoidzyste.«

Anthony fühlte sich immer unwohler. Zögernd steckte er die Hand in die Tasche seiner Jeans.

»Ähm, ich habe Schwierigkeiten, Ihnen zu folgen. Möchten Sie ein Taschentuch?«

»Nein. Hör mir zu, Anthony. Als ich die Wahrheit entdeckte, habe ich alle möglichen und denkbaren Nachforschungen angestellt. Der größte Teil von Dermoidzysten bildet sich sehr früh, im embryonalen Stadium. Dabei geschieht Folgendes: Das Ektoderm, ein äußeres Keimblatt des Embryos, aus dem später beispielsweise Haut, Haare oder Zähne entstehen, ist von anderem Gewebe umschlossen. Aber das hindert das Ektoderm nicht daran, sich weiterzuentwickeln. Und in der Folge sammeln sich dann bestimmte Substanzen dort an, die nicht ausgeschieden werden können. Sie bilden so eine Dermoidzyste. Meistens bildet sie sich in der Gebärmutter. Aber in meinem Fall ist sie im Schädel aufgetreten. Die Schmerzen sind während der Pubertät aufgetreten. Ich war sechzehn Jahre alt, als ich operiert wurde.«

»Das ist ja schrecklich, was Sie da erzählen. Fingernägel, Zähne, dort, im Kopf?«

Lucie wandte den Blick ab.

»Am schlimmsten ist, dass mein Fall nicht der klassischen Definition einer Dermoidzyste entsprach. Das organische Material, das man aus meinem Schädel entfernt hat, stammte nicht von mir. Die Wahrheit ist, dass ein Teil meiner Zwillingsschwester weitergewachsen ist, sich in mir weiterentwickelt hat, während ich sie verschlungen habe.«

»Das ist nicht möglich!«

»Doch, es ist möglich. Ich habe vor Jahren die DNA-Tests dieser Zyste machen lassen. Die Zähne, die Fingernägel, die Haare ...«

Sie atmete tief ein.

»Diese DNA war nicht meine. Ich bin das, was die Wissenschaft eine Chimäre nennt, Anthony. Eine Chimäre. Ich bin verantwortlich für den Tod meiner eigenen Schwester.«

Der Student wusste nicht, wie er reagieren sollte. Diese Geschichte war abscheulich. Dennoch sagte er:

»Wissen Sie, als ich Ihr Glas gesehen habe, dachte ich ... Ich weiß nicht. Dass Sie seltsame Dinge tun, wie schwarze Magie oder Voodookult. Dass Sie eins Ihrer eigenen Kinder getötet und die Reste aufbewahrt haben. So ähnlich wie die Tragödie mit den tiefgefrorenen Babys. Aber damals waren Sie nicht einmal geboren, das ist nicht Ihre Schuld! Das war bloß ein Unfall!«

Lucie deutete ein trauriges Lächeln an. Sie stand auf und sagte:

»Jedenfalls müsst ihr, du und die anderen, mir das zurückgeben, was mir gehört. Es ist Zeit, dass ich die Nabelschnur durchtrenne. Dass ich mich von meiner Zwillingsschwester trenne. Für immer.«

Anthony stand ebenfalls auf und wich unbeholfen bis zur Küchentür zurück, ohne die junge Frau aus den Augen zu lassen. Dort blieb er ein paar Sekunden lang stehen und flüchtete dann mit hängenden Schultern.

Zehn Minuten später hob Lucie vor ihrer Wohnungstür eine verschlossene Schachtel auf.

Die Hausbesetzer unten in der Halle waren verschwunden.

Sie zog sich ins Badezimmer zurück und stellte den Karton auf den Rand des Waschbeckens. Mit einem unermesslichen Schmerz nahm sie die Ultraschallaufnahmen und das Glas heraus, diese Spuren, die sie seit ihrer Jugend nachts quälten und aus ihr einen einsamen, unverstandenen Menschen gemacht hatten.

Sie hatte so viel zu geben, zu teilen. So viel Liebe. Und hatte es nie gekonnt. Wegen dieser Sache.

Mit Tränen in den Augen drehte die junge Polizistin den Wasserhahn auf, zögerte ein letztes Mal und kippte dann den Inhalt des Behälters hinein. Er glitt am Email hinab, bevor er für immer verschwand.

Die Chimäre war gestorben.

Die Zukunft tat sich vor ihr auf. Endlich.

Epilog

Ohne jede Empfindung war Manon in ihre Wohnung zurückgekehrt. Alles hatte sich auf eine einfache Abfolge sorgfältig ausgeführter Bewegungsabläufe reduziert, die ihr prozedurales Gedächtnis diktiert hatte. Den Schlüssel ins Schloss stecken, ihn drehen, hineingehen und ihn an seinen Platz legen, in ein Schälchen neben dem Telefon. Letztlich schien sich dieser Tag für sie in nichts von irgendeinem anderen zu unterscheiden, vielleicht abgesehen vom Verlust ihres N-Tech. Die hübsche Polizistin mit den blonden Locken, die sie begleitete, hatte ihr mitgeteilt, dass er zerbrochen war.

Die an Amnesie leidende Frau las noch einmal die Anweisungen auf einem der Blätter durch, die sie seit ihrer Rückkehr nicht mehr aus der Hand gab.

»Vertraue Polizeileutnant Lucie Henebelle, öffne den *panic room*, nimm die Zahlenkombination für den Safe, hol die Passwörter, schalte den Computer an, log dich in den Server von MemoryNode ein und lade die Sicherheitskopie auf den neuen N-Tech herunter.«

»Sehen Sie«, sagte sie stolz zu Lucie, während sie auf die schwere Metalltür zuging. »Es ist nicht möglich, mir mein Gedächtnis zu rauben. Ich bin äußerst vorsichtig gewesen.«

Sie tippte den Zahlencode ein und drehte sich um. Als sie Lucies erstaunten Blick bemerkte, erklärte sie:

»Vor meinem Unfall hatte ich ein paar Nummern auswendig gelernt. Sobald ich also sehe, dass man einen Code eingeben muss, probiere ich sie aus. Wissen Sie, ich lasse hier niemanden herein.«

»Nach dem, was wir beide zusammen erlebt haben, erlaube ich mir dennoch hineinzugehen.«

Obwohl sie nicht verstand, worauf Lucie sich bezog, ließ

Manon ihr den Vortritt. Die beiden Frauen betraten die hermetisch verschlossene Höhle, deren Wände mit Papieren, Zeitungsartikeln und Fotografien bedeckt waren.

Lucie verlor sich schnell in all den mathematischen Formeln, den komplizierten Schlussfolgerungen, den historischen Fakten, den persönlichen Angaben. So viele Ideen, die Manon wenige Minuten lang beschäftigt hatten, bevor sie dann an die Wand gehängt wurden.

Ruhig und angewidert zugleich trat Lucie zu den Fotos der Opfer und nahm eins nach dem anderen ab.

Manon stürzte zu ihr und stieß sie heftig beiseite.

»Was tun Sie da? Fassen Sie das nicht an!«

Mit einem langen resignierten Seufzer antwortete Lucie:

»Schau dir deine Notizen an. Es ist alles vorbei. Den Professor gibt es nicht mehr.«

Manon vertiefte sich nervös in ihre Blätter und entdeckte die Sätze, die sie selbst mit ihrer zierlichen, kleinen Schrift notiert hatte.

»Romain Ardère, der Direktor eines Pyrotechnik-Unternehmens, wurde von einem Polizeiteam erschossen, das ich begleitet habe. Er ist vor meinen Augen gestorben.«

Es folgten Seiten über Seiten eines haarsträubenden Berichts, der detailgenau wiedergab, wie Manon zunächst das Grab von Bernoulli entdeckt hatte, dann die Höhle auf der Insel Rouzic und die verkohlten Skalpe der Opfer. Wie sie danach Lucie benachrichtigt hatte, die anhand der am Tatort gefundenen Kopf- und Körperhaare die DNA des Mörders analysieren und so problemlos die Spur zu Ardère zurückverfolgen konnte, da dieser offensichtlich in der nationalen Gendatenbank erfasst war.

Eine kultverdächtige Version für eine Folge von CSI.

Manon hatte den Vormittag damit zugebracht, die falschen Erklärungen aufzuschreiben, auf der Grundlage von Daten, die Professor Vandenbusche von der Polizei erhalten hatte. Als Lucie die an Amnesie leidende Frau im Krankenhaus abholte, hatte ihr der Neurologe erklärt, dass er das Verhalten seiner Patientin billige. Ihm zufolge hatte sie »ihre Wahrheit gewählt«, und wenn sie damit ein glückliches Leben führen konnte, obwohl ihre Geschichte eine düstere Seite besaß, so war dies die Hauptsache.

Manon hob den Kopf und atmete tief aus.

»Das muss ich mir unbedingt merken! Ich werde alles aufzeichnen, alles auswendig lernen! Es ist vorbei, Lucie! Das verdanke ich Ihnen! Ich fühle mich so ... Ich weiß nicht, es ist unerklärlich. Ich habe das Gefühl eines tiefen inneren Friedens. Meine Schwester ist endlich gerächt worden.«

Sie ergriff Lucies Hand und drückte sie fest. Ein Zeichen von Dankbarkeit, das die Polizistin nur ungern annahm.

Manon hatte sich geweigert, die Realität zu akzeptieren, und beschlossen, in einer Luftblase zu leben, in einer Welt, die Lichtjahre von der Niedertracht auf dieser Erde entfernt war. Frédéric war demnach überstürzt nach Australien abgereist, um dort in einem internationalen Unternehmen zu arbeiten, das RFID-Chips zur automatischen Datenerfassung herstellte, und behielt noch eine Zweitwohnung in Lille. Ihre Mutter hatte beschlossen, mit ihm zu gehen, um dort in Ruhe ihren Lebensabend zu verbringen. Beide würden in der Bucht von Port Phillip wohnen. Ein Märchen. Fast wie das Happy End eines Romans.

Und noch jede Menge weiterer Lügen. Aber sich selbst zu belügen, ohne sich dessen bewusst zu sein, war das auch eine Lüge?

Wie lange würde sie so durchhalten? Wer würde die Antworten auf ihre Briefe nach Australien schicken? Wer würde die Löcher füllen, damit alles gut ging? Damit sie nicht in einer psychiatrischen Klinik endete, so wie Michaël? Wer? Vandenbusche? Hatte er denn unrecht? Mit welchem Recht durfte man ihn verurteilen? Manon bewahrte die Erinnerung an die Herzlichkeit ihrer Mutter, ihres Bruders. Sie lebte nur noch durch diese wenigen Momente des Glücks. Es waren die letzten Elemente, die sie wirklich ans Leben banden. Warum also sollte man diese zerstören, indem man sie mit dem Tod konfrontierte? Warum sie in Leid verkehren?

Letztendlich konnte sich niemand an ihre Stelle versetzen.

Nach und nach würde sie ihre Gewohnheiten wiederfinden, wieder in ihrem Goldfischglas ihre Kreise ziehen. Ihren Hund Myrthe füttern, ihre Kleider in Fächer räumen, ihren Kamm rechts von der Zahnbürste hinlegen, in die Swynghedauw-Klinik fahren, um dort ihren Mittagsschlaf zu halten, dabei den großen grauen Pfeilen in den Gängen des Krankenhauses folgen. Und vielleicht würde sie sich ein anderes Ziel ausdenken, um die Lücke dieser Jagd, die nun vorbei war, zu schließen. Eine andere Motivation suchen. Sich das Gefühl geben, nützlich zu sein.

Manon ging zu ihrem Safe, den sie ohne Schwierigkeiten öffnete.

»Ich hatte diesen Safe schon lange vor meiner Amnesie. Ich bewahrte dort vertrauliche Dokumente auf. Diese Zahlenkombination ist immer in meinem Kopf geblieben, genau wie meine Vergangenheit. Da drin sind etwa ein Dutzend Passwörter, die dazu dienen, meinen N-Tech zu sperren und Zugang zur Webseite von MemoryNode zu bekommen.«

Manon setzte sich vor ihren Computer. Dieser war bereits mit Hilfe eines USB-Kabels mit dem neuen N-Tech verbunden, den Vandenbusche ihr am Morgen im Krankenhaus übergeben hatte. Sie öffnete einen Internetbrowser und loggte sich in einen Server ein.

»Eines der ersten Dinge, die man in Swynghedauw lernt: Wie man auf den Server von MemoryNode gelangt. Dort befindet sich die letzte Sicherheitskopie des N-Tech.«

»Ich weiß. Dein Neurologe hat es mir erklärt. Du wirst dein Gedächtnis mit deinem neuen Apparat wiederbekommen. Und die letzten Ereignisse hinzufügen, das *Happy End*. Deine Mutter und dein Bruder in Australien, der Professor wurde erschossen.«

Auf dem Bildschirm erschien eine lange Liste von Ordnern mit unterschiedlichen Daten.

»Mehrere Sicherheitskopien?«, fragte Lucie interessiert und trat näher.

Manon runzelte die Stirn.

»Erstaunlich, in der Tat. Ich dachte, es gäbe nur eine einzige. Und jede neue Sicherheitskopie würde die vorhergehende löschen. Ich muss sagen, dass ich das Internetportal niemals dazu benutzt habe, um Daten wiederherzustellen. Das glaube ich zumindest. In Wirklichkeit weiß ich es nicht.«

»Dutzende von Sicherheitskopien. Seit Januar 2006. Also fast seit dem Beginn von MemoryNode.«

Manon lud die letzte Sicherheitskopie von April 2007 auf ihren PC herunter. Dann nahm sie einen anderen Code von der Liste, um den Ordner zu öffnen und seinen Inhalt zu entschlüsseln. Innerhalb weniger Sekunden wurden die Daten angezeigt: Fotos, Notizen, Tonaufzeichnungen.

»Es ist so gut wie nichts verloren gegangen!«, freute sie sich, während sie ihren N-Tech synchronisierte. »Die Sicherheitskopie stammt vom 24.! Welch ein Glück, nicht wahr? Mit meinen schriftlichen Aufzeichnungen kann ich alles wieder beheben! Den Fall Professor endgültig abschließen. Ah! Lucie, ich fühle mich so gut.«

Lucie war fassungslos. Wenn jemand die Daten vom N-Tech gelöscht hatte, handelte es sich dann um frühere Sicherheitskopien? Niemand konnte von diesem System wissen, abgesehen von Vandenbusche. Wenn man weit genug in der Vergangenheit stöberte, konnte man dann nicht herausfinden, was es mit den Kursen in Selbstverteidigung und im Schießen auf sich hatte? Die Sache mit dieser Beretta?

Für den Zeitraum Juni 2006 gab es nur einen einzigen Ordner, datiert vom 25. Die Polizistin zeigte mit dem Finger auf den Bildschirm.

»Sag mal, Manon, kannst du diesen Ordner herunterladen? Ich würde gerne insbesondere deine Notizen vom 4. Juni sehen.«

»Warum? Interessiert Sie die Monotonie meines Lebens?«

»Am 4. Juni 2006 hast du eine Nachricht in einen Felsen

auf der Insel Rouzic geritzt. ›4/6/2006. Bin stundenlang umhergeirrt. Nichts. Absolut nichts. MM‹. Ich will verstehen, was passiert ist.«

»Die Insel Rouzic? Was erzählen Sie? Was erzählst du da?«

»Vertrau mir. Bitte.«

Manon fügte sich, um festzustellen, dass sie sich am 4. tatsächlich in der Bretagne aufgehalten hatte.

Sie kniff die Augen zusammen und sagte:

»Siehst du das Icon dort? Es gibt eine Tonaufzeichnung von achtzehn Minuten.«

»Öffne sie«, bat Lucie.

Sie hörten beide zu. Manon erzählte, dass sie in dem Haus in Trébeurden geschlafen hatte, alleine, bevor Erwan Malgorn sie auf der Insel abgesetzt hatte.

»Seit sechs Stunden irre ich über die Insel Rouzic. Die Spirale von Bernoulli führt nirgendwohin. Das Bild der Insel entspricht dem meiner Erinnerung, als ich mit Frédéric hierherkam. Zerklüftete Küste, nicht begehbare Felswände. Hier gibt es nichts zu entdecken, absolut nichts. Es wird dunkel. Ich kehre zurück nach Trébeurden, werde morgen weitersuchen. Ich muss unbedingt etwas finden. Das ist äußerst wichtig. Von größter Wichtigkeit.«

Beunruhigt wandte Manon sich an Lucie und fragte:

»Was hat das zu bedeuten?«

»Ich weiß es nicht.«

Lucie ließ die Maus über die folgenden Tage gleiten: kurze Aufnahmen, Notizen, Verabredungen, nutzlose Fotos. Nichts Ungewöhnliches.

Dann, am letzten Tag, dem 25. Juni 2006, drei Wochen nach dem Abenteuer auf der Insel Rouzic, wieder eine längere Aufzeichnung: »Ich kann suchen, soviel ich will. Mit meinen Schlussfolgerungen wieder von vorne beginnen. Ich komme nicht weiter. Stecke fest. Doch so kann es nicht zu Ende gehen! Die Spiralen, meine Narben, Basel, Bernoulli. Ich finde die Schwachstelle nicht, den Fehler des Professors.

Und doch verbirgt er sich hier, vor meiner Nase. Ich bin wohl auf dem Holzweg. Der Professor entkommt mir. Ich muss wieder ganz von vorne anfangen. Die Jagd muss weitergehen, um jeden Preis.«

Lucie runzelte die Stirn.

»Juli. Lade mir eine Sicherheitskopie von Juli herunter!«

»Ich werde es versuchen. Aber ehrlich gesagt, kann ich dir nicht folgen.«

Manon klickte auf ein anderes Icon und begann mit der Entschlüsselung.

»Gut«, kommentierte die Polizistin, »sehr gut. Jeder Ordner enthält die gesamten Daten des N-Tech, von Anfang an. Im Juli müssen also die Daten von Januar bis Juli 2006 zu finden sein.«

In dieser neuen Sicherheitskopie rief sie den Monat Juni auf. Den 4., genauer gesagt.

Nichts mehr. Keine Rede mehr von der Insel Rouzic, von Trébeurden oder den Spiralen. Dasselbe bei den folgenden Tagen. Nichts über Manons Ängste oder ihre Verzweiflung.

Alles zwischen Juni und Juli war gelöscht.

Lucie spürte, wie ihre Kehle sich zuschnürte, eine schreckliche Vorahnung beschlich sie. Etwas Unvorstellbares.

Sie bat Manon, sämtliche Sicherheitskopien vom Server auf die Festplatte zu laden. Das dauerte über eine halbe Stunde. Die an Amnesie leidende Frau, die in einem Sessel saß, schlief schließlich vor Erschöpfung ein.

Da begann Lucie, in den Dateien zu suchen.

Und sie begriff. Die Welt um sie herum schien einzustürzen. Das, was sie gerade gelesen hatte, erschien ihr unfassbar.

Ihre Vorahnung war leider richtig gewesen.

Sie blickte mit traurigen Augen zu Manon und sagte:

»Mein Gott. Du warst es. Du hast das alles gelöscht.«

Plötzlich erwachte Manon. Sie geriet in Panik, bis sie ihre Zettel erblickte: »Vertraue Polizeileutnant Lucie Henebelle«, sowie die Beschreibung der jungen Polizistin.

»Wie? Was habe ich gelöscht?«

»Du hast dich gezwungen, jedes Mal wieder ganz von vorn anzufangen, wenn du nicht weiterkamst. Du wolltest dir das Gefühl geben, Fortschritte zu machen, dich dem Professor zu nähern. Damit du dich lebendig fühltest, deshalb konntest du nicht aufhören. Du hattest nur dieses eine Ziel. Ihn zu finden.«

Lucie klickte eine Sicherheitskopie von Oktober 2006 an und spielte eine Tonaufnahme ab. Darauf war deutlich Manons Stimme zu hören:

»18. Oktober 2006. Leer. Ich fühle mich leer und nutzlos. Niedergeschlagen. Niedergeschlagen ist das richtige Wort. Ich möchte reden, schreien, mich mitteilen. Aber es gibt hier niemanden. Nur diese Insel. Diesen Felsen. Und meinen N-Tech. Also erzähle ich. Ich erzähle alles, was mir auf dem Herzen liegt, damit es bleibt. Mein Gott, ich bin schon einmal hier gewesen. Am 4. Juni, vor vier Monaten! Es ist dort eingeritzt, direkt vor mir. Meine Schrift. In diesem Augenblick berühren meine Finger die Buchstaben, es ist wirklich meine Schrift. Das ist nicht möglich. Ich habe bereits meinen Fuß auf diesen Strand, diese Kieselsteine gesetzt, bin diese Felsen hochgeklettert. Einer Notiz zufolge, die heute Morgen in meinen N-Tech eingegeben wurde, hat Erwan Malgorn sich daran erinnert, mich bereits einmal hierhergefahren zu haben. Das war letzten Juni. Juni 2006, wie ist das denkbar? In meinem N-Tech steht nichts davon! Auch vor Juni ist nicht die Rede von Basel, dem Grab von Bernoulli, der Spirale! Ich denke nach. Jemand hat alles gelöscht. Zwangsläufig. Und ich habe Angst vor dem, was ich vielleicht getan habe. Denn tief in meinem Innern bin ich fest davon überzeugt, dass dieser Jemand, dass ich das bin. Ich glaube, ich bin dazu in der Lage, so etwas getan zu haben. Was also soll ich nun machen? Zurückkehren? Zurückkehren und alles aufgeben?«

Manon schien wie gebannt von ihrer eigenen Stimme. Lucie klickte noch andere Ordner an.

»In den vorangegangenen Notizen erzählst du, dass du mit deinem Bruder nach Basel gefahren bist. Ich zitiere dich: ›Frédéric hat mir geholfen, mir die Haut zu ritzen, in dem Kreuzgang, neben dem Grab von Bernoulli. Aber weder er noch ich verstehen den Sinn der Nachricht auf meinem Bauch. Was hat das zu bedeuten?‹ Trotz dieser Frage hast du schließlich verstanden, dass du die Spirale auf eine Frankreichkarte legen musstest. Daran konnte Frédéric dich nicht hindern. Also hast du beschlossen, allein in die Bretagne zu fahren. Du hast geschrieben: ›Ich will Frédéric nicht noch mehr in diese Sache hineinziehen, als dies ohnehin schon der Fall ist. Ich werde heimlich dorthin aufbrechen.‹»

Panisch hob Manon ihre Bluse hoch, las dort den Namen des Schweizer Mathematikers und schrie:

»Hören Sie auf mit diesem Unsinn! Sie sind ja verrückt!«

»Ich erfinde nichts, Manon, es steht alles schwarz auf weiß in deinen alten Sicherheitskopien. In den folgenden Notizen, nach deinem zweiten Fehlschlag auf der Insel Rouzic spürt man, dass du depressiv bist. Wieder merkst du, dass es dir nicht gelingt voranzukommen, dass du dich im Kreis drehst, es ohne fremde Hilfe nicht schaffen wirst. Das lässt dir keine Ruhe mehr. Und da stößt du im Internet auf alte Zeitungsartikel, die von meinen Ermittlungen über die ›Kammer der toten Kinder‹ berichten.«

Manon hörte zu, reglos, erschlagen von dem Gewicht dieser Enthüllungen. Lucie fuhr fort:

»Du erfährst, dass ich in Lille wohne, dass ich Polizeileutnant bei der Kriminalpolizei bin, dass mich die Psychologie von Serienmördern fasziniert. Ein Geschenk des Himmels für dich. Ich bin diejenige, die du brauchst, damit sie dich unterstützt, dir hilft, den Professor zu jagen. Eine Frau. Eine Frau, da du den Männern nicht mehr vertraust, du fühlst dich zu verletzlich. Wieder löschst du alles über Bernoulli, Rouzic und schlägst dann einen anderen Weg ein. Einen dunkleren Weg. Du fängst an, mir zu folgen, mich zu fotografieren, ohne dass ich es merke. Und dabei reift diese teuflische Idee in dir!«

»Nein, nein. Das kann nicht sein.«

»Du weißt es, nicht wahr? Tief in deinem Innern weißt du, dass du zu allem bereit warst, um dein Ziel zu erreichen. Du erinnerst dich nicht daran, aber du weißt es! Denn du hast es getan!«

»Was habe ich getan, mein Gott?«

Lucie blickte Manon tief in die Augen. Auf einmal erschien ihr alles so stimmig. Letztlich war es auch logisch. Sie sprach weiter:

»Wenn es dir nicht gelingt, dich dem Professor zu nähern, dann muss der Professor eben zu dir kommen. Es muss nur die Polizei aufgerüttelt werden, die Sache muss mit dem richtigen Deppen wieder aufgenommen werden! Und dieser Depp war ich!«

»Sie reden ja Unsinn! Wie können Sie es wagen?«

»Schau, was ich gefunden habe! Eine Notiz, die akribisch genau den Entwurf deines Plans beschreibt! Solche Beschreibungen gibt es noch haufenweise, sie werden immer detaillierter, je näher die letzte Tat rückt: der Mord an Dubreuil und die Vortäuschung einer Entführung! Willst du sehen, wie das alles in deinem Kopf entstanden ist? Wie du es angestellt hast, deine Amnesie zu umgehen und sie sogar als eine Stärke zu nutzen?«

Zitternd, von panischer Angst ergriffen wich Manon einen Schritt zurück.

»Los!«, rief Lucie aus. »Ich weiß, dass du es wieder vergessen wirst, aber ich will, dass du es weißt! Es ist so einfach zu vergessen! Nur das Beste zu bewahren! Ein ruhiges Gewissen zu haben!«

Sie begann zu lesen:

»Erster Schritt: Besorg dir eine Waffe. Mach im Internet den richtigen Kontakt ausfindig. Wenn du den Revolver erst einmal hast, versteckst du ihn auf dem Schlafzimmerschrank und stellst im N-Tech für den 25. April 2007 ein Alarmsignal ein. Denn ab dann wird sich alles beschleunigen, am Tag nach der Tat. Da du vergessen wirst, warum du einen Revolver besitzt, musst du ihn unbedingt ständig bei dir tragen. Mit

Hilfe dieser Waffe kannst du dich verteidigen, wenn er zu dir findet. Und du kannst ihn überraschen, ihm in die Augen schauen und ihm die Kanone in den Mund stecken.

Zweiter Schritt: Melde dich in Kursen für Schießen und Selbstverteidigung an. Aus demselben Grund: Um dich verteidigen zu können.

Dritter Schritt: das Problem des Nautilus. Der Spur könnte nachgegangen werden, wenn du ihn dir in einem Anglergeschäft besorgst. Ins Ausland zu fahren kommt auch nicht in Frage. Bleibt die Lösung Kap Blanc-Nez. Ammoniten lassen sich dort sehr leicht vom Felsen lösen. Die Identifizierung der Spirale durch den Gerichtsmediziner dürfte keine Probleme bereiten. Die Polizei wird die Verbindung zwischen dem Nautilus und dem Ammoniten herstellen, und es wird keinen Zweifel mehr daran geben, dass es sich um den Professor handelt.

Vierter Schritt: Lerne alles, was auf dem Gebiet der Spurensicherung bekannt ist. Tag für Tag. Um Fehler zu vermeiden.

Fünfter Schritt: das Strychnin. Beschaffe es dir früh genug. Nachts. Die alten Schuppen der Bauernhöfe sind noch voll davon.

Sechster Schritt: die Organisation des Ganzen. Denk dir ein mathematisches Rätsel aus, das knifflig genug ist, damit niemand außer dir es versteht. Du wirst somit zu einem wichtigen, unentbehrlichen Bestandteil der Ermittlungen. Man wird dich brauchen. Gott sei Dank lebt die alte Sadistin noch. Also wird sie es sein. Ohne zu zögern. Sie verdient es zu sterben. Sie verdient es, sie verdient es wirklich. Das musst du dir einreden. Immer wieder. Wenn du ihrem Blick standhalten musst, wirst du an die gequälten Kinder denken.

Bleibt noch die Frage, wie du an den Ermittlungen beteiligt wirst, ohne dass es verdächtig erscheint. Du musst an diese Lucie Henebelle herankommen. Und es so einrichten, dass sie dich nicht mehr im Stich lassen kann. Du musst dich unentbehrlich machen.«

Lucie war erschüttert. Sie hob langsam den Kopf.

»Je weiter deine Notizen gehen«, sagte sie, »umso mehr sieht man, wie du deinen Plan ausfeilst. Das kleinste Detail wird organisiert, analysiert, auseinandergenommen. Was die Planung betrifft, musst du alle Rekorde brechen. Am schlimmsten ist, dass du es geschafft hast, das alles zu tun, ohne etwas auswendig zu lernen, dir einzuprägen. Einfach nur mit Hilfe von Alarmsignalen und Merkzetteln, die du jedes Mal gelesen hast.«

»Nein, nein. So etwas habe ich nicht getan. Sie ... Du redest ja Unsinn!«

Manon begann, im Zimmer umherzugehen wie ein Löwe in seinem Käfig, und kratzte dabei mit ihren Fingernägeln an der Wand entlang.

»Genau so!«, schrie Lucie. »Versuch zu fliehen, zu vergessen, wie du es schon so oft getan hast! Aber ich werde nicht aufhören! Ich werde bis zum Ende weitermachen! Erinnerst du dich an das Geisterhaus in Hem? An die Dezimalstellen? Nun, du hast sie gemalt! Hör gut zu, was du aufgeschrieben hast: ›Ich werde mit der linken Hand malen, damit man meine Schrift nicht identifizieren kann.‹ Aber ein paar Mal hast du es vergessen, da hast du mehrere Dezimalstellen mit der rechten Hand geschrieben. Diese Ziffern finden sich in deinem Apparat, es gibt Seiten über Seiten davon! Wie lange hast du dafür gebraucht?«

Plötzlich stand Lucie auf und fuhr fort:

»Du folgst schlicht und einfach den Anweisungen in deinem Organizer, als handele es sich um eine Notiz, ohne dass du weißt, wohin es dich führen wird. Du vertraust dir, das ist alles. Du gehst zu deinen Kursen im Schießen, in Selbstverteidigung. Du kaufst regelmäßig und in kleinen Mengen Streichhölzer. Du fährst zum Kap Blanc-Nez und löst dort den Ammoniten mit einem Meißel ab, den du aus einer von Frédérics Wohnungen mitgenommen hast. Du machst Fortschritte mit MemoryNode, es macht dich stärker, unabhängiger, und du schaffst es sogar, Muse für den N-Tech zu werden. Das ist ein zusätzlicher Trumpf für dich. Alles fügt sich perfekt zusammen. Natürlich handelst du heimlich. Weder dein Bruder noch Vandenbusche kennen deine Pläne. Dein System mit den Passwörtern ist sehr effizient, und niemand außer dir hat Zugang zu deinen Informationen. Du fährst mehrmals nach Roeux, diesen Ort, den du seit deiner Kindheit kennst, du begibst dich auch fünf, zehn Mal nach Raismes, um die Jagdhütte zu erkunden, um sicherzugehen, dass sie von niemandem benutzt wird. Am Vorabend deiner angeblichen Entführung malst du dieses Rätsel an die Wand: ›Bring den Schlüssel zurück. Geh und ärger die Anderen. Und finde in den Streichhölzern, was wir sind. Vor 4 Uhr‹, du legst den Strick dort ab, ebenso die Tausende Streichhölzer.«

»Hören Sie auf! Hören Sie auf, solchen Unsinn zu erzählen!«

»Ich erzähle keinen Unsinn! Willst du es lesen? Willst du selbst lesen, was du aufgeschrieben hast? Komm her! Und stell dich der Wahrheit!«

Manon drückte sich an die Wand, sie hatte Tränen in den Augen.

»Nein! Nein!«

»Auf der letzten Kopie, die du vor dem Verbrechen gesichert hast, gehst du genau auf jede Stunde, jede Minute deines teuflischen Planes ein. Am Morgen bist du zum Lac Bleu gefahren, hast ›neben den sechs kreisförmig angeordneten Bäumen‹ geparkt, du bist durch das Gestrüpp gegangen, hast dir Handschuhe und eine Mütze übergezogen und an die Tür geklopft, wohl wissend, dass die Dubreuil einer jungen, scheinbar harmlosen Frau problemlos aufmachen würde. Dann bist du genauso vorgegangen wie der Professor. Eine perfekte Nachahmung. In deinem N-Tech steht nichts über deine Taten. Hattest du die Anweisungen vor deiner Nase, als du die Alte getötet hast? Oder bist du intuitiv vorgegangen? Was hast du bei dem Mord empfunden? Wut, weil dich diese alte Sadistin so anwiderte? Wie oft hast du mir anvertraut, dass sie ihr Schicksal verdient habe?«

»Seien Sie ruhig! Ich kann nicht mehr. Ich verstehe nichts von dem, was Sie da sagen!«

»Verstehst du es nicht, oder tust du nur so? Erfinde ich vielleicht all diese Anweisungen? ›Den Boden mit Chlorreiniger säubern.‹ ›Draußen nachsehen, bevor du hinausgehst.‹ ›Die Tür schließen.‹ ›Zum Auto gehen.‹ ›In die Wohnung zurückkehren.‹ Eine regelrechte Gebrauchsanweisung!«

Lucie schäumte vor Wut. Sie brachte sich wieder unter Kontrolle und sprach dann weiter:

»Dann bist du wieder zu Hause. Die Dubreuil ist tot, und es ist später Vormittag, um die Mittagszeit. Dein Bruder hat mich nicht angelogen. Er hatte dich tatsächlich um 9 Uhr 10 gesehen, bevor du dich fertig gemacht hast, um dein Verbrechen zu begehen.«

»Mein Bruder? Warum sprechen Sie von Frédéric?«

»Jetzt kommt eine heikle Stelle. Der Moment, in dem du beschließt, alles zu löschen. Es ist also Mittag. Du hast die alte Dubreuil gerade getötet und bist nach Hause zurückgekehrt. In deinem N-Tech steht, dass du alle zukünftigen Handlungen auf einem Blatt aufschreiben musst. Das Papier wird in gewisser Weise zum Abbild deines N-Tech, so lange, bis du zur letzten Phase deiner kaltblütigen Pläne kommst. Nachdem du alles, was für dich von Interesse war, abgeschrieben hast, vernichtest du sorgfältig alle verdächtigen Daten aus dem Organizer, die Hinweise auf die Vorbereitung des Verbrechens. Der Kurs in Selbstverteidigung, die Beretta, der Ammonit, die Spirale von Bernoulli, die Informationen, die mich betreffen. Kurz, du beschließt, wieder von vorne anzufangen, doch diesmal mit einem großen Trumpf in der Hand: die Polizei an deiner Seite, diese Werbekampagne und all das andere. Du machst nur einen einzigen Fehler: Während du glaubst, die vorherige Sicherheitskopie zu löschen und damit auch jede Spur auf dem Server von MemoryNode, fügst du in Wirklichkeit eine zu jenen hinzu, die dich schwer belasten.«

Jede einzelne Etappe von Manons machiavellischem Plan erschien nun in aller Klarheit vor den Augen der Polizistin.

»Dann lässt du den N-Tech neben deinem Computer liegen, und von diesem Augenblick an folgst du nur noch den Anweisungen auf deinem Blatt. Darauf steht, dass du deinen Trainingsanzug und deine Turnschuhe anbehalten sollst, hinausgehst, ohne dass es jemand bemerkt, was in deiner Straße nicht besonders schwierig ist, den Bus nach Valenciennes nimmst, dann zu Fuß bis nach Raismes gehst, dabei Wanderwege einschlägst, um dich zu verausgaben. Damit alles echter erscheint. Der Notarzt wird deine geschwollenen Füße bemerken, die Blasen. Ich habe nicht daran gedacht, dieses Detail zu überprüfen, doch das hätte ich tun sollen! Denn die Hütte ist nicht sehr weit von dem Ort entfernt, wo ein Autofahrer dich mitgenommen hat! Und beim Umherirren in Lille hättest du dir die Füße nicht derart zurichten können!«

Manon schlug mit der Faust gegen die Wand.

»Du kannst versuchen, das Gedächtnis zu verlieren«, sagte Lucie, »aber das wird nichts an der Wirklichkeit ändern.«

Unerschütterlich fuhr sie fort:

»Bevor du in der Jagdhütte ankommst, schneidest du dir mit einem scharfen Kieselstein in die Hand. Du schreibst: ›Pr wieder da‹, dann wirfst du den Stein weg. Als du völlig erschöpft und außer Atem in der Hütte ankommst, mit blutender Hand, reibst du mit dem Strick an deinen Handgelenken und Knöcheln, gehst wieder hinaus und weiter bis zur Straße. Alles Weitere kennen wir. Der Typ, der dich mitnimmt und nach Lille bringt. Dein Weg durch die Straßen der Stadt, bis du schließlich dein Blatt wegwirfst und in dem Studentenheim direkt neben mir landest. Ich zitiere: ›Du wirst das Blatt in dem Moment zerreißen und wegwerfen, wenn du das Wohnheim erreichst. *Vertrau dir*.‹ Das war es, Manon, dieses Gefühl, mich zu kennen, ohne dass du wusstest, weshalb!«

Lucie schaltete den Bildschirm des Computers aus und holte tief Luft.

»Und dennoch, trotz all dem, was du getan hast, trotz deines Verbrechens glaube ich, dass du ehrlich zu mir gewesen bist. Du hast dich von deiner eigenen Inszenierung blenden lassen. Du hast wirklich geglaubt, der Professor hätte dich entführt. Du hast dich wirklich im Kreis gedreht. Du hast dir die Haut geritzt, bist von Ardère überfallen und entführt worden. Und wärst beinah gestorben.«

Die Polizistin konnte nicht mehr zwischen Gut und Böse unterscheiden. In ihrem Kopf geriet alles durcheinander.

»Und du hast es geschafft. Mit deiner Hartnäckigkeit. Mit deinem Willen, jedes Mal wieder von vorne anzufangen. Du hast den Professor weiter verfolgt, hast gegen deine eigenen Hirngespinste angekämpft. Da, wo wir gescheitert sind, hast du es geschafft. Du hast den Professor gefunden. Und den Rothaar-Jäger. Du hast all diesen Familien Gerechtigkeit widerfahren lassen. Manon. Was wird aus dir werden? Du verstehst kaum, was dir zugestoßen ist, da hast du es schon wieder vergessen. Wie soll man dich verurteilen, Manon? Wie soll man sich vorstellen, dass dir der Prozess gemacht wird, wenn du nicht einmal begreifst, wieso man dich anklagt? Wie soll man sich vorstellen, dass du im Gefängnis sitzt, in dieser feindseligen Umgebung, und dich dabei ständig fragst, was du dort eigentlich tust?«

Nun ließ Lucie ihr Herz sprechen und vergaß für einen Augenblick ihr Dienstabzeichen.

»Du wusstest, dass Dubreuils Gesicht schon kurz nach dem Mord aus deinem Gedächtnis verschwinden würde. Du hast dir ein Monster ausgesucht, du hast keinen Unschuldigen getötet. Die Dubreuil hat gefoltert. Sie hat ihre drei Kinder gefoltert, es hätten meine Töchter sein können. Verdient sie es, dass du für sie büßt? Ich glaube nicht. Du brauchst ein neues Leben. Musst die Vergangenheit hinter dir lassen. Die Nabelschnur durchtrennen, so wie ich es mit der Chimäre getan habe. Und ich denke, dass ich da sein werde, um dir zu helfen.«

Der N-Tech klingelte dreimal hintereinander, zweimal lang und einmal kurz. Manon hob den Zeigefinger.

»Ah! Myrthe! Zeit zum Füttern! Warten Sie hier auf mich?«

Und während Manon hinausging, schaltete Lucie den Bildschirm wieder an.

Langsam klickte sie einen Ordner nach dem anderen auf dem Server an.

Und drückte die Taste »Entf«.

»Es wird nie jemand erfahren, Manon. Das ist dein Geheimnis. Unser Geheimnis.«

Hinweis für den Leser

Zwei der Opfer des Professors wurden mit dem Problem von Einstein konfrontiert. Es handelt sich um eine Logikübung, die keine besonderen mathematischen Kenntnisse verlangt, lediglich eine gewisse Hartnäckigkeit.

Hier der Wortlaut:

»Es gibt fünf Häuser mit je einer anderen Farbe, alle in einer Reihe.

In jedem Haus wohnt eine Person einer anderen Nationalität.

Jeder Hausbewohner bevorzugt ein bestimmtes Getränk, raucht eine bestimmte Zigarettenmarke und hält ein bestimmtes Haustier.

Keine der fünf Personen hält das gleiche Tier, raucht die gleichen Zigaretten oder trinkt das gleiche Getränk wie einer seiner Nachbarn.

Der Brite lebt im roten Haus.

Der Schwede hält einen Hund.

Der Däne trinkt Tee.

Das grüne Haus steht links vom weißen Haus.

Der Besitzer des grünen Hauses trinkt Kaffee.

Die Person, die Pall Mall raucht, hält einen Vogel.

Der Besitzer des gelben Hauses raucht Dunhill.

Der Mann, der im mittleren Haus wohnt, trinkt Milch.

Der Norweger wohnt in dem ersten Haus.

Der Marlboro-Raucher wohnt neben dem, der eine Katze hält.

Der Mann, der ein Pferd hält, wohnt neben dem, der Dunhill raucht.

Der Winfield-Raucher trinkt gerne Bier.

Der Deutsche raucht Rothmanns.

Der Norweger wohnt neben dem blauen Haus.

Der Marlboro-Raucher hat einen Nachbarn, der Wasser trinkt.

Wem gehört der Fisch?«

Sie können auch spaßeshalber überprüfen, dass nicht ein einziges Mal in diesem Buch die *Sonne* den Himmel erhellt, der während des gesamten Romans in Dunkelheit getaucht ist. Und unter den Hunderttausenden Wörtern, aus denen sich die Handlung zusammensetzt, werden Sie niemals *Vergnügen*, *Freude* oder *Hoffnung* finden.

Weil sie sich für eine solche Geschichte nicht eignen würden. Oder vielleicht, weil ich mich auf das schmerzhafte Spiel des Professors eingelassen habe und so weit gegangen bin, selber eins zu erfinden.

Linwood Barclay

Ohne ein Wort

Psychothriller

Deutsche Erstausgabe

ISBN 978-3-548-26743-2
www.ullstein-buchverlage.de

»Ich wollte, ihr wärt tot!« Das wünscht die 14-jährige Cynthia ihren Eltern. Als sie am nächsten Tag aufwacht, sind ihr Vater und ihre Mutter verschwunden. Auch ihr Bruder ist weg. Spurlos. Ohne ein Wort. Kein Hinweis, keine Nachricht bleiben für Cynthia zurück. Erst 25 Jahre später, als sie selbst eine Familie hat, tauchen geheimnisvolle Zeichen aus ihrer Vergangenheit auf.
Mysteriös, gefährlich, tödlich – etwas Böses kehrt zurück.

»Ein Volltreffer – sorgt mit subtiler, sich ständig steigender Spannung für Gänsehaut«
Hamburger Morgenpost

UB413

ullstein

R. Scott Reiss

Black Monday

Thriller

ISBN 978-3-548-26851-4
www.ullstein-buchverlage.de

Ein mysteriöser Virus befällt die westliche Zivilisation und katapultiert die Welt zurück in ein finsteres Mittelalter. Hunger, Kälte und Verzweiflung regieren, Nachbarn werden zu Feinden. Der Virologe Greg Gerard ahnt als Einziger die wahre Ursache der Katastrophe. Um das Verhängnis abzuwenden, muss er seine Familie hilflos zurücklassen. Allein kämpft er sich durch ein Amerika am Abgrund. Seinen Spuren folgt ein perfekter Killer, der jeden tötet, der in die Nähe der Wahrheit kommt.

»Dieser Thriller macht einem Angst.«
Bild am Sonntag

UB445

ullstein